ORDRE DE TUER

DU MÊME AUTEUR

chez le même éditeur

MANIPULATION, 1999.

ANDY McNAB

ORDRE DE TUER

ROMAN

Traduit de l'anglais
par JEAN BOURDIER

Éditions de Fallois
PARIS

TITRE ORIGINAL :

CRISIS FOUR

22, rue La Boétie, 75008 Paris

ISBN 2-87706-385-2

In memory
Edward C.S. Hooper
30 October 1979 - 15 April 1999

OCTOBRE 1995

PROLOGUE

LUNDI 16 OCTOBRE 1995

Les Syriens n'hésitent pas à mettre le paquet s'ils pensent que vous violez leur espace aérien. Quelques minutes à peine après avoir franchi la frontière, votre avion est accueilli par une patrouille de trois chasseurs, volant si près de vous que vous pouvez saluer de la main les pilotes. Ils ne vous rendent pas votre salut ; ils sont venus vous regarder sous le nez, et s'ils n'aiment pas ce qu'ils voient, ils vous balancent leurs fusées air-air dans les moustaches.

Cette règle ne s'applique évidemment pas aux avions commerciaux amis faisant leur apparition sur les écrans de radar, et c'est pourquoi notre quatuor avait choisi cette méthode particulière d'infiltration. Si Damas avait eu la moindre idée de ce qui allait arriver par le vol British Airways Delhi-Londres, les chasseurs auraient décollé à la minute précise où notre Boeing 747 quittait le territoire d'Arabie saoudite.

Je me tournais et me retournais, tentant de trouver une position à peu près confortable, enviant tous ces gens installés au-dessus de ma tête, dans la cabine, qui devaient en être à leur cinquième gin-tonic, leur deuxième ou leur troisième portion de filet de bœuf en croûte depuis le décollage.

Reg 1 se trouvait juste devant moi. Un mètre quatre-vingt-cinq et bâti comme une casemate, il devait souffrir encore plus que moi dans cet espace confiné. Ses cheveux noirs commençaient à grisonner légèrement aux tempes. Il appartenait à la RWW (*Revolutionary Warfare Wing*), que j'avais, quant à moi, quittée en 93. Depuis l'époque des « relations privilégiées » entre Reagan et Thatcher, la RWW, petit groupe d'hommes sélectionnés au sein des services de renseignement et de sécurité, avait été préposée à effectuer pour le compte des Américains le genre de petits boulots auxquels le Congrès n'aurait jamais donné son aval. J'avais accompli des missions de ce genre lorsque je m'y trouvais, mais c'était la première fois que je remettais cela depuis mon départ de la *wing*, comme nous l'appelions. Compte tenu de la nature de l'opération, nul d'entre nous n'aurait pris de paris sur notre participation ultérieure à quelque mission que ce soit.

Je jetai un coup d'œil vers Sarah, qui se trouvait à ma droite, dans la demi-obscurité. Elle avait les yeux fermés, mais, même avec ce mauvais éclairage, je pouvais voir qu'elle ne semblait pas au comble de la joie. Peut-être n'aimait-elle pas voler sans un verre de champagne gratuit et des pantoufles offertes par la compagnie.

Il y avait un certain temps que je ne l'avais pas vue, mais la seule chose qui avait changé chez elle était sa coiffure. Elle avait toujours les cheveux raides, presque à la chinoise encore qu'ils fussent châtain foncé et non pas noirs, mais, en vue de cette opération, elle les avait fait couper pratiquement au bol, avec une frange. Elle avait des traits vigoureux et bien dessinés, avec de grands yeux marron, les pommettes hautes, un nez un peu trop grand et une bouche qui paraissait toujours trop sévère. Quand il était authentique, son sourire pouvait être amical et chaleureux, mais, le plus souvent, il ne semblait que mécanique. Mais parfois, au moment précis où vous vous faisiez cette réflexion, elle trouvait soudain amusante la chose la plus inattendue, son nez se mettait à frémir, puis tout son visage s'épanouissait en un sourire radieux, presque enfantin. À ces moments-là, elle paraissait encore plus belle qu'à l'habitude – peut-être trop belle. C'était parfois un danger dans notre genre de travail, car les hommes ne peuvent jamais s'empêcher de regarder à deux fois une belle fille, mais, à trente-cinq ans, Sarah avait appris à se servir de son physique à son avantage à l'intérieur du Service. Cela la rendait encore plus garce que les gens ne l'imaginaient de toute façon.

Rien ne marchait ; je n'arrivais pas à trouver une position confortable. Nous étions à bord de cet avion depuis près de quinze heures, et tout mon corps commençait à me faire mal. Je me tournai et essayai le côté gauche. Je n'arrivais pas à voir Reg 2, mais je savais qu'il était là, quelque part dans la pénombre. Il était facile de le distinguer de Reg 1, car il avait quelque trente centimètres de moins et des cheveux ressemblant à une pelote de laine blonde. La seule chose que je savais d'eux, en dehors de leurs indicatifs, était qu'ils avaient été tous deux circoncis au cours des trois dernières semaines et que, comme les miens, leurs sous-vêtements venaient de Tel-Aviv. Et c'était tout ce que j'avais besoin de savoir d'eux – ou des Regs 3 à 6 déjà sur place et nous attendant, si ce n'est que l'un d'eux était un vieil ami, Glen.

Je me retrouvai face à Sarah. Elle se frottait les yeux de ses poings, comme une enfant ensommeillée. Je tentai de m'assoupir. Trente minutes plus tard, alors que j'essayais de me bercer de l'illusion de dormir, je reçus un brusque coup de pied dans les mollets. C'était Sarah.

Je me redressai dans mon sac de couchage et fouillai du regard la demi-obscurité. Trois hommes circulaient dans la soute avec des lampes attachées à leurs casques, projetant une lumière rouge camouflée afin de ne pas détruire notre vision nocturne. Chacun d'eux avait une sorte de cordon ombilical reliant son masque à la réserve générale d'oxygène de l'avion, qu'il vérifiait instinctivement toutes les quelques secondes afin de s'assurer qu'il ne se décrochait pas ou ne se bloquait pas.

Je défis la fermeture à glissière de mon sac de couchage et sentis immédiatement, malgré la doublure en duvet de ma combinaison spéciale, le froid glacial régnant dans la soute non pressurisée du 747. Ni les passagers ni le personnel de cabine ne pouvaient se douter qu'il y avait là, sous leurs pieds, des gens cachés directement dans le ventre de l'appareil. De même, nos noms n'étaient apparus sur aucun manifeste.

Je pliai le sac de couchage en deux, laissant à l'intérieur les deux sacs que j'avais remplis pendant la nuit, des sacs en plastique avec un orifice spécial dans lequel vous pouviez insérer votre verge et pisser ainsi tout votre soûl. Je me demandais comment Sarah avait pu se débrouiller. La chose n'avait déjà pas été si réjouissante pour moi, car j'avais la verge encore très endolorie, mais il devait être plus difficile encore pour une femme, fût-elle chef d'équipe dans une opération illicite, de se retrouver aux prises avec ce dispositif à destination purement masculine. Je me dis que je lui poserais la question plus tard. Dans la mesure, bien sûr, où nous serions encore en vie et où nous nous parlerions toujours.

J'aurais eu du mal à expliquer en termes clairs où nous nous trouvions exactement. Je n'ai jamais réussi à me rappeler ce qu'étaient bâbord et tribord. Tout ce que je savais, c'était que, lorsque vous regardiez l'avion de face, nous étions dans la petite soute à l'arrière, avec une porte s'ouvrant à main gauche. L'intérieur en était humide en même temps que glacial.

Je saisis ma Car 15, une version de l'Armalite 5,56 mm M 16, avec une crosse télescopique et un canon plus court, l'armai et mis le cran de sûreté. La Car avait, attaché à elle comme une bretelle, un morceau de suspente de parachute verte. Je me l'accrochai à l'épaule gauche et laissai l'arme glisser derrière mon dos, le canon dirigé vers le bas. J'allais boucler le parachute par-dessus cette suspente.

Je glissai la main à l'intérieur de ma combinaison pour atteindre le pistolet Beretta 9 mm qui se trouvait dans un étui fixé à ma cuisse droite. Ayant relevé le chien, je tirai de quelques millimètres la glissière afin de vérifier la chambre. Tournant l'arme vers la faible lueur rouge, j'aperçus une cartouche bien en place et prête à servir.

C'était la première opération « sous faux pavillon » où j'avais à jouer le rôle d'un membre des forces spéciales israéliennes, et, en ajustant les courroies du parachute autour de mes cuisses, je me dis qu'on aurait mieux fait de me laisser un peu plus de temps pour me remettre de ma circoncision. Cela n'était pas allé aussi vite qu'on me l'avait laissé prévoir. Je regardai autour de moi, espérant avec quelque méchanceté que les autres souffraient autant que moi.

Nous allions procéder à un enlèvement en bonne et due forme afin de découvrir ce que le nouveau loup-garou international aux yeux des Occidentaux, Osama Bin Laden, le multimilliardaire saoudien devenu terroriste, préparait en Syrie. Des photos prises par satellite avaient indiqué la présence de matériel de travaux publics appartenant à la compagnie de construction de Bin Laden auprès des sources du Jourdain. En aval se trouvait Israël, et il nous fallait à toutes forces savoir si la principale source d'eau de l'État juif ne risquait pas d'être détournée ou bloquée. Les Occidentaux craignaient une répétition de la guerre de 1967, et la présence de Bin Laden où que ce soit ne disait jamais rien de bon. Ce n'était pas pour rien que Clinton l'avait désigné comme « l'ennemi public numéro un » des États-Unis.

Notre tâche consistait à enlever le bras droit d'Osama – que, pour des raisons de sécurité opérationnelle, nous ne connaissions que comme « la Source ». Son jet privé avait été repéré sur un terrain voisin de notre objectif. Les Américains avaient besoin de savoir ce qui se passait en Syrie, et, plus précisément peut-être, de savoir comment mettre la main sur Osama. Comme on nous avait expliqué lors de notre briefing :

« Bin Laden représente un phénomène entièrement nouveau : un terrorisme non étatique soutenu par un chef extrêmement riche et à motivations religieuses profondes, nourrissant une haine intense à l'égard des Occidentaux, et singulièrement de l'Amérique, en même temps qu'à l'égard d'Israël et du monde arabe classique. Il faut le neutraliser à tout prix. »

Notre équipement ayant été vérifié par les largueurs à lampes rouges, il ne restait plus qu'à nous tenir à la carlingue en attendant le moment de sauter. Nous avions quelques minutes devant nous pour cultiver nos rêves ou notre trouille. Chacun d'entre nous se trouvait maintenant dans son petit monde personnel. Avant toute opération, il y a ceux qui ont peur et ceux qui se sentent excités. Les yeux fixés sur la pointe de leurs bottes ou sur quelque point imaginaire, les copains pensaient peut-être à leurs femmes, à leurs gosses, à leurs petites amies. Ils se demandaient ce qu'ils allaient faire ensuite, ou, plus simplement, ce qu'ils étaient venus f... là.

Moi, je ne savais jamais à quoi penser, en fait. Je n'avais jamais été capable de me dire sérieusement que j'allais peut-être mourir et ne plus revoir personne de connaissance. Pas même ma femme quand j'étais marié. Je m'étais toujours senti comme un joueur n'ayant rien à perdre. La plupart des gens qui jouent mettent sur le tapis des choses qui leur sont importantes, mais, quant à moi, je jouais avec la certitude que, si je perdais, cela ne changerait pas la face du monde.

Je regardai les largueurs emballer notre matériel de rebut dans de grandes caisses en aluminium. Une fois qu'ils nous auraient jetés de l'avion et auraient refermé la porte, ils élimineraient toute autre trace de notre présence, puis s'assoiraient simplement sur les caisses en attendant qu'à Londres, on vienne les en débarrasser.

Deux d'entre eux balayèrent la soute de leurs lampes pour bien s'assurer qu'il ne traînait rien qui puisse être aspiré à l'extérieur lorsque la porte s'ouvrirait. Rien ne devait compromettre l'opération.

Nous reçûmes ensuite ordre de mettre en route notre propre système d'alimentation en oxygène en nous débranchant de celui de l'appareil et de nous tenir prêts. Sarah se trouvait en face de Reg 1, qui devait sauter en tandem avec elle. Elle ne manquait jamais de m'abasourdir. Elle était IB (*Intelligence Branch*), au plus haut niveau du service de renseignement, parmi des gens qui passaient habituellement leur vie dans les ambassades, à jouer les diplomates. Ils auraient dû normalement consacrer leur existence à courir d'une réception à l'autre, d'un cocktail à un dîner, à recueillir des informations et recruter des informateurs – et non à foncer dans le brouillard, l'arme au poing. Mais, là aussi, Sarah avait toujours tenu à terminer le travail elle-même.

Harnachée, masquée et lunettée, elle donnait l'impression d'avoir fait cela toute sa vie. Tel n'était pas le cas. Elle avait, en fait, effectué son premier saut moins de trois semaines auparavant, mais elle prenait les choses tellement au sérieux qu'elle avait dû lire une bonne dizaine de manuels sur le saut en ouverture retardée et la chute libre, et qu'elle connaissait sans doute plus de données théoriques et de termes techniques que nous tous réunis.

Elle se retourna en me cherchant des yeux. Nous nous regardâmes un instant, et je lui fis un petit de signe de tête pour lui indiquer que tout allait bien. Après tout, veiller sur elle faisait partie de ce boulot.

Le largueur nous fit signe d'avancer vers la porte. Nos sacs à dos, contenant chacun près d'une vingtaine de kilos de matériel, pendaient au bout des courroies à l'arrière de nos cuisses. Nous avançâmes en canard, faisant porter le poids sur chacun de nos pieds l'un après l'autre. Heureusement, nous n'avions pas eu à charger complètement les sacs. Si tout se déroulait conformément au plan prévu, nous ne passerions que quelques heures au sol.

Il y eut une pause d'environ cinq secondes tandis que le largueur échangeait quelques mots dans son micro avec le navigateur de British Airways. Puis il fit un signe de tête et passa à l'action. L'ouverture avait à peu près la moitié de la taille d'une porte de garage basculante. Il actionna tous les leviers, et, malgré le casque qui m'emprisonnait la tête, j'entendis l'air se ruer dans la soute, tandis que ma combinaison spéciale se trouvait plaquée à mon corps. Il n'y avait plus qu'un trou noir à la place de la porte. Les étiquettes accrochées aux conteneurs de bagages « légitimes » de la soute se mirent à voleter frénétiquement. Un vent glacial venait fouetter les parties de mon visage qui n'étaient pas protégées par mon masque. J'abaissai mes lunettes sur mes yeux, luttant contre le courant d'air en m'agrippant à l'armature.

À onze kilomètres au-dessous de nous se trouvait la Syrie, territoire ennemi. Nous procédâmes aux ultimes vérifications. Tout ce que je voulais, maintenant, c'était sauter, faire le travail et me retrouver à Chypre pour le petit déjeuner le lendemain matin.

Nous nous pressâmes vers la sortie. Les bruits combinés du vent et des réacteurs étaient si forts que j'arrivais à peine à réfléchir. Enfin, le largueur brandit son signal rouge. Par habitude, nous criâmes tous : « Rouge ! » – ce qui ne servait à rien, car personne n'entendait personne.

Puis le signal devint vert... « Prêts ! »

Nous oscillâmes, en avant puis en arrière. *« Go ! »*

Et, en cascade, nous évacuâmes l'appareil, quatre personnes virevoltant vers le sol syrien. Comme j'étais le dernier à sauter, le largueur me poussa, afin de s'assurer qu'il n'y ait pas trop d'espace entre nous dans le ciel.

*

On peut maintenant quitter en chute libre un avion volant à haute altitude et à des kilomètres de l'objectif en atterrissant avec une totale précision. La technique de la HAHO (*High altitude, high opening*) exige des vêtements polaires et une réserve d'oxygène permettant de survivre à des températures pouvant descendre jusqu'à moins 40 degrés centigrades, sachant qu'une descente effectuée sur 80 kilomètres peut exiger près de deux heures. Cette technique a généralement remplacé l'HALO (*High altitude, low opening*), qui consistait à prolonger au maximum la chute libre pour n'ouvrir qu'à basse altitude, pour la simple raison qu'au lieu de vous trouver précipité vers le sol sans idée véritable de l'endroit où vous allez atterrir ni de celui où se trouve le reste de l'équipe, vous pouvez glisser doucement vers l'objectif en position confortable. Sauf si, bien sûr, un homme en blouse a récemment sectionné un petit morceau de chair à l'extrémité de votre verge.

Je me laissai prendre dans le sillage des réacteurs. Quand l'avion continue à foncer au-dessus de vous à 800 kilomètres à l'heure, vous pensez que vous allez vous retrouver aplati sur son empennage, mais, en fait, vous tombez et la collision ne se produit jamais.

Sorti de ce sillage, je m'efforçai de me repérer et d'analyser la situation. Compte tenu de la force du vent et du fait que je voyais les feux de position de l'avion clignoter à une centaine de mètres au-dessus de moi, je m'avisai que j'étais à l'envers. J'écartai bras et jambes et courbai le dos pour me mettre en position stable.

Je regardai autour de moi – remuer la tête est à peu près la seule chose qui, en chute libre, n'affecte pas votre stabilité – tâchant de voir où étaient les autres. Je ne pus apercevoir qu'une seule silhouette sur ma droite. Je ne savais pas de qui il s'agissait, et cela n'avait aucune importance. Regardant vers le haut, je vis disparaître les feux du 747. Vers le bas, je ne voyais rien, pas la moindre lumière.

Tout ce que je pouvais entendre était le rugissement de l'air, comme si j'avais passé la tête à la portière d'une voiture roulant à 200 à l'heure. Tout ce que j'avais à faire pour l'heure était de rester stable et d'attendre que l'AOD, le système d'ouverture automatique, remplisse son office. Ce qu'on vous dit de faire, c'est de partir du postulat que le système va fonctionner, mais de vous mettre en position d'ouverture commandée pour le cas où il ne le ferait pas. Mais je décidai d'envoyer tout cela promener. Je connaissais mon altitude d'ouverture – 30 000 pieds, après une chute de 8 000 pieds. Je levai doucement la main gauche, juste au-dessus de ma tête, et abaissai en même temps la main droite jusqu'à la poignée d'ouverture commandée. Il faut toujours une symétrie. Si vous êtes en chute libre et que vous étendez une seule main devant vous, le mouvement crée une perturbation dans l'air et vous fait culbuter.

Je regardai l'aiguille de l'altimètre attaché à mon poignet. J'avais passé les 34 000 pieds. Au lieu d'attendre que l'AOD entre en action, je continuai à surveiller l'altimètre et, en arrivant juste à 30 000 pieds, je tirai la poignée et plaçai les deux mains au-dessus de ma tête, ce qui me fit basculer en arrière afin de faciliter la sortie et l'ouverture du parachute. Je sentis celui-ci commencer à bouger, puis il y eut un grand « bang » et le choc à l'ouverture me donna l'impression d'être entré à pleine vitesse dans un mur de briques.

Ma préoccupation majeure m'était pas encore de situer les autres dans le ciel. Je voulais avant tout régler mon propre problème. Je vis un autre parachute s'ouvrir, et je me rendis compte qu'il n'était pas loin. Je regardai vers le haut pour m'assurer que j'avais au-dessus de la tête une voilure convenablement déployée plutôt qu'un gros sac à linge sale. Les trois ou quatre sections centrales de la vaste voilure rectangulaire étaient déjà gonflées. Je dégageai les deux poignées latérales reliées aux suspentes et commençai à tirer. Il y avait sept sections dans la voilure, et, en tirant, j'exposais plus vite à l'air celles situées aux extrémités.

Je regardai ensuite autour de moi afin de me situer par rapport aux autres. Mon pénis me faisait soudain horriblement mal, les sangles de mes cuisses étant remontées vers le haut. J'avais l'impression qu'on me travaillait au corps – et au plus intime de moi-même – avec une paire de tenailles.

Je pouvais apercevoir, au-dessus de moi, le couple formé par Sarah et Reg 1. J'avais dû mettre plus de temps que prévu à faire se gonfler les segments latéraux de mon pépin, car, normalement, Reg 1 et Sarah auraient dû se trouver au-dessous de moi. Ils me dépassèrent quelques brefs instants plus tard, en un mouvement de spirale, Reg 1 la main aux suspentes, et Sarah suspendue comme un petit enfant, les jambes pendantes. Reg 1 prit position entre moi et Reg 2, qui se trouvait quelque part au-dessous de nous.

C'était donc moi qui fermais la marche. Tant que je resterais directement au-dessus de Reg 1, touchant des pieds sa voilure au-dessous de moi, je ne risquais pas de me perdre – à moins que Sarah et lui-même ne s'égarent. Mais Reg 1 suivait, de son côté, Reg 2, au-dessous de lui. Celui-ci se chargeait de la navigation, et nous nous bornions à surveiller et coordonner notre descente. Et, en fin de compte, si les choses tournaient vraiment mal, nous aurions toujours la ressource de communiquer par la voix une fois que nous aurions pu débrancher nos respirateurs.

Reg 2 devait garder l'œil sur le cadran de son *sat nav* (*global positioning device via satellite*). Merveilles de la technique ! Nous nous déplacions à 35 nœuds environ, notre voilure nous donnant 20 nœuds, et le vent porteur y ajoutant 15.

Je vérifiai mon altitude. Un peu plus de 28 000 pieds – excellent. Je vérifiai aussi mon propre *sat nav* – parfait. Toutes les manœuvres nécessaires avaient maintenant été effectuées, le système d'alimentation en oxygène fonctionnait. Tout allait bien. Le moment était venu de chercher un peu de confort. Je me remontai sous ma voilure et agitai les jambes pour faire descendre les sangles qui me martyrisaient à mi-cuisses.

Au bout d'une trentaine de minutes, je commençai à distinguer des lumières au-dessous de moi. Des villages et des petites villes avec des lampadaires éclairant les routes pendant quelques centaines de mètres au-delà des zones habitées. Puis l'obscurité jusqu'à la prochaine agglomération, quelques phares de voitures étant seuls à indiquer le tracé de la route.

Je regardai de nouveau mon altimètre. J'étais à 16 200 pieds. Je me dis que j'allais attendre encore quelques minutes, puis retirer mon masque à oxygène. Ce fichu truc m'incommodait. Si je commençais à ressentir des étourdissements, j'en serais quitte pour me le remettre sur le visage et aspirer deux ou trois bouffées. J'étais alors juste au-dessous de 16 000 pieds. Je me sentais le visage tout moite et la bouche pleine de salive. Je décrochai le masque de la main droite, et il se mit à pendre le long de ma joue gauche.

Le froid vint me saisir tout autour de la bouche, là où la sueur était venue s'accumuler sous le masque. Mais la sensation était quand même bien agréable ; je pouvais ouvrir et refermer la bouche et remuer un peu la mâchoire.

Au bout d'une dizaine de minutes, je consultai de nouveau mon altimètre : 6 500 pieds. Le moment était venu de travailler un peu. Je mis les lunettes de vision nocturne qui étaient restées, jusque-là, accrochées à un morceau de suspente autour de mon cou et commençai à chercher du regard l'éclat d'un Firefly infrarouge. C'était l'équivalent de ces lumières qui, du haut d'une tour, guident les avions la nuit, mais il s'agissait, là, de lampes portatives projetant leur lueur à travers un filtre infrarouge. Nul ne pourrait les voir à part nous – ou, bien sûr, d'autres personnes équipées de nos lunettes de vision nocturne. Je fouillai l'obscurité des yeux, puis, soudain, j'aperçus la lumière sur la droite, à trois heures environ.

Nous en venions à l'approche finale. Je m'appliquais à me tenir bien au-dessus et un peu en arrière de la voilure de Reg 1. Celle-ci était plus vaste que la mienne en raison du poids supplémentaire qu'elle avait à supporter. J'entendis Reg 1 donner ses instructions à Sarah avec le ton d'un instituteur d'école maternelle :

— Bien. D'une minute à l'autre, maintenant. Gardez les genoux pliés et les jambes souples. Vous avez les genoux pliés ?

Je ne distinguai pas la réponse de Sarah, mais elle dut accuser réception de la consigne. J'ôtai mes lunettes et les laissai de nouveau pendre au bout de leur filin.

— OK, reprit Reg 1. Prenez-moi les poignets, maintenant.

Je ne pouvais encore distinguer le sol ; il faisait trop noir. Mais j'entendis :

— Attention, attention... Bientôt... On y est...

Puis le bruit de son sac touchant le sol au-dessous et son commandement à Sarah :

— Maintenant !

Sa voilure commença à s'effondrer au-dessous de moi, alors que je dérivais moi-même vers le sol. Mon sac pendait au bout des courroies à mes pieds. Je le poussai, et il fila au-dessous de moi au bout d'un filin de trois mètres. Dès que je l'entendis toucher terre, j'abattis à mon tour ma voilure. Arrivé au sol, je fis trois ou quatre enjambées en courant, me retournai rapidement et tirai sur les suspentes pour effondrer le parachute.

Quelqu'un apparut derrière. Les Regs 3 à 6 étaient sur place depuis cinq jours déjà, et c'étaient eux qui avaient préparé la DZ. J'ignorais totalement comment ils avaient été introduits dans le pays et je m'en fichais royalement.

— Ça va, camarade ?

Je reconnus immédiatement la voix. Glen, le seul de l'équipe dont je savais le nom, était le responsable au sol de la RWW.

— Ça va, vieux. Au poil.

— Parfait. On fait le ménage.

Quelques minutes plus tard, notre matériel de saut, nos combinaisons spéciales, nos masques à oxygène et le reste avaient été entassés dans de grands sacs-poubelles, et nous nous retrouvions à bord de deux Toyota Previa dont les chauffeurs portaient des lunettes de vision nocturne et fonçaient dans le désert en rebondissant joyeusement sur les bosses du terrain. Le but de notre promenade nocturne était une zone industrielle proche d'une ville située à moins de deux kilomètres des Hauteurs du Golan et de la frontière israélienne. Nous étions tous habillés de la même façon, de tenues de saut vertes, avec, au-dessous, des vêtements civils.

Nous avions eu le choix de nos bottes. Les miennes étaient des Nike de longue randonnée, dont on avait dû s'assurer qu'elles étaient bien en vente dans les magasins de Tel-Aviv.

Glen et moi nous connaissions depuis longtemps. Nous avions fait les épreuves de sélection ensemble au début des années quatre-vingt, et nous avions, ensuite, fait la cour à la même fille, qui était, depuis, devenue sa femme. Il avait à peu près le même âge que moi, approchant doucement de la quarantaine. Il avait le type un peu méditerranéen, avec un teint olivâtre, quelques verrues d'où sortaient des poils et l'air un peu mal rasé. Toujours souriant, il était généreux et heureux de vivre, amoureux de sa femme et de ses deux gosses, amoureux de son métier, probablement amoureux, aussi, de sa voiture et du chat de la maison. Pendant les cinq jours précédents, son équipe et lui avaient préparé une opération à l'explosif contre une centrale électrique locale, de façon à mettre la ville dans le noir quand nous lancerions notre raid, et je savais que Glen avait adoré cela.

*

— Maintenant, on continue à pied.

À partir de ce moment, nous ne pourrions plus parler qu'à voix très basse et en cas d'absolue nécessité. Comme nous descendions des véhicules, je fis signe à Sarah de me rejoindre à l'écart de la troupe. Nous nous glissâmes dans une oliveraie, nous faufilant entre les petits troncs noueux des arbres. Les étoiles nous fournissaient juste assez de lumière pour ce faire. Ce que j'ai toujours le plus aimé dans ces régions, ce sont les étoiles, qui vous donnent l'impression d'avoir vue sur l'univers tout entier.

Les Regs endossaient leurs sacs et se préparaient. On pouvait distinguer la vague lueur de la ville, montant du sol comme une sorte de rayonnement à quelque cinq kilomètres au-delà de l'objectif. L'air de la nuit semblait froid après la chaleur accumulée à l'intérieur des véhicules, et j'avais hâte de bouger.

Sarah avait un sac plus petit que le mien, contenant sa trousse de secours et tout ce qu'elle estimait personnellement nécessaire. Quand on avait emballé le matériel purement opérationnel, en effet, chacun était libre de ce qu'il mettait en plus dans son sac.

Glen vint nous rejoindre.

— Ça va, vous deux ? demanda-t-il joyeusement, comme s'il tentait de remonter le moral de Sarah.

Elle le regarda d'un air froid et lui dit sèchement :

— Allons-y, si vous voulez bien.

Il y eut un silence pendant que Glen digérait la réplique. Il n'en avait visiblement pas apprécié le ton.

— Bien, dit-il, on y va.

Puis il ajouta à l'intention de Sarah :

— Vous derrière moi, et Nick derrière vous, OK ?

Sur la piste traversant les oliveraies, je voyais des silhouettes obscures se mettre en file indienne. Ma seule mission, en fait, était de protéger Sarah. Nous n'avions pas révélé la chose à Glen, mais s'il y avait drame, nous devions tous deux nous esquiver à tout prix – et à toute allure – en laissant les autres se faire tuer.

Nous avancions dans la nuit, de zone d'ombre en zone d'ombre, la crosse de la Car 15 au creux de l'épaule, l'index sur le pontet, le pouce sur la sûreté. Sarah, elle, ne portait qu'un Beretta à des fins d'autodéfense. Nous étions là pour faire le reste à sa place.

Pendant une quarantaine de minutes nous continuâmes à avancer ainsi entre les bouquets d'oliviers. Quand nous fîmes finalement halte, on n'entendait plus que les criquets et le vent dans les arbres. Devant nous se trouvait l'objectif, une rangée de six ou sept bâtiments industriels légers, avec des façades en briques et des toits plats en aluminium. L'ensemble du complexe était entouré d'une clôture en fils de fer de trois mètres de haut, avec une seule entrée, fermée d'une barrière pour la nuit. La route était éclairée par des lampadaires à lumière jaune disposés tous les 30 mètres, et il y avait sur tous les bâtiments des projecteurs illuminant les façades et les volets fermant les fenêtres. Il y avait également de la lumière à l'intérieur de certains des bâtiments, mais l'on ne voyait rien bouger. Hormis la clôture, il ne semblait y avoir aucun dispositif de sécurité. À première vue, on aurait pu croire que l'ensemble n'abritait rien de plus sérieux que des pièces détachées pour vélomoteurs.

Glen vint à ma hauteur et me dit à voix basse :

— L'objectif... Tu vois le bâtiment le plus proche sur la gauche ? Tu vois les lumières ?

Je hochai la tête affirmativement.

— Très bien. Tu comptes trois fenêtres à partir de la gauche. C'est là que l'oiseau se trouve, à notre avis. Ou du moins qu'il était hier soir.

Le « à notre avis » n'était pas à négliger en tant que nuance : les dernières photos de « la Source » dont nous disposions avaient trois ans. Et je ne savais même pas son nom. Seule Sarah le connaissait, et elle seule pouvait faire une identification positive.

Je distinguais maintenant deux disques satellites mobiles et une antenne double sur le toit. On n'a, en principe, pas besoin de ce genre de matériel dans une simple entreprise de travaux publics.

Je m'assis au pied d'un olivier tandis que le commando se préparait, sortant très lentement son matériel des sacs afin de ne pas faire de bruit. Il n'y avait aucune source lumineuse vers le nord, où le terrain était totalement obscur. Reg 1 et Reg 2 conférèrent brièvement avec Glen, puis s'éloignèrent. Glen tira une antenne d'un boîtier métallique vert d'environ trente centimètres sur vingt, et se mit à presser des boutons. J'ignorais totalement comment pouvait s'appeler ce boîtier, mais je savais à quoi il servait. Une petite lumière rouge apparut, indiquant sans nul doute à Glen que la commande à distance des charges explosives installées dans la centrale électrique locale fonctionnait bien. J'imaginais qu'on avait installé sur les conduites de refroidissement un certain nombre de petites charges de la taille approximative d'une boîte de Coca-Cola. Il leur suffirait de percer l'acier des conduites pour que le liquide s'écoule et pour que les générateurs alimentant le secteur cessent tout simplement de fonctionner.

En attendant, Sarah voulait à toutes forces confirmation quant à l'emplacement de notre objectif, et elle ne cessait de harceler Glen à ce sujet :

— Vous êtes *sûr* que c'est ce bâtiment ? Vous êtes *sûr* qu'il y est ?

Glen, à qui elle portait déjà sérieusement sur les nerfs, lui rappela poliment mais fermement que si elle coiffait officiellement l'ensemble de l'opération, il avait, quant à lui, le commandement sur le terrain – et qu'elle n'avait donc qu'à la boucler et le laisser faire son travail. Je l'applaudis intérieurement.

Nous fîmes cercle autour de lui à l'extrémité de l'oliveraie tandis qu'il récapitulait ses instructions. Rien n'avait changé au plan primitif. C'était Sarah qui devait donner le feu vert ou le feu rouge pour le déclenchement de l'opération. Il la regarda, et elle fit un signe de tête affirmatif.

— OK, tout le monde, dit-il. On y va.

Il reprit sa boîte à malices, tira l'antenne jusqu'au bout, et j'entendis le déclic d'un bouton qu'on pressait. Environ deux secondes s'écoulèrent, puis une grande lueur apparut à distance, bien au-delà du site industriel. Puis, au bout d'une vingtaine de secondes, toutes les lumières s'éteignirent dans les bâtiments que nous observions. Ce fut l'obscurité totale.

Glen reprenait goût à la vie, malgré la présence de Sarah. Il sourit largement et dit :

— OK. Allons-y !

Longeant les oliviers au petit trot, nous allâmes jusqu'à hauteur de l'ouverture qu'avaient, entre-temps, pratiquée dans la clôture Reg 1 et Reg 2, qui la maintenaient ouverte pour nous faciliter l'accès.

Tirant parti de l'obscurité, nous parcourûmes au sprint les 50 mètres qui nous séparaient du bâtiment-cible. On entendait s'échapper d'une fenêtre ouverte des jurons et des imprécations, mais aucun cri d'alarme. Les occupants semblaient seulement furieux de la brusque coupure de courant. Peut-être étaient-ils en train de regarder une nouvelle version syrienne de *Starsky et Hutch* ou quelque chose de ce genre. De temps à autre, j'apercevais la lueur d'une torche électrique à l'intérieur.

Nous atteignîmes l'extrémité du bâtiment, et tout le monde se colla au mur, Glen, au coin, observant ce qui se passait sur l'autre face. C'était là, sur notre gauche, que se situait notre point d'accès. Sarah se trouvait entre Glen et moi, reprenant son souffle en s'efforçant de ne pas le faire trop bruyamment.

Les trois autres membres de l'équipe étaient à genoux, prêts à intervenir. Si la porte était verrouillée, ils allaient devoir la faire sauter. Ils commencèrent à extraire des trousses qu'ils portaient à la ceinture les charges déjà préparées, déroulant lentement un cordon blanc ressemblant un peu à une inoffensive corde à linge mais bourré d'explosifs à grande puissance.

D'un lent mouvement parfaitement contrôlé, ils se relevèrent, mais, comme ils avançaient déjà vers la porte, celle-ci s'ouvrit brusquement.

Des voix arabes retentirent. Le cordon explosif fut rapidement posé au sol, et je vis les trois camarades reporter leurs mains à leurs trousses de ceinture. Ils allaient devoir, cette fois, mettre hors circuit les nouveaux venus, mais dans le silence et la discrétion.

Les voix se rapprochèrent, et deux jeunes hommes tournèrent le coin, fumant et parlant avec animation – sans doute de la coupure de courant et du feuilleton télé dont ils avaient raté la fin.

Deux des Regs leur tombèrent dessus, et j'entendis presque aussitôt un bourdonnement et un craquement caractéristiques, les « Tazers » étaient entrés en action. Les Tazers sont la version « humaine » de ces aiguillons électriques qu'on utilise pour le bétail. Quand les deux électrodes touchent un corps, on presse un bouton expédiant un choc de 100 000 volts. Le sujet est totalement neutralisé, mais sans dommage permanent – à ce que, du moins, affirme la notice technique.

Ces deux sujets-là allèrent directement au sol, avec des gémissements que des mains expertes s'employèrent rapidement à étouffer. Glen mit alors ses lunettes de vision nocturne, et nous fîmes de même.

Nous tournâmes le coin, avec Sarah toujours entre nous. Nous avions maintenant atteint le point de non-retour ; commencée, l'opération devait se poursuivre à tout prix.

Nous nous engouffrâmes dans la porte. Un Reg s'y posta

en surveillance, en attendant que les deux autres le rejoignent, traînant derrière eux les Syriens inanimés. Le corridor dans lequel nous débouchâmes était obscur et silencieux.

— Avec moi, avec moi, avec moi, murmura Glen.

Nous tournâmes à droite. À travers nos lunettes de vision nocturne, le monde avait pris l'allure d'un négatif photographique verdâtre. Par les fenêtres, sur notre gauche, je pouvais voir l'extérieur du bâtiment. De l'autre côté se trouvaient des portes en contre-plaqué donnant apparemment sur des bureaux. Un conditionnement d'air insuffisant rendait presque entêtante l'odeur de café, de sueur et de cigarettes.

Nous arrivâmes à une bifurcation en forme de T. Glen s'arrêta sur la gauche, avec Sarah juste derrière lui. Je me portai à sa hauteur sur la droite. Je ne savais dans quelle direction il nous fallait aller, mais Glen allait me l'indiquer. Je le regardai et vis qu'il dirigeait le faisceau du projecteur infrarouge fixé à son arme vers la droite.

Je tournai le coin, avançai de trois ou quatre mètres, l'arme braquée, et attendis. Je savais que Glen allait faire de même de l'autre côté. Je vis son faisceau infrarouge balayer le mur, puis tous deux me dépassèrent sur la gauche. Sarah avait toujours son pistolet dans l'étui, et elle se tenait très près de Glen. Le sol était fait de dalles de béton d'après le bruit de nos semelles en caoutchouc.

Glen fit soudain halte et désigna une porte. Il abaissa son arme, se colla le dos au mur à gauche de la porte et étendit la main vers la poignée de celle-ci. J'allai me porter sur le côté opposé, l'arme toujours épaulée, prêt à entrer. Il me fit un signe de tête. Je dégageai le cran de sûreté de mon arme et fis signe à mon tour. Il tourna la poignée et je fis mon entrée en poussant la porte.

Je me retrouvai soudain aveuglé. Je ne voyais plus que du blanc à travers mes lunettes. C'était comme si quelqu'un avait fait exploser une fusée sous mes yeux.

— Ces foutues lumières sont revenues ! cria Glen.

Je tombai à genoux et arrachai de mon visage les lunettes, en clignant des yeux pour essayer de retrouver une vision à peu près normale. Je perçus un mouvement dans le coin droit de la pièce et roulai sur moi-même en direction de la gauche, en m'efforçant de réduire au maximum la cible que je pouvais offrir. Ayant à peu près recouvré la vue, j'aperçus un homme d'âge moyen, presque totalement chauve. Il était recroquevillé contre le mur du fond, se protégeant le visage de ses mains, faisant face à la fois à un homme armé et au retour brutal des lumières. Un générateur de secours avait dû entrer en action.

Dans le même temps, toute une batterie d'appareils électroniques et d'ordinateurs de toutes tailles et toutes catégories s'était remise en action avec des bruits caractéristiques.

Je portai de nouveau mon arme à mon épaule et la braquai sur l'homme. Il comprit immédiatement et resta immobile. J'appelai Sarah.

Elle s'avança et confirma :

— C'est lui.

Elle lui dit quelques mots en arabe, et, obéissant visiblement au doigt et à l'œil, il s'assit sur un divan, le long du mur. Il ne bougeait pas. Il avait les yeux écarquillés, tentant à la fois de reprendre ses esprits et d'écouter ce que lui disait Sarah.

Je tirai de mon sac six engins incendiaires au magnésium. Tout ce que nous avions à faire était de les allumer et de nous replier en vitesse.

Ce fut alors que Sarah tira de son sac un ordinateur portable, qu'elle brancha, tout en continuant à parler à la Source. Elle l'interrogeait au sujet d'inscriptions en arabe apparaissant sur deux des multiples écrans qui nous entouraient. Il répondait à toute allure, visiblement désireux de rester en vie.

Quant à moi, je me posais des questions. Tout cela ne figurait pas dans le plan prévu. Je m'efforçai de parler avec calme.

— Sarah, lui dis-je, qu'est-ce que tu fiches ? Allez, il faut se tirer…

Glen restait à l'extérieur de la pièce, dans le corridor de nouveau éclairé, pour nous protéger. Il n'allait pas tarder à trouver le temps long. Après tout, nous avions ce que nous étions venus chercher.

— Sarah, insistai-je, tu en as pour combien de temps ?

Elle continuait son petit travail, et je commençais à en avoir sérieusement assez ; nous n'étions pas censés être là pour cela.

— Aucune idée, me répondit-elle. Fais ton boulot, et que personne ne mette les pieds ici...

Je revins à la charge :

— Ça va tourner à la merde, Sarah. On le prend sous le bras et on se tire d'ici !

Elle ne daigna pas répondre. Elle continuait à pianoter sur son clavier sans même me regarder.

Notre client restait figé sur son divan, l'air aussi perplexe que moi.

Glen, lui, commençait à s'agiter. Il passa la tête à la porte et demanda :

— Combien de temps encore ?

— Mais qu'est-ce que vous avez, tous ? fit Sarah. Attendez.

Elle semblait fascinée par ce qu'elle avait devant elle. J'allai vers elle et m'efforçai de la prendre par les sentiments.

— Sarah, il faut se tirer. Sinon, nous serons dans la merde jusqu'aux oreilles.

Je lui saisis le bras, mais elle se dégagea brutalement en me foudroyant du regard.

— Je ne comprends pas où est le problème, lui dis-je. Nous avons la Source. On l'emmène et c'est tout.

Seuls quelques centimètres séparaient nos deux visages, et je sentis son souffle sur ma joue lorsqu'elle me répondit.

— Il y a plus à faire, Nick, déclara-t-elle lentement et fermement. Tu ne connais pas tout le dossier.

Je me sentis soudain ridicule. J'étais, comme d'habitude, au bas de la chaîne, et l'on ne m'avait montré, de toute évidence, qu'une petite pièce d'un beaucoup plus vaste puzzle. On justifie cela avec des termes pompeux comme « nécessité de savoir » ou « secret opérationnel », mais la simple vérité est qu'on ne veut pas faire confiance à des gens comme moi ou comme Glen.

Alors même que je reculais d'un pas, le silence ambiant se trouva brusquement rompu, d'abord par des cris, puis par le bruit caractéristique d'AK 47 tirant par rafales, faisant voltiger leurs courts projectiles de 7,62 mm tout autour du bâtiment.

— Merde ! Ne bougez pas ! nous cria Glen du couloir.

Il s'éloigna en courant, et je fermai la porte.

J'entendais maintenant les détonations moins violentes des Car 15 ripostant, ainsi que des ordres hurlés tant du côté des Syriens que du nôtre.

— Sarah, fis-je, en m'efforçant de ne pas m'énerver. C'est le moment de partir.

Elle continuait à travailler en me tournant carrément le dos. Notre nouvel ami, sur son divan, donnait des signes croissants d'inquiétude. Je pouvais comprendre ce qu'il ressentait. Il y eut un autre échange de coups de feu au-dehors.

— Merde, Sarah ! criai-je. Il faut y aller… Maintenant !

Elle se retourna, le visage contracté par la rage.

— Pas encore !

Elle m'avait pratiquement craché les mots au visage. Elle pointa un doigt vers l'extérieur, où d'autres coups de feu retentissaient.

— C'est pour cela qu'ils sont payés, fit-elle. Laisse-les faire. Ton travail, c'est de rester avec moi. Alors, tu le fais !

Glen était à l'extrémité du corridor, me hurlant :

— Fais-les sortir ! Fais-les sortir tout de suite !

Je traversai la pièce en direction de la Source. L'homme était maintenant roulé en boule, comme un enfant terrorisé. Je lui saisis le bras et entrepris de l'extraire de son divan. Je n'avais même pas eu à lui passer les menottes en plastique dont je m'étais muni.

— Allez, Sarah ! criai-je. On y va… Maintenant !

Elle se retourna de nouveau, et je me rendis soudain compte qu'elle défouraillait contre moi, le pistolet braqué en direction de mon estomac. Elle se recula, de façon à mettre entre nous assez de distance pour que je ne puisse réagir.

Mon nouvel ami ne voulait rien savoir de tout cela. Comme je continuais à le tenir par le bras, il s'était mis à réciter lentement en arabe ce qui ressemblait fort à la prière des agonisants.

Sarah ne parut pas apprécier ce pieux comportement.

— Fais-le s'asseoir ! me cria-t-elle.

Et elle lui dit en arabe quelque chose qui eut pour effet de le faire se précipiter de nouveau vers le divan. Puis elle braqua son regard sur moi.

— Je reste là, me dit-elle. Ce que *nous* faisons ici est important. Compris ?

Si quelqu'un pointe un pistolet sur vous, quelle que soit cette personne, vous tendez à comprendre très vite. Elle se retourna calmement, replaça son pistolet dans l'étui et se remit au travail sur le clavier.

Je fis une dernière tentative :

— Est-ce qu'on ne pourrait pas l'embarquer, prendre les ordinateurs avec lui et se tirer ?

Elle ne m'accorda même pas un regard.

— Non. C'est comme cela que ce doit être fait.

J'entendis à ce moment des voix s'exprimant en arabe à l'intérieur du bâtiment. Si je voulais protéger Sarah, ainsi que j'en avais reçu l'ordre, la meilleure méthode consistait à aller au-devant des éventuels assaillants avant qu'ils ne nous tombent dessus.

— Je fais une sortie, murmurai-je à Sarah d'un ton pressant. Ne bouge pas d'ici avant que quelqu'un vienne te chercher. Tu m'as bien compris ?

Elle leva la tête et fit un léger signe d'acquiescement. Je vérifiai mon chargeur, épaulai la Car 15 et, la tenant fermement par la poignée pistolet pour la maintenir au niveau requis, j'ouvris la porte de la main gauche.

Le corridor était éclairé. Les bruits d'accrochage se faisaient plus intenses sur ma droite, mais c'étaient les sons venant de la gauche qui m'inquiétaient dans l'immédiat. Je décidai de me porter au croisement des couloirs. De cette façon, il y aurait une protection armée de chaque côté de la pièce où se tenait Sarah.

Je refermai la porte derrière moi et me mis à courir. Mais, au bout de sept ou huit foulées, comme je passais devant une porte donnant sur l'extérieur, celle-ci s'ouvrit brusquement à la volée, me cueillant de plein fouet. Le choc fut tel que j'eus l'impression d'avoir été renversé par une voiture. Je fus projeté contre le mur d'en face, presque assommé et le souffle coupé. Pire encore, le choc m'avait arraché mon arme des mains.

Le Syrien qui venait de faire cette entrée fracassante et moi poussâmes deux hurlements simultanés : moi de douleur, quand j'eus retrouvé un peu de souffle, et lui de surprise. Il profita de ce que je me trouvais à terre pour me sauter dessus, et nous nous empoignâmes en roulant sur le plancher comme deux écoliers. Je tentai d'atteindre la crosse de mon pistolet sur ma cuisse droite, mais il m'avait saisi sous les aisselles et son étreinte était celle d'un ours. J'étais immobilisé, les bras dans le vide comme le Bonhomme Michelin.

Je tentai de jouer des pieds puis de le frapper de la tête. Il faisait de même. Nous hurlions l'un et l'autre.

Il empestait et avait une barbe d'une huitaine de jours qui me râpait le visage et le cou tandis qu'il continuait à resserrer son étreinte. C'était un vieux costaud, représentant une bonne centaine de kilos de muscles et de chair compacte.

Il appelait ses camarades à l'aide aussi fort qu'il le pouvait, mais j'avais besoin d'aide, moi aussi. J'appelai à pleins poumons Sarah. Elle ne pouvait pas ne pas m'entendre, mais elle ne réagissait pas pour autant. Je ne savais pas très bien ce qu'essayait de faire mon adversaire, s'il voulait à toutes forces me tuer ou s'il cherchait juste à se protéger.

Je hurlai de nouveau :

— Sarah ! Sarah !

Mon adversaire réagit en levant un peu la tête pour crier encore plus fort que moi. J'en profitai pour le gratifier d'un nouveau coup de boule, cherchant à viser un endroit un peu sensible. Il fit de même. Puis, quelque chose se produisit, qui fit évoluer la situation. On ne ressent pas normalement de douleur immédiate au cours d'une bagarre, mais là, j'en éprouvai subitement une – et atroce – à l'oreille gauche. Ses dents s'y étaient logées. Je pouvais véritablement *entendre* ma peau se rompre et ses dents grincer pour mordre plus fort encore. Cette ordure avait l'extrémité du lobe d'une de mes oreilles dans la bouche et il commençait à reculer la tête.

Les capillaires s'étant rompues aussitôt, un sang chaud et gluant coulait sur ma joue. Le Syrien, lui, poursuivait frénétiquement ses efforts pour m'arracher le bout de l'oreille. Je continuais à jouer des bras comme je le pouvais pour essayer d'atteindre mon pistolet, ce qui n'arrangeait pas l'état de mon oreille.

Je réussis à nouer mes jambes autour de son ventre imposant. J'essayais de serrer, mais mes pieds parvenaient à peine à se rejoindre. Je sentis son visage se détacher légèrement du mien, puis il rejeta la tête en arrière, emportant un morceau d'oreille avec lui. Une onde de douleur fulgurante vint parcourir tout un côté de ma tête, mais, comme il s'était un peu reculé, je parvins à encercler son crâne de mes mains. Je voyais le sang dégouliner sur son visage et le mucus couler de son nez tandis qu'il s'efforçait de respirer, les mâchoires toujours contractées. Mes doigts parvinrent jusqu'à ses yeux, et il se mit à me serrer plus fort encore contre lui, secouant la tête et hurlant. Mais j'avais maintenant une bonne prise sur son visage et mes pouces commençaient à s'enfoncer plus profondément dans ses orbites. Il tenta de me mordre les doigts. Je bougeai ma main droite, de façon à bien le prendre, la paume à plat sous le menton, puis je glissai la gauche à l'arrière de son crâne et saisis une poignée de cheveux.

Pour briser la nuque de quelqu'un, il ne suffit pas de lui faire brusquement pivoter la tête. La mécanique humaine est de trop bonne qualité. Ce qu'il faut faire, c'est dévisser, comme si l'on ouvrait le couvercle d'un pot de condiments. On s'efforce ainsi de décrocher la tête de la première vertèbre du cou, l'atlas, à la base du crâne. C'est relativement facile si l'on se bat contre quelqu'un se trouvant debout, car si on le met en déséquilibre, son corps tombe alors même qu'on lui dévisse le cou, et son propre mouvement travaille contre lui. Mais dans mon cas, il n'en était pas question ; tout ce que je pouvais faire, c'était maintenir mon adversaire en place avec mes jambes nouées autour de lui tandis que je continuais à essayer de lui dévisser la tête.

Il savait ce qui se passait, mais, heureusement pour moi, il était trop vieux et trop gras pour s'y opposer efficacement.

Sa nuque céda sans faire trop de bruit, et son corps s'effondra soudain sans même un soubresaut. Il devint simplement inerte. J'avais les mains couvertes de sang, de mucus et de salive. Je me dégageai en roulant sur moi-même et rejetai le corps du pied.

Mon arme n'était qu'à un mètre cinquante à peine. Je la ramassai et vérifiai que le chargeur était toujours en place et qu'il y avait une cartouche dans la chambre. Je me mis en mouvement pour aller rejoindre Sarah, puis je m'arrêtai net et revins en courant vers le corps du Syrien. J'entendais toujours hurlements et rafales de coups de feu à moins de trente mètres de moi, au-dehors, mais il est curieux de constater le peu d'importance que prennent ces détails quand on a un autre sujet de préoccupation majeure.

Après quelques recherches rapides, je retrouvai mon morceau d'oreille, resté dans la bouche du Syrien. Je n'allais pas perdre mon temps à essayer d'arrêter l'hémorragie, car je savais que je n'y arriverais pas ; les capillaires saignent tant qu'elles peuvent, et il faut laisser faire la nature. Mais je tenais à ce que mon morceau d'oreille sectionné puisse être recousu. Professionnellement, il serait mauvais d'avoir un lobe d'oreille manquant, car cela constituerait un élément d'identification visuelle gênant, et, de plus – je connaissais des gens dans ce cas –, le résultat était particulièrement affreux. Il m'aurait fallu me faire couper les cheveux à la mode des années soixante pour dissimuler la chose.

Le morceau d'oreille récupéré, je revins vers le bureau où se trouvait toujours Sarah et frappai violemment à la porte.

— Sarah, criai-je. C'est moi. J'entre. Je répète : j'entre.

Glen était toujours au bout du corridor. En entendant ma voix, il cria à son tour :

— Arrive, bon Dieu ! Sors-moi cette gonzesse par la peau du cul et rappliquez... Tout de suite !

Il avait raison. Trop, c'était trop. Et si nous traînions encore, nous allions tous y passer.

Je poussai la porte. Sarah était toujours devant l'un des ordinateurs sur lequel elle avait branché son portable. Je jetai un coup d'œil à la Source. L'homme se trouvait encore sur le divan, dans la position où je l'avais laissé, immobile, comme s'il regardait un programme de télé particulièrement passionnant.

Un filet de sang s'échappait d'un trou dans sa chemise, mais c'était surtout celui qu'il avait au milieu du front qu'on remarquait. Le sang en dégoulinait comme une coulée de lave. Sa tête s'était renversée en arrière sur le dossier du divan, où sang et matière cervicale s'étaient un peu répandus.

Sans même me regarder et en continuant à pianoter sur son clavier, Sarah me dit :

— Il a tenté de m'attaquer. Mais il est heureux, maintenant – Dieu lui a certainement donné la *seqina*.

Charitablement, elle traduisit :

— La sérénité.

Je regardai de nouveau l'homme. Il n'avait à aucun moment tenté de bouger d'où il était lorsque je me trouvais dans la pièce, et la sérénité ne se lisait certainement pas sur son visage. Il n'avait, à coup sûr, attaqué personne. Mais qu'importe ! Cela ne me regardait pas. Cela faisait probablement partie de la mission parallèle qui avait été confiée à Sarah à mon insu. Un violent tir d'AK 47 me ramena aux réalités immédiates.

— Allez, Sarah, on y va ! Et tout de suite !

Elle secoua la tête.

— Non, dit-elle. Il me faut quelques secondes encore.

Les engins incendiaires étaient toujours sur la table. L'une de mes missions – à moins que Sarah me dise brusquement que cela aussi avait été changé – était de détruire tout le matériel électronique se trouvant sur place.

Sarah frappa la touche finale.

— OK, fit-elle. On peut y aller.

Elle entreprit de rassembler son barda. J'allai jusqu'au divan, en expulsai le corps inerte de la Source et le fis rouler au sol. Puis, tirant le divan à travers la pièce par l'un de ses accoudoirs, j'allai l'appuyer contre le plan de travail supportant la batterie d'ordinateurs. Je saisis la corbeille à papiers, en répandis le contenu sur le plan de travail, en y ajoutant un tapis prélevé sur le plancher et deux chaises en bois. Je voulais le plus de matériel combustible possible à proximité des engins incendiaires.

— Tu es bien *sûre* que tu es prête, maintenant ? lançai-je à Sarah.

C'était la première fois qu'elle me regardait depuis mon combat singulier avec le Syrien. La bouillie rougeâtre qui me couvrait un côté du visage retint un instant son attention. Je retirai la goupille du premier engin et le disposai sur le plan de travail, entre deux ordinateurs. La cuiller se leva, et lorsque j'eus posé le dernier engin, tout avait déjà commencé à brûler allégrement. Je pouvais sentir la chaleur, même à travers ma tenue de saut.

J'abandonnai mon sac à dos sur place ; tout ce dont j'avais encore besoin était dans ma trousse de ceinture. L'air s'emplissait maintenant des âcres fumées noires qu'engendre le plastique en brûlant. Je saisis le bras de Sarah, qui avait, elle, son sac plein sur les épaules et gagnai la porte. J'ouvris celle-ci de quelques centimètres et criai à Glen :

— On arrive ! On arrive !

Il me hurla à son tour :

— Ferme ta gueule et cours ! Cours !

Je ne regardai ni à droite ni à gauche. Je fonçai simplement en reprenant le chemin que nous avions emprunté au départ. En moins d'une minute, j'étais à l'air libre, cherchant des yeux la brèche dans la clôture. Il était inutile de prendre de savantes précautions pour éviter les coups de feu. Je me bornai à me courber en courant, pour offrir une cible plus réduite, poussant Sarah devant moi.

J'aperçus Glen derrière moi, puis un autre gaillard encore un peu plus en arrière. Nous foncions tous vers la clôture, alors que les balles venaient labourer le sol autour de nous. Les Syriens tiraient, comme à leur habitude, par trop longues rafales et ne parvenaient pas à contrôler leur visée.

Reg 1 souleva la partie sectionnée de la clôture. Sarah fonça dans la brèche en glissade, tête en avant, comme un joueur de base-ball. Elle s'arrêta net de l'autre côté, et, la suivant, je la catapultai hors du chemin, de façon à ce que nous ne bloquions pas la brèche pour les deux autres.

— Fonce ! Fonce ! lui criai-je.

Mais, derrière nous, personne ne venait. Reg 1 avait déjà vu pourquoi.

— Un homme à terre ! clama-t-il. Un homme à terre !

Regardant derrière moi, dans la demi-pénombre, je vis une forme sur le sol à une vingtaine de mètres. Celui qui se trouvait avec l'homme à terre avait déjà accroché celui-ci par la boucle de son harnais et s'efforçait de le tirer vers la clôture. Chacun d'entre nous portait un harnais avec une grande boucle de nylon entre les épaules nous permettant d'être, le cas échéant, tiré ou accroché au câble d'un treuil d'hélicoptère pour évacuation ultra-rapide.

— Reste ici. Ne bouge pas ! criai-je à Sarah.

Je vis à son expression que, pour une fois, elle allait faire ce qu'on lui disait.

Je courus vers l'homme qui tirait son camarade, et, à deux, nous parvînmes à traîner Glen jusqu'à la brèche. Il gémissait et grognait comme un homme ivre :

— Merde ! Je suis touché. Je suis touché.

C'était bon. S'il parlait, il pouvait respirer.

Je m'aperçus que les jambes de sa combinaison luisaient de sang, mais nous verrions cela plus tard. La priorité immédiate était de le dégager, et nous avec lui, du secteur.

Je repassai la clôture en rampant, me tournai sur les genoux, saisis le harnais de Glen et entrepris de tirer celui-ci par la brèche. Sarah ne disait ni ne faisait rien. Son travail était fait. Le reste était hors de ses compétences. Reg 1 et Reg 2 attendaient avec elle. Les deux autres membres du commando nous offraient un tir de couverture dans l'oliveraie, se limitant à deux coups de feu successifs sur tout ce qu'ils pouvaient voir bouger derrière nous. Il leur fallait économiser les munitions ; nous n'avions pas des chargeurs inépuisables comme dans les films d'Hollywood.

— Repli sur le FRV [1]. Repli ! lança Reg 1.

Il avait produit un transmetteur satellite et expliquait que nous étions dans la merde. Je ne savais pas à qui il parlait, mais cela me faisait me sentir mieux.

Un homme sur deux avait dans son équipement une toile de nylon vert avec des poignées pouvant la transformer en

1. « Final Rendez-Vous », point de rendez-vous terminal. *(N.d.T.)*

civière. Reg 2 déploya la sienne sur le sol, tandis que je soulageais Glen de sa trousse de ceinture et de son sac, que je mis sur mon dos. Plus question de voyager léger. Glen était encore conscient quand nous le fîmes rouler sur la toile, mais il n'allait pas tarder à être en état de choc, si ce n'était déjà fait.

Le bruit que faisait sa respiration était effrayant. C'était un bruit de succion provenant d'une blessure à la poitrine ; l'air, au lieu de passer par la bouche, était aspiré dans la cavité thoracique. Mais nous n'avions pas le temps de faire quoi que ce soit sur place. Essayer n'aurait servi qu'à nous faire tous tuer. Il fallait attendre d'avoir gagné le point de rendez-vous terminal.

Reg 2 avait lui aussi identifié le bruit. Il prit la main de Glen et la lui plaça sur la poitrine en disant :

— Presse fort, vieux.

Glen n'était pas totalement inconscient. Il comprenait ce qu'il avait à faire. Avec une blessure à la poitrine, il n'était pas question de lui administrer de la morphine. Il allait devoir supporter la douleur.

À deux, nous soulevâmes la civière, un de chaque côté, et nous nous mîmes en route, avançant aussi vite que nous le pouvions, Sarah sur mes talons. Je ne me retournai pas pour regarder ce qui se passait derrière, mais j'entendis s'intensifier le tir de couverture de Reg 1 et Reg 2.

Nous atteignîmes les premiers arbres, nous enfonçâmes dans l'oliveraie, puis, à couvert, nous tournâmes vers la droite. Quand nous déposâmes Glen à terre, sur le dos, il était toujours conscient et respirait bruyamment. La lueur diffuse provenant de l'objectif que nous venions d'attaquer me permettait de voir à peu près ce que je faisais. Il n'y avait nul besoin de dégager les voies respiratoires de Glen, mais sa main était tombée de sa poitrine. J'y posai la mienne pour fermer la blessure. Avec un peu de chance, la plaie ainsi obturée, la respiration normale allait reprendre. Je pouvais lire la douleur dans ses yeux. Il toussa, cracha et réussit à demander :

— Comment est-ce ? Comment est-ce ? Oh, merde...

Son visage se contracta plus encore lorsque Reg 2 le

retourna à moitié pour l'examiner. C'était bon signe ; il sentait encore ce qui lui arrivait. Ayant terminé son examen, Reg 2 me dit :

— Pas de plaie de sortie.

La première chose à faire, dans ces cas-là, c'est de boucher les trous et de comprimer les plaies. Puis il faut fournir du fluide au blessé pour remplacer celui qu'il a perdu. Reg 2 sortit le paquet de pansements se trouvant dans la trousse de ceinture de Glen et l'ouvrit d'un coup sec. On utilise toujours les pansements du blessé ; on risque d'avoir soi-même besoin des siens ultérieurement. Le paquet de pansements était israélien, mais il paraissait exactement semblable aux nôtres : de grosses compresses bien épaisses auxquelles était attaché un bandage. Leur office, quelles que soient leur origine ou leur nationalité, est d'obturer les blessures et d'arrêter l'hémorragie par pression directe.

Une balle d'AK 47 avait également labouré la cuisse de Glen, fendant les muscles comme un couteau de boucher. Il perdait du sang très rapidement. Reg 2 entreprit d'obturer la plaie avec les compresses.

Il était heureux que Glen respirât encore, mais l'inconvénient était que nous n'arrivions pas à le faire taire.

— Comment est-ce ? grognait-il sans cesse. Comment est-ce ?

Je le regardai. Il était couvert de sueur, et la poussière s'était collée sur son visage.

— Ferme ta gueule ! lui dis-je. Ce n'est rien du tout. On va arranger ça...

On ne doit jamais laisser voir à un blessé qu'on est inquiet.

Sarah se trouvait à quelques pas derrière moi, surveillant le chemin que nous venions d'emprunter, le pistolet dégainé. Je l'appelai à mi-voix, mais sur le mode impératif :

— Sarah ! Viens ici !

Elle approcha et je lui dis :

— Pose ta paume sur ce trou pendant que je retire la mienne, et presse fort. OK ?

Glen était en train de perdre conscience. Je lui dis à l'oreille :

— Ça va, tu peux me parler, maintenant.

Il n'y eut pas de réponse.

— Hé, vas-y ! Parle-moi, connard !

Je lui tirai les cheveux, puis les favoris. Rien. Pas de réaction.

Je relevai la manche gauche de sa combinaison pour découvrir la bande adhésive de quinze centimètres de large qu'il avait à l'avant-bras. Au-dessous se trouvait le cathéter, déjà inséré dans une veine avant notre départ de Calcutta. Nous en portions tous un, et nous aurions été fous de ne pas le faire. Un peu d'anticoagulant dans le cathéter pour empêcher la formation d'un caillot, et l'appareillage tient largement vingt-quatre heures. On a le bras un peu douloureux ensuite, mais cela peut vous sauver la vie. Il est très dur de trouver une veine et d'y insérer un tube quand on a déjà perdu du sang et du plasma. Surtout dans le noir et sous le feu.

Reg 2 avait presque fini de s'occuper de la blessure à la cuisse. Cela n'aurait servi à rien d'y entasser superficiellement des pansements, car le muscle, au-dessous, aurait continué à saigner. Il fallait vraiment enfoncer les compresses dans la cavité en comprimant directement la blessure pour arrêter l'hémorragie. Ensuite, il allait falloir l'alimenter en fluide.

Sa respiration était devenue très rapide, ce qui n'était pas bon signe. Je tâtai sa jugulaire : même problème. Son cœur se surmenait pour faire circuler le peu de fluide qui lui restait dans le corps.

On nous tirait maintenant dessus de moins de cent mètres, mais toute mon attention se concentrait sur Glen.

Reg 2 cria à Sarah :

— Surveillez-le et prévenez-nous si sa respiration commence à se ralentir. Compris ?

Elle inclina la tête.

Je tirai de la trousse de Glen le diffuseur de plasma, un récipient d'un demi-litre en plastique transparent ayant à peu près la forme d'une bouteille de liquide à vaisselle. Je le dépouillai de son enveloppe israélienne, que j'eus soin de jeter au sol. Puis j'arrachai avec les dents la petite capsule destinée à garder l'embouchure stérile. Au diable l'hygiène ! Les infections, cela peut se traiter à l'hôpital. Le premier problème est d'y arriver vivant.

J'avais également sorti de son enveloppe de plastique le dispositif de goutte-à-goutte. J'enfonçai l'espèce de sonde se trouvant à l'une des extrémités dans le plastique fermant le goulot de la bouteille. Je desserrai l'écrou de fermeture, retirai le bouchon terminal et vis le liquide commencer à s'écouler dans le tuyau. Il vint asperger légèrement le visage de Glen. Celui-ci ne réagit pas. Mauvais signe.

La fusillade redoublait du côté syrien, et semblait se rapprocher de façon inconfortable. Et, pour la première fois depuis que nous avions gagné l'oliveraie, nos gars ripostèrent. Les Syriens étaient au contact.

Reg 1 avait toujours le commandement. Il était à plat ventre à la lisière de l'oliveraie, attendant que nous nous soyons occupés de Glen.

— Combien de temps encore ? demanda-t-il.

— Deux minutes, camarade, répondit Reg 2. Deux minutes. Et j'ai besoin de ta réserve de plasma.

Comme il se précipitait pour aller chercher celle-ci, je dévissai l'obturateur du cathéter, branchai le tuyau et mis en route le goutte-à-goutte.

Sarah continuait à comprimer la plaie de poitrine. Elle profita de ce que nous étions tous deux penchés au-dessus de Glen pour me souffler à l'oreille :

— Nick, écoute-moi. Il faut laisser les autres s'occuper de tout cela et s'en aller.

Elle avait raison, bien sûr. Nous aurions plus de chances de nous en tirer ainsi, et nous étions là pour nous en tirer.

Je l'ignorai néanmoins et continuai à m'occuper de Glen, pressant légèrement la bouteille pour faire mieux s'écouler le liquide. Elle insista :

— Allez, il faut partir maintenant, Nick. Souviens-toi, les autres sont payés pour faire ce qu'ils font en ce moment. Et toi, tu es payé pour me protéger.

Je l'ignorai de nouveau, et lui dis :

— Sarah, passe-moi ton plasma. En vitesse !

De sa main libre, elle fit glisser les sangles de son sac à

dos et fouilla dans celui-ci. La première bouteille était maintenant vide. Je bloquai le goutte-à-goutte. Sarah avait sa bouteille à la main.

— Ouvre-la, lui dis-je.

Elle déchira le plastique avec ses dents et me tendit le flacon. Non loin de nous, la fusillade persistait.

Reg 2 revint avec d'autres flacons, et s'effondra à côté de nous, pantelant. J'avais remis le dispositif en route. Reg 2 regarda Glen de plus près, et, brusquement, il se mit à hurler :

— Merde, merde, merde !

Puis, se penchant au-dessus du corps du blessé, il saisit la main de Sarah et la souleva de force. Nous entendîmes alors un bruit comparable à celui de l'air s'échappant d'un pneu crevé et un geyser de sang jaillit dans toutes les directions. La balle devait avoir percé le poumon, et l'oxygène s'échappait vers le trou creusé dans la poitrine, où la pression était devenue telle que les bronches s'étaient bloquées et le cœur n'arrivait plus à fonctionner convenablement. C'était pourquoi nous avions demandé à Sarah d'observer et d'écouter attentivement, guettant tout ralentissement des fonctions respiratoires.

Devant sa carence, Reg 2 entra dans une rage folle :

— Espèce de sale conne ! hurla-t-il en continuant à lui serrer le poignet. Pas foutue de faire les choses correctement ! Qu'est-ce que vous essayez de faire ? De le tuer ?

Elle resta un instant silencieuse, puis, très calmement, elle le rappela au sens de la hiérarchie :

— Lâchez-moi immédiatement et faites votre boulot, lui dit-elle.

Reg 2 lui replaça la main sur la blessure. Glen était encore conscient, mais à peine, et l'hémorragie interne continuait. Reg 2 approcha son visage de celui du blessé et se mit à lui parler :

— Dis-moi que tu m'entends, vieux... Fais-moi un signe...

Il n'y eut pas de réaction.

— On va t'emmener, camarade, poursuivit Reg 2. On va se tirer d'ici dans trois minutes. OK ? OK ?

Tout ce qu'il obtint comme réponse fut un râle sourd. Mais c'était au moins une réponse...

Reg 2 dut ensuite tourner Glen pour vérifier l'état du pansement apposé sur la jambe. Du sang se mit alors à couler de la blessure thoracique, filtrant entre les doigts de Sarah. Elle me regarda d'un air furieux, alors que je mettais en place un nouveau flacon. Elle aurait voulu à toutes forces se replier.

Les autres, cependant, arrivaient auprès de nous, à bout de souffle et s'interrogeant sur ce qui s'était produit.

— Tout le monde est là ? demanda Reg 1.

Il vint vers nous et jeta un coup d'œil à Glen.

— Il est transportable ?

— C'est ce que nous allons voir tout de suite, répondit Reg 2.

Utilisant l'une des grandes épingles de sûreté qui accompagnaient les paquets de pansements, il attacha la langue du blessé à sa lèvre inférieure. Dans l'état où il était, Glen ne pouvait rien sentir, et il fallait avant tout éviter que sa langue se retourne et bloque sa trachée.

Tandis que tout le monde se préparait pour le repli, je me tournai vers Sarah et lui murmurai à l'oreille :

— La meilleure solution pour nous est de rester avec eux. Si tu ne veux pas venir, c'est parfait, mais tu laisses le sac. Je le rapporterai.

À son expression, je vis qu'elle avait compris. Elle savait qu'elle ne s'en tirerait pas sans moi.

Reg 2 appliqua l'une des enveloppes en plastique que nous avions précédemment déchirées sur la blessure de Glen pour mieux l'obturer et dit à Sarah :

— Vous remettez votre main là-dessus.

Puis, lui et un autre homme soulevèrent le blessé en maintenant le goutte-à-goutte en action.

Nous atteignîmes les véhicules une trentaine de minutes plus tard. J'empoignai Sarah par le bras et lui dis de ne se mêler de rien ; nous n'étions que des passagers, et devions laisser les autres travailler et s'organiser. Mais elle s'impatientait.

— Qu'est-ce qu'on attend pour bouger ? me souffla-t-elle.

Je désignai de la main la voiture de queue. On avait ouvert la porte arrière et on abaissait les sièges pour faire place à la civière de Glen. Regardant plus au loin, je constatai que la ville était toujours plongée dans l'obscurité. C'était l'installation que nous venions d'attaquer qui avait un générateur de secours, comme je l'avais supposé.

Le conducteur de notre véhicule prit place au volant, ouvrit la porte et nous fit signe de monter à bord. Un autre membre de l'équipe s'installa à côté de lui, puis, se penchant vers nous, nous dit :

— Dès qu'ils sont prêts, nous faisons mouvement vers le point de recueil.

En attendant, nous restions assis dans le noir, et il y avait de la tension dans l'air ; il ne nous fallait plus tarder. Sinon, ce ne serait pas seulement Glen qui se retrouverait dans le pétrin. Je ne parlais pas à Sarah. J'évitais même de la regarder.

Finalement, l'autre véhicule démarra lentement, et le nôtre manœuvra pour prendre la tête du modeste convoi. Il ne nous fallut pas longtemps pour atteindre la route goudronnée. Derrière nous, les phares du deuxième véhicule s'allumèrent, et Sarah en profita pour sortir son ordinateur portable. Quelques secondes plus tard, elle y pianotait comme une folle. Luisant dans l'obscurité, l'écran éclairait son visage couvert de sueur et de poussière. Les cartes, diagrammes et caractères arabes qui y apparaissaient n'avaient pas la moindre signification pour moi. Je remarquai simplement le sang de Glen sur les doigts bien manucurés qui frappaient fébrilement les touches.

Nous roulâmes à toute allure sur la route pendant vingt minutes. Puis les chauffeurs mirent leurs lunettes de vision nocturne et s'engagèrent, tous phares éteints, dans le désert. Dix minutes plus tard, nous nous arrêtâmes.

En dehors du bruit des moteurs tournant au ralenti et de celui que faisait Sarah en pianotant sur son ordinateur, le silence régnait. Soudain, le portable émit une sorte de couinement, et Sarah murmura entre ses dents :

— Saloperie !

Ses piles la lâchaient.

De l'autre véhicule s'élevaient maintenant des cris. Quelqu'un s'efforçait de sortir Glen de son état d'inconscience, de lui arracher une réaction. Et là, le silence était évidemment hors de question ; il est difficile de chuchoter quand on se bat pour maintenir quelqu'un en vie.

Au bout de cinq minutes environ, notre chauffeur regarda sa montre. Puis il ouvrit la porte et hurla :

— Lumières !

Il commença à faire clignoter le projecteur infrarouge du véhicule. Au même moment, j'entendis un battement sourd à quelque distance et, moins d'une minute plus tard, le ciel se trouva empli par la bruyante et imposante présence d'un hélicoptère lourd Chinook. Le vacarme était devenu assourdissant, et des pierres soulevées par le vent des rotors venaient crépiter contre la carrosserie et le pare-brise de la Previa, qui oscillait déjà sous le souffle. Avec le sable et la poussière voltigeant de toutes parts, le pilote de l'hélicoptère était certainement incapable de voir les véhicules ou même le sol.

Une silhouette surgit alors de la tempête de sable, et un homme s'avança vers nous, courbé en deux, sa combinaison de vol plaquée à son corps par le vent. Il dirigea une lumière rouge vers nous, et notre conducteur hurla :

— Ça y est ! On y va !

Notre voiture se remit en marche. Nous parcourûmes plusieurs mètres dans les tourbillons de sable et de poussière avant que les choses ne commencent à se calmer un peu. La rampe d'accès de l'hélicoptère avait été abaissée, éclairée par des torches incandescentes rouges et blanches. Une lumière rouge diffuse baignait l'intérieur de l'appareil. Trois hommes portant des pistolets dans des étuis d'épaule, des gilets pare-balles et des casques de vol au viseur baissé nous faisaient signe d'accélérer, une torche dans chaque main. Comme si nous avions eu besoin d'encouragement...

Notre Previa s'engagea sur la rampe en cahotant, comme si nous montions à bord d'un ferry véhiculant les touristes à travers la Manche, et l'autre véhicule nous suivit de peu. Dès que nous eûmes quitté la rampe, je sentis l'appareil bouger. Quelques instants plus tard, nous décollions.

À moins d'une vingtaine de mètres du sol, après qu'on eut amarré les roues de nos véhicules avec des chaînes, le Chinook piqua du nez, prit du champ et vira à droite.

Tout se déchaîna alors à bord de l'appareil. Les membres du commando giclèrent des véhicules en criant à l'équipage :

— Lumière blanche ! Donnez-nous de la lumière blanche !

Quelqu'un actionna un commutateur, et, brusquement, nous eûmes l'impression de nous retrouver sur un terrain de football illuminé pour un match en nocturne.

L'intérieur du deuxième véhicule évoquait un service d'urgence dans un film policier américain particulièrement sanglant. Glen était toujours allongé sur le dos, mais on avait ouvert le devant de sa combinaison pour découvrir sa blessure à la poitrine. Il y avait du sang partout, même sur les vitres.

Reg 2 courut vers un membre de l'équipage occupé à vérifier la fermeture de la rampe d'accès, et, désignant la deuxième voiture, hurla aussi fort qu'il le put :

— La trousse antitrauma ! Allez chercher la trousse antitrauma !

L'homme jeta un coup d'œil aux vitres ensanglantées, débrancha le câble le reliant à l'intercom et courut vers l'avant de l'hélicoptère.

Chacun avait sa tâche à accomplir. La mienne était simple : ne pas rester dans les jambes des autres. Je laissai Sarah dans la Previa avec son ordinateur et me rendis à l'avant du Chinook. Je savais où se trouvaient normalement les vivres et les thermos de boissons chaudes. À défaut d'autre chose, je pouvais faire le service.

En chemin, je rencontrai l'homme qui revenait avec la trousse antitrauma, un sac de nylon noir de la taille d'une petite valise. Je m'écartai pour le laisser passer tandis qu'il fonçait, heurtant parfois le premier véhicule et l'armature de l'hélicoptère lorsqu'il perdait l'équilibre. Tout en courant, il avait commencé à ouvrir le sac de nylon noir.

À ce moment, Sarah jaillit de la voiture devant lui, avec son ordinateur et son câble d'alimentation à la main. Elle lui hurla :

— Du courant ! Il me faut du courant !

Il tenta de la pousser de côté, hurlant à son tour :

— Dégagez la voie !

Mais elle secoua la tête avec colère et le repoussa elle-même en lui criant :

— Non ! Du courant !

Il se remit à hurler, mais je ne pus distinguer ce qu'il disait, car il me tournait le dos et le bruit était tel qu'on avait du mal à entendre. Je vis seulement qu'il tendait le bras vers l'avant de l'appareil.

Elle se précipita dans cette direction, si obsédée par son problème qu'elle me dépassa sans même paraître me voir. Je la suivis dans la direction du poste de pilotage. Derrière celui-ci, des thermos étaient maintenus en place par un filet élastique. J'en saisis un et entrepris d'en dévisser le bouchon. C'était du café et non du thé, et jamais je n'avais rien senti d'aussi bon.

Comme je me dirigeais, thermos en main, vers la deuxième Previa, j'entendis, malgré le vacarme de l'hélicoptère, de nouveaux cris poussés par les hommes épuisés et ensanglantés qui s'occupaient de Glen. Deux appareils de goutte-à-goutte avaient maintenant été mis en place. Et, m'approchant, je vis qu'on équipait le blessé d'un pantalon de pression. Celui-ci ressemble à des fuseaux de ski très épais, arrivant au sommet des hanches, et il est gonflé de façon à exercer une pression constante sur les membres inférieurs, limitant la perte de sang et devant assurer ainsi une meilleure alimentation des organes essentiels. Son utilisation est toujours délicate, car une pression excessive risque de tuer le blessé.

Reg 2 maintenait la mâchoire de Glen ouverte et pratiquait le bouche-à-bouche en laissant en place l'épingle de sûreté de la langue. Un autre avait la main sur la cavité thoracique. Quand Reg 2 eut insufflé à plusieurs reprises de l'air dans les poumons du blessé, il cria :

— Allez-y !

Une troisième personne était installée à califourchon sur Glen, les deux bras étendus et les mains posées l'une sur l'autre sur la poitrine de l'homme inconscient. Elle entra alors en action :

— Un, deux, trois…

Il n'y avait, de toute évidence, plus de pouls, et Glen ne respirait pas. Il était cliniquement mort. Les autres continuaient à lui insuffler de l'oxygène par la bouche, puis à tenter de remettre le cœur en route.

Ils étaient visiblement trop occupés pour se soucier de boire du café. N'ayant rien d'autre à faire, je relevai ma manche gauche et retirai le bandage et le cathéter que j'avais au bras, pressant ensuite du doigt le point de piqûre jusqu'à formation d'un caillot.

Je cherchai du regard Sarah. Assise près de l'endroit où étaient accrochés les thermos, elle était dans son petit monde personnel. Elle avait trouvé une prise de courant et un adaptateur convenable, et ses doigts s'étaient remis à frapper frénétiquement les touches de son ordinateur. Mon regard se reporta sur Glen ; j'espérais seulement que ce qu'il y avait dans l'ordinateur en valait la peine.

Par l'un des petits hublots ronds du Chinook, j'aperçus les lumières de la côte. L'appareil ayant une réserve de carburant supplémentaire, il allait s'agir d'un vol direct, et nous allions nous retrouver, si tout se passait bien, à Chypre pour le petit déjeuner.

Je pris une gorgée de café, puis me mis à somnoler, bercé par le battement régulier des deux gros rotors, au-dessus de ma tête. Je fus tiré de ma torpeur par un cri de désespoir :

— Merde ! Merde !

Je levai les yeux juste à temps pour voir l'homme qui s'était tenu à califourchon sur le corps de Glen redescendre lentement. Le rythme même de ses mouvements me disait tout ce que j'avais besoin de savoir. Sa botte vint frapper à toute volée la voiture, en cabossant la porte.

Je tournai la tête et regardai par le hublot. Nous volions rapidement et à basse altitude au-dessus de l'eau. On ne voyait plus la moindre lumière. Mon oreille me faisait souffrir. Je sortis de ma poche le morceau de lobe qui s'y trouvait, avec lequel je me mis à jouer, trouvant étrange d'avoir entre les mains ce morceau de chair qui m'appartenait. Si tout allait bien, on me le recoudrait sans problème. Mais quelle importance, après tout, avait l'esthétique en cette affaire ? J'étais vivant, et c'était tout.

Je me levai et m'approchai de Sarah. C'était mon travail que de m'occuper d'elle, et la tenir informée de ce qui se passait en faisait partie. Elle était toujours absorbée par son travail sur l'ordinateur.

— Sarah, lui dis-je, il est mort.

Elle continua à pianoter. Elle ne leva même pas les yeux vers le gobelet de café que je lui tendais.

Je heurtai du pied la semelle de sa botte.

— Sarah, répétai-je, Glen est mort.

Elle se décida finalement à me regarder et fit :

— OK, OK...

Puis elle baissa de nouveau les yeux et reprit son pianotage.

Je regardai ses mains. Le sang de Glen avait séché sur ses doigts, mais elle n'en avait rien à faire. Sans ses micmacs, si elle nous avait prévenus que le boulot dans lequel nous étions engagés était plus tordu qu'on nous l'avait dit, Glen aurait peut-être été encore là, avec son grand sourire épanoui. Peut-être Reg 2 avait-il eu raison – peut-être avait-elle tenté de tuer purement et simplement notre camarade, au point de regroupement. Elle savait que, s'il n'y avait pas encore eu une chance de sauver le blessé, j'aurais laissé tomber le groupe pour partir avec elle.

Les membres de l'équipe RWW étaient maintenant assis, adossés aux véhicules, ouvrant les thermos et allumant des cigarettes. Nous avions tous fait ce que nous étions payés pour faire. Les merdes, cela arrive. Ce n'était pas cela qui allait changer nos vies. En tout cas, je n'allais sûrement pas laisser cette affaire changer la mienne.

AVRIL 1998

1

VENDREDI 24 AVRIL 1998

— Vous avez droit à quatorze litres par jour, aboya le maître d'équipage. Mais neuf litres doivent aller aux cuisines, ce qui vous laisse donc cinq litres – je répète : cinq litres – pour boire, vous laver et tout ce que vous pouvez avoir à faire d'autre. Quiconque se fera pincer à prendre plus que sa part sera fouetté. Comme le seront les joueurs, les tricheurs et les tire-au-flanc. Nous n'aimons pas les tire-au-flanc dans la marine de Sa Majesté !

Nous étions alignés de part et d'autre du pont, écoutant sagement les consignes du maître d'équipage à propos de notre ration d'eau. J'essayais de ne pas regarder Josh ; je savais que si nous avions échangé un regard, j'aurais éclaté de rire, et cela n'aurait pas plu à Kelly.

Nous étions une vingtaine de « novices », tous habillés en marins du seizième siècle, avec justaucorps, chemise et pantalons s'arrêtant à une trentaine de centimètres au-dessus des chaussures de sport dont on nous avait recommandé de nous munir. Nous nous trouvions à bord du *Golden Hind*, reconstitution grandeur nature du navire sur lequel Sir Francis Drake avait fait le tour du monde entre 1577 et 1580. Cette reproduction, elle aussi, avait fait le tour du monde, et les compagnies de cinéma l'avaient utilisée tant de fois pour y tourner leurs films qu'elle avait connu encore plus de ravalements que Joan Collins. Elle était maintenant à quai en permanence ; pour servir à ce qu'on appelait des stages « éduco-récréatifs ». Kelly se tenait à ma droite, visiblement ravie de cette sortie organisée – encore qu'avec quelques jours de retard – pour son anniversaire. Elle venait d'avoir neuf ans.

— Je t'avais bien dit que ce serait chouette, fis-je en lui souriant largement.

Elle ne répondit pas, les yeux toujours fixés sur le maître d'équipage. Il était vêtu de la même manière que nous, mais portait en plus un chapeau – symbole de son autorité, à ce que je supposais.

— La racaille que vous êtes, proclama-t-il, a été choisie spécialement pour faire un voyage avec Sir Francis Drake à bord de ce navire, le plus beau de la flotte, le *Golden Hind*.

Parcourant l'un des rangs tout en continuant à vociférer, il dévisageait chacun d'un air féroce. Il me rappelait mon tout premier sergent instructeur, quand, encore adolescent, j'étais entré dans l'armée.

Pendant cette tirade, je regardais, moi, Josh et sa petite famille, tous au garde à vous. Joshua G. D'Souza avait trente-huit ans, 1 mètre 65 et, grâce à une pratique assidue des poids et haltères, quelque quatre-vingt-cinq kilos de muscles compacts. Sa tête elle-même ressemblait à un biceps. Il était chauve à quatre-vingt-dix-neuf pour cent et le rasoir s'était chargé du un pour cent restant. Ses lunettes rondes cerclées d'or, loin de lui donner l'air intellectuel, ne le faisaient paraître que plus menaçant encore.

Josh était à moitié noir et à moitié portoricain, mais il n'en était pas moins né dans le Dakota du Nord pour des raisons que je ne m'étais jamais soucié d'élucider. Entré très jeune dans l'armée, lui aussi, il avait servi plusieurs années à la 82e Division Aéroportée puis dans les Special Forces. Peu avant la trentaine, il avait été recruté par le Secret Service [1] et appartenait à l'équipe de protection rapprochée du vice-président à Washington. Il habitait près de l'endroit où avait

1. Dépendant du Département du Trésor, le Secret Service américain a, au nombre de ses principales attributions, outre la lutte contre les faux-monnayeurs, la protection du président et du vice-président des États-Unis. *(N.d.T.)*

résidé le père de Kelly, Kev, et tous deux s'étaient connus non par relations de travail mais parce que leurs enfants fréquentaient la même école.

Josh et ses trois enfants en étaient à la dernière étape du rapide tour d'Europe qu'ils avaient effectué durant les vacances de Pâques. Nous étions allés, Kelly et moi, les chercher la veille à l'arrivée de l'Eurostar venant de Paris. Ils devaient passer quelques jours avec nous à visiter Londres avant de regagner Washington, et Kelly s'en faisait véritablement une joie. J'avais été enchanté de le constater ; c'était, en effet, la première fois qu'elle les revoyait depuis ce que nous appelions « les événements », il y avait un peu plus d'un an [1]. Tout bien considéré, elle réagissait de façon assez positive pour le moment, et, pour elle, la vie continuait.

Le maître d'équipage s'était retourné et inspectait maintenant notre rangée.

— Vous apprendrez, clamait-il, la manœuvre des canons. Vous apprendrez à hisser les voiles et à repousser un abordage. Mais, mieux encore, vous participerez à la chasse au trésor et vous chanterez des chansons de marins !

À ce moment, l'équipage se devait de pousser les clameurs d'enthousiasme requises, mais celles-ci furent tout à coup étouffées par la sirène d'un bateau de touristes passant sous le London Bridge.

Je jetai un coup d'œil à Kelly, à côté de moi. Elle tremblait littéralement d'excitation. Je m'amusais bien, moi aussi, quoique cela me fît une drôle d'impression de me retrouver ainsi déguisé en pleine vue du public. À cette heure de la matinée, il y avait encore, sur l'étroite route pavée longeant la Tamise, des gens se hâtant vers leur lieu de travail, en zigzaguant entre les taxis et les camionnettes de livraison. Le pub dominant le quai le long duquel était amarré notre bateau, juste au sud de London Bridge, l'*Olde Thameside Inn*, était l'un de ces endroits censés dater de l'époque de Shakespeare mais ayant en fait été construits une dizaine d'années auparavant, au milieu des entrepôts convertis qui s'alignaient le long

1. Voir *Manipulation* du même auteur, chez le même éditeur.

du fleuve. Sur la terrasse, quelques personnes prenaient leur café matinal au soleil en fumant des cigarettes.

Je fus brusquement ramené au seizième siècle. Le maître d'équipage s'était arrêté devant Kelly et l'interrogeait d'un air sévère :

— Es-tu une tire-au-flanc ?

— Non, monsieur, non, monsieur !

Elle se poussait vers moi pour chercher protection. Les étrangers, et surtout les adultes, la rendaient encore un peu nerveuse.

Le maître d'équipage se décida à sourire et déclara :

— Bien, étant donné que vous êtes un bon équipage et que, je le sais, vous allez travailler dur, je vais vous faire donner vos rations. Il y aura des beignets de poulet spéciaux pour marins et du Coca-Cola. Qu'est-ce qu'on dit ?

Les gosses se déchaînèrent :

— *Aye aye, sir*[1] *!*

— Je n'ai rien entendu ! clama le maître d'équipage. Qu'est-ce qu'on dit ?

— *AYE AYE, SIR !*

Les enfants furent alors escortés par le personnel vers les tables dressées sur le pont.

— Les petits marins d'abord, ordonna le maître d'équipage. Les grands marins qui vous ont accompagnés peuvent attendre leur tour.

Kelly se précipita vers les trois enfants de Josh – deux filles, Dakota, onze ans, et Kimberly, neuf ans, et un garçon, Tyce, âgé de huit ans. Ils avaient la peau plus claire que Josh – leur mère était blanche – mais ils ressemblaient de façon frappante à leur père, avec, toutefois, des cheveux en plus, ce qui n'était pas plus mal.

Josh et moi allâmes nous accouder au bastingage en regardant la Tamise.

— Comment réagit-elle dans l'ensemble ? me demanda Josh.

1. Réponse traditionnelle à un commandement dans la Royal Navy. *(N.d.T.)*

— Elle va mieux, camarade, mais le psychiatre dit que cela va prendre du temps. Cela a beaucoup affecté sa scolarité – elle a pris un retard terrible, et ses dernières notes étaient épouvantables. C'est une fille intelligente, mais elle est comme un seau plein de trous – tout rentre, mais tout s'en va aussitôt.

— Si tu te souviens de ce qu'elle a traversé, il est sûr que cela va demander du temps.

Nous nous retournâmes pour regarder les enfants s'empiffrer joyeusement. Des beignets de poulet constituaient un petit déjeuner un peu étrange, mais je me souvenais que, quand j'étais enfant, j'aurais volontiers commencé la journée avec une glace au chocolat et des frites.

Josh intervint pour régler rapidement un différend entre ses enfants, puis il revint vers moi, et, tout en retirant ses lunettes pour les essuyer, me dit :

— Elle a un air assez joyeux, en ce moment, c'est bon signe.

— Elle est mieux qu'elle n'a été depuis très longtemps. Les adultes la rendent un peu nerveuse, mais avec les amis de son âge, ça va. Cela lui a fait un plaisir fou de voir tes gosses. Et puis cela la repose un peu de ma seule présence.

Je ne sus comment lui dire que je trouvais, moi aussi, merveilleux de le revoir. J'espérais qu'il l'avait compris tout seul.

Nous regardâmes un moment le fleuve sans rien dire, puis il me demanda :

— Et le boulot, comment ça va ? Tu es devenu permanent ?

Je secouai la tête.

— Non, dis-je, et je ne crois pas que cela se produise un jour. Ils savent qu'il s'est passé plus de choses dans l'affaire de Washington que je n'ai bien voulu leur dire.

Et pourtant, j'aurais bien eu besoin d'un revenu régulier. L'argent que j'avais récupéré l'année précédente ne durerait pas éternellement.

— Peut-être devrais-je prendre la voie du crime, fis-je en souriant. Cela ne pourrait pas être pire que la merde dans laquelle je me trouve en ce moment.

Il fronça légèrement les sourcils, se demandant sans doute si je plaisantais ou non. Il remit ses lunettes, et je vis le moment où il allait me gratifier d'un cours de morale. Je levai les mains :

— OK, OK, dis-je. Je me rends. Je me sortirai du pétrin – un jour.

En fait, j'avais déjà commencé – en partie. Avec l'argent que j'avais clandestinement tiré de l'affaire de Washington – 300 000 livres après conversion des dollars – je m'étais acheté une maison sur la côte du Norfolk, au milieu de nulle part. Le village avait un unique magasin, et les seuls embouteillages que nous connaissions se produisaient quand trois bateaux de pêche rentraient en même temps au port, et que les camionnettes venant chercher leur poisson arrivaient ensemble sur le quai. Je ne connaissais personne, et personne ne me connaissait. On me prenait peut-être pour un trafiquant de drogue ou pour un fou, mais chacun restait sur son quant à soi, et tout le monde s'en trouvait bien.

Je m'étais aussi acheté une motocyclette. J'avais enfin la Ducati que je m'étais toujours promise, et même un garage pour l'y mettre. Mais ce qui restait – environ 150 000 livres – n'était pas suffisant pour assurer ma retraite, et je devais donc continuer à travailler. Et je ne savais faire qu'un seul métier. C'était peut-être pour cela que Josh et moi nous entendions si bien ; il était un peu dans la même situation que moi, multipliant les acrobaties pour assurer les fins de mois. Ses affaires n'étaient pas brillantes à ce moment précis. Sa femme, Geri, l'ayant quitté, un seul salaire ne suffisait plus, et il avait dû mettre sa maison en vente.

Josh venait de passer une année affreuse. Sa femme avait commencé par s'éprendre du yoga, puis elle s'était carrément éprise du professeur de yoga, avec lequel elle s'était enfuie au Canada. Josh et les enfants en étaient restés effondrés. Josh, dorénavant, ne pouvait plus se déplacer constamment avec l'équipe de protection du vice-président, comme il le faisait auparavant. Il lui fallait un emploi sédentaire. Il devint donc instructeur au Centre d'entraînement des Opérations spéciales de Laurel, dans le Maryland. Le titre était ronflant, mais l'emploi était assommant pour un homme de terrain. Puis, deux mois après le départ de sa femme, ses amis, les parents de Kelly, Kev, Marsha et leur autre fille, Aida, avaient été massacrés. Il avait alors découvert qu'il était leur exécuteur testamentaire – avec un connard de *British* dont il n'avait jamais entendu parler auparavant, un certain Nick Stone.

Ensemble, nous nous occupions de l'héritage de Kelly et nous faisions face aux multiples problèmes posés par la vente de la maison de famille. Qui allait acheter une maison où s'était déroulé un massacre sanglant ? La société immobilière tentait de monter des combinaisons louches pour récupérer le terrain. Les compagnies d'assurances essayaient de se débarrasser de Kelly avec une somme globale au lieu d'effectuer des versements réguliers, plus coûteux pour elles. Les personnes qui y gagnaient, dans cette affaire, étaient les hommes de loi. Cela me rappelait un peu mon divorce.

Je me tournai vers Josh.

— Cela me fait plaisir de te voir, vieux.

Il me sourit et dit :

— À moi aussi, vieux.

Il n'y avait plus rien à ajouter. J'aimais beaucoup ce garçon, et nous avions énormément de choses en commun, mais cela n'irait pas plus loin. J'avais décidé, après avoir été trahi par Ewan, que je renonçais à toute amitié fraternelle. Josh, toutefois, me le faisait regretter quelque peu.

— À propos d'emmerdements, repris-je, comment cela se passe-t-il avec le couvre-pieds ? Les gosses avaient l'air de drôlement s'exciter à ce sujet, hier soir.

Il leva les yeux au ciel.

— Ne m'en parle pas, camarade, c'était un vrai cauchemar ! Deux mois d'enfer, à aller de réunion en réunion, de cours de couture en groupes de discussion, pendant qu'à la maison, les gosses s'agitaient de plus en plus... Voilà ma vie ces deux derniers mois.

Je ne pus m'empêcher de pouffer de rire. Il devait y avoir une rencontre au sommet entre Palestiniens et Israéliens à Washington, et Clinton voulait à toute force jouer les grands hommes d'État, imposant la paix tout alentour. Sur quoi, l'un de ses collaborateurs avait eu la brillante idée de faire confectionner par des enfants venus d'un peu partout le plus grand couvre-pieds du monde pour commémorer l'occasion et marquer la volonté de tous de travailler en commun. Le couvre-pieds en question devait être déployé sur la pelouse de la Maison-Blanche en vue de la photo du siècle.

— Et tu n'as pas idée, ajouta Josh, du nombre de points qu'il faut faire pour coudre ne serait-ce que dix centimètres carrés de cette saloperie !

— Ne t'inquiète pas, vieux, lui dis-je. Ils en feront une publicité géante pour Coca-Cola, et vous allez tous devenir riches du jour au lendemain.

Cependant, le maître d'équipage nous réclamait.

— Hé, vous deux ! hurla-t-il. Venez prendre vos rations ou vous serez pendus à la grand' vergue !

— *Aye aye, sir !*

— Je n'ai rien entendu ! Qu'est-ce que vous avez dit ?

Josh adopta alors son meilleur style 82e Aéroportée. Claquant des talons, il tonitrua :

— *AYE AYE, SIR!*

Nous allâmes prendre docilement nos rations de beignets de poulet élisabéthains et de Coca-Cola pour corsaires. Kelly, pendant ce temps, gratifiait les enfants de Josh d'une conférence en règle sur son pensionnat anglais.

— J'ai eu, leur disait-elle, une amende de 20 pence, la semaine dernière, parce que je n'avais pas mis mes pantoufles pour aller à la douche.

Elle aimait à constater qu'on la traitait comme les autres filles, et être mise à l'amende le lui prouvait.

— Oui, intervins-je, et qui a dû payer ?

— Mon impresario, répondit-elle en riant.

En fait, bien que ne sachant que très partiellement ce qui s'était passé, les gens de son école avaient été fabuleux. J'étais tombé d'accord avec Josh sur le fait que la meilleure solution consistait à la maintenir loin des États-Unis et d'un environnement qui n'aurait fait que raviver ses souvenirs et compromettre plus encore son équilibre. Elle n'évoquait jamais ce jour où ses parents et sa sœur étaient morts tragiquement, mais elle arrivait fort bien à parler d'eux à propos de choses de la vie de tous les jours. La seule fois où j'avais fait directement référence aux « événements », elle m'avait dit :

— Nick, c'était il y a longtemps.

À ce moment précis, elle parlait des projets que nous avions faits pour la semaine.

— Nick, expliquait-elle, ne pouvait pas être là pour le jour de mon anniversaire, et il m'a laissée la veille avec Grand-maman et Grand-papa. Mais, cette semaine, nous allons voir la Tour Sanglante.

— Comment ? fit Josh, surpris et choqué.

C'était un dur authentique dans son métier, mais, pour ses enfants, il évitait tout ce qui pouvait évoquer l'horreur ou la violence.

— Elle veut dire la Tour de Londres, lui précisai-je. Il y a là un endroit appelé la Tour Sanglante. C'est là qu'on garde les joyaux de la Couronne, du moins je le pense.

Le visage de Kelly s'illuminait déjà à l'idée de voir tout cela. Enfant, je n'avais pas connu cette sorte de joie. Ma mère et mon beau-père ne m'emmenaient jamais nulle part. Tout ce que j'obtenais d'eux, c'étaient des promesses. Quand j'avais huit ans, le croiseur *Belfast* vint s'amarrer à côté du Tower Bridge et devint un musée naval que chacun pouvait visiter. Tous les enfants de la cité où nous habitions y allèrent, mais pas moi, bien qu'on me le promît semaine après semaine. On finit par me dire que j'allais y aller avec ma tante Pauline. Mais je passai simplement des heures à courir les boutiques avec elle, ne cessant de lui demander quand nous allions nous décider à aller voir le *Belfast*. Elle me répondait que ce ne serait plus long, mais cette garce mentait, tout comme mes parents. L'heure de la fermeture arriva sans que nous ayons mis le pied sur le croiseur désaffecté. Après cela, je ne pris même plus la peine de demander. Je me disais simplement que j'avais encore huit ans à attendre avant de pouvoir quitter la maison.

Kelly, quant à elle, fut interrompue par le maître d'équipage, qui se doutait peut-être que les « grands marins » aspiraient à un peu de repos.

— Il est temps, déclara-t-il, d'entendre quelques récits de marins. Alors, tout le monde se tait, et on écoute…

Ce fut à ce moment que je sentis mon « tamtam » se déclencher à ma ceinture. Je n'étais jamais fâché qu'on ait besoin de moi, mais je gardais toujours l'avertisseur portatif sur la position « vibration », car je détestais entendre son bruit. Celui-ci me paraissait sinistre, comme celui d'un réveil se mettant à sonner pour annoncer le début d'une journée que l'on redoute d'avance.

Je décrochai discrètement l'engin de ma ceinture et jetai un coup d'œil à son écran. Il affichait seulement un numéro de téléphone. J'avais conscience du regard de Josh pesant sur moi ; il savait exactement de quoi il retournait. Ses enfants continuaient à écouter, bouche bée, les fantastiques récits de mer dont on les abreuvait, mais rien n'échappait jamais à Kelly. Elle me lança un regard inquiet que je décidai d'ignorer.

Ce type d'avertisseurs couvre une zone plus importante que les téléphones portables, et c'était pourquoi le Secret Intelligence Service les utilisait. De toute manière, je préférais ce système, car il me donnait le temps de me préparer mentalement à ce qui m'attendait – qu'il s'agisse d'une engueulade en règle ou, pire encore, d'une mission particulièrement tordue. On ne m'en avait équipé que depuis six mois. J'ignorais si cela marquait une promotion ou si cela me mettait tout simplement au rang d'un chien d'attaque, susceptible d'être sifflé à tout moment.

Josh leva un sourcil interrogateur.

— Un drame ? demanda-t-il.

Je haussai les épaules.

— Sais pas, lui dis-je. Il faut que je téléphone. Peux-tu veiller sur la ménagerie ?

— Bien sûr. À tout de suite.

Je m'éclipsai et descendis jusqu'à l'entrepont où l'on nous avait fait déposer sur les matelas qui y étaient dépliés nos sacs de couchage et nos affaires personnelles. J'y pris un peu de monnaie et m'efforçai de quitter le bord sans être vu de Kelly.

Peine perdue. Elle avait dû me surveiller constamment, et elle était là lorsque j'émergeai sur le pont supérieur.

— J'en ai pour une minute, lui dis-je en désignant le pub, sur la rive.

Elle parut intriguée et passablement inquiète. À ce moment précis, la cloche de la cathédrale de Southwark m'apprit qu'il était onze heures.

Je trouvai un téléphone à pièces à l'entrée du pub, où l'on commençait à servir les premières bières de la journée. Je glissai deux pièces dans la fente et composai mon numéro, en me bouchant l'autre oreille pour échapper au groupe Oasis manifestant ses talents vocaux par le truchement du juke-box.

Après juste une sonnerie, une voix féminine sèche et précise fit :

— Allô ?

— C'est Nick, répondant à l'appel.

— Où êtes-vous ?

En fait, elle savait exactement où j'étais. L'origine de tous les appels adressés à la Firme s'inscrit aussitôt sur un cadran. Il était inutile que j'essaie de répondre que j'étais à Glasgow et ne pouvais revenir, car elle savait déjà que j'appelais d'un téléphone public à Southwark.

— Londres, dis-je donc.

— Veuillez attendre un instant.

Elle me mit en attente, puis revint en ligne deux minutes plus tard.

— Il faut que vous soyez à Gatwick à 15 heures 30 cet après-midi.

Je sentis mon cœur chavirer, mais je savais déjà que je n'avais qu'à m'incliner.

— Combien de temps d'absence ? demandai-je.

Non que cela eût beaucoup d'importance ; ce à quoi je pensais déjà, c'était aux excuses que j'allais pouvoir présenter à une jeune personne de neuf ans à laquelle j'allais faire faux bond.

— Je ne possède pas ce renseignement, me répondit de toute manière la femme au bout du fil.

Elle me précisa les modalités du rendez-vous, et je raccrochai – sans que l'appareil daigne me rendre la pièce d'une livre excédentaire que j'y avais glissée au départ.

Je regagnai le bateau en me demandant ce que j'allais dire. Non à Josh – avec lui, ce ne serait pas un problème –

mais à Kelly. C'était la première fois qu'elle et moi avions vraiment un peu de temps libre à passer ensemble depuis son arrivée en Angleterre. Je me faisais l'impression d'un jeune marié abandonnant la nouvelle épousée en pleine lune de miel pour retourner au bureau.

Quand je revins sur le pont, les enfants avaient commencé à débarrasser les tables sous les ordres du maître d'équipage. À ma mine, Josh comprit immédiatement ce qui se passait. Il se tourna vers ses enfants, claqua dans ses mains et leur dit :

— Allez, vous autres, rapportez toutes ces assiettes au maître d'équipage.

Et, ainsi, il les éloigna.

— Kelly ? dis-je alors.

— Oui ? fit-elle sans lever la tête, faisant mine de continuer à s'activer.

Elle n'allait pas me faciliter les choses.

— C'était mon patron, au téléphone. Il veut que je parte en voyage.

Elle persistait à ne pas me regarder.

— Pourquoi ? demanda-t-elle.

— Ils ont un travail pour moi. Je leur ai dit que je passais la semaine avec toi, et que je ne voulais pas y aller, mais ils m'ont répondu qu'il le fallait. Je n'y peux rien.

Elle se retourna brusquement, le visage décomposé.

— Nick, tu avais promis...

— Je sais. Mais vraiment je ne peux pas faire autrement...

Son visage était devenu tout rouge, et des larmes jaillissaient de ses yeux.

— Écoute, Kelly, lui dis-je, nous pourrons toujours refaire cela plus tard. Réfléchis : Josh et ses enfants doivent partir dans quelques jours et ils n'auront pas le temps de voir tous ces endroits, mais nous, nous pouvons revenir...

— Mais tu avais dit... tu m'avais promis, Nick... Tu disais que tu voulais passer ces vacances avec moi...

Les mots semblaient se bousculer en sortant de sa bouche, et le chagrin lui faisait perdre le souffle. Je bredouillais en me haïssant. Je ne savais que dire. J'avais peur de ressembler à ma tante Pauline. Elle sanglotait, maintenant.

— Je ne veux pas que tu t'en ailles... Je ne veux pas rester ici et être un marin... Je ne veux pas dormir sur ce bateau sans toi.

— Non, fis-je alors, tu ne dormiras pas ici. Je vais te conduire chez Grand-maman et Grand-papa. Et, écoute, je te promets que je te revaudrai cela... Je te le promets.

Elle me regarda longuement et secoua lentement la tête, profondément blessée. Elle pensait avoir été trahie. Et je ne pouvais rien dire, car elle avait raison. J'allai trouver le maître d'équipage et lui dis :

— Il faut que nous partions. Des problèmes familiaux.

Il hocha la tête. Il s'en contrefichait. Il n'était payé que pour porter un chapeau et invectiver la clientèle.

Pendant que Kelly prenait congé des enfants de Josh, je dis à celui-ci :

— Je n'y peux rien. Il faut que j'aille au boulot. Je vais la conduire chez sa grand-mère, et, ensuite, en route... Je suis vraiment désolé, vieux.

— Hé, du calme ! fit-il. Ne te casse pas la tête. Ces choses-là arrivent. Cela m'a fait vraiment plaisir de te voir.

— À moi aussi, crois-moi. La prochaine fois, c'est nous qui viendrons te voir à Washington.

— Je te l'ai dit : la maison t'attend.

2

J'avais fait halte dans une station-service sur la route menant à Gatwick pour téléphoner aux grands-parents de Kelly, Carmen et Jimmy Brown, les informer de mon changement de programme et leur fixer rendez-vous à la cafétéria Costa, au terminal nord de l'aéroport. Et, avant de quitter Kelly, je lui avais promis tout d'abord que nul autre que moi ne l'emmènerait voir la Tour Sanglante et ensuite que je lui téléphonerais la semaine suivante à son école.

Elle m'avait alors embrassé sous l'œil un peu jaloux de Carmen – à qui elle ne témoignait pas la même affection spontanée – mais, comme je répétais que c'était là une promesse, elle avait levé un sourcil et avait demandé à voix basse, de façon que personne d'autre n'entende :

— C'est une promesse à la Nick ?

— Non, lui avais-je dit à voix également basse. C'est une PPN.

— Une quoi ?

— Une Promesse de Personne Normale.

Elle avait incliné la tête, réconciliée.

Dans la navette qui me menait au terminal sud, je m'appliquai à oublier le sentiment de culpabilité qui persistait à m'habiter à propos de Kelly et à me mettre en condition pour le travail à venir.

Arrivé au terminal, je suivis les flèches indiquant le parking à courte durée et pris l'ascenseur jusqu'à l'étage supérieur. J'avais fini par ranger toutes mes autres préoccupations dans une case bien séparée de mon cerveau.

Le niveau supérieur, à ciel ouvert, était aux trois quarts plein. Le fracas assourdissant des avions qui décollaient étouffait tous les autres bruits, ceux des claquements de portières comme ceux des chariots à bagage roulant sur le béton. Je dus fermer à demi les yeux pour me protéger de la réverbération.

Au milieu d'une rangée de voitures, je repérai le véhicule que je cherchais – un Previa Toyota bleu nuit avec des vitres teintées. Depuis le changement de gouvernement, en 1997, tous les services officiels semblaient avoir adopté ce genre de véhicules. Je ne savais pas s'il s'agissait là d'une décision pratique ou d'une mode politique due au fait que Tony Blair en utilisait un, mais, quant à moi, je ne pouvais qu'approuver ; en cas de réunion discrète à bord, on avait beaucoup plus de place pour les jambes que dans une conduite intérieure normale, et, de plus, la voiture était facile à retrouver en situation d'urgence.

Je remontai la rangée de voitures d'un air nonchalant, et, en approchant, je vis que la place du conducteur était occupée par un homme avec col et cravate lisant l'*Evening Standard*. Compte tenu de la forme de sa tête et de sa coupe de cheveux, on se serait plutôt attendu à le voir émerger de la tourelle d'un Panzer. Aucune des vitres n'était ouverte.

Je vérifiai le numéro minéralogique, puis recherchai des yeux le signe distinctif. Il y était : un petit poisson en chrome à l'arrière de la carrosserie, juste au-dessus de l'inscription *TOYOTA* – l'emblème des chrétiens peu catholiques.

J'allai me placer à hauteur de la porte coulissante, à l'arrière, et attendis, en écoutant le ronronnement du moteur.

La porte s'ouvrit d'abord de quelques centimètres, puis elle glissa complètement vers l'arrière, démasquant deux rangées de sièges. Je jetai un regard à l'intérieur de la voiture.

Je n'avais pas vu le colonel Lynn depuis près d'un an, mais il n'avait pas beaucoup changé. Il n'avait guère perdu de cheveux et ses vêtements étaient les mêmes qu'à l'habitude :

un pantalon de velours moutarde, un veston de sport avec les coudes renforcés de cuir et une chemise de gentleman-farmer qui semblait être celle que je lui avais vue lors de notre précédente rencontre, si ce n'est que le col était un peu plus élimé encore.

Je montai à bord du véhicule et refermai la porte derrière moi avant de prendre place à côté du colonel et de lui serrer la main. Il se dégageait de lui cette odeur particulière du sportif fraîchement sorti de la douche ; peut-être avait-il pris le temps de faire une brève partie de squash à la caserne des Gardes, à Chelsea, avant de venir me rencontrer. Il avait entre les pieds un sac de nylon bleu que je reconnus immédiatement. C'était mon bagage d'urgence.

Il y avait, assise à l'arrière, une autre personne de connaissance. Je me retournai pour lui adresser un signe de tête poli. Elle me le rendit, tout en repliant son *Daily Telegraph*. C'était la deuxième fois seulement que je voyais Elizabeth Bamber en personne. La première fois, cela ne s'était pas si bien passé que cela ; elle faisait partie de la commission de sélection qui m'avait refusé le statut de cadre permanent. Disons qu'il était apparu entre nous quelques divergences intellectuelles n'ayant pas facilité les choses.

Les « cadres permanents » sont des « K » – spécialistes des opérations illégales – régulièrement salariés, contrairement aux gens comme moi qui travaillent – et sont payés – au coup par coup et à qui l'on confie habituellement les boulots pourris dont personne d'autre ne veut. Le tarif était de 210 livres par jour pour les opérations et de 160 livres par jour pour l'entraînement préalable, l'argent étant remis dans une enveloppe brune, sans impôts ni prélèvements de sécurité sociale. Quoi qu'il en soit, il était le bienvenu, et c'était, de toute manière, le seul travail que je savais faire.

Je ne savais pas exactement quelles étaient les fonctions d'Elizabeth Bamber au sein du Service, mais elle faisait penser à ces maîtresses femmes qui exploitent de grands domaines terriens ou sont propriétaires de chevaux de course – ce qu'elle était peut-être, d'ailleurs. De taille moyenne, approchant apparemment de la cinquantaine, elle avait ce visage autoritaire et légèrement couperosé par la vie au grand air qui caractérise souvent ce genre de personnes. Ses cheveux, gris à soixante pour cent, étaient coiffés à la diable, avec une simple raie au milieu et une vague frange sur le front. Sa chevelure n'était visiblement pas au centre de ses préoccupations ; elle aurait sans doute même préféré être chauve pour ne pas devoir gaspiller un temps précieux à se donner de loin en loin un coup de peigne.

Elle portait un ensemble deux pièces gris qui devait avoir coûté une petite fortune mais était, de toute évidence, amorti depuis très longtemps, ainsi qu'un foulard étroitement noué autour de son cou aristocratique. Elle n'avait pratiquement pas de maquillage. Elle devait estimer, là aussi, qu'il était superflu de passer plus de quelques minutes devant une glace le matin quand on avait un pays à protéger de ses ennemis.

Je me tournai à moitié sur mon siège de façon à pouvoir, sur un simple mouvement de tête, voir mes deux interlocuteurs. Il y eut un silence d'une trentaine de secondes dont je profitai pour observer, dans le rétroviseur arrière, le lourd visage du chauffeur. Son teint pâle et son type presque slave me permirent de le situer sans presque l'ombre d'un doute : c'était un Serbe, à qui on avait dû promettre des passeports pour toute sa famille pour qu'il travaille pour nous en Bosnie. Ce type se montrerait dorénavant plus fidèle au gouvernement britannique que nombre d'Anglais – moi compris.

Je reportai mon regard sur Elizabeth Bamber et vis qu'elle m'observait, elle aussi. J'avais hâte qu'on en finisse avec ce petit jeu et qu'on passe aux choses sérieuses.

Ce fut Lynn qui donna le coup d'envoi.

— Cela fait longtemps que nous ne nous sommes vus, Nick, dit-il. Comment va la vie ?

— Pas à se plaindre, fis-je. Combien de temps d'absence, cette fois ?

— Cela dépendra de la rapidité avec laquelle vous pourrez régler le problème. Écoutez ce que va vous dire Elizabeth.

Celle-ci était prête à démarrer au quart de tour. Elle n'avait même pas de notes à consulter. Elle me regarda fixement et dit :

— Sarah Greenwood.

Cela sonnait plus comme une question que comme le simple énoncé d'un nom, et, de fait, je vis ses yeux se rétrécir légèrement comme dans l'attente d'une réponse.

L'impression de choc que je ressentis me surprit moi-même, et je me mis à m'interroger à toute allure. Sarah était-elle morte ? Avait-elle commis une faute grave ? M'avait-elle mis dans le bain ? Avait-elle été enlevée ? Je m'efforçai toutefois de n'en rien laisser paraître et de conserver un air détaché.

— Vous la connaissez, je crois ? reprit Elizabeth Bamber.

— Bien sûr, je la connais.

Je n'entrai pas plus dans les détails. Je savais par expérience que moins on en dit, moins on risque de s'attirer des ennuis. C'est une bonne chose que nous ayons deux oreilles, mais c'est une chose meilleure encore que nous n'ayons qu'une seule bouche.

— Eh bien, poursuivit mon interlocutrice, il semble qu'elle ait disparu et ce de son propre chef.

Je la regardai, attendant la suite, mais celle-ci ne vint pas. Je ne savais où Elizabeth Bamber voulait en venir, mais elle avait l'air de penser que je devais le savoir. Lynn s'avisa du problème.

— Laissez-moi vous expliquer, Nick, dit-il. Il y a deux ans, Sarah Greenwood a été affectée au bureau de Washington. Vous le saviez ?

Bien sûr que je le savais. Je m'étais toujours efforcé de me tenir au courant de ce qu'elle faisait et de ce qui lui arrivait, sans m'imaginer pour autant que l'intérêt que je lui portais fût partagé. J'avais à demi espéré qu'elle se manifeste après ce qui m'était arrivé aux États-Unis l'année précédente, mais cela ne s'était pas produit. À ce point de mes méditations, je me rendis compte que Lynn attendait toujours une réponse.

— Non, affirmai-je. Pas vraiment.

Il y eut un silence, et Lynn regarda de nouveau Elizabeth. Tout se passait comme s'il avait eu besoin de son feu vert pour continuer. Il dut l'obtenir tacitement puisqu'il reprit :

— Sarah assurait, pour notre compte, la liaison avec le

Centre de contre-terrorisme ; un nouvel organisme de renseignement créé par la CIA pour contribuer à la prévention d'éventuelles attaques terroristes. C'est, si vous voulez, une sorte de centre de triage pour les renseignements recueillis dans le monde entier sur les activités terroristes. Or, comme Elizabeth vous l'a déjà dit, Sarah a disparu. Nous savons qu'elle est toujours en territoire américain, mais nous ignorons où elle se trouve exactement et ce qui a motivé son départ. Nous craignons qu'il ne faille – comment dirais-je ? – mettre en doute la sûreté de son jugement.

Je ne pus m'empêcher de sourire. Les grands mots étaient lâchés. « Mettre en doute la sûreté de son jugement » : cela voulait dire en langage clair que le sujet était dorénavant bon à jeter aux chiens.

Le moment était venu pour Elizabeth de se remettre de la partie.

— Disons simplement, proclama-t-elle, que, depuis son affectation à Washington, Sarah a pris un trop grand nombre d'initiatives personnelles.

Tout en continuant à regarder Lynn, je souris de nouveau.

— Oh, je vois, fis-je, en détachant bien les syllabes. Un trop grand nombre d'initiatives personnelles...

— Nous craignons un problème d'éthique...

Je m'efforçai de ne pas rire.

— D'éthique ? dis-je néanmoins. Cela ne ressemble pas à Sarah. Pour elle, l'éthique est bien classée dans une enveloppe avec la mention *À n'ouvrir que cinquante ans après ma mort.*

Je me hasardai à un ricanement discret, mais Elizabeth garda un silence réprobateur. L'atmosphère était devenue si glaciale, dans la voiture, que je me demandai si le Serbe n'avait pas forcé sur l'air conditionné. Je me voyais déjà expulsé du véhicule sans autre forme de procès.

Mais Elizabeth, apparemment décidée à ignorer mes remarques, reprit :

— Nous pensons que cela risque de compromettre des opérations en cours et de mettre la vie de certains agents en très réel danger.

Je cessai brusquement de sourire.

— Comment savez-vous, demandai-je, que Sarah pourrait compromettre des opérations en cours ?

— Cela, dit-elle, cela ne vous regarde pas.

Je sentis qu'elle avait plaisir à me le dire. Elle continua néanmoins :

— Pourtant, laissez-moi vous donner un aperçu du problème auquel nous devons faire face. Les informations que Sarah Greenwood a rapportées de Syrie – je crois savoir que vous participiez à cette opération, non ? –, ces informations étaient, en fait, parfaitement inexactes. Il semblerait qu'elle ait délibérément altéré des renseignements dont elle savait combien ils étaient importants pour les Américains et pour nous. Il est pour le moins malheureux que la Source ait été tuée – c'était, après tout, votre mission que de le ramener. Et nous ne savons toujours pas ce que l'opération aurait pu nous révéler, car vous avez détruit les ordinateurs sur place, à ce que je crois comprendre.

Elle s'exprimait comme si j'avais fait tout cela de ma propre initiative, sur un caprice ou un coup de tête. C'était à elle, en fait, que j'aurais volontiers envoyé ma tête dans la figure. Je ne l'en laissai pas moins poursuivre :

— Les Américains n'ont pas été très contents de nous, et je dois dire qu'ils n'avaient pas tort.

Je me retins de hausser les épaules. Depuis des années, nous avions exécuté pour le compte des Américains des missions que leur Congrès n'aurait jamais sanctionnées ou qui étaient contraires à l'« ordre exécutif » de 1974 proscrivant toute participation américaine à un assassinat politique. L'affaire de Syrie avait été camouflée en opération israélienne parce que les Américains ne voulaient pas pouvoir être soupçonnés d'avoir prêté la main à l'enlèvement d'un financier de dimension internationale dans un pays arabe souverain, même si ce financier se trouvait être le bras droit du terroriste le plus actif du monde. En faisant passer la chose pour une opération conjointe des militaires israéliens et du Mossad, tout le monde pouvait tirer bénéfice de l'affaire ; les Américains récoltaient la Source, les Britanniques avaient la satisfaction d'avoir mené à bien un travail difficile, et les Israéliens eux-mêmes ramassaient toutes les médailles en chocolat. Non qu'ils aient su ce qui se passait au moment où cela se passait – tel n'était jamais le cas. Mais, ensuite, leur prestige en sortait grandi.

Je repensai à ce qui s'était passé précisément en Syrie, à Sarah tapant frénétiquement sur son ordinateur portable et au fait qu'elle avait tué la Source. Elle avait été très convaincante lors de son *debriefing*, au retour de la mission, et, quant à moi, je n'avais plus repensé à rien ensuite. Je m'étais dit que, quoi qu'il se fût passé en réalité, cela n'allait pas changer ma vie. J'en étais soudain moins convaincu.

— Elle a risqué, continua Elizabeth Bamber, de provoquer d'importants remous politiques nuisant fortement à la balance des paiements de la Grande-Bretagne comme des États-Unis et à leur influence dans la région...

Tout cela, je le savais, n'était que du baratin pour vendeurs de voitures d'occasion. Ce qui préoccupait vraiment Elizabeth, à mon avis, était le fait que Clinton avait récemment signé un « ordre présidentiel spécial » contre Bin Laden, autorisant à l'avance une opération armée pour l'appréhender si l'occasion s'en présentait et admettant, de ce fait, que cette opération puisse faire des morts. En d'autres termes, le président américain avait trouvé un moyen de tourner la règle formelle de 1974, et nos services risquaient de devenir moins nécessaires. Dans ce contexte, il était évident que le comportement de Sarah n'allait pas arranger les choses.

— Quant à ses motifs, conclut alors Elizabeth Bamber, ce n'est pas à vous de vous en préoccuper.

Tout cela commençait à me mettre mal à l'aise. Je me tournai vers Lynn et lui dis :

— Si vous vous inquiétiez déjà à ce moment, pourquoi n'avez-vous pas simplement donné à Sarah un sucre d'orge ?

J'entendis alors Elizabeth, derrière moi, demander :

— Un sucre d'orge ? Comment cela, un sucre d'orge ?

Lynn la regarda par-dessus mon épaule et lui expliqua :

— De l'argent.

Puis il me dit :

— Non, Nick, nous ne lui avons pas offert un sucre

d'orge. Vous savez aussi bien que moi que le Service n'achète jamais personne.

Je me demandai comment il pouvait arriver à affirmer ce genre de choses en gardant son sérieux. Les « arrangements avec le Ciel » sont monnaie courante dans le Service. Si un agent est saqué, même pour une énorme faute – si, par exemple, il est pédophile et fait l'objet d'un chantage à ce sujet ou si, plus simplement, il a commis une bévue opérationnelle catastrophique –, on lui trouve un emploi bien rémunéré. Ce qui permet à la fois de continuer à contrôler ses activités et, chose plus importante, de s'assurer son silence le plus pudique. C'est ce qu'on appelle un sucre d'orge, et cela vise à prévenir tout désordre dans la maison.

J'aurais bien aimé, quant à moi, qu'on se débarrasse de moi de cette façon. Quelques mois auparavant, j'avais été chargé d'escorter un agent nommé Clive jusqu'à un appartement du Service à Londres, l'un de ces appartements où personne ne vit en permanence mais qui sont utilisés pour des rencontres, des réunions de travail, des comptes rendus de mission et peuvent aussi servir de « planques » à l'occasion.

Clive avait eu un grave problème avec Gordievsky, un ancien cadre supérieur du KGB qui était passé à l'Ouest quelques années plus tôt avec quantité de renseignements à livrer. Clive et deux autres agents avaient refusé de s'occuper de lui, car il était, en tout état de cause, un traître à ne pas toucher, selon eux, même avec une paire de pincettes. Je tendrais à penser qu'ils avaient parfaitement raison, mais ils furent désavoués par le Service et remerciés. Deux d'entre eux acceptèrent de s'en aller sans tapage, avec des indemnités et des emplois dans la Cité aimablement fournis par certains milieux d'affaires, mais Clive, lui, fit la mauvaise tête et refusa de bouger. Le Service estima que la meilleure solution était de lui proposer plus d'argent qu'aux autres – tout en le menaçant de lui mener la vie très dure s'il refusait.

Ce fut moi qui le persuadai de se rendre à l'appartement, situé dans Cambridge Road, à Pimlico, et j'étais là quand on lui offrit la bagatelle de deux cent mille livres pour fermer sa grande gueule et s'en aller bien gentiment occuper un bureau dans la Cité. Clive prit l'argent, qui lui était offert en espèces, déchira les enveloppes de plastique entourant les billets, qu'il se mit à répandre par la fenêtre comme des confettis. Quand les billets de cinquante livres commencèrent à flotter doucement dans l'air, les clients du pub situé au coin de la rue durent croire que Noël était en juin.

— Ah, vous voulez me foutre dehors ? déclarait en même temps Clive. Eh bien, cela va vous coûter foutrement plus cher que cela...

Quant à moi, j'avais trouvé la scène grandiose, et, je le répète, je sympathisais avec Clive. Personne n'aime les tourne-vestes, même s'ils vont dans le bon sens. J'espérais sincèrement que Sarah n'était pas dans ce cas, car je l'aimais bien. En fait, je l'aimais mieux que bien.

— Et que voulez-vous que je fasse ? demandai-je à Elizabeth Bamber.

La réponse fut simple :

— Que vous la trouviez.

J'attendis la suite, mais rien ne vint. C'était certainement la consigne opérationnelle la plus succincte qu'on m'ait jamais donnée. Je revins à la charge :

— Et vous avez une idée de l'endroit où elle pourrait se trouver ? Il me faut un point de départ.

Elizabeth réfléchit un moment – ou fit semblant.

— Vous commencerez à Washington, me dit-elle. Son appartement, je pense. Pas vous ?

Je ne pouvais qu'approuver. Mais j'avais une autre question à poser :

— Pourquoi ne demandez-vous pas aux Américains de vous aider ? Ils ont les moyens de retrouver sa trace beaucoup plus vite.

Elle poussa un soupir affligé.

— Je croyais vous avoir bien fait comprendre, déclara-t-elle, que cette affaire doit être traitée avec la plus grande discrétion possible dans l'immédiat.

Elle regarda Lynn, qui s'éclaircit la gorge et se tourna vers moi pour me dire :

— Nous ne voulons impliquer aucun service américain dans cette histoire pour le moment. Le personnel de notre ambassade lui-même n'est pas au courant. Comme vous pouvez l'imaginer, c'est un peu gênant d'avoir un de nos agents disparu dans le pays où il est en poste. Surtout au moment d'une rencontre au sommet Netanyahu-Arafat aux États-Unis.

Il se tut un instant, puis reprit :

— Si vous n'arrivez pas à la trouver, il faudra les mettre au courant, et il faudra qu'ils interviennent. C'est très grave, Nick. Cela risque de nous causer des problèmes énormes. Il nous faut donc la trouver très vite, et personne – je répète : personne – ne doit rien en savoir.

Je détestais entendre ce genre de personnages dire « nous ». Quand ils sont, eux, dans le pétrin, c'est « nous ». Mais si l'affaire tourne mal, c'est « moi » – et moi seulement – qui en deviens responsable. Je m'efforçai néanmoins de prendre mon ton le plus calme pour demander à Lynn :

— C'est pourquoi vous voulez un « K » ? C'est une opération parallèle ?

Il approuva de la tête.

— Et pourquoi moi ? dis-je alors. N'est-ce pas plutôt un travail pour la cellule de sécurité ? Ils ont l'habitude des enquêtes. Moi, ce n'est pas mon genre de boulot.

Il y avait de l'irritation dans la voix d'Elizabeth Bamber lorsqu'elle intervint de nouveau.

— Ce n'est pas, déclara-t-elle, une chose qui doit se répandre dans le Service. Je vous ai choisi spécialement pour ce travail, Mr. Stone, parce que je crois savoir que vous connaissez Sarah mieux que beaucoup.

Je la regardai en m'efforçant d'avoir l'air intrigué.

— Je la connais effectivement, fis-je, si c'est là ce que vous voulez dire. J'ai travaillé avec elle, et c'est tout.

Elle inclina légèrement la tête. Elle savait visiblement que je mentais et elle ne tarda pas à m'en informer.

— Vraiment ? dit-elle. On m'a dit que les relations entre vous étaient un peu plus intimes. On m'a dit, en fait, que votre divorce après votre départ de l'Armée était entièrement dû à votre liaison avec Sarah Greenwood. Est-ce que je me trompe ?

Elle ne se trompait pas, et je comprenais mieux, maintenant, pourquoi ils m'avaient choisi. J'essayai quand même de me dérober.

— Les États-Unis, soulignai-je, sont un vaste pays, et que pensez-vous que je puisse y faire tout seul ? Je n'ai pas vu Sarah depuis des siècles, et nous n'étions plus si proches. Cela ne vaut même pas la peine que je prenne l'avion.

Lynn se pencha et saisit mon sac d'urgence.

— Vous allez bel et bien prendre l'avion, dit-il. Vous allez vous mettre sérieusement à sa recherche. Sinon, j'ai bien peur que vous ne vous retrouviez en prison.

Je fus sur le point de protester, de dire que je ne cédais pas aux vaines menaces, mais je préférai me taire et ne tardai pas à découvrir que cela valait mieux.

— Faites-nous crédit d'un peu d'intelligence, Nick, poursuivit en effet Lynn. Pensez-vous réellement que nous ne savons pas tout ce qui s'est passé l'année dernière ?

Mon estomac se souleva et je sentis mes joues se mettre à brûler. Je m'efforçai toutefois de garder mon calme, attendant la suite.

— Nick, votre version des événements laissait de côté un certain nombre de détails, dont le moindre pourrait vous envoyer derrière les barreaux si nous le voulions. Nous n'avons enquêté ni sur l'argent que vous avez récolté ni sur les homicides illégaux que vous avez commis.

Ce dernier propos pouvait paraître énorme de la part d'un homme m'ayant régulièrement payé pour commettre ce genre d'« illégalités ». Mais je n'en étais pas moins coincé.

Elizabeth Bamber vint à la charge à son tour, et cela fit encore plus mal.

— Mr. Stone, dit-elle, considérons un peu votre situation. Qu'arriverait-il, par exemple, à cette enfant dont vous êtes le tuteur si vous étiez emprisonné ? Sa vie, à mon avis, est déjà assez difficile comme cela : un nouveau pays, une nouvelle école...

Je dus serrer les poings pour me contrôler. J'avais envie de les assommer tous deux. Ils le savaient fort bien, et c'était peut-être pour cette raison que Godzilla se trouvait sur le siège avant. Il n'est jamais sage d'affronter un homme dont la nuque est plus large que votre tête – surtout si, en plus, il transporte vraisemblablement assez d'artillerie pour abattre un jumbo-jet en plein vol. Je respirai profondément et décidai d'accepter la situation. J'étais, de toute manière, fait comme un rat.

Tandis que Lynn ouvrait mon sac, Elizabeth Bamber poursuivit :

— Quand vous l'aurez trouvée, vous nous ferez savoir où elle est et quelle est la nature de ses activités. Puis vous attendrez d'autres instructions.

Comme je me retournais vers Lynn, j'entendis Elizabeth déplier calmement un journal. Elle vérifiait sans doute lesquels de ses chevaux couraient le lendemain.

Lynn me tendait pièce par pièce le contenu du sac. Mes papiers de couverture – passeport, permis de conduire et même circulaire d'un club de livres à mon nom – indiquaient que je m'appelais dorénavant Nick Snell et que j'habitais le Derbyshire. Ils étaient accompagnés de trois cartes de crédit, qui avaient dûment été utilisées tous les mois, de façon à justifier une facture normale. À une époque, nous détenions tout cela en permanence, mais on n'avait pas tardé à découvrir que certains agents abusaient de la situation et utilisaient les cartes de crédit à des fins très personnelles. Un audit, quelques années auparavant, avait même permis de découvrir deux agents « K » qui n'avaient jamais existé mais utilisaient généreusement des cartes de crédit.

— Voilà le matériel de transmission photo qui vous permettra de tout nous envoyer directement.

On aurait vraiment dit qu'il était le Père Noël m'énumérant les somptueux cadeaux emplissant mes souliers.

— Formidable ! fis-je, m'efforçant d'entrer dans le jeu. Merci.

Puis il sortit de leurs enveloppes deux cartes magnétiques et me les tendit.

— Vos codes, dit-il. Vous voulez les vérifier ?

— Bien sûr.

Il me passa le sac. J'en sortis l'agenda électronique Psion 3C et le mis en route. J'avais tenté d'extorquer au Service le nouveau modèle, le 5, mais cela avait été peine perdue. Tous les « K » devaient se contenter des 3C vieux de deux ans. Il n'y a pas de petites économies.

Je glissai les cartes dans leurs logements respectifs et vérifiai l'écran. L'une des cartes affichait simplement des séquences de cinq chiffres. J'éteignis de ce côté et retirai la carte. L'autre indiquait des séries de mots avec des groupes de chiffres correspondant à chacun d'entre eux. Tout était en ordre.

— Le numéro de contact est le suivant, dit Lynn.

Et il m'indiqua un numéro de Londres. Pour assurer votre couverture, le Psion contenait les noms et adresses les plus variés dans l'anodin, du directeur de banque au restaurant italien du coin. J'y introduisis le numéro de téléphone qu'on venait de me donner, avec la mention que j'utilisais toujours en pareil cas : « Confiserie Kay ». Me voyant faire, Elizabeth Bamber me lança un regard hautement désapprobateur par-dessus son journal, mais il ne fallait pas qu'elle s'attende à me voir procéder autrement. J'étais incapable de mémoriser immédiatement le numéro de contact. Il fallait donc que je l'introduise provisoirement dans l'appareil. Ensuite, je me le mettrais en mémoire tranquillement, puis je l'effacerais.

— Arrivé à Washington, reprit alors Lynn, prenez contact avec Michael Warner, à ce numéro. C'est un bon élément. Il s'occupait des transmissions ; mais il a eu un accident d'automobile, et on a dû lui insérer des plaques d'acier dans le crâne.

Je refermai le Psion après y avoir introduit le numéro de Warner.

— Et que fait-il, maintenant ? demandai-je.

— C'est l'assistant personnel de Sarah. Il vous donnera accès à son appartement.

— Sous quel prétexte ?

Lynn regarda sa montre avec un brin d'impatience ; il avait peut-être prévu un autre match de squash.

— Il ne sait rien, dit-il. À part que Londres doit procéder à une enquête de routine pendant que Sarah est absente. C'est le moment de sa VP.

La VP, ou vérification personnelle, est effectuée toutes les quelques années afin de s'assurer que vous n'êtes pas devenu l'objet d'un chantage, que vous ne couchez pas avec l'attaché militaire de Chine ou que votre grand-mère ne vous a pas inscrit au Parti communiste. En fait, quand vous êtes agent titulaire, il ne s'agit généralement que d'une formalité. Pour les gens se trouvant au bas de l'échelle, comme moi, ce peut être une autre histoire.

— Warner est un peu étrange à certains moments, ajouta Lynn avec un sourire. Il faudra peut-être que vous montriez de la patience avec lui. Il a dû quitter le service des transmissions parce que ses plaques d'acier captaient certaines fréquences, lui causant des migraines terribles. Mais il est très compétent. Et, plus important encore, il est loyal.

Il parut insister de façon curieuse sur ce dernier propos.

— Parfait, fis-je.

Selon toutes probabilités, notre homme était loyal pour la bonne et simple raison qu'il ne pouvait trouver de travail nulle part ailleurs – sauf, peut-être, comme station relais dans une compagnie de téléphones portables.

Je me hâtai de tout remballer dans le sac. J'avais hâte de quitter cette voiture et ses occupants et de me retrouver à l'air libre. Mais Lynn n'en avait pas fini. Il me mit sous le nez un formulaire A4 en me demandant une signature pour les codes. L'administration ne perd jamais ses droits.

J'ouvris enfin la porte et descendis du véhicule, puis je me retournai et demandai :

— Et si je n'arrive pas à la retrouver ?

Lynn regarda Elizabeth, puis se tourna vers moi :

— Trouvez-vous un bon avocat, dit-il.

3

Tout en allant vers l'ascenseur, je m'efforçais de ne pas laisser la rage m'envahir. Je ne savais ce qui me mettait le plus hors de moi – le fait que le Service sache tout à propos de Sarah comme de Kelly ou le fait que j'aie pu être assez stupide pour penser un instant qu'il n'en était pas ainsi. J'essayais aussi de me dire qu'à la place de mes chers supérieurs, j'aurais fait exactement la même chose qu'eux : j'aurais utilisé ces moyens de pression pour me contraindre à faire le travail demandé. C'était normal et logique, mais cela ne me réjouissait pas plus pour autant.

J'arrivai à l'ascenseur en même temps qu'un couple âgé qui poussait un chariot de bagages en se disputant. Je pressai le bouton d'appel, mais rien ne vint. L'ascenseur semblait s'arrêter à tous les niveaux sauf le nôtre. Je pressai six fois de suite le bouton sans plus de résultats.

Peut-être était-ce contre Sarah, au fond, que j'étais le plus furieux. Elle m'avait mis une fois de plus dans le pétrin. Elizabeth Bamber avait parfaitement raison ; elle avait bel et bien été responsable de mon divorce.

L'attente de l'ascenseur tournant à la mauvaise plaisanterie et d'autres gens arrivant avec des chariots, je décidai de prendre les escaliers.

Deux niveaux plus bas, j'empruntai la grande allée en suivant les panneaux indiquant l'aire de départ, allant à contre-courant d'une foule de bronzés. Plusieurs charters avaient dû arriver en même temps.

Je ne pouvais, cependant, m'empêcher de repenser à la conversation que je venais d'avoir avec Lynn et Elizabeth Bamber. Comment se faisait-il, malgré tout, qu'ils en sachent autant sur l'affaire de l'année précédente ? J'étais, quant à moi, resté d'une discrétion de violette, ne livrant que le strict minimum des faits.

Une pensée vint soudain me réconforter ; ils ne pouvaient pas tout savoir. Si tel avait été le cas, ils auraient su aussi que je détenais encore assez de preuves pour envoyer quelques personnages derrière les barreaux à perpétuité, et ils ne se seraient pas hasardés à me menacer. Mais le réconfort ne fut que de courte durée ; ils pouvaient, en fait, faire tout ce qu'ils voulaient parce qu'ils connaissaient l'existence de Kelly. J'avais vu nombre d'hommes devenir subitement vulnérables parce qu'on mettait en cause leurs enfants, mais je n'avais jamais pensé que cela pourrait m'arriver. Je décidai de faire le vide dans mon esprit et de me mettre au travail.

Au milieu de la pagaille habituelle des aéroports, des gens poussant de travers des chariots récalcitrants, des parents faisant la chasse à des enfants en bas âge, des groupes se dispersant et cherchant à se reformer, j'allai tirer de l'argent au guichet automatique, puis me rendis au bureau de change. Il me fallait ensuite me procurer un bagage à main d'apparence normale. J'achetai un sac de voyage en cuir où je plaçai ma trousse d'urgence, gagnai la pharmacie pour me procurer des affaires de toilette et terminai à la boutique de vêtements, où je fis emplette d'un jean, de deux chemises et de sous-vêtements de rechange.

Je me fis ensuite enregistrer au guichet des American Airlines, classe affaires, et passai directement dans le salon de départ. De là, j'appelai sur mon portable le couple qui garantissait ma couverture sociale, James et Rosemary. C'étaient des gens adorables, d'anciens fonctionnaires ayant pris une retraite anticipée mais continuant à servir ainsi, discrètement, la Reine et la Patrie. Ils n'avaient jamais eu d'enfants et m'avaient adopté comme un fils. À vrai dire, j'aurais bien aimé avoir James pour père ; il m'aurait certainement emmené voir le *Belfast* quand j'avais huit ans. J'étais censé loger chez eux – et j'y avais même, pour la vraisemblance, une chambre sous les combles.

En fait, je leur rendais visite quand je le pouvais, surtout avant une opération, ce qui donnait de plus en plus d'épaisseur à ma couverture à mesure que le temps passait. Ils ne savaient rien des missions que j'accomplissais, et ne voulaient surtout rien en savoir. Ensemble, nous bavardions agréablement de tout et de rien, des potins de la ville et de la façon de traiter les rosiers. James n'était pas le meilleur jardinier de la terre, mais qu'importe ! Quand je me trouvais sur place, je m'arrangeais toujours pour utiliser mes cartes de crédit dans un ou deux magasins et dépouiller mon courrier. C'était un peu assommant, mais les détails comptent.

— Allô, James, dis-je. C'est Nick. Changement de programme. Je pars en vacances en Amérique.

— Tu sais pour combien de temps ?

— Une quinzaine, probablement.

— Parfait. Amuse-toi bien, Nick. Mais fais quand même attention : il y a de la violence, là-bas.

— Je serai prudent. Je te vois dès mon retour. Embrasse Rosemary pour moi.

— Je n'y manquerai pas. À bientôt. Oh, Nick...

— Oui ?

— Aux élections régionales, c'est un libéral-démocrate qui est passé.

— Ah oui ? Un homme ou une femme ?

— Un homme. Felix quelque chose. Sa grande idée est de bloquer le permis de construire du mégastore.

— Et il va le faire ?

— Tu rigoles ! Et, en parlant de blocage, le problème de la fosse septique est enfin résolu. Depuis hier.

— Bravo ! Je vais te dire une chose, James : je suis bien content que tu sois sorti de la merde, parce que moi, j'y suis jusqu'au cou.

Nous nous mîmes à rire tous deux. Lui, c'était certainement de bon cœur.

Il ne me restait plus qu'à attendre l'heure de mon vol. Je me mis à repenser à Sarah. Je ne voulais pas faire ce boulot. Elle m'avait largué, mais elle me manquait encore. Si ce qu'on m'avait dit était vrai, il fallait effectivement mettre fin à ses activités. Mais je ne voulais pas être celui qui s'en chargerait.

4

Ce ne fut qu'après qu'une voix suave, à l'accent vaguement californien, nous eut dit par le haut-parleur de l'avion combien le commandant de bord était heureux de nous accueillir et le personnel de cabine ravi de nous servir et c'est après qu'on nous eut ensuite gavés de poulet farci que, fermant les yeux, je commençai à penser sérieusement aux moyens que je pouvais employer pour retrouver Sarah.

Chaque année, rien qu'en Grande-Bretagne, un quart de million de personnes sont portées disparues, et plus de 16 000 demeurent introuvables – non pas, dans la plupart des cas, parce qu'elles ont été enlevées, mais par choix délibéré. Si on sait à peu près s'y prendre, c'est très simple à faire. Or, Sarah savait fort bien s'y prendre ; cela faisait partie de son travail. Retrouver une personne disparue en Angleterre était déjà un boulot de chien, mais les dimensions mêmes des États-Unis et le fait que je ne pouvais solliciter l'aide de personne faisaient que j'allais, en fait, chercher une aiguille dans une meule de foin, et cela dans un champ plein de meules de foin et dans un pays aux champs innombrables.

De toute manière, comme la plupart des gens faisant notre genre de travail, Sarah avait assurément sa réserve de sécurité planquée quelque part. Avec au moins une identité de rechange. Quant à moi, j'en avais deux : une de secours pour le cas où la première serait découverte. Chacun, dans le métier, trouve moyen de s'en forger au moins une, et, surtout, de la dissimuler au Service. Si un jour vous devez prendre la poudre d'escampette, il est impératif d'avoir une longueur d'avance. Dans la mesure où cela avait été son intention, Sarah devait avoir fort bien préparé son coup. Elle n'était pas du genre à faire les choses à moitié.

Moi non plus, en fait. Je repensai à ce Nicholas Davidson sur lequel j'étais tombé en Australie un an plus tôt. Il était un peu plus jeune que moi et avait le même prénom, ce qui est important pour une fausse identité, car on réagit toujours à son prénom. De plus, Nick et Davidson étaient l'un comme l'autre des noms très communs.

Je l'avais découvert dans un bar pour homosexuels de Sydney. Ce genre d'endroits est idéal pour ce que j'avais en tête, quel que soit le pays où l'on se trouve. Je ne tardai pas à apprendre que Nicholas vivait et travaillait en Australie depuis six ans. Il avait un bon emploi derrière le bar, un petit ami avec lequel il partageait une maison, et, chose capitale pour moi, il n'avait aucune intention de retourner en Angleterre. Me désignant la fenêtre, il me disait :

— Regarde un peu le temps qu'il fait ici. Regarde les gens. Regarde le genre de vie qu'on a. Pourquoi voudrais-je rentrer au pays ?

Après l'avoir observé deux ou trois semaines et avoir un peu bavardé avec lui, j'avais conclu qu'il était l'homme idoine.

Rentré en Angleterre, je louai un logement à son nom. Puis j'allai à la mairie et fis inscrire Nicholas Davidson sur les listes électorales de la localité. Je demandai ensuite un duplicata de permis de conduire à son nom, qu'on m'envoya trois semaines plus tard du Centre des permis.

Entre-temps, je m'étais rendu au bureau central de l'état civil, à St. Catherine's House, à Londres, et y avais obtenu un extrait de l'acte de naissance de Davidson. Comme il n'aimait guère parler de son passé, je n'avais pu extraire de lui que la date de son anniversaire et son lieu de naissance, mais pas l'année exacte où s'était produit l'heureux événement. Je n'avais pas osé insister trop pour ne pas éveiller ses soupçons et attiser la jalousie que commençait à manifester son petit ami, Brian. Il me fallut donc passer près de deux heures à feuilleter les registres des années 1960 et 1961 pour le retrouver.

J'allai ensuite trouver la police pour signaler le vol de mon passeport. On me donna un numéro de plainte que je portai dûment sur le formulaire, et, l'extrait de naissance aidant, Nick Davidson bis ne tarda pas à se retrouver en possession d'un passeport flambant neuf, valable pour dix ans.

Il me fallait plus. Pour bien asseoir une fausse identité, des cartes de crédit sont nécessaires. Durant les mois qui suivirent j'achetai par correspondance quelques livres et disques et même une hideuse figurine en porcelaine de Worcester dont j'avais trouvé la publicité dans un journal du dimanche. Je payai par mandats postaux et reçus donc, à mon adresse de circonstance, factures et reçus.

J'écrivis ensuite à deux ou trois des banques les plus connues pour leur demander leurs conditions, recevant en réponse des lettres très officielles expédiées à la même adresse. Armé de tout cela, j'allai dans une banque plus modeste et demandai tout modestement à ouvrir un compte, ce qui, sur la foi de mes justificatifs de domicile, se fit sans problème. J'y déposai un peu d'argent. Après quelques semaines encore, je fis opérer sur mon compte des prélèvements automatiques pour un club de livres quelconque, et me décidai enfin à demander une carte de crédit. Si vous êtes inscrit sur les listes électorales, avez un compte en banque et pas d'incidents bancaires derrière vous, la carte vous est donnée automatiquement. Et, une fois que vous l'avez, toutes les autres banques et établissements financiers vous font la cour pour que vous preniez aussi les leurs. Heureusement, dans le cas précis, il apparut que Nick Davidson premier du nom n'avait pas laissé derrière lui d'impayés lorsqu'il était parti pour l'Australie.

Je faillis aller un pas plus loin et me procurer un numéro de sécurité sociale, mais je n'en avais nul besoin dans l'immédiat. De toute manière, il suffit d'aller trouver l'agence locale et de dire qu'on a trouvé du travail et qu'on commence le lundi suivant. On vous donne sur-le-champ un numéro provisoire qui peut durer des années. Si cela ne marche pas, d'ailleurs, vous pouvez toujours en inventer un.

Le système étant ce qu'il est, il se passera des siècles avant qu'on s'en aperçoive.

Dès que j'avais eu passeport et cartes de crédit, je les avais utilisés pour un petit voyage afin de vérifier que tout marchait bien. Ensuite, je m'étais arrangé pour les utiliser de temps à autre afin de bien les accréditer.

Quand on a besoin de disparaître, on laisse tout derrière, et l'on coupe toutes les amarres. C'était ce qu'avait dû faire Sarah si elle avait vraiment pris le maquis. Elle devait avoir rompu tout contact avec ses relations habituelles et renoncer à toutes les habitudes – les petites manies, même – qui risquaient de la faire repérer.

J'essayai de me remémorer ce qu'elle avait pu me dire de son passé, car, sans aide extérieure, c'était là que je risquais le plus de trouver un fil conducteur. Mais j'en savais, en fait, très peu – si ce n'est qu'elle avait eu, avant moi, un petit ami qu'elle avait largué lorsqu'elle avait appris qu'il fréquentait également une autre femme. La seule précision supplémentaire que j'avais était que le petit ami avait perdu un doigt au cours de la scène de rupture. Pour ce qui était de la vie privée, cela n'allait pas plus loin. Peut-être notre futur ami commun et métallique Mickey Warner allait-il pouvoir m'en dire un peu plus, si je parvenais à rendre mes questions plausibles dans le cadre d'une enquête de routine.

De sa famille et de son enfance, elle ne m'avait pas dit grand-chose non plus. Tout ce qu'il m'avait semblé, c'était que, bien que venant des extrémités les plus éloignées de l'échelle sociale, nous avions connu des expériences un peu similaires sur le plan émotionnel. Nos parents respectifs ne nous avaient jamais accordé un traître liard d'attention. Elle avait été expédiée en pension à l'âge de neuf ans, et moi, au même âge, j'avais été pratiquement laissé à moi-même. Ce qui était certain, c'était que sa vie familiale avait été un désert, et que rechercher quoi que ce soit de ce côté serait une perte de temps. À mesure que je considérais les choses, l'aiguille se faisait plus petite et la meule de foin plus épaisse.

La vérité était que, si elle voulait disparaître, elle en avait tous les moyens. Je pourrais la chercher pendant des mois sans me retrouver plus avancé. Je me raclai les méninges, tentant de me rappeler quelque chose – un détail – qui pourrait éventuellement constituer un indice.

Je commandai deux bières coup sur coup, d'abord pour m'aider à dormir, et ensuite parce qu'à Washington, toute boisson forte serait exclue. Je n'ai jamais mélangé le travail et l'alcool.

Peut-être Josh pourrait-il m'aider à son retour d'Angleterre, me fournir au moins quelques renseignements de base. Je me demandai un instant si je devais lui dire la vérité, mais j'arrivai vite à la conclusion que ce ne serait guère opportun : cela ne pourrait aboutir qu'à le mettre dans le même pétrin que moi.

À ce moment, une chose me vint à l'esprit et me frappa comme une illumination : le fait qu'une partie de moi-même espérait ne pas trouver Sarah. Cette idée me déprima un moment, mais je me repris en main et me dis que la meilleure solution était de résoudre le problème au plus vite et de passer à autre chose. J'irais directement à l'appartement de Sarah, prendrais contact avec mon nouvel ami Mickey Métal et m'efforcerais de partir de là.

Je décidai d'oublier le problème pendant le reste du voyage. Tandis que je m'efforçais de regarder le film, ma pensée dériva vers Kelly. Elle était probablement assise à table avec ses grands-parents, buvant du thé et s'ennuyant ferme. Je résolus de l'appeler à la première occasion.

Puis, sans que j'y puisse rien, l'image de Sarah me revint à l'esprit.

⋆

En 1987, deux ans avant la fin de l'occupation de l'Afghanistan par les Soviétiques, Grande-Bretagne et États-Unis envoyaient des équipes sur place pour assurer l'instruction des rebelles afghans, les moudjahidines.

L'URSS avait envahi le pays huit ans auparavant, et les paysans locaux avaient fait connaissance avec la technologie moderne à travers les avions à réaction, les chars et les hélicoptères envoyés de Moscou. Trois millions d'entre eux avaient été tués ou mutilés, et six millions d'autres avaient fui vers l'Iran, à l'ouest, ou le Pakistan, à l'est. Ceux qui restaient encore sur pied prirent la montagne pour affronter les Soviétiques, en vivant de thé et de pain rassis.

Finalement, ils se décidèrent à appeler la communauté internationale à l'aide, et les Occidentaux leur expédièrent pour six milliards de dollars d'armes. Toutefois, le Congrès américain se refusa à autoriser la fourniture de fusées sol-air Stinger aux rebelles afghans pour abattre les avions et hélicoptères soviétiques. Nous fûmes donc chargés, quant à nous, de leur apprendre à utiliser, faute de mieux, les missiles britanniques Blowpipe. Les Stingers ne devaient venir que par la suite.

Je ne le savais pas alors – et je ne m'en souciais guère, ma première préoccupation étant d'éviter de perdre un pied ou une jambe sur l'une des mines antipersonnel que les Russes avaient larguées par centaines de milliers dans tout le pays – mais quelques années plus tôt, en Arabie saoudite, un jeune et brillant ingénieur civil nommé Osama Bin Laden avait répondu lui aussi à l'appel à l'aide des rebelles afghans. Il s'était finalement rendu sur place avec un peu de matériel lourd appartenant à sa richissime famille. Celle-ci possédait notamment une société de travaux publics qui avait notablement contribué à la reconstruction des mosquées de La Mecque et de Médine. Musulman intégriste, Bin Laden considérait ce qui se passait en Afghanistan comme une guerre sainte.

Tout d'abord, son action fut d'ordre essentiellement politique et économique. Il était l'un de ces riches Saoudiens apportant leurs concours financiers à la cause afghane. Il recrutait des milliers de combattants arabes dans la région du Golfe et payait leur passage en Afghanistan, où il avait également créé et financé le premier grand camp d'entraînement des futurs guérilleros. Puis il devint plus fanatique encore et décida de prendre part lui-même aux combats. Je ne l'avais jamais vu, mais tous les moudjahidines chantaient ses louanges. Ils l'adoraient, et il en était de même pour les Occidentaux, à cette époque. Il faisait figure de sauveur, prenant soin des veuves et des orphelins, créant des organisations de soutien pour les familles des combattants et tout le reste.

Notre équipe venait de passer six mois dans les montagnes au nord de Kaboul et se préparait à regagner la Grande-Bretagne pour une permission de deux semaines. Mais il apparut que nous allions nous retrouver plus vite encore au pays ; nous étions convoqués à Londres pour y recevoir de nouvelles instructions. Durant le voyage, le bruit se mit à courir que nous devions assurer la protection d'un représentant du Foreign Office lors de rencontres avec les moudjahidines. Nous nous mîmes immédiatement à grogner à cette peu exaltante perspective.

Notre équipe RWW était composée de Colin, de Finbar, de Simon et de moi-même. Les princes qui gouvernaient avaient d'abord décidé que ce serait Colin qui s'occuperait personnellement de l'enquiquineur du Foreign Office – que nous nous imaginions déjà cacochyme et compassé à souhait – tandis que nous assurerions leur protection à distance. Mais Colin, qui haïssait cordialement les fonctionnaires et les politiciens, s'était promptement défilé en me repassant l'enfant.

Nous nous trouvions dans la salle de réunion de l'immeuble de Borough High Street, près du London Bridge, à boire du thé en attendant qu'on veuille s'occuper de nous quand une femme que nous ne connaissions pas fit son entrée dans la pièce. Tout le monde, conseillers techniques inclus, tourna la tête. Elle était sensationnelle, et son tailleur noir à la jupe ultracourte ne le dissimulait guère. Elle salua d'un signe de tête les gens qu'elle connaissait et s'assit, semblant ignorer tous les regards masculins pesant sur elle.

Colin, obsédé sexuel bien connu dans son quartier, ne pouvait détacher son regard d'elle. Je le sentis devenir encore plus excité lorsqu'elle ôta sa veste, nous révélant un corsage sans manches qui lui dévoilait généreusement les épaules.

Colin se pencha et chuchota à Finbar :

— Trouve-moi un avocat !

— Pourquoi cela, petit ?

Finbar, l'Irlandais, appelait toujours Colin « petit » bien que celui-ci eût quelque trente centimètres de plus que lui.

— Je veux divorcer, répondit Colin.

Nous nous demandions tous ce que cette jolie dame venait faire là, et eûmes un choc en apprenant qu'elle n'était autre que ce fonctionnaire du Foreign Office dont nous devions assurer la protection. Je ne pus m'empêcher de ricaner intérieurement ; je savais ce qui allait suivre. Et je ne me trompais pas. Colin se pencha vers moi.

— Nick...

Je l'ignorai, décidé à le faire souffrir un peu.

— Nick...

Cette fois, je me retournai avec un large sourire.

— Je reprends ma première affectation, camarade, me dit-il.

Je secouai lentement la tête.

Semblant écouter attentivement l'homme chargé du briefing, la jeune femme croisa les jambes et le crissement du nylon contre le nylon me parut l'un des sons les plus merveilleux que j'aie jamais entendus de ma vie. Je suis sûr que nous y prêtâmes tous plus attention qu'aux doctes paroles qui nous étaient prodiguées. Sarah s'était bien installée dans son fauteuil et sa jupe s'était encore relevée un peu plus, découvrant le haut de son collant. Il était impossible de dire si elle le faisait exprès, car elle restait impassible et elle n'eut pas un seul regard, même sournois, pour mesurer l'effet qu'elle produisait sur l'assistance.

Quand elle se leva pour parler à son tour, elle le fit avec assurance, d'une voix basse et mélodieuse.

Elle nous expliqua que ce qu'elle voulait, c'était s'emparer, pour le ramener à l'Ouest, d'un hélicoptère d'attaque au sol Hind, de fabrication soviétique, dont on ignorait encore, selon elle, les véritables performances. Elle ajouta qu'elle en préférerait même deux, si la chose était possible. C'était elle qui allait se charger de traiter à ce sujet avec les Afghans, sur la base d'un échange de bons procédés : nous vous rendons service en vous apprenant à « casser » du Soviétique, et vous nous rendez service en nous procurant un hélicoptère ou deux.

Nous passâmes ainsi deux mois à faire la navette entre le Pakistan et les repaires des moudjahidines dans les montagnes, et dès le premier jour, Sarah se révéla une professionnelle consommée. Cela nous rendait la vie relativement facile ; trop souvent, dans des missions de ce genre, nous avions dû passer autant de temps à rassurer et à cajoler un chargé de mission mort de trouille qu'à faire notre véritable travail. Avec elle, c'était très différent. La raison pour laquelle elle n'avait pas peur était peut-être qu'elle avait un tempérament aussi explosif que celui des rebelles auxquels elle avait affaire. Les heurts que cela amenait fatalement aboutissaient souvent à des retards dans les négociations – et ce plus encore que le fait qu'elle était une femme. Mais il était évident qu'elle possédait toutes les connaissances, psychologiques et sociologiques autant que linguistiques, permettant de tenir tête à ses interlocuteurs, personnages pour lesquels nous avions tous le plus grand respect. Après tout, ils s'étaient permis d'affronter les armes à la main une superpuissance, et ils étaient en train de gagner.

Je ne tardais pas à constater que Sarah avait de ce monde un amour et une compréhension qu'elle n'aurait pu dissimuler même si elle l'avait voulu. De plus, elle avait du cran. Elle ne s'affolait jamais, même quand la discussion devenait rude. Elle savait que j'étais là, et qu'il y en avait trois autres en renfort quelque part, suivant les événements, prêts à intervenir si besoin en était.

Dans ce pays, tout le monde avait une arme et tout le monde était en guerre – pas seulement contre les Russes, mais aussi entre groupes rivaux cherchant chacun à s'assurer le contrôle de la situation. Pour arriver à ses fins, Sarah jouait volontiers d'un groupe contre un autre. Cela ne tourna mal qu'une fois, lorsque deux jeunes responsables de la guérilla s'avisèrent de ce qui se passait et entreprirent de lui demander des comptes. Je dus intervenir – en m'assurant que les corps ne seraient jamais retrouvés.

Une autre fois, ce fut elle qui perdit son sang-froid quand des chefs rebelles lui dirent qu'ils voulaient lui vendre l'hélicoptère, et non le lui remettre. Ils s'insultèrent copieusement, et elle quitta la séance en claquant moralement la porte.

Comme, ensuite, nous roulions en silence vers la frontière,

Sarah ruminait dans son coin, l'air sombre. Au bout d'un moment, elle me dit :

— Pas très bon pour moi, Nick. Que crois-tu que je pourrais écrire dans mon rapport ?

— RAS ? proposai-je.

Elle se mit à rire.

— Ne nous cassons pas la tête, dit-elle. Nous allons tout simplement y retourner et essayer de nouveau. Mais pas avant cinq jours.

C'était la première fois que je l'avais vue vraiment rire. En fait, elle pouffait comme une collégienne.

Nous y retournâmes plusieurs fois, et, entre nous, tout se passa dans la bonne humeur.

Un peu plus tard, elle reçut un message l'informant que l'IRA Provisoire fournissait des renseignements techniques aux rebelles afghans sur la façon de fabriquer des engins explosifs et de les utiliser. Londres pensait que les Afghans payaient ces informations à l'IRA avec une partie des armes que leur fournissaient Américains et Britanniques. Sarah semblait fort préoccupée.

— Qu'est-ce qu'on va faire, Nick ? me demanda-t-elle. Londres veut que je trouve qui leur fournit ces renseignements.

— Des gens que tu connais déjà, lui dis-je.

— Vraiment ? fit-elle d'un air intrigué.

— Colin, Finbar, Simon et moi.

Elle en resta la bouche ouverte.

— Réfléchis un peu, lui dis-je alors. Qui a, depuis des années, l'expérience d'une guerre terroriste ? C'est *nous* qui avons montré aux Afghans ce qu'utilisaient les gens de l'IRA et comment ils l'utilisaient. Les engins dont se sert l'IRA sont faciles à fabriquer et ils marchent. C'est le meilleur matériel bricolé du monde. Nous nous en servons nous-mêmes. Alors pourquoi ne pas en faire profiter les copains ? Nous sommes RWW, non ? C'est notre boulot.

Le lendemain, au Pakistan, nous passâmes la soirée à concocter ensemble un rapport de situation propre à tourner en dérision le petit génie londonien ayant mis sur le tapis cette affaire d'IRA. Elle s'amusa autant que moi, et je trouvai cela délicieux ; j'aimais la façon dont son nez remuait quand elle trouvait une chose vraiment drôle.

Il était étrange que nous nous entendions si bien, car, à beaucoup d'égards, nous étions aux antipodes l'un de l'autre. J'étais, quant à moi, entré dans l'Armée parce que j'étais incapable de faire autre chose. J'avais vu des affiches de recrutement affirmant que je pouvais devenir pilote d'hélicoptère au service de la Reine et de la Patrie, et un oncle, ancien militaire, m'avait dit que les filles étaient sensibles à l'uniforme. Je me voyais déjà bronzé en permanence et sautant d'un lit à l'autre. Pour un gamin de seize ans n'ayant pratiquement jamais quitté son HLM londonien, la tentation était irrésistible.

Mais, curieusement, les choses ne tournèrent pas ainsi. Devant les résultats de mes tests, l'Armée estima qu'il serait peut-être imprudent de confier un Chinook valant quelques millions de livres à un ahuri qui arrivait à peine à lacer correctement ses brodequins. Ce fut donc l'infanterie.

Sarah, en revanche, possédait intelligence et instruction. Je n'en savais guère long sur son compte ; par une ironie du sort, elle était aussi habile que moi à ne rien livrer d'elle... Non – en fait, comme je m'en rendis compte plus tard, elle était bien meilleure à ce jeu. Et, à dire vrai, cela m'indisposait considérablement. J'aurais voulu tout savoir d'elle, de ses points forts et de ses points faibles, de ses espoirs et de ses craintes, de ses goûts et de ses haines, car, armé de ces connaissances, j'aurais pu manœuvrer et tenter sa conquête. Comme, au Pakistan, nous passions pour un couple et devions partager une chambre d'hôtel – au grand dépit de Colin – je me disais que j'avais peut-être ma chance. Je dois dire qu'au départ, mes intentions étaient purement lubriques. Mais, très vite, je me rendis compte qu'en fait, j'aurais voulu m'insinuer dans sa tête et son cœur encore plus que dans sa petite culotte. Je lui étais vraiment attaché. Très attaché. Comme je ne l'avais encore jamais été auparavant.

Mais, comme le temps passait, je ne faisais aucun progrès dans la direction souhaitée. Je n'arrivais pas à la saisir. Je n'avais aucune prise sur elle. Ce n'était pas qu'elle fût distante, tant s'en faut ; elle avait un grand sens des relations et jouait volontiers de la camaraderie quand il le fallait. Elle sortait avec notre équipe quand nous avions un moment de loisir, et accepta même deux ou trois fois de dîner en tête à tête avec moi. J'avais, à ces moments, l'impression d'être un petit chien attendant une caresse de sa maîtresse, tout en sachant que je rêvais et que rien n'arriverait entre nous. Que pouvait-elle, d'ailleurs, voir en quelqu'un comme moi, si ce n'est mon aptitude à la débarrasser des gens devenant un peu trop menaçants à son égard ?

Sur ce point au moins je dus lui paraître efficace, car ce fut elle qui suggéra que je pose ma candidature au Service après avoir quitté le Régiment[1]. Cinq ans après, je ne savais toujours pas, d'ailleurs, si je devais l'en remercier ou lui fracasser le crâne à coups de marteau pour m'avoir jeté dans cette galère.

★

Mon avion se posa à Dulles, l'aéroport international de Washington, et je me joignis à la longue file d'attente qui s'était formée au contrôle d'immigration. Il me fallut près de vingt minutes pour arriver devant un fonctionnaire à l'air glacial, qui me gratifia d'un regard propre à me faire rentrer sous terre. Peut-être s'ennuyait-il ferme, derrière son pupitre. Je lui adressai le sourire béat du touriste un peu idiot. Il tamponna mon passeport et me souhaita d'un ton las un bon séjour aux États-Unis d'Amérique.

Les portes automatiques s'ouvrirent et je pénétrai bravement dans la salle des arrivées où, au milieu du brouhaha et de la confusion, des chauffeurs de limousine brandissaient des pancartes et des familles, fleurs au poing, dévisageaient les nouveaux venus. Tout ce que je désirais, quant à moi, c'était une bonne dose de caféine.

1. Nom donné par ses membres et anciens membres au Special Air Service ou SAS, la principale unité d'intervention et d'opérations spéciales de l'Armée britannique. *(N. d. T.)*

J'allai jusqu'au Starbucks, commandai un triple *cappuccino* et, m'installant dans un coin, branchai à la fois le 3C et mon téléphone portable. Je composai le numéro de Michael Warner.

— Allô, Michael à l'appareil.

La voix était haut perchée et avec des intonations affectées. Elle évoquait plus un animateur de jeux télévisés qu'un membre de « l'autre Foreign Office ».

— Nick Snell, dis-je.

— Oh, oui ! J'attendais votre appel, dit-il avec des accents ravis et chaleureux qui auraient pu faire penser que j'étais un ami perdu de vue et enfin retrouvé. Comment allez-vous ?

J'étais un peu déconcerté. Nous ne nous connaissions ni d'Ève ni d'Adam, et, rien qu'au son de sa voix, je ne lui aurais certainement pas acheté une machine à laver d'occasion, mais il me parlait comme si j'avais été son copain d'enfance. Je ne pus m'empêcher de sourire.

— Très bien, lui dis-je. Et vous ?

— À la perfection !

Puis il se décida à passer aux choses sérieuses.

— Bien, fit-il. Où voulez-vous que nous nous rencontrions ?

— Je vous laisse décider. C'est votre ville, après tout.

— Oh oui ! Et quelle ville !

Il ne pouvait visiblement pas se retenir. Il marqua une petite pause puis me dit :

— Eh bien, retrouvons-nous à *Pain et Chocolat.* C'est une cafétéria-pâtisserie au coin de la M et de la 23e. Ils ont un moka fantastique, et ce n'est pas loin de l'appartement. Vous savez où se trouvent la M et la 23e ?

Je connaissais les parages, et j'étais encore capable de lire un plan.

— J'y serai dans deux heures environ, lui dis-je. Cela vous convient ?

Pour des raisons connues de lui seul, il prit, pour me répondre, un accent traînant du Texas.

— Sûr, Nick, fit-il. Le gros monsieur avec la chemise bleue et la cravate rouge, ce sera moi. Vous ne pouvez pas me rater.

— Moi, j'ai un jean, une chemise à petits carreaux bleue et un blouson également bleu.

— À tout à l'heure, donc. À propos, il est presque impossible de se garer, à cette heure. Alors, bonne chance ? Saluuut...

Je pressai le bouton d'arrêt de mon portable en secouant la tête. Quel était donc ce zozo dont je me retrouvais affublé ?

5

Je n'étais guère qu'à deux cents mètres de ma destination lorsque je me trouvai bloqué par la circulation. Avec ses grands immeubles et ses chaussées étroites, le quartier de la M et de la 23e me rappelait la partie élégante de New York. Le temps lui-même, nuageux et chaud, semblait un peu new-yorkais. Ce ne devait pas être par hasard que Sarah avait choisi d'habiter par là ; on était à deux pas de Massachusetts Avenue, avec toutes les ambassades, consulats et missions diverses à proximité.

Avançant au ralenti, je ne tardai pas à voir l'origine du problème. Le carrefour se trouvant devant nous avait été interdit par des motards de la police, qui détournaient la circulation vers la droite. Au moment précis où j'amorçais mon tournant, toute une file de Lincoln noires aux vitres opaques emprunta le carrefour à toute allure. À l'arrière du convoi se trouvaient plusieurs Chevrolet d'escorte et deux ambulances, sans doute pour le cas où le grand manitou ainsi véhiculé s'écorcherait le pouce. Il apparaissait que soit Arafat, soit Netanyahu était déjà en ville.

À Washington, les rues désignées par des lettres vont d'est en ouest, et celles portant des chiffres sont nord-sud. Je trouvai assez facilement le croisement que je cherchais, mais là, je ne pus m'arrêter ; Métal Mickey n'avait pas exagéré le problème de parking. Je dus faire trois fois le tour du pâté de maisons avant de voir une Nissan libérer une place à l'endroit idoine.

Pain et Chocolat se situait au rez-de-chaussée d'un grand immeuble, à une quinzaine de mètres à peine. L'endroit paraissait si net et si impeccable que je fus tenté d'aller me laver avant d'y pénétrer. Dans de longues vitrines s'alignaient des myriades de pâtisseries et de sandwiches si bien rangés qu'on aurait pu hésiter à en acheter, de peur de compromettre cette belle ordonnance. Au mur, une carte énumérait toutes les sortes de café imaginables.

Je m'assis à l'un des petits guéridons en marbre blanc et commandai un moka – un petit, après le *cappuccino* géant que j'avais bu à l'aéroport. La salle était au quart pleine. Les clients, visiblement venus des bureaux voisins, étaient presque tous élégamment vêtus.

Mickey fit son entrée à l'heure prévue, et je me rendis compte que la peinture qu'il avait faite de lui-même était conforme à la réalité. Plus que corpulent, il avait la peau si claire qu'on avait presque l'impression de voir au travers, des cheveux qui se raréfiaient sur le sommet du crâne, mais qu'il avait gominés et rejetés en arrière de façon à les faire paraître plus épais, et un visage rond et jovial. Derrière ses élégantes lunettes rondes à monture noire, ses yeux bleu clair paraissaient deux fois leur taille naturelle en raison de l'épaisseur des verres. Il avait un petit bouc au menton et arborait un complet gris trois boutons avec, comme il l'avait précisé, une chemise bleue et une cravate rouge. Il devait avoir une bonne vingtaine de kilos de trop, mais il était grand : plus d'un mètre quatre-vingts, apparemment. Il me repéra sans mal et vint vers moi, la main tendue.

— Saluuut, fit-il. Vous devez être Nick.

Je lui serrai la main, remarquant immédiatement la molle douceur de sa peau et ses ongles immaculés, presque féminins. Nous nous assîmes, et le serveur vint aussitôt. Peut-être Métal Mickey était-il un habitué. Il commanda également un moka, et, dès que le serveur se fut éloigné, il se pencha vers moi – d'un peu trop près.

— Tout ce qu'on m'a dit, me précisa-t-il, c'est de vous aider en l'absence de Sarah.

J'étais sur le point de répondre, mais il était déjà reparti :

— Je dois dire que tout cela m'excite beaucoup. Je n'avais

encore jamais été impliqué dans la VP de quelqu'un d'autre. Je n'ai connu que la mienne. De toute façon, me voilà – tout à vous !

Saisissant ma chance de placer un mot, je lui dis :

— Merci. Cela me facilitera certainement les choses. Dites-moi, quand l'avez-vous vue pour la dernière fois ? J'ignore depuis combien de temps elle s'est absentée.

— Oh, environ trois semaines. Mais cela n'a rien de surprenant. Elle circule beaucoup, n'est-ce pas ?

Lorsque son café arriva, Mickey tourna la tête pour remercier le serveur. Je vis alors la cicatrice subsistant là où sa fameuse plaque métallique avait été implantée – une surface d'environ huit centimètres sur cinq où la peau restait légèrement boursouflée.

Il aspira une gorgée de son café, poussa un soupir de satisfaction et reprit :

— Oui, je l'ai vue pour la dernière fois il y a à peu près trois semaines. Je ne me préoccupe pas beaucoup de ses déplacements. Je m'assure juste que tout se passe bien.

Il hésita un moment, comme un enfant qui brûle de poser une question gênante à un adulte et s'efforce d'en trouver le courage. Il finit par se jeter à l'eau :

— Je me demandais, fit-il, si cette VP n'est pas faite parce que Sarah doit retourner en Angleterre ? Parce que... dans ce cas... est-ce que je devrais rentrer aussi ? Ce n'est pas que je le veuille, non, vraiment pas, mais...

J'intervins aussitôt :

— Je ne crois pas, Michael, lui dis-je, que ni elle ni vous deviez rentrer sous peu. À moins que vous ne le vouliez.

Je décidai de ne pas lui poser de questions pour le moment. Il était trop nerveux – et, naturellement, loyal à Sarah. Mieux valait commencer par explorer l'appartement, et poser les questions ensuite.

Le soulagement se lisait sur ses traits.

— Vous avez les clés de l'appartement ? lui demandai-je.

— Bien sûr. Nous y allons maintenant ?

Je hochai la tête affirmativement et finis mon café, tandis qu'il sortait, pour payer, un mince portefeuille bien rangé. Il prit le reçu et le plia soigneusement.

— Notes de frais, soupira-t-il.

Comme nous sortions dans la 23e Rue, il me déclara :

— Je ne sais pas quand elle doit revenir. Et vous ?

Je me dis que c'était en principe à moi de poser les questions, mais je répondis quand même :

— Non, j'ai bien peur que non. Je suis juste là pour la vérification.

J'allais rejoindre ma voiture lorsqu'il me dit :

— Non, pas la peine. Elle habite tout à côté d'ici, dans N.

C'était curieux : la seule chose que Lynn ne m'ait pas communiquée, c'était justement l'adresse de Sarah. Il est vrai que je ne la lui avais pas demandée. Je devais être encore sous le choc, après avoir appris que j'allais peut-être la revoir.

L'immeuble, un invraisemblable jeu de construction en briques rouges et pierres blanches avec des balcons biscornus, se trouvait juste au coin de la 23e et de N. En arrivant devant lui, je décidai de poser quand même une question à Mickey.

— Parlez-moi des petits amis, lui demandai-je.

Il me regarda d'un air surpris et offensé, immédiatement sur la défensive.

— Je ne crois pas que cela entre dans le cadre de cette VP, protesta-t-il.

Il s'interrompit et reprit :

— Mais oui, en fait, je…

— Non, non, non, lui dis-je en riant. Pas les vôtres. Ceux de Sarah. Savez-vous si elle fréquente des hommes ?

— Oh, Sarah ! Non, aucun. Enfin, pas après ce qui est arrivé la dernière fois.

Son ton même appelait une question.

— Pourquoi ? Que s'est-il passé ?

— Eh bien, la pauvre Sarah s'était éprise d'un type du vrai Foreign Office. Il avait été rappelé à Londres, mais il revenait ici de temps à autre. Ils disparaissaient alors une semaine ou deux, à la campagne, au milieu de nulle part. Pas du tout dans mes goûts, laissez-moi vous le dire. Et puis quelque chose de très malheureux est arrivé, et j'ai bien peur d'avoir été le porteur des mauvaises nouvelles…

Il se faisait prier, attendant que je lui donne un peu la réplique. Je m'exécutai.

— Quelles mauvaises nouvelles ? demandai-je obligeamment.

— Eh bien, je reçois un jour un coup de téléphone de Sarah me disant que Jonathan arrive à l'aéroport et qu'elle voudrait que j'aille le chercher pour l'emmener directement à un restaurant où elle avait retenu une table pour un dîner-surprise. Ils devaient partir pour les lacs le lendemain.

Je hochai la tête pour bien lui montrer que je suivais son récit pas à pas.

— Je vais à l'aéroport pour l'attendre, poursuivit-il. Il ne me connaît pas, bien sûr, mais j'ai vu des photos de lui. Donc, je suis là et j'attends. Et voilà qu'il arrive, au bras d'une autre femme. Et la serrant de très près, l'enveloppant comme une vraie liane ! Je rabats en vitesse la pancarte à son nom dont je m'étais muni, et je les suis pour voir ce qui va arriver. Je me mets même dans la file d'attente pour les taxis juste derrière eux. J'écoute. Elle s'appelle Anna… Ella… Antonella, que sais-je ? Un nom stupide, en tout cas, mais parfait pour une petite grue snobinarde de Sloane Square comme elle. Trop de perles autour du cou. Cela ne lui allait pas…

Il s'interrompit, sans doute pour marquer son effet.

— Et que s'est-il passé ensuite ? demandai-je.

— Que pouvais-je faire ? J'ai appelé Sarah une heure plus tard au restaurant pour lui dire que je n'avais pu trouver Jonathan. Elle m'a dit alors que cela n'avait pas d'importance, qu'il l'avait appelée sur son portable… Vous ne pouvez pas imaginer, Nick : j'ai passé une nuit blanche à me demander quoi faire. Devais-je lui dire, ou non ? Après tout, cela ne me regardait pas. De toute manière, le lendemain, la question s'est trouvée réglée sans moi.

Il étouffa un gloussement de rire.

— Continuez.

— Eh bien, cette pauvre Anna Je-ne-sais-quoi s'était fait attaquer en ville. Elle avait tout perdu, son argent, ses cartes de crédit, et elle s'était retrouvée à l'hôpital. Et elle avait demandé à la police de joindre ce cher Jonathan, aux bons soins de l'ambassade. Le message fut transmis, et il se révéla à ce moment-là que la pauvre Anna Je-ne-sais-plus était la fiancée de Jonathan...

Je me mis à rire, mais en me demandant en même temps comment un homme sain d'esprit pouvait aller batifoler avec une autre femme s'il avait déjà Sarah.

— Et qu'est-il arrivé ? demandai-je.

Mickey leva la main en repliant l'index.

— Le salopard a perdu un doigt dans l'affaire. Sarah lui a claqué la porte de sa voiture sur la main. Cela lui apprendra ! Si vous connaissiez Sarah comme je la connais, Nick, vous sauriez que c'est une femme merveilleuse. Beaucoup trop bien pour un type de ce genre. Et elle sait si bien s'habiller, vous ne le croiriez pas !

Les portes de l'immeuble étaient en verre et en métal. Sur la gauche, une plaque de cuivre vous souhaitait la bienvenue dans la maison, et sur la droite, une caméra vidéo veillait à ce que vous n'abusiez pas de cette chaleureuse hospitalité. Métal Mickey sortit de sa poche une longue clé en plastique, l'introduisit dans la serrure, et les portes s'écartèrent.

Nous pénétrâmes dans un hall profond d'une bonne vingtaine de mètres, avec un sol de marbre noir, des murs bleu nuit et une hauteur de plafond digne d'une église de campagne. Les ascenseurs étaient au fond, et, sur le côté droit, se trouvait une sorte de comptoir semi-circulaire en marbre noir couronné de bois. Derrière ce comptoir trônait un élégant concierge qui n'eût déparé le bureau de réception d'un hôtel cinq étoiles. Mickey semblait bien le connaître et il le salua fort cordialement :

— Bonjour, Wayne, comment allez-vous ?

Wayne répondit sur le même ton et Mickey, tout sourire, lui dit :

— C'est Nick, un ami de Sarah. Il va occuper quelques jours l'appartement pendant qu'elle est absente. Je vais le lui faire visiter.

Je souris à Wayne et lui tendis la main en prenant mon air le plus doux et le plus inoffensif. Il me sourit à son tour.

— Si vous avez besoin de quelque chose, Nick, me dit-il, vous n'avez qu'à m'appeler par le téléphone intérieur. Ce sera tout de suite fait.

— Merci beaucoup. Ce dont j'aurai besoin, c'est de la place de parking de Sarah, si elle en a une.

J'avais, en fait, autre chose à lui demander. Je me penchai vers lui comme pour lui faire part d'un secret.

— Si Sarah débarque, fis-je, ne lui dites pas que je suis là. Je veux lui faire la surprise.

Wayne hocha la tête d'un air complice.

— Pas de problème, dit-il. Mieux même : je vous passerai un coup de fil si je la vois arriver.

Mickey et moi prîmes l'ascenseur jusqu'au sixième étage et débarquâmes dans un corridor aussi somptueux que le hall d'entrée, avec un éclairage indirect et une épaisse moquette bleue.

Arrivé devant la porte de l'appartement 612, Mickey sortit des clés de sa poche et ouvrit successivement un verrou à tours multiples et l'équivalent d'une serrure Yale avant de s'effacer pour me laisser entrer.

Je passai la porte, qui donnait directement dans le salon, m'arrêtai et me retournai. Mickey comprit que j'entendais rester seul, au moins pour le moment, me tendit les clés et me donna sa carte.

— Le numéro de mon domicile et celui de mon portable, précisa-t-il.

— Merci, lui dis-je. J'essaierai de ne pas vous appeler à des heures trop indues. De toute manière, je crois que cela pourra attendre jusqu'à lundi.

Cela sert toujours d'être gentil et aimable avec les gens. On ne sait jamais si on ne va pas avoir besoin d'eux à un moment ou à un autre. De plus, Mickey semblait lui-même gentil et inoffensif. Je passai donc la tête à la porte comme il regagnait l'ascenseur et lui dis :

— Merci pour tout, Michael.

Il agita la main droite et répondit :

— De rien. Et souvenez-vous : la moindre chose dont vous ayez besoin, vous appelez…

Je refermai la porte et regardai autour de moi, tentant de prendre la mesure des lieux. Je ne m'attendais certes pas à faire des découvertes immédiates et miraculeuses, comme un plan détaillé de l'endroit où Sarah se trouvait ou une copie de son emploi du temps pour la semaine à venir, mais si on ne prend pas le temps de regarder, on risque toujours de manquer le gros lot.

Une pensée étrange me vint alors : j'avais partagé avec Sarah bien des appartements et des chambres d'hôtel, mais c'était la première fois que je voyais un endroit qui lui était personnel, un endroit où elle vivait réellement. J'avais soudain l'impression d'être un voyeur. C'était comme si je l'avais regardée par le trou de la serrure pendant qu'elle se déshabillait.

Ce que je découvrais, c'était un vaste et luxueux deux-pièces, meublé, je le vis immédiatement, par les soins du corps diplomatique – de façon fort élégante mais totalement impersonnelle. Sarah ne s'était visiblement pas souciée d'y apporter une note de son cru.

Le salon comportait une moquette d'un bleu légèrement plus clair que celle du corridor, avec un divan et des fauteuils assortis. Le long du mur de gauche s'étalait un long bahut à trois tiroirs faisant face à une vaste baie vitrée donnant, à l'arrière de l'immeuble, sur l'un des affluents du Potomac. Près de cette baie se trouvait une bibliothèque dont les quatre rayons étaient bourrés de livres. Je parcourus les titres du regard. Beaucoup d'ouvrages concernant le Moyen-Orient et le terrorisme, et une série complète des suppléments de *The Economist* pour 1997. Des biographies : Mandela, Thatcher (bien sûr), Kennedy, Churchill. Un ou deux romans de Gore Vidal, dont évidemment *Washington D.C.*, plusieurs histoires des États-Unis et les œuvres complètes d'Oscar Wilde. Le rayon du bas contenait des livres reliés de grand format, parmi lesquels je reconnus l'Atlas mondial du *Times*, que je m'étais moi-même procuré en adhérant à un club de livres pour accréditer l'identité de Nick Davidson. Il voisinait avec plusieurs albums photographiques sur les pays du Moyen-Orient et un sur les États-Unis.

Il y avait quelques magazines empilés sur la moquette, à côté du divan, avec un appareil téléphonique posé au sommet de la pile. Les murs blanc cassé étaient nus, si l'on exceptait quelques vues photographiques de Washington remontant vraisemblablement aux années soixante. Deux lampes à abat-jour blanc étaient également posées sur le sol. Il n'y avait pas de poste de télévision dans la pièce, ce qui ne me surprit guère ; Sarah ne regardait jamais la télévision. Si on lui avait demandé qui était Ally McBeal, elle aurait sans doute répondu que c'était un chef bédouin.

Un grand vase en verre ne contenait pas de fleurs, mais des pièces de monnaie, des crayons à bille et autres babioles du même genre. Il servait visiblement de vide-poches. À côté étaient posées des invitations à ces cocktails et réceptions diplomatiques diverses.

Sur le bahut trônait un bon et solide lecteur de CD, avec, entassés à proximité, une douzaine de disques dont trois se trouvaient encore dans leur enveloppe en plastique d'origine. Sarah n'avait visiblement pas eu le temps de les écouter avant son départ. Il y avait également un boîtier contenant les enregistrements de cinq opéras classiques. J'en lus les titres et vis que, parmi eux, figurait *Cosi Fan Tutte*, que je savais être son favori. C'était l'un des rares détails intimes qu'elle avait consenti à me livrer.

Je jetai un coup d'œil au reste. Il y avait un ou deux albums de Genesis des années soixante-dix repiqués en CD et ce qui ressemblaient à un enregistrement pirate d'un groupe appelé Sperm Bank. J'allais devoir l'écouter, car il me semblait fort peu conforme à ce que je pouvais savoir des goûts de Sarah. Nous n'avions jamais beaucoup parlé de musique, mais suffisamment quand même pour que je trouve Sperm Bank déplacé dans son embryon de discothèque.

Je glissai le disque dans l'appareil et pressai la touche. C'était une sorte de musique étrange rap-jazz-funk ou je ne sais quoi, très bruyante mais très rythmée, avec des accents vaguement tahitiens. Je haussai le volume, écoutai un moment, mais ne m'en trouvai pas plus avancé pour autant.

Après le salon, je visitai la cuisine. Elle était petite et toute en longueur, avec des éléments de chaque côté, de sorte qu'on avait l'impression de se trouver dans un couloir. Fourneau, four, évier et réfrigérateur étaient intégrés.

J'examinai les placards, tentant de me faire ainsi une idée

du genre de vie que pouvait mener Sarah. Cette curiosité était au moins aussi personnelle que professionnelle. Il n'y avait que peu de provisions, essentiellement des boîtes de conserve, des paquets de riz et des pâtes et deux paquets de café de luxe, mais ni épices ni herbes ni aucun ingrédient pouvant indiquer un goût véritable pour la cuisine à domicile.

J'ouvris le placard à vaisselle et y trouvai des lots de six, visiblement fournis, eux aussi, par le service diplomatique : six verres, six tasses, six assiettes en porcelaine blanche. Dans le réfrigérateur restait un demi-carton de lait qui semblait contenir son pesant de bactéries, avec quelques petits pains rassis et un pot à moitié vide de beurre de cacahuète. Cette chère Sarah n'avait décidément rien du cordon-bleu.

La salle de bains se trouvait entre la cuisine et la chambre à coucher. Elle ne comportait en fait pas de baignoire, mais simplement une douche, un lavabo et un W.C. À voir l'endroit, on avait l'impression que Sarah s'était levée tout à fait normalement, avait fait sa toilette et s'était rendue à son travail comme chaque jour. Une serviette sèche mais ayant été utilisée traînait sur le carrelage, à côté d'un panier à linge à demi plein de jeans, de sous-vêtements et de collants. Il n'y avait pas de machine à laver, mais, là aussi, ce n'était pas une surprise ; Sarah était du genre à utiliser plutôt les blanchisseries et les teintureries.

La chambre à coucher mesurait environ quatre mètres cinquante sur six mètres, avec une vaste penderie attenante. Elle ne contenait qu'un grand lit, avec une seule lampe de chevet posée sur le sol. La couette qui le recouvrait avait été rejetée de côté, comme si Sarah s'était levée d'un bond. Il y avait deux oreillers – blancs comme tout le reste de la literie – mais un seul portait l'empreinte d'une tête. Les murs de la pièce étaient nus, et les stores vénitiens des deux fenêtres étaient restés fermés.

La penderie avait des portes coulissantes recouvertes de miroirs. Je les ouvris en m'attendant à percevoir au moins l'ombre d'un parfum de femme – cette senteur subtile qui s'attache aux vêtements portés, même brièvement, et remis sur leurs cintres ou sur leurs étagères. En fait, je ne sentis pratiquement rien, ce qui n'était pas surprenant : les nombreux et luxueux vêtements accrochés dans la penderie étaient encore dans les enveloppes en plastique fournies par les teintureries. Par simple curiosité, je regardai quelques étiquettes. Elles étaient toutes de grands faiseurs. Sur une étagère s'étalait tout un jeu de bagages également luxueux. Rien ne semblait y manquer.

J'ouvris l'un des cinq ou six tiroirs d'une petite commode en formica blanc, mais n'y trouvai qu'une série de culottes et de soutiens-gorge, également de prix. Au bas de la penderie, je remarquai une boîte à chaussures en carton, un peu déplacée à côté de toutes les paires de souliers impeccablement alignées. J'en soulevai le couvercle ; elle était pleine de vieilles cartes de Noël ou d'anniversaire. Mais, en y fouillant, je découvris une photo montrant Sarah au bras d'un homme de haute taille et de belle allure. Je supposai qu'il s'agissait de Jonathan à une période plus idyllique. La photo avait été prise dans une forêt, et tous deux étaient en imperméable et en bottes, l'air ravi. Durant les trois ans qui s'étaient écoulés depuis l'opération de Syrie, Sarah semblait avoir un peu vieilli. Elle avait les cheveux nettement plus longs mais portait toujours sa frange. Son sourire était le même, radieux et presque enfantin. Sentant monter en moi une bouffée de nostalgie, je me forçai à rejeter la photo dans la boîte.

*

Nos démarches en Afghanistan duraient depuis deux mois et n'avaient encore abouti à aucun résultat. Les rebelles avaient réussi à surmonter leurs dissensions internes pour lancer contre les Russes une grande offensive qui commençait à être couronnée de succès. Personne ne s'occupait plus de nous, et nous avions donc décidé de nous mettre un peu en vacances. Nous pouvions seulement espérer qu'un groupe rebelle plus entreprenant que les autres finirait par attaquer un héliport et nous procurer du même coup un ou deux des engins que nous convoitions.

Nous aurions pu simplement, Sarah et moi, retourner faire un séjour en Angleterre comme les trois autres, mais elle voulait visiter le Népal, pays que je connaissais bien pour y avoir fait un stage avec les Gurkhas.

Ce fut à Katmandou, dès la première semaine de notre petite excursion, que les relations entre nous changèrent. Sarah était déjà devenue beaucoup plus amicale, jouant notamment à se moquer de mon accent faubourien ; je prononçais « Hackney » « 'ackney », sans aspirer l'h, alors qu'elle disait « Hackerney » comme les gens du monde. Et, un soir, comme nous regagnions notre hôtel, elle se pencha vers moi et me dit à l'oreille avec des intonations que n'aurait pas reniées une arpenteuse de bitume de l'East End :

— Tu viens, chéri ? Tu veux tirer un coup ?

Quand nous rejoignîmes, trois semaines plus tard, le reste de l'équipe au Pakistan, la fiction du couple était devenue pour nous réalité. Et je rêvais, quant à moi, que cette situation se prolonge au-delà de notre mission. J'étais, de mon côté, marié depuis quatre ans, mais les choses n'allaient plus guère entre ma femme et moi. Et je goûtais avec Sarah une qualité de relations que je n'avais jamais connue avec personne auparavant. Sans même parler de *Cosi Fan Tutte*, que j'aurais pris naguère pour une marque de crème glacée italienne, elle me faisait découvrir des choses dont j'avais toujours ignoré l'existence. Je ne comprenais pas ce qui m'arrivait. Pour la première fois de ma vie, j'éprouvais un profond sentiment amoureux pour quelqu'un. Et, plus encore, j'avais l'impression qu'il en était de même pour elle. Je n'osais toutefois pas le lui demander ; la peur d'une réponse négative était trop grande.

La mission d'Afghanistan terminée, nous reprîmes l'avion à Delhi pour Londres, et, au dernier moment, alors même que l'appareil amorçait sa descente vers Heathrow, je mobilisai tout mon courage et me décidai à lui poser la question capitale.

— Nous allons continuer à nous voir, n'est-ce pas ?

J'eus une bouffée de joie intense lorsqu'elle répondit :

— Évidemment.

Mais elle ajouta aussitôt :

— Il faut bien que nous préparions notre compte rendu de mission.

Je crus qu'elle m'avait mal compris et lui dis :

— Non, non... J'espérais que, plus tard, nous pourrions nous voir – à titre personnel, tu sais.

Sarah me regarda alors d'un air surpris et déclara :

— Je ne crois pas.

Elle dut lire l'ahurissement sur mon visage, car elle m'expliqua :

— Allons, Nick ! Ce n'est pas comme si nous étions amoureux l'un de l'autre, ou quelque chose comme cela. Nous avons passé un très bon moment ensemble, et voilà.

Je ne pouvais me résoudre à la regarder. Je gardais les yeux braqués sur le magazine que j'avais entre les mains. Je ne m'étais jamais senti terrassé à ce point. C'était comme si j'étais allé voir un médecin pour une visite de routine et qu'il m'avait annoncé que j'avais un cancer incurable.

Quant à elle, elle poursuivait, sans une ombre de regret dans la voix :

— Nous avions un travail à faire, et ce fut un succès. Un succès pour l'un et l'autre. Tu as eu ce que tu voulais et moi aussi. Je savais que plus nous serions liés, mieux tu me protégerais. Pas vrai ?

Je hochai la tête. C'était vrai. Je me serais probablement fait tuer pour elle.

Avant qu'elle ait pu ajouter une seule parole, j'appliquai la recette que j'avais toujours pratiquée depuis l'enfance : couper court. Me forçant à prendre un ton indifférent, je lui dis :

— Oh ! Très bien. Je te posais la question comme cela...

Un mois plus tard, je quittais ma femme. Nous ne restions ensemble que pour la forme, et je finissais par trouver déloyal de lui faire l'amour en pensant à Sarah.

Quand survint l'opération de Syrie, j'ignorais qu'elle allait y participer. Je ne le découvris que lorsqu'on nous donna nos instructions au siège du Secret Intelligence Service, à Vauxhall Cross. Elle se comporta comme si rien ne s'était jamais passé entre nous. Peut-être était-ce vrai pour elle. Cela ne l'était pas pour moi.

*

Je refermai la boîte à chaussures. Son exploration détaillée pouvait attendre. Il fallait que je me pénètre bien du climat de l'appartement, puis que j'en entreprenne la fouille systématique, méticuleuse. Il y avait peut-être quelque part un embryon de piste, l'ombre, même légère, d'un indice. Peut-être. Ce qui était certain, c'est que si je tentais de précipiter les choses, si je ne prenais pas mon temps, je ne trouverais rien.

J'allai me faire un café dans la cuisine, puis revins dans le salon et m'effondrai dans l'un des fauteuils, le dos contre l'un des accoudoirs et les jambes passées sur l'autre. Je me dis, en regardant autour de moi, que Sarah n'était, au fond, pas très différente de moi. Comme elle, je vivais dans l'éphémère. Je ne possédais rien qui, d'une voiture à une brosse à dents, ait plus de deux ans d'existence. J'achetais des vêtements et les jetais lorsqu'ils étaient sales, sans me soucier de leur prix. Elle, au moins, avait une photo-souvenir. Moi, je n'avais rien. Rien de ma famille, rien de mon séjour dans l'Armée, rien, même, avec Kelly. Je m'étais toujours juré de me préoccuper de ce dernier point, mais je ne l'avais encore jamais fait.

J'ôtai mes demi-bottes Timberland et, en chaussettes, m'attelai à la fouille sérieuse de l'appartement. Je commençai par le bahut. Du tiroir du haut, je sortis toute une liasse de vieilles factures, de reçus et de talons de billets de théâtre, ainsi qu'une série d'exemplaires de *Time* que je m'astreignis à feuilleter méthodiquement pour m'assurer que rien de particulier n'y avait été marqué, coché ou découpé. En ce dernier cas, il m'aurait fallu aller au service de documentation du magazine pour voir quel était l'article ou l'entrefilet en question.

Le deuxième tiroir était rempli d'un semblable fatras, et les autres étaient vides.

J'entrepris alors d'explorer la bibliothèque, feuilletant chaque livre tour à tour comme je l'avais fait pour les magazines. J'eus une lueur d'espoir en voyant qu'un ouvrage sur le terrorisme comportait des passages soulignés et des annotations en marge, mais je ne tardai pas à m'apercevoir que tout cela remontait à l'époque des études universitaires de Sarah.

Il me fallut près d'une heure pour atteindre le rayon du bas. Je feuilletai sans rien y trouver de particulier des albums photographiques sur l'Algérie, la Syrie et le Liban, puis je tombai sur un gros ouvrage, également illustré, sur la Caroline du Nord. J'admirai quelques instants de superbes photos de montagnes, de forêts et de lacs, et, brusquement, un déclic se produisit. Laissant le livre sur la moquette, je gagnai la chambre à coucher, sortis la boîte à chaussures de la penderie et y pris la photo de Sarah avec l'homme que je supposais être Jonathan. Je tentai de retrouver, dans le décor de cette photo, les aperçus de Caroline du Nord que venait de m'apporter le gros album que j'avais feuilleté, mais ne vis rien de probant.

Je commençai à ressentir un léger mal de tête et décidai de m'offrir une récréation en allant manger un hamburger au McDonald le plus proche. Je remis donc mes bottines et sortis de l'appartement. C'est alors qu'attendant l'ascenseur, je regardai soudain mes bottines et une illumination me vint.

Je regagnai en toute hâte l'appartement et me précipitai vers la chambre à coucher et la penderie.

J'inventoriai alors les chaussures alignées sur le sol. Sarah devait être, à cet égard, le plus proche équivalent d'Imelda Marcos que recelait la bonne ville de Washington ; il y avait là au moins trente paires de souliers, pour toutes les saisons et toutes les circonstances, des escarpins de soirée aux tennis. Manquaient seulement les robustes chaussures de marche que je l'avais toujours vue porter quand nous nous trouvions ensemble sur le terrain.

Je vérifiai alors les vêtements accrochés dans la penderie. Je n'y trouvai pas la veste imperméable qu'elle portait sur la photo-souvenir, non plus que la doublure de mouton dont elle était généralement équipée pour ses excursions dans la nature.

Or, c'était Sarah elle-même qui, un jour, en Afghanistan,

m'avait enseigné ce principe : ce n'est pas seulement ce qu'on voit qui peut être important, ce peut être aussi ce qu'on ne voit pas. Apparemment, elle s'était moins bien rappelé que moi sa propre leçon.

Après avoir bien mis au point ce que j'allais lui dire et comment j'allais le lui dire, j'appelai Mickey.

— Allôôô...

Apparemment, il était en train de dîner.

— Allô, c'est Nick.

— Oh, si vite...

Il semblait très surpris. J'entendis, en bruit de fond de la musique et une voix américaine, aussi affectée que celle du cher Michael, demander qui appelait. Et mon interlocuteur intervint :

— Gary, va un peu dans la cuisine. C'est professionnel.

Puis Mickey s'adressa de nouveau à moi et me dit :

— Désolé, mais il est si curieux...

Je l'entendis en même temps se verser un verre et en avaler une gorgée.

— Michael, dis-je, vous vous rappelez ce que vous m'avez dit à propos de Sarah et de Jonathan allant « au milieu de nulle part » ?

— Oui... heu, oui.

— Pouvez-vous vous souvenir de l'endroit exact ? J'ai besoin de le savoir pour mon rapport.

Il avala rapidement une deuxième gorgée.

— Oui. Falls Lake.

Et il ajouta, en tentant assez vainement d'imiter l'accent du Sud :

— En Caroline du Nord, vous savez.

— Avez-vous une adresse précise ou un numéro de téléphone ? Vous m'avez dit que vous aviez un numéro. Qu'il vous arrivait de l'appeler là-bas.

Il se mit à rire.

— Sarah a retiré le numéro du répertoire quand elle a donné son congé à ce cher petit Jonathan.

De nouveau je me heurtais à un mur.

— Mais, ajouta soudain Mickey, je pense que je puis me souvenir d'une bonne partie du numéro. C'était presque le même que celui qu'avait autrefois ma mère. Écoutez, vous me donnez cinq minutes de réflexion et je vous rappelle. Entendu ?

— Entendu. Mais vous sonnez d'abord trois fois, vous raccrochez et vous rappelez. Je ne tiens pas à décrocher et à me retrouver avec la mère de Sarah ou l'un de ses amis personnels au bout du fil. C'est d'accord ?

— Pas de problème, Nick. À tout de suite.

En attendant l'appel, je feuilletai de nouveau le livre sur la Caroline du Nord. J'y trouvai bien Falls Lake, mais l'endroit semblait fort étendu. Quel imbécile j'étais ! Pourquoi n'avais-je pas demandé plus de détails quand Mickey m'avait raconté l'histoire ? Dans une véritable enquête de sécurité, je n'aurais décidément pas fait merveille.

Le téléphone se mit à sonner. Trois fois. Puis la sonnerie s'arrêta pour reprendre une minute plus tard. Je décrochai au bout de deux coups.

— Allôôô, c'est Michael.

Je pouvais entendre le précieux Gary chantonner à l'arrière-plan.

— Salut, fis-je. Bonnes nouvelles ?

— Les quatre derniers chiffres sont exactement les mêmes que ceux de l'ancien numéro de ma mère à Mill Hill. N'est-ce pas étrange ?

Je n'exprimai aucune opinion sur ce point et m'efforçai de dissimuler mon impatience.

— Oui, dis-je. Quels chiffres ?

— Quatre, quatre, six, huit.

— Merci, camarade. Vous êtes sûr que c'est tout ce que savez ?

— J'en ai bien peur, Nick. On m'avait simplement donné un numéro de contact. Désolé.

— Ne vous inquiétez pas pour cela. Et bonne soirée.

— Merci. Si vous avez besoin de moi, je suis ici. Je ne bouge pas.

Je raccrochai et regardai ma montre. Il était 21 heures 30 – et deux heures et demie du matin à mon horloge corporelle. Je commençais à me sentir épuisé, et, de surcroît, j'avais faim. Il était temps que j'aille demander secours à

Mr. Ronald McDonald, mais, avant, j'avais encore un coup de fil à donner.

J'appelai Londres. Une voix féminine aux accents nets et précis me répondit immédiatement.

— Votre PIN [1], s'il vous plaît ?

Elle sonnait presque comme l'horloge parlante.

— 2442. Charlie-Charlie.

— Un instant, s'il vous plaît.

Un silence, puis, cinq secondes plus tard :

— Charlie-Charlie. Les détails, s'il vous plaît.

Je donnai les maigres indications que m'avait fournies Mickey et demandai l'adresse correspondante. Je pus entendre les touches cliqueter comme mon interlocutrice enregistrait les renseignements. Puis elle répéta :

— Pour confirmation : une adresse en Caroline du Nord dont le numéro d'appel se termine par 4468, peut-être au voisinage de Falls Lake.

Je confirmai, et l'opératrice reprit :

— Cela devrait demander environ trente minutes. Référence 56, 56. Au revoir.

« Charlie-Charlie » est le nom de code d'une procédure permettant aux gens de Londres de vous donner, à partir d'une information minimale, tous les renseignements disponibles sur une personne, un lieu ou un organisme, et ce par écrit, si l'on désire un rapport vraiment détaillé, ou par téléphone si l'on est pressé.

Avec un numéro de téléphone ou de plaque minéralogique, on peut ainsi obtenir tout ce qu'il est matériellement possible de savoir sur une personne donnée, du nom de son médecin personnel au dernier endroit où elle a utilisé sa carte de crédit. C'est l'un des rares avantages offerts en permanence aux agents du Service, et j'avoue y avoir eu recours à plusieurs reprises pour me renseigner sur des dames avec lesquelles je comptais sortir. Je savais ainsi à l'avance quelle était leur situation familiale exacte et si je pouvais m'attendre à les voir manifester un goût ruineux pour le champagne millésimé et le caviar béluga.

1. *Personal Identification Number.*

Conformément aux promesses de la publicité, il y avait bien un McDonald à cinq minutes d'où je me trouvais. Le seul ennui était qu'on ne pouvait s'y garer. Je continuai donc à rouler. Et, trente minutes plus tard, de la voiture, je rappelai Londres. L'horloge parlante était toujours là.

— Référence, s'il vous plaît ? demanda-t-elle.

— Référence 32, 14.

Il y eut un silence pendant qu'elle vérifiait. Tout ce que j'avais eu à faire avait été de soustraire les deux groupes de deux chiffres de mon PIN des deux nombres de référence qu'elle m'avait donnés. C'était un moyen de confirmation rapide pour les requêtes courantes.

Elle revint en ligne.

— J'ai trois adresses, dit-elle.

Les deux premières n'étaient ni l'une ni l'autre dans le voisinage de Falls Lake. L'une était à Charlotte et l'autre à Columbia. Mais la troisième semblait plus probable :

— The Lodge, Little Lick Creek, Falls Lake. L'abonnement téléphonique a été maintenant résilié.

Je finis par aller prendre un sandwich et un café dans un Seven Eleven, téléphonai pour me renseigner sur les vols à destination de la Caroline du Nord et retins une place à bord d'un avion partant le lendemain matin à sept heures avant de regagner l'appartement.

Peut-être, après tout, Elizabeth et Lynn avaient-ils raison. Peut-être allais-je pouvoir retrouver Sarah.

6

Je quittai la route venant de l'aéroport en suivant les panneaux indiquant l'Autoroute 40. Selon la carte, en suivant celle-ci toujours vers l'est, j'atteindrais la Cliff Benson Beltine, qui me mènerait vers le nord à Raleigh puis jusqu'au lac.

Il faisait nettement plus chaud qu'à Washington, et les nuages, sombres et moroses, donnaient presque une impression de climat tropical. À en juger par les vastes flaques subsistant le long de la route et la couleur du sol sablonneux, il venait de pleuvoir abondamment.

Toute la région était en train de se construire ou de se reconstruire à vive allure. L'aéroport lui-même avait subi une réfection complète et une nouvelle autoroute, qui ne figurait pas encore sur la carte, était en train d'être tracée. Partout, des bulldozers s'activaient et les squelettes d'acier d'immeubles futurs se dressaient sous le ciel sombre. D'après la petite revue d'information locale que j'avais lue dans l'avion, ce secteur allait devenir « la capitale scientifique des États-Unis », avec plus de laboratoires, de centres de recherche et de diplômés d'université au kilomètre carré que dans tout le reste de l'Amérique.

Déjà, de somptueux immeubles neufs aux façades de verre fumé et aux jardins manucurés alternaient avec des terrains vagues où subsistaient des images du vieux Sud miséreux, avec les enfants noirs et blancs en haillons jouant entre les carcasses de voitures rouillées. Et l'on sentait nettement que ce pauvre monde de naguère cédait chaque jour du terrain.

Je finis par quitter l'autoroute pour emprunter, toujours vers le nord, la Forest Road. Je savais, après étude de la carte, que la région de Falls Lake couvrait quelque 250 kilomètres carrés, autour d'un lac long et sinueux, avec de nombreuses indentations semblables à des fjords norvégiens. Un endroit idéal pour disparaître.

Au bout d'une dizaine de kilomètres, la route devenait à voie unique. Des conifères et des arbustes divers la bordaient. On entrait vraiment dans la forêt cinq ou six kilomètres plus loin, en atteignant les Falls de Neuse. Le village n'était encore qu'un rassemblement de petites maisons en bois, traditionnellement peintes en blanc, mais même là, la modernité et la prospérité nouvelle commençaient à montrer le bout de leur nez. De vastes portions de terrain avaient été gagnées sur la forêt pour permettre la construction de villas et d'ensembles immobiliers à l'intention des cadres et techniciens n'allant pas manquer d'essaimer dans la région. Des panneaux d'agences immobilières et d'entreprises de construction apparaissaient un peu partout.

Je poursuivis ma route vers Raven Ridge, à l'ouest, m'enfonçant plus profondément dans la forêt. Là, on trouvait de moins en moins de traces de l'offensive de la modernité, et, assez rapidement, on revenait à un décor de vieux hangars en ruine, de caravanes rouillées, immobilisées à tout jamais, et de petites boutiques en bois vendant à la fois de la bière et des engins de pêche. Les seules constructions qui restaient propres et pimpantes étaient les églises, et il semblait y en avoir une tous les kilomètres le long de la route, affichant des slogans divers en caractères faisant penser à des annonces de cinéma.

Je roulai encore une vingtaine de minutes, puis aperçus un petit panneau vert indiquant *LITTLE LICK CREEK*. Là, j'empruntai un chemin de terre encaissé, juste assez large pour permettre à deux voitures de se croiser. De part et d'autre, la forêt s'était faite plus épaisse. Une pancarte en bois proclamait : *ARMES À FEU STRICTEMENT INTERDITES*. Cinquante mètres plus loin, une autre annonçait : *PAS DE*

BOISSONS ALCOOLISÉES. Mais ensuite, quelques panneaux au ton plus chaleureux me souhaitaient la bienvenue à Falls Lake, m'orientaient vers les aires de stationnement et les aires de détente et me souhaitaient de bien m'amuser – à condition que je ne roule pas à plus 40 kilomètres à l'heure.

Je parcourus une centaine de mètres de plus et eus mon premier aperçu de Little Lick Creek. Ce n'était pas tout à fait le paysage de carte postale auquel je m'étais attendu. De très hautes rangées de conifères arrivaient jusqu'à l'extrême bord du lac, dont l'eau était lisse et noire comme la façade vitrée d'un des immeubles neufs de Raleigh. Peut-être l'endroit semblait-il idyllique lorsque le soleil brillait, mais, à ce moment, le climat était lourd et oppressant, dégageant une impression presque claustrophobique.

Sur la rive opposée, à cinq cents mètres à peu près, en haut d'une légère pente, se dressaient deux maisons isolées. D'après la carte dont je disposais, il s'agissait de deux résidences privées, et c'était sur elles que je souhaitais jeter un coup d'œil.

Une douzaine de voitures étaient déjà garées sur l'aire de stationnement, groupées, pour la plupart, à proximité d'un hangar à bateaux en rondins construit de façon à ressembler un peu à un fort de l'époque des pionniers. Il y avait là des canoës et des barques, ainsi que l'inévitable distributeur de Coca-Cola.

J'allai me garer entre deux autres voitures, à côté du petit bâtiment des toilettes, en tournant le dos au lac. Puis, prenant les jumelles et l'album d'ornithologie que j'avais achetés à la boutique de l'aéroport en même temps que mes cartes, je descendis de voiture et fermai celle-ci à clé. Une chape de chaleur humide s'abattit sur moi dès que je mis le pied à terre. L'air conditionné de la voiture m'avait fait oublier le climat.

Je me dirigeai nonchalamment vers le hangar à bateaux tout en observant discrètement les deux maisons sur l'autre rive. Elles étaient séparées d'une centaine de mètres, la plus grande se trouvant sur la gauche, et l'on n'y remarquait aucun signe d'activité.

J'allai jusqu'au distributeur de Coca et y introduisis

quelques pièces. Cela me donna l'occasion d'observer un peu mieux mon objectif. Puis, brandissant très ostensiblement mes jumelles et mon traité sur les oiseaux plus ou moins rares, je m'assis sur la jetée en bois, comme le parfait touriste bien décidé à profiter au maximum des beautés du lac. Je sentis immédiatement l'humidité pénétrer la grosse toile de mon jean.

Les jumelles aux yeux, je parcourus du regard le secteur qui m'intéressait. Je ne tardai pas à repérer, sur la droite, un chemin coupant à travers les arbres le long du lac et semblant mener dans la direction des deux maisons. Je regardai mieux et constatai qu'il devait au moins passer devant la plus petite. Celle-ci était une construction carrée, à deux étages et à toit plat, bâtie à flanc de colline et soutenue à l'avant par des pilotis. Sous l'abri ainsi formé se trouvaient un bateau et un 4x4. Pas le moindre mouvement tout d'abord, mais, soudain, jaillirent de la maison deux enfants suivis d'un adulte. Tous couraient en riant. Fausse adresse, de toute évidence.

Je posai un moment les jumelles et ouvris sagement mon livre d'ornithologie. On ne sait jamais qui peut vous observer, et lorsqu'on assume un rôle – comme celui de brave petit touriste amateur d'oiseaux – il faut le jouer consciencieusement, même lorsque personne ne semble regarder.

Au bout d'un moment, je posai le livre et repris mes jumelles pour observer l'autre objectif. L'humidité s'était condensée sur ma tête et de petits filets d'eau me ruisselaient sur le visage. Tout mon corps était moite.

La deuxième maison ressemblait beaucoup à la première, mais elle était plus vaste d'un bon tiers et avait un étage de plus. Elle était également en bois, avec un toit plat, mais l'abri sous l'avancée soutenue par les pilotis avait été fermé par un cloisonnage en contre-plaqué. Une double porte ouvrait sur une rampe en béton menant jusqu'au lac. Encore installé sur sa remorque, un canot à quatre places en fibre de verre y stationnait, la proue tournée vers l'eau et le moteur vers la maison.

Tous les rideaux semblaient tirés. Je ne distinguais, au-dehors, ni serviettes de bain ni sacs-poubelles ni rien pour indiquer que l'endroit était occupé. Toutefois, les portes du garage n'étaient qu'à demi fermées, et l'arrière d'un 4x4 noir en dépassait, comme si, peut-être, il y avait déjà eu un autre véhicule à l'intérieur.

Je reposai les jumelles, avalai une gorgée d'un Coca-Cola devenu chaud et pratiquement imbuvable et me dirigeai vers ma voiture.

Je repris la route des Falls de Neuse, mais, ensuite, j'ignorai les panneaux indiquant la direction de Raleigh. Cette fois, c'était à Fayetteville que je voulais aller.

7

C'est à Fayetteville – que certains surnomment « Fayette Nam » pour des raisons point trop difficiles à deviner –, à une heure de route au sud de Raleigh, que se trouve Fort Bragg, la base de la 82e Division Aéroportée et des Forces Spéciales américaines. C'était, en fait, le seul endroit que je connaissais déjà en Caroline du Nord. Je m'y étais trouvé vers le milieu des années quatre-vingt pour un programme d'entraînement conjoint entre le SAS et la Delta Force, son équivalent américain.

Cet exercice, surnommé « Deltex », était destiné à créer un climat de coopération entre les deux unités, mais il n'avait fait que déclencher chez nous un profond sentiment de jalousie. Dans ce qu'ils appelaient un « fort », on aurait pu faire tenir deux fois notre bonne ville d'Hereford tout entière, et la qualité et la quantité du matériel dont disposaient nos petits camarades américains dépassaient l'entendement. Delta disposait, par exemple, de pas de tir couverts pour le 7,62 mm et le 5,56 mm [1] ; aux Stirling Lines [2], nous n'avions cela que pour le 9 mm [3]. Nous n'avions qu'un gymnase, alors qu'ils en avaient des douzaines, avec jacuzzis et saunas à volonté. Une seule unité américaine disposait de

1. Calibres classiques des fusils d'assaut. *(N.d.T.)*
2. La base du SAS dans l'Herefordshire. *(N.d.T.)*
3. Calibre des pistolets-mitrailleurs. *(N.d.T.)*

plus d'hélicoptères que toute l'Armée britannique réunie, et il y avait, rien qu'à Fort Bragg, plus d'hommes que nous n'en disposions dans l'ensemble du Royaume-Uni.

Fayetteville n'était rien d'autre, en fait, qu'une ville de garnison, où toute l'activité commerciale était dirigée vers les militaires. C'étaient eux qui avaient l'argent et l'envie de le dépenser. Quand je me trouvais là, je n'avais jamais éprouvé le besoin de sortir de l'agglomération, et c'était le cas de la plupart des soldats qui y séjournaient : tout était à portée de la main sur place.

Le Bragg Boulevard, qui menait au Fort, se présentait d'abord comme une grande route à deux voies, avec une esplanade plantée d'herbe au centre et, de part et d'autre, tout un alignement de magasins d'automobiles exposant des 4x4 flambant neufs et des voitures de sport. Le boulevard se muait ensuite en une simple route avec, de chaque côté, des magasins d'allure plus modeste, se présentant en fait, la plupart du temps, comme de simples entrepôts précédés d'une vitrine. Des boutiques de prêteurs sur gages et de tailleurs coréens voisinaient avec des restaurants et des épiciers vietnamiens, curieux rappel des divers conflits où avait été impliquée l'Armée américaine depuis la Deuxième Guerre mondiale. Il manquait un marchand de kebab irakien pour que le tableau soit complet.

Un peu plus loin encore se trouvaient les commerçants que je cherchais. Des enseignes au néon ou de simples panneaux annonçaient des officines de tatouage, des magasins de surplus militaires et des armureries : *ESSAYEZ VOTRE ARME AVANT DE L'ACHETER. – NOUS AVONS NOTRE STAND DE TIR PARTICULIER.* Sur les trottoirs se pressaient des jeunes hommes et des jeunes femmes dans des tenues de combat repassées de frais, les cheveux très courts. En fait, les hommes avaient généralement la nuque et l'arrière du crâne rasés, avec une minuscule touffe de cheveux au sommet de la tête. Il me paraissait étrange de voir des soldats circuler en uniforme dans les rues, sans armes et n'étant pas en service. La menace terroriste était visiblement inconnue dans les parages.

Je ne me souvenais plus du nom de la route que je cherchais plus particulièrement, mais j'étais sûr de pouvoir la retrouver, bien qu'il y ait eu quelques changements et des constructions nouvelles depuis les années quatre-vingt. Les rues donnant dans l'artère principale portaient des noms tels que Boulevard de la Tempête du Désert ou, mieux encore, Route de la Juste Cause. Je m'amusai un instant à imaginer le Service se mettant à appliquer le même système – Passage des Maîtres-Chanteurs ou Rue de l'Entourloupe.

Je finis par trouver un magasin dont j'avais gardé le souvenir. Il s'appelait *US Cavalry* et n'était autre qu'une grande surface pour mordus de la guerre et de la terreur en tous genres, avec des vitrines entières d'objets métalliques pointus, tranchants ou les deux à la fois, des râteliers de tenues de combat, camouflées ou non, des étagères de T-shirts militaires et de casques lourds, des rangées de bottes, bottines et brodequins et des rayons de livres tels que *Le Manuel des Rangers pour improviser des armes* ou *Le Parfait Arsenal anarchiste : engins explosifs et incendiaires à faire à la maison.*

Mais c'était un autre qui m'intéressait. Simplement appelé *Jim's Gunnery*, il avait une façade évoquant un ranch traditionnel en rondins. Il fallait vraiment s'approcher pour distinguer, derrière les vitres des petites fenêtres carrées, les barreaux d'acier peints en blanc. Mais, sous la petite véranda précédant la boutique, une grande pancarte précisait : *LES ARMES DOIVENT ÊTRE DÉCHARGÉES AVANT D'ENTRER DANS LE MAGASIN, CULASSES OUVERTES, ET MERCI DE NE PAS FUMER.*

À l'intérieur, le magasin était vaste et affectait la forme d'un L. Sur ma droite se trouvait l'officine de prêt sur gages, et sur ma gauche un comptoir où l'on vendait journaux, magazines et confiserie. Juste en face, un rayon de bijouterie formait une sorte de boutique dans la boutique. L'endroit était partout très propre, avec un carrelage bien astiqué.

Je tournai sur la gauche, après le comptoir des journaux, et accédai ainsi à l'armurerie proprement dite. Là, des centaines de pistolets et revolvers garnissaient des vitrines, et, sur des râteliers muraux, s'alignaient des fusils de tous modèles, à levier d'armement, semi-automatiques ou automatiques. Ayant ramassé un panier métallique, comme dans un supermarché, je fus salué par un homme de trente-cinq ans environ, bien nourri, portant un polo vert avec l'emblème du magasin et un Glock calibre 45 dans un étui de ceinture.

— Salut, fit-il avec un large sourire. Comment va ?

— Bien, répondis-je avec mon accent fort peu américain. Et vous ?

En m'entendant, les Américains me prenaient généralement pour un Australien, ce qui ne semblait pas leur déplaire.

— Bien aussi, monsieur, dit le vendeur. Je peux faire quelque chose pour vous ?

— Je jette un coup d'œil, merci.

— Parfait. Si vous avez besoin de moi, vous le dites.

Je passai devant des rangées d'étagères chargées de boîtes de cartouches, puis devant un rayon de matériel de chasse avec tout ce qui pouvait servir à équiper un honnête homme, vestes Barbour et cannes-sièges incluses. Suivaient toute une série de paires de bottes, en cuir comme en caoutchouc. Je portai mon choix sur des bottes de combat à tige ultra-souple.

Devant, au rayon des armes de poing, se trouvait une jeune femme d'une trentaine d'années, portant un enfant d'environ deux ans attaché sur son dos. L'un des vendeurs l'aidait à choisir un étui neuf pour son Smith et Wesson 45 CQB, une arme superbe. Personnellement, je préférais les 9 mm car ils étaient mieux approvisionnés, mais, avec sept cartouches de 11,43 mm dans le chargeur et une de plus dans la chambre, la charmante enfant avait déjà de quoi voir venir.

Un peu plus loin, un autre vendeur expliquait à un jeune Noir en survêtement bleu les avantages d'un revolver calibre 38 sur un automatique.

— Avec ce joujou, affirmait-il, vous n'avez même pas besoin de viser. Surtout à courte distance. C'est comme si vous pointiez le doigt.

Le client semblait convaincu.

J'avais, quant à moi, déjà mis dans mon panier deux bombes d'autodéfense, l'une projetant du gaz CS et l'autre du poivre.

La jeune femme partie, le premier vendeur se tourna vers moi.

— Salut, puis-je vous aider ?

Celui-là était noir, plus jeune et avait un Sig 9 mm à la ceinture.

— Puis-je jeter un coup d'œil à vos Tazers, là, sur l'étagère du bas ? lui demandai-je.

— Bien sûr. Pas de problème.

Il se pencha et sortit de la vitrine tout le plateau d'aiguillons et matraques électriques. Il y en avait des types les plus divers, mais j'étais tenté par un modèle appelé *« Zap-Ziller – le monstre pétrifiant »*. Il pouvait être tenu à la main, et, d'après la boîte, sur laquelle figurait en toute modestie l'image d'un dinosaure, avait une puissance d'arrêt de 100 000 volts. Je lus la suite de la notice :

« Une courte décharge d'une durée d'un quart de seconde déconcertera l'assaillant, provoquera des contractions musculaires mineures et aura l'effet de repousser le sujet. Une décharge de longueur modérée – une à quatre secondes – fera tomber un assaillant au sol et le laissera en un état de confusion mentale relative. Il renoncera à revenir à la charge mais sera en mesure de se relever presque immédiatement.

« Une pleine décharge de cinq secondes peut immobiliser un assaillant, entraîner désorientation et perte d'équilibre. Il tombera au sol et restera affaibli et étourdi pendant plusieurs minutes. Remarque : Toute décharge d'une durée supérieure à une seconde entraînera vraisemblablement la chute de votre assaillant. Il peut être blessé dans cette chute. »

Au rayon de vêtements, je me choisis une tenue camouflée Gore-Tex, que je pris deux tailles trop grande afin d'être sûr de son ampleur.

Je refis le tour des rayons, prélevant çà et là des pièces d'équipement pouvant m'être utiles. Je ne pensais pas avoir besoin d'une arme, mais cela faisait une curieuse impression d'aller en mission les mains vides, surtout en voyant tout ce qui m'entourait dans ce magasin. Les lois américaines à ce sujet étant moins folles que ne l'imaginent les Européens, je n'avais pas le temps matériel d'acquérir légalement une arme à feu, et je ne voulais pas prendre le risque d'en voler une ou de m'en procurer une illégalement.

C'est alors que le rayon des arbalètes de chasse, au fond du magasin, attira mon regard. Quelques-unes de ces arbalètes me plaisaient beaucoup. Elles étaient petites, mais je savais qu'elles étaient puissantes. Depuis que le gouvernement britannique avait interdit toutes les armes de poing, de nombreux clubs de tir s'étaient reconvertis, et celui où j'avais appris à utiliser l'arbalète se trouvait à Vauxhall, juste en face du siège du Service.

J'en examinai une. Elle me convenait parfaitement, et le prix indiqué – 340 dollars – était tout à fait correct. Mais l'étiquette qui y était attachée précisait qu'un permis de l'État de Caroline du Nord était exigé pour cette arme.

Il ne me restait plus qu'à me replier sur les arcs classiques, et il n'en manquait pas dans le magasin, en fibre de carbone, en aluminium ou en résine agglomérée, avec des tendeurs à faire pâlir d'envie Robin des Bois.

Mon choix s'arrêta sur le Spyder Synergy 4 de 80 centimètres, le plus court que je pus trouver dans l'efficacité. Pour ce qui est des flèches, je les voulais également courtes. J'en trouvai de 60 centimètres, avec des pointes affûtées comme des rasoirs. Je me choisis ensuite un carquois convenable.

À la caisse siégeait une fille d'une vingtaine d'années ayant l'air de s'ennuyer mortellement. Elle avait des ongles de cinq centimètres de long, se recourbant presque à la chinoise et peints en carreaux blancs et noirs. Je me promis de les décrire à Kelly pour la faire rêver un peu.

— Carte ou espèces ? me demanda-t-elle d'un ton profondément las.

— Espèces, répondis-je.

Comme je plaçai mes acquisitions dans le coffre de ma voiture, je vis la jeune femme au Smith et Wesson 45 remonter dans la sienne avec son bébé. Je ne pus m'empêcher de sourire en voyant les autocollants qui ornaient l'arrière du véhicule :

CETTE VOITURE EST ASSURÉE PAR SMITH ET WESSON ;

FIERS PARENTS D'UN MERVEILLEUX ENFANT PARRAINÉ PAR BURGER KING ;

et enfin : *LA CONDUCTRICE N'A SUR ELLE QUE 50 DOLLARS... DE CARTOUCHES.*

Après avoir pris un peu d'argent liquide à un guichet automatique, j'allai acheter dans un supermarché quatre grosses boîtes de corned-beef, quatre grandes bouteilles d'eau minérale non gazeuse et un énorme paquet de barres Mars, avant d'aller faire un tour au rayon du jardinage. Puis je me rendis à la cafétéria libre-service, où je m'offris deux grosses tranches de pizza et un Coca-Cola. Après réflexion j'achetai deux pizzas quatre-saisons grand format que j'emportai, puis, à la pharmacie, je fis emplette de deux paquets d'Imodium.

Le tout ayant été embarqué, je consultai de nouveau la carte et repris le volant.

8

Je sortis de la ville et repris la direction du lac. Une petite pluie s'était mise à tomber, qui ne cessa qu'à l'approche de Raleigh. Peu après, je repérai une aire de repos, arrêtai la voiture et entrepris de procéder à mes ultimes préparatifs.

Je plaçai dans le sac à dos dont j'avais également fait acquisition la tenue camouflée et mes autres emplettes, à l'exception d'un sécateur, d'un rouleau de filin et d'une paire de gants de ménage, malheureusement d'un jaune agressif, que je laissai dans les poches extérieures.

Je m'occupai ensuite de mes provisions de bouche. Je repliai les tranches de pizza et les enveloppai, bien serrées, dans du plastique transparent. Je fis de même pour les barres de Mars, sorties de leur paquet et groupées deux à deux, ainsi que pour le contenu des boîtes de corned-beef. Puis je mis le tout dans le sac.

À tout hasard, je m'aspergeai d'un produit destiné à repousser les insectes. Je n'étais pas sûr que ce fût nécessaire, mais je ne pouvais risquer d'être pris de démangeaisons au moment le moins opportun. Après quoi, je remontai en voiture et repartis vers le lac.

Il était un peu plus de 19 heures lorsque je me retrouvai dans les bois, et il commençait à faire sombre, particulièrement à l'abri des grands arbres. Cela me convenait parfaitement ; il me fallait faire ma reconnaissance sous le couvert de la nuit, et je tenais à savoir avant les premières lueurs de l'aube si Sarah se trouvait ou non dans la deuxième maison du lac. J'espérais qu'elle y serait, car sinon, c'était le retour à Washington et à la case départ.

Fort heureusement pour moi, le lac continuait à attirer les visiteurs dans la soirée, et le parc de stationnement recelait encore d'assez nombreux véhicules au milieu desquels ma voiture pouvait passer inaperçue. J'allai me soulager et me changer dans les toilettes du parking et en profitai pour avaler quatre comprimés d'Imodium afin de ne pas risquer d'être troublé par des envies intempestives pendant mon expédition. La notice commandait de ne pas en prendre plus de deux à la fois, mais j'avais appris depuis bel âge à ignorer ces consignes de prudence.

Sac au dos, avec mon arc attaché au sommet du sac, je me mis en route le long du lac. Avec les souches dépassant de quelques centimètres du sol sablonneux, ma progression fut d'abord difficile et chaotique. Au bout de cinq minutes, mes yeux commencèrent à s'adapter à l'obscurité, mais il faut, en fait, une quarantaine de minutes pour acquérir une vision nocturne vraiment correcte.

Il me fallut deux bonnes heures et un petit parcours dans les eaux du lac, où je dus me mouiller jusqu'en haut des cuisses, pour arriver enfin à une soixantaine de mètres de l'objectif. Le terrain était un peu différent ; personne ne s'était soucié, comme de l'autre côté, de dégager un peu la rive, et les arbres arrivaient jusqu'à l'extrême limite des eaux.

Apercevant la maison, je constatai qu'il y avait des lumières à l'étage inférieur, mais que les rideaux devaient toujours être fermés. Il me fallait maintenant trouver un endroit, aux alentours de la maison, où je pourrais observer tout en restant à couvert. Cela impliquait une tournée de reconnaissance à 360 degrés autour de l'objectif.

Je me mis en route en prenant tout mon temps, levant assez haut les pieds pour éviter de faire du bruit en heurtant des pierres ou des branches tombées au sol. À chaque pas, je reposai le pied en touchant d'abord le sol du rebord du soulier avant de laisser aller la semelle. Cette technique fatigue incontestablement les jambes, mais elle permet de contrôler le bruit du pas.

Ayant atteint le bord de l'eau, je fis halte pour écouter, l'oreille tendue vers l'objectif et la bouche légèrement ouverte pour éviter tout bruit de salivation ou de mouvements de maxillaires. Je n'entendis que le clapotis de l'eau sur la rive. Aucun son ne semblait provenir de la maison. Je me remis en marche avec la même prudence.

J'arrivai ainsi à une quarantaine de mètres de la maison, et me rendis compte alors que les ondulations du terrain autour de celle-ci allaient me rendre difficile le choix d'un observatoire. Je retournai à la rive du lac et me débarrassai de mon sac à dos, que je laissai au pied d'un gros arbre facile à reconnaître. Ainsi, je n'aurais aucun mal à le retrouver en cas de problème majeur. Quant à moi, le fait d'être plus léger et moins volumineux me permettait de me déplacer encore plus silencieusement. Je n'avais encore rien vu ou entendu de ce genre, mais il pouvait fort bien y avoir, dans le voisinage, des chiens ou, pire encore, des oies. Ces satanés volatiles sont sensibles au moindre son et se mettent alors à manifester bruyamment elles-mêmes. Avant même les fameuses oies du Capitole, les Égyptiens les utilisaient comme système d'alarme, et celles d'un de mes proches voisins dans le Norfolk me réveillaient régulièrement au milieu de la nuit. Deux d'entre elles avaient déjà fini dans mon four. Je m'étais borné à dissimuler à Kelly la provenance exacte des savoureuses volailles rôties ayant figuré au menu de deux repas dominicaux.

Je revins vers la maison en prenant toujours mon temps. Le ciel s'était dégagé et quelques étoiles supplémentaires avaient fait leur apparition. En plus du clapot du lac sur la rive, on entendait le bruit de tortues aquatiques venant à la surface et plongeant de nouveau.

J'arrivai, cette fois, à vingt-cinq mètres environ de la maison. Là s'arrêtait la forêt et commençait le « jardin », une simple étendue d'herbes folles d'où émergeaient des souches d'arbres que personne ne s'était donné la peine d'extirper. De là, je pouvais voir tout un côté de la maison, ainsi que le garage et le bateau.

Une lumière apparut au deuxième étage. Quelques secondes plus tard, j'entendis un bruit de chasse d'eau. Il devait donc y avoir quelqu'un, à moins que chasse d'eau et lumières ne fussent déclenchées automatiquement par un dispositif de sécurité, chose peu vraisemblable en un tel endroit.

Je me mis à chercher sérieusement un poste d'observation et je finis par en trouver un possible : un buisson non loin de la lisière du bois. Il avait environ un mètre cinquante de hauteur et un mètre vingt de largeur. Mais lorsque je m'y rendis, je m'aperçus que, de là, je ne pouvais voir que l'étage supérieur de la maison. Il me fallait trouver autre chose.

Je continuai à me déplacer prudemment dans la nuit. Je trouvai un autre buisson à une trentaine de mètres de la maison. Il avait la même largeur que le premier, mais une hauteur nettement inférieure et son feuillage semblait dense, mais je n'avais guère le choix. À plat ventre, je constatai que je voyais l'ensemble de mon objectif – les trois étages de la maison, le garage et le lac. Je distinguais également, au loin, les lumières du parc de stationnement et du terrain de camping le jouxtant. Cela semblait faire l'affaire.

Je m'installai donc derrière le buisson et vérifiai aussitôt le fonctionnement de mon téléphone portable à cet emplacement. Si j'apercevais Sarah, il allait me falloir le signaler à Londres dès que possible. Puis je me repliai prudemment jusqu'à l'endroit où j'avais laissé mon sac et mon arc et revins prendre place derrière le buisson. Il n'était pas encore minuit, et, le jour ne se levant pas avant cinq heures, j'avais amplement le temps de travailler.

Je tirai d'une poche latérale du sac le sécateur et le rouleau de filin, et commençai à entailler à la base l'arrière du buisson. Je m'efforçais d'y ménager une sorte de tunnel où je pourrais aller m'installer en rampant. Il ne faut jamais, dans ce genre de situation, forcer son passage au creux d'un buisson, car, en procédant ainsi, brutalement, on le fait changer de forme, ce qu'un observateur averti peut remarquer, et on fait du bruit, non seulement au moment où l'on s'y introduit mais aussi chaque fois qu'on bouge ou qu'on essaie simplement de changer de position. Il convient de faire les choses méticuleusement.

Je mis près d'une heure à me creuser ainsi un trou qui me

laissait un espace d'une quinzaine de centimètres de chaque côté pour les mouvements essentiels, avec un écran d'une trentaine de centimètres de broussailles devant moi.

Je pris dans mon sac mon appareil photographique digital avec son petit trépied et son déclencheur, ainsi qu'un filet de camouflage que j'avais également acheté à la *Jim's Gunnery* et qui me servirait à dissimuler la mutilation que j'avais dû infliger au buisson.

Le problème, lorsqu'on organise de nuit un poste d'observation de ce genre, est qu'on ne peut rien vérifier visuellement ; on doit se fier uniquement à la pratique et à l'expérience. Dès que le jour se lève, il n'est plus question de bouger ou de modifier la moindre chose. Mais, quant à moi, j'avais pratiqué ce petit jeu depuis mes débuts de fantassin, en 1976, et je l'avais élevé, à ce que je croyais, à la hauteur d'un art. Le plus pénible, en fait, dans ce genre de surveillance est qu'on ne sait jamais combien de temps elle va se prolonger – peut-être des jours ou même des semaines, pour apercevoir son gibier pendant cinq secondes.

Très lentement, en m'efforçant de ne faire aucun bruit, j'entrepris d'apporter dans ma cache tout ce qui m'y serait nécessaire. Je recouvris de sable les morceaux de pizza et de reste de mes provisions pour éviter d'attirer animaux et insectes et ne pas risquer un reflet sur le plastique transparent qui les enveloppait. Mon portable, le 3C, mon passeport et tout ce qui me serait absolument nécessaire en cas de fuite précipitée allèrent dans mes poches. Je revêtis ensuite la tenue camouflée et rampai jusque dans ma tanière.

Pendant quelques minutes, je restai immobile et silencieux, m'accoutumant à mon environnement, à ses menus bruits et à ses sensations. Puis je commençai à creuser doucement le sol sablonneux, m'aménageant une fosse peu profonde mais qui me permettait de mieux me dissimuler encore.

Cette besogne accomplie, je jetai un coup d'œil à ma montre. Il était à peine plus de deux heures du matin, ce qui signifiait qu'il me restait encore près de trois heures avant les premières lueurs de l'aube. Chaque fois que, dans ce genre de situation, se présente une accalmie, on doit en profiter pour manger ou dormir, car on ne sait jamais quand surviendra la prochaine occasion. Je me décidai en faveur du sommeil ; la lumière du jour se chargerait de me réveiller, ainsi, d'ailleurs, que le moindre mouvement dans la maison. D'où je me trouvais, je pouvais entendre ses occupants tirer la chasse d'eau. Tous les espoirs étaient donc permis.

Le vrai problème était de trouver le sommeil. Il ne suffisait pas de fermer les yeux pour s'endormir. J'étais allongé sur le ventre, et une pierre – la seule, sans doute, que j'avais omis de retirer – me meurtrissait la hanche. Je m'efforçai de changer de position, mais, même si le temps n'est pas trop mauvais, on a rapidement froid quand on reste immobile. La tenue camouflée me protégeait raisonnablement, mais, aux toutes premières heures de la matinée, le sol devient glacial, et on ne tarde pas à ruminer de sombres pensées en se demandant ce qu'on est venu faire là…

Je me mis à rire tout seul en repensant à l'un de nos agents nommé Lucas et à une « planque » qui l'avait rendu à tout jamais célèbre au sein du Service. Nous devions surveiller, à la frontière germano-polonaise, une entrevue au cours de laquelle des Russes devaient échanger du plutonium enrichi contre de l'héroïne. Lucas, qui était un fanatique de la chasse sous-marine, avait eu la géniale idée de revêtir une combinaison de plongée pour aller s'enterrer dans le gigantesque tas de fumier se trouvant près de la ferme où devait avoir lieu l'échange. Il y resta quatre jours. La transaction n'eut jamais lieu, et il fallut une bonne semaine à Lucas pour se débarrasser de l'odeur de fumier qui l'avait imprégné malgré sa combinaison. Et ce en bonne part parce qu'au lieu de le prévenir immédiatement de l'annulation de l'opération, nous l'avions, en bons camarades, laissé quarante-huit heures de plus à son poste. On s'amuse comme on peut.

Je finis par m'endormir, et m'éveillai peu avant cinq heures, alors que l'aube commençait juste à poindre. Je sortis de ma tanière à reculons, en m'aidant des coudes et des pieds, et considérai mon œuvre au jour. À part une ou deux traces de pas que je me hâtai d'effacer, je fus assez fier de mon travail.

La première chose que j'avais maintenant à faire était de m'occuper de l'appareil photographique. La seule raison de ma présence dans ce trou de Caroline du Nord était de voir si Sarah s'y trouvait également, et, dans l'affirmative, d'en apporter la preuve visuelle. Lynn et Elizabeth Bamber ne croyaient personne sur parole – et moi encore moins qu'un autre, assurément.

J'installai l'instrument dans ma cache, l'objectif braqué sur la porte latérale et le garage par un trou discret que je ménageai dans le filet de camouflage. S'il y avait le moindre mouvement en face, tout ce que j'avais à faire était d'actionner le déclencheur par câble. J'installai un peu de sable et quelques pierres autour du trépied pour m'assurer de sa stabilité.

Je n'avais en fait ni faim ni soif, mais je me forçai à avaler quelques gorgées d'eau minérale et une tranche de corned-beef. Il y avait, bien sûr, d'autres fonctions naturelles dont on doit se préoccuper, mais là, l'Imodium semblait faire son effet.

Je pouvais maintenant voir la maison tout à fait clairement. Ses panneaux en bois avaient largement besoin d'un coup de peinture blanche. Il y avait, à chaque étage, deux ou trois fenêtres dépourvues de volets. J'aperçus également des détecteurs de lumière et de mouvement qui devaient théoriquement couvrir toutes les faces de la maison mais ne devaient pas être branchés, car l'aménagement de mon poste d'observation la nuit précédente ne serait certainement pas passé inaperçu.

Au premier étage, une petite véranda surplombait le garage, face au lac. Des portes-fenêtres y menaient, et, au-dessous, un autre détecteur couvrait l'entrée du garage.

Je ne vis pas de poubelles que j'aurais pu explorer la nuit tombée pour y chercher trace de l'éventuelle présence de Sarah. Il est étonnant de constater combien les gens, même les plus avertis, se montrent négligents et imprudents à ce sujet. Bien des journalistes délurés récoltent des masses d'informations en explorant le contenu des poubelles, et, dans certains pays du Sud-Est asiatique, les services de renseignements examinent régulièrement les boîtes à ordures des hôtels recevant des voyageurs étrangers de marque. Sarah n'était certes pas du genre à mettre des documents de quelque intérêt à la poubelle sans y prêter attention, mais je savais, par exemple, qu'elle préférait, si le choix lui était offert, se nourrir de produits organiques. Un simple emballage pouvait être révélateur.

Les oiseaux s'étaient mis à chanter et un léger vent faisait bruisser les arbres. Tout cela contribuait à masquer les bruits que je serais éventuellement amené à faire. De plus, l'autre rive du lac commençait à s'animer ; les plus matinaux des pêcheurs étaient déjà à l'œuvre.

Quant à moi, je continuais à observer la maison en redoublant d'attention, attendant qu'une porte ou une fenêtre daigne s'ouvrir.

9

Il était près de huit heures lorsque la porte principale s'ouvrit et deux hommes sortirent de la maison.

Je n'avais que quatre ou cinq secondes pour entrer en action en toute sécurité, avant qu'ils n'aient eu le temps de s'acclimater à l'air ambiant et d'avoir les sens en alerte. Je me hâtai donc d'actionner le déclencheur de mon appareil et pris cinq à six photos. Puis je m'aplatis dans ma cachette, mes yeux seuls continuant à bouger.

J'avais maintenant le temps d'étudier tout à loisir mes deux clients. Il était évident qu'ils n'étaient pas encore très bien réveillés. L'un d'eux avait une paire de brodequins de cuir aux lacets défaits, un sweat-shirt bleu tout froissé et un jean délavé. On avait l'impression qu'il avait dormi dans ses vêtements. Ses cheveux très noirs étaient hérissés et il avait une barbe de plusieurs jours. Il pouvait avoir une trentaine d'années et ne semblait pas très redoutable. Il avait un mètre soixante-cinq au plus et était très mince. À en juger par son physique, il était manifestement originaire du Moyen-Orient.

Son compagnon avait le même type physique et le même teint olivâtre, mais il dépassait le mètre quatre-vingts et avait les épaules nettement plus larges. Il portait des souliers de toile, un T-shirt noir sous une pelisse doublée de mouton et un pantalon de survêtement noir. Une cigarette pendait de sa lèvre, du côté gauche de sa bouche, et il égrenait, des doigts de la main droite, un chapelet coranique.

Debout devant la porte, face au lac, ils commencèrent à se

parler, tandis que le plus grand introduisait une main dans son pantalon de survêtement pour se gratter. Leur débit et les inflexions qui me parvenaient me parurent arabes.

Puis, soudain, ils fermèrent la porte derrière et se mirent à avancer dans ma direction. Je me figeai sur place, le souffle court. Leurs pas sonnaient à mes oreilles comme ceux du monstre de Frankenstein.

Tout en marchant, ils regardaient vers le lac, observant sans doute les pêcheurs. Ils n'avaient visiblement pas encore pris conscience de ma présence. Qu'allais-je faire ? J'étais, presque à coup sûr, dans le pétrin. Ces gaillards allaient certainement finir par me repérer. Je jetai un rapide coup d'œil sur ma droite ; l'arc était là, à quelques centimètres de ma main. Mais pas de précipitation. Il fallait se calmer et attendre.

J'avais le corps tendu, prêt à réagir. Mais comment allais-je me tirer d'affaire ? Je pouvais difficilement leur faire un beau sourire et leur dire que je m'étais perdu. Si j'étais assez rapide et ne m'empêtrais pas dans le filet de camouflage, je pouvais les menacer de l'arc... Non, cela ne marcherait pas. Mieux valait que je pique un sprint, en espérant qu'ils n'avaient pas d'armes à feu sur eux. Je vérifiai mentalement que j'avais bien en poche tout l'essentiel.

Ils s'arrêtèrent, échangèrent quelques mots, puis le plus grand tira une dernière bouffée de sa cigarette avant de la laisser tomber au sol et de l'y écraser de sa semelle, au mépris de toutes les recommandations écologiques placardées à l'entrée de la forêt.

Ils se remirent en marche, mais, à une dizaine de mètres de ma position, ils tournèrent brusquement sur la droite, gagnant un sentier qui rendait leur progression plus facile. C'était heureux, car il était maintenant évident qu'ils procédaient à une reconnaissance autour de la maison, vérifiant qu'aucun intrus n'avait laissé de traces durant la nuit.

Je les vis disparaître derrière la maison pour réapparaître quatre minutes plus tard du côté opposé, vers le lac. Ils se dirigèrent vers le bateau, toujours installé sur sa remorque, montèrent à bord et mirent le moteur en route. Ils le laissèrent tourner quelques instants puis l'arrêtèrent. Ils sautèrent à terre en continuant à jacasser entre eux, puis disparurent dans le garage. J'entendis alors le moteur du véhicule tout-terrain se mettre en route à son tour. Il n'était pas question qu'il sorte, le bateau lui bouchant la route. Cela voulait simplement dire que ces gaillards connaissaient leur affaire ; ils vérifiaient tout, y compris leurs moyens de repli rapide en cas d'alerte.

Le moteur se tut, mais les deux hommes ne réapparurent pas. Je savais maintenant qu'il y avait au moins deux personnes dans la maison, et aussi qu'on pouvait avoir accès à celle-ci par le garage.

Pendant les deux heures qui suivirent, rien ne se passa. Je continuais à observer, fermant de temps à autre l'un de mes yeux pour le reposer. Outre les bruits d'embarcations à moteur sur le lac, je n'entendis qu'une chasse d'eau actionnée à deux reprises.

Vers dix heures et quart, la famille occupant l'autre maison, père, mère et enfants, partit en bateau sur le lac. S'il ne se mettait pas à pleuvoir, la promenade durerait sans doute la journée.

Rien d'autre ne semblant survenir, le moment était arrivé, pour moi, de me restaurer un peu. Un morceau de pizza et quelques barres Mars étaient au menu.

*

Vers 11 heures 30, je distinguai un mouvement aux portes du garage. Tout en terminant ma troisième barre Mars, je mis le pouce sur le déclencheur de mon appareil.

L'un de mes deux clients du matin – le plus grand – fit son apparition. Mon objectif le suivit alors qu'il allait jusqu'à la remorque supportant le canot. Dans le même temps, à l'intérieur du garage, le moteur du véhicule tout-terrain se mettait en route.

À ce moment, Sarah sortit de la maison. En plein dans le mille ! Elle portait un jean et un sweat-shirt bleu avec le logo Quicksilver dans le dos. Je reconnaissais tout : son allure, sa démarche – et même les chaussures de marche qu'elle avait aux pieds. Elle s'arrêta pour regarder le ciel. Oui, il allait pleuvoir. J'actionnai le déclencheur, en espérant l'avoir saisie au vol. Si tel était le cas, le travail était presque fini. Cela me faisait une drôle d'impression de la revoir ainsi, après tant de temps – et dans de telles circonstances. Elle ressemblait toujours à la photographie que j'avais trouvée dans son appartement de Washington, avec le sourire en moins.

L'observer ainsi, à son insu, me donnait un très curieux sentiment de domination par rapport à elle.

Cependant, son compagnon et elle s'employaient à mettre en travers le bateau et sa remorque afin de pouvoir ouvrir complètement les portes du garage. Dès que ce fut fait, une Ford Explorer noire sortit, avec le plus malingre des deux Arabes au volant. Je pus constater qu'il s'était entre-temps lavé et rasé.

La Ford partit dans ma direction en faisant ronfler son moteur, mais bifurqua vers le sentier du haut. Je me dévissai le cou pour essayer de voir son numéro minéralogique. Je ne parvins pas à le déchiffrer mais pus constater qu'en tout cas, il s'agissait d'une plaque de Caroline du Nord, blanche avec la formule *Premiers à voler* et l'image de l'avion des frères Wright.

Mon regard se reporta sur Sarah. Elle aidait maintenant à tourner le bateau la proue vers le lac. Pour le cas d'un départ précipité par la voie aquatique, sans nul doute. Puis son compagnon et elle regagnèrent le garage en en fermant les portes derrière eux.

Cela y était. Pour moi, l'affaire était dans le sac. J'étais heureux d'avoir deviné juste. Mais il semblait que Londres n'avait pas tort de s'inquiéter du comportement de Sarah.

*

Je sortis lentement de ma poche le 3C, y introduisis une carte magnétique et mis l'appareil en route.

Ce genre de carte joue à peu près le même rôle qu'une disquette pour un ordinateur. Ce qui apparut sur le minuscule écran fut une sélection de quelque deux cents mots ou phrases, avec des séquences de cinq chiffres correspondant à chacun. Les lettres de l'alphabet étaient également codées, de façon à ce qu'on pût employer des mots ne figurant pas au programme initial.

Pour composer mon message, je n'avais qu'à faire se dérouler la série de ces lettres et mots précodés jusqu'au moment où j'arrivais au terme requis, et noter le groupe de cinq chiffres correspondant sur un bloc. Pour ce faire, j'utilisais toujours, sur le terrain, un crayon affûté aux deux extrémités, de façon à disposer immédiatement d'une mine de rechange si la première se cassait.

Les premières lignes de mon message étaient, de toute manière, chiffrées, et ne nécessitaient donc pas de codage. Il y avait d'abord mon PIN, qui était 2442, mais qui devenait là 02442, car tout fonctionnait en groupes de cinq chiffres. Je le fis suivre de la date : 02604 (26 avril), puis de l'heure 01156 (11 heures 56, étant entendu que toute indication de départ était donnée en heure locale.)

J'eus un peu plus de travail pour situer le lieu. J'indiquai, en code, la nature de la carte utilisée, et les références de cette carte. Puis vint le message proprement dit :

ÉCHO UN (Sarah) *LOCALISÉE AVEC DEUX BRAVOS* (Personnes de sexe masculin) *TYPE MOYEN-ORIENT. SONT SUR LEURS GARDES. PAS D'ARMES VISIBLES. ENVOIE PHOTOS. ATTENDS INSTRUCTIONS COMPLÉMENTAIRES.*

Je signai le message en répétant mon PIN.

Je retirai ensuite la carte magnétique du logement A de mon 3C et la remis dans la poche de mon jean. Puis j'introduisis une deuxième carte magnétique, dans le logement B, cette fois. En fait, j'aurais pu me servir de l'appareil avec les deux cartes, mais je ne le faisais jamais. Si un problème surgissait, si je me faisais prendre, le système entier était immédiatement accessible. Tandis qu'en ayant séparé préalablement les cartes, j'avais une chance d'en détruire ou d'en cacher une, faussant ainsi le jeu.

La deuxième carte contenait toute une série de nombres, également formés de groupes de cinq chiffres, et formant un code constitué sur le principe de la fameuse machine « Enigma », mise au point par les Allemands dans les années vingt et reprise par les Britanniques durant la Deuxième

Guerre mondiale. Fondé sur une clé choisie arbitrairement et changée à chaque opération, le système est théoriquement impossible à « casser ». C'est bien pourquoi il est toujours utilisé par les services spéciaux de tous les pays.

Je commençai par inscrire sur mon bloc le premier groupe de cinq chiffres du code sous le premier groupe de cinq chiffres de mon message, en l'occurrence mon PIN précédé d'un zéro, soit 02442. Tout ce que j'avais à faire ensuite était de soustraire de 02442 le premier groupe du code, en l'occurrence 14735. Cela donnait, un peu curieusement, 98717, non parce que j'étais à ce point nul en calcul, mais parce que, dans l'arithmétique des espions, on ne reporte pas les dizaines, on les laisse tout simplement tomber. Typique de la corporation.

Je refis la même opération avec les vingt-neuf autres groupes – précisions de date, d'heure et de lieu comprises – de mon message. Après avoir vérifié tous mes calculs une dernière fois, je n'avais plus qu'à transmettre le tout à Londres.

Je composai le numéro sur le portable, tapai mon PIN, puis le numéro d'Elizabeth Bamber après un signal sonore. Au bout de deux sonneries, une voix féminine enregistrée mais agréable m'invita à laisser mon message après un autre signal sonore. J'attendis celui-ci, tapai mon message codé et pressai un nouveau bouton. J'entendis alors : « Merci pour votre message... » Une voix enregistrée différente précisa : « ...de trente groupes. » C'était fait. Je coupai la communication.

Je remis les cartes magnétiques dans leurs deux poches bien différentes. Quant à la feuille de bloc, je l'enveloppai de film plastique transparent et enfouis le tout dans la boue, sous une branche. Je ne voulais pas m'en débarrasser immédiatement, pour le cas où un problème de déchiffrage ou de transcription surgirait et où Londres me demanderait de vérifier et de répéter le message. On n'est jamais trop prudent à cet égard.

Restait à expédier les photographies à l'aide de l'appareil digital et du téléphone portable. J'établis le branchement entre les deux engins. Puis je composai sur le téléphone le même numéro londonien qu'auparavant et entendis le même message enregistré. J'actionnai alors, sur l'appareil photographique, le poussoir adéquat, et le téléphone se mit à transmettre les images par l'intermédiaire d'un satellite se promenant quelque part dans l'espace. Elles allaient aussitôt apparaître sur un écran Apple Mac à Londres, et, quelques minutes plus tard, Elizabeth Bamber et Lynn en auraient les copies sur leur bureau.

La transmission opérée, j'éteignis mon téléphone afin d'en économiser la batterie. De toute manière, on n'allait certainement pas chercher à entrer en communication avec moi dans l'immédiat, et même si c'était par hasard le cas, mon appareil enregistrerait le message. Aucun problème ne se posait à moi pour l'instant, en dehors des courbatures dues à ma position. Même si on me signalait que ma mission était terminée et qu'il me fallait me replier, je ne pouvais bouger de ma cachette avant la tombée de la nuit.

J'espérais, en tout cas, qu'on n'allait pas me demander de préparer l'implantation d'un dispositif de surveillance dans la maison afin de déterminer l'identité des occupants encore inconnus et les intentions de tout le groupe. Cela supposerait, en effet, de ma part une RRO (reconnaissance rapprochée d'objectif) afin de préparer le travail de l'équipe chargée de l'implantation. Il me faudrait, pour ce faire, pénétrer dans la maison et en découvrir la disposition intérieure et les moyens d'accès. Rien que cette dernière tâche représente, en soi, un travail aussi considérable que délicat ; il faut examiner les portes, leurs serrures, les fenêtres et leurs vitres, n'en oublier ni la surface ni la nature du verre. Et le tout s'accompagne, évidemment, d'une exploration tout aussi méticuleuse des abords de l'objectif.

Pour être effectuée correctement, une opération de ce genre peut demander des jours.

10

Je levai la tête dans ma cachette. La Ford Explorer était revenue, avec, cette fois, deux occupants. Elle quitta la piste et, tournant à gauche, descendit la pente vers le garage. C'était toujours le Malingre qui conduisait, mais je ne pus voir, sur le moment, à quoi ressemblait son passager.

Le véhicule s'arrêta juste devant le garage, et la porte latérale de la maison s'ouvrit alors. Ce fut Sarah qui en sortit. Elle parcourut du regard les bois derrière moi, semblant s'assurer que personne ne s'y promenait. Je l'observai en m'efforçant de capter son regard. Je saurais immédiatement si elle soupçonnait quelque chose. Puis, quand ses yeux se portèrent sur le secteur où je me trouvais, je détournai les miens. Un sixième sens vous permet parfois de savoir que quelqu'un vous observe, et je ne voulais pas courir ce risque.

Quand je me décidai à reporter mon regard sur elle, le sien avait déjà parcouru l'endroit où je me trouvais et était parvenu sur le lac. Elle finit par tourner la tête et se diriger vers la Ford Explorer.

Un homme en descendit, de type européen, lui. Il portait un blouson de nylon noir, un jean très serré et des souliers de sport blancs. Il paraissait environ trente-cinq ans, était de taille et de carrure nettement supérieures à la moyenne, avait des cheveux noirs assez longs et une moustache digne d'un shérif dans un western comique.

Sa rencontre avec Sarah fut plus qu'affectueuse ; ils s'étreignirent, s'embrassèrent sur la bouche et restèrent un instant enlacés. Ils se parlèrent à voix basse, tandis que Sarah passait doucement la main le long du dos de l'homme.

Je pris deux photos d'eux durant la trentaine de secondes où ils restèrent ainsi.

Pendant ce temps, le Malingre, comme je l'avais maintenant surnommé en mon for intérieur, avait ouvert la porte arrière de l'Explorer et avait tiré du véhicule un sac de voyage marron avec une étiquette de compagnie aérienne attachée à la poignée. Il suivit Sarah et le nouveau venu à l'intérieur du garage, dont il referma la porte derrière lui. Le moment était venu pour moi d'envoyer un autre rapport de situation.

Je venais à peine de commencer à préparer mon message lorsque le Malingre réapparut par la porte latérale en compagnie du Costaud, comme j'avais surnommé l'autre Arabe. Comme son compagnon, celui-ci s'était donné la peine de se raser et avait revêtu une tenue nettement plus correcte, avec un veston et un pantalon marron. Tous deux montèrent dans l'Explorer, le Malingre une fois de plus au volant. Le 4x4 recula, vira, monta vers la piste. Ses deux occupants avaient soudain la mine sombre. Visiblement, quelque chose se passait.

Le véhicule ayant disparu, je me mis à observer de nouveau la maison. Toutes les portes et fenêtres étaient closes, et il en était de même des rideaux. Sarah ne se souciait apparemment pas de faire profiter son compagnon du paysage. Peut-être avait-elle mieux à faire avec lui. Peut-être, aussi, était-il une nouvelle dupe qu'elle utilisait sans vergogne. Mais à quelles fins ?

Il se passa près de deux heures avant que je voie revenir l'Explorer. Il y avait de nouveaux personnages assis à l'arrière, mais, au moment où le véhicule vira non loin de moi, je ne pus voir combien. Je m'efforçais d'observer à la fois l'Explorer et la porte latérale de la maison. Lorsque celle-ci s'ouvrit, ce fut le compagnon de Sarah qui apparut. Celle-ci ne se montra pas. Il regardait tout alentour, l'œil aux aguets. Lorsqu'il se tourna pour observer un instant le lac, je pus voir que son pan de chemise sortait maintenant de son jean, sous le blouson. Je ne m'étais certainement pas trompé ; Sarah et lui avaient eu mieux à faire que de contempler le paysage par la fenêtre.

Lorsque l'Explorer s'arrêta, je comptai deux passagers de plus sur le siège arrière. Tout le monde mit pied à terre, et j'actionnai aussitôt le déclencheur de mon appareil photographique.

Les deux nouveaux venus étaient l'un et l'autre basanés. Ils donnèrent l'accolade au compagnon de Sarah – manifestement américain, quant à lui – et l'embrassèrent sur les deux joues. Ces effusions ne s'accompagnèrent toutefois d'aucune manifestation bruyante. Tout le monde parlait à voix mesurée, et je ne pus distinguer un traître mot de ce qui se disait.

Pendant ce temps, le Malingre et le Costaud avaient ouvert l'arrière du 4x4 et en sortaient deux caisses d'aluminium carrées portant des étiquettes *FRAGILE* un peu déchirées et ce genre de rubans de sécurité dont les compagnies aériennes entourent les bagages en soute. Ils transportèrent les deux caisses dans le garage, et déménagèrent ensuite, avec l'aide des deux nouveaux venus et de l'Américain, plusieurs sacs de voyage, un porte-complet et, surtout, un cylindre de plastique noir de près de deux mètres de long, scellé aux deux extrémités. Je continuais à prendre des photos.

L'un des deux nouveaux arrivants paraissait beaucoup plus vieux que les autres. Petit et chauve, il avait une petite moustache noire bien taillée et un tour de taille plus que confortable. Il ressemblait à un patron de bande dans un film de gangsters. Son compagnon avait un aspect beaucoup plus anonyme. Âgé d'une vingtaine d'années, il était de taille et de carrure moyennes, avec un air vaguement famélique.

Quand tous les bagages eurent été transportés dans le garage, la porte se referma et tout redevint tranquille comme auparavant. Je me mis à réfléchir à ce que j'avais vu jusque-là.

Dès nos premières rencontres, il m'était apparu que Sarah avait une forte sympathie pour les Arabes, qu'elle semblait avoir fréquentés d'une façon ou d'une autre la majeure partie de son existence. Nous avions même eu, un jour, un affrontement à propos de Yasser Arafat ; je trouvais qu'il avait fait du bon travail, alors qu'elle soutenait qu'il se vendait aux Occidentaux. Son soutien à la cause palestinienne, par exemple, était d'une totale intransigeance.

Tandis que commençait à tomber une petite pluie fine, je m'efforçais de mettre en place mentalement les éléments de mon rapport. Celui-ci devait, en effet, comporter un peu plus que l'énoncé des faits bruts. Il devait faire la part du comportement des personnages, de l'impression que donnait celui-ci et des supputations qui pouvaient être faites à ce sujet. Cela permettrait peut-être aux gens de Londres d'avoir une idée de ce qui se passait ; après tout, Lynn et Elizabeth devaient en savoir, au départ, nettement plus long que ce qu'ils avaient bien voulu me dire.

Il était 15 heures 48, et le moment était venu de rebrancher mon portable. Deux heures s'étaient écoulées depuis ma dernière transmission, et je pouvais maintenant m'attendre à ce qu'on me rappelle, ne fût-ce que pour accuser réception. Je sortis l'appareil de ma poche, le branchai et le plaçai à portée de regard, de façon à pouvoir être éventuellement alerté par le signal lumineux tandis que je m'employais à coder mon rapport de situation.

C'est alors que je fus saisi par une violente envie de déféquer. Bravo pour l'Imodium ! Il aurait dû me bloquer à cet égard, mais peut-être aussi la combinaison de la pizza, des barres Mars et du corned-beef n'était-elle pas idéale. Je savais d'amère expérience qu'il était vain de lutter contre ce genre d'envie, et que si l'on avait un moment devant soi, si incommode que soit la chose, il ne fallait jamais essayer d'attendre le dernier instant.

Je sortis de mon sac le rouleau de plastique transparent et en déroulai un bon mètre. Puis, me tournant sur le côté gauche en m'efforçant de garder les yeux braqués sur l'objectif, je déboutonnai mes deux pantalons superposés – tenue de combat et jean – et les abaissai, ainsi que mon caleçon. Je me laissai ensuite aller, en recueillant le produit dans le morceau de plastique que je tenais à la main derrière moi. J'en profitai pour uriner en même temps, en faisant le moins de bruit possible.

J'étais à mi-chemin dans cette opération et l'impression de soulagement commençait à être délicieuse, quand l'indicateur de mon portable m'apprit qu'un message m'attendait. Mais, au même moment, une voix – masculine et américaine – me parvint. J'éteignis le portable et le fourrai, avec le 3C, dans ma poche.

L'Américain, seul, sortait du garage et se dirigeait vers le bateau, qu'il déplaça, de façon à libérer la voie pour l'Explorer. Il s'installa au volant du 4x4, qu'il mit en marche et fit entrer au garage, avant d'aller remettre le bateau en position et de regagner la maison. Puis rien ne bougea plus.

J'achevai de me soulager, rangeai sagement dans mon sac mes offrandes enveloppées de plastique et le bidon à carburant dans lequel j'avais uriné, et avalai, cette fois, six gélules d'Imodium. De quoi, certainement, constiper un éléphant. La pluie s'était mise à tomber un peu plus sérieusement, faisant bruisser le feuillage derrière moi et venant ruisseler sur mon visage et ma nuque jusque dans ma cachette.

Je ressortis mon portable, et, l'abritant sous moi, je le remis en marche. Je composai mon PIN, le numéro d'Elizabeth, puis de nouveau mon PIN. On allait maintenant me communiquer des groupes de chiffres uniquement valables pour cette transmission, comme je l'avais moi-même fait auparavant, à ceci près que ces groupes auraient été enregistrés sur une bande qui allait continuer à se dérouler tant que je n'aurais pas accusé réception.

Gardant le téléphone à l'oreille, je fis passer le Psion au mode de traitement de texte, et, tandis que la voix enregistrée récitait les groupes de cinq chiffres, je les tapai au fur et à mesure sur le clavier. C'était plus simple que de les écrire :

« Groupe six : 14732. Groupe sept : 97641. Groupe… »

On arriva enfin à :

« Dernier groupe : 69821. Fin de message. Appuyez sur la touche étoile si vous voulez que le message soit répété. »

Quand ce fut fait, j'éteignis le portable, le rangeai et transcrivis les groupes sur le papier. Je n'avais jamais été capable d'effectuer les opérations arithmétiques sur le Psion, et ce n'était certes pas en ces circonstances que j'allais commencer à essayer.

Je fis donc à la main l'inverse de ce que j'avais fait lorsque j'avais envoyé mon propre message, puis opérai mon petit jeu de cartes magnétiques. Et le message de Londres apparut :

EXTRAIRE OBJECTIF PAR TOUS MOYENS. TEMPS LIMITÉ D'EXÉCUTION : 27 AVRIL. 0500 HEURE (HEURE LOCALE). POUR T 104. ACCUSEZ RÉCEPTION.

La première partie du message était facile à saisir ; on voulait que j'enlève Sarah de la maison avant cinq heures le lendemain matin. Normal.

C'était la suite qui me semblait incroyable : *T 104.*

« T » suivi d'un nombre représente en soi un code à l'intérieur d'un code. Il y a un certain nombre d'ordres « T », précisés par le nombre qu'ils comportent, et ils doivent obligatoirement être appris par cœur, car rien n'est jamais écrit à leur sujet. Officiellement, ils n'existent pas, et ce pour une raison très simple : « T » est l'ordre de tuer.

On voulait que je tue Sarah.

Et « 104 » signifiait « sans laisser de trace ». Le corps ne devait pas être retrouvé.

À ce moment, le vent se leva, le ciel s'ouvrit, et il se mit à pleuvoir à pleins seaux, comme pour accompagner et souligner l'impression que me faisait l'ordre que je venais de recevoir.

11

Je refis le numéro de Londres. La voix enregistrée me dit : « Vous n'avez pas de messages nouveaux », puis elle commença à réciter l'introduction des groupes de chiffres déjà envoyés. J'entrepris de tout vérifier soigneusement, et je sus qu'il n'y avait pas eu d'erreur. Je respirai à fond, en essuyant la pluie qui me ruisselait sur les joues.

Je n'étais encore qu'un jeune fantassin tout novice quand j'avais tué mon premier homme, un terroriste de l'IRA. J'avais été très content de moi. Je pense que c'était dans l'ordre des choses, et, après tout, c'était le métier d'un soldat. Plus tard, j'avais tiré plus de satisfaction du fait d'empêcher une mort que de celui d'en provoquer une. Cependant, si le travail consistait à tuer, cela ne me dérangeait pas particulièrement. Je ne pavoisais pas, mais je ne gémissais pas non plus. Je savais bien que ceux que j'expédiais de l'autre côté avaient des fils et des filles, des mères et des pères, mais ils étaient des combattants comme tous les autres, moi compris. Et, pour ramener les choses à leur plus juste niveau, si quelqu'un devait y passer, je préférais que ce soit eux plutôt que moi. Mon seul souci était d'expédier la chose le plus vite possible – non point tellement pour leur bénéfice, mais pour le mien.

Cet ordre « T 104 » que je venais de recevoir était tout à fait différent. C'était la deuxième fois que je devais envisager de tuer quelqu'un qui m'avait été très proche. Il n'y avait guère plus que Josh que je pouvais considérer comme un véritable ami – ce qui montrait la tournure désastreuse qu'avait prise ma vie – mais Ewan avait été pendant des temps immémoriaux mon meilleur copain. Je n'en avais pas moins été amené à le supprimer, car il m'avait trahi – et, pire encore, il menaçait la vie de Kelly[1]. Et maintenant, c'était la seule femme qui ait réellement compté pour moi qui se retrouvait dans le collimateur. À ce point de mes réflexions, je me rendis compte que je commençais à m'apitoyer sur mon propre sort. Je coupai court ; il me fallait garder les pieds sur terre et faire face à la situation.

J'effaçai de la carte magnétique les groupes de chiffres qui avaient été utilisés pour les deux messages et mangeai le petit morceau de papier sur lequel j'avais pris des notes. Personne ne réutiliserait jamais la combinaison en question – c'était l'avantage de ce système de codage – et toute trace de l'ordre « T 104 » se trouvait éliminée. Je remis les deux cartes dans deux poches différentes de mon jean.

J'étais convaincu qu'Elizabeth et Lynn savaient ce qu'ils faisaient. C'étaient eux qui avaient la vision d'ensemble de la situation, et peut-être les photographies que je leur avais transmises avaient-elles confirmé leurs pires craintes. Ce qui se passait maintenant avait-il un rapport avec le comportement de Sarah en Syrie ? Je ne m'attardai guère sur cette pensée ; en fait, je m'en contrefichais. Si le groupe que j'étais en train de surveiller projetait un attentat contre Netanyahu, Arafat, Clinton ou les trois ensemble, qu'en avais-je à faire ? Je me souvenais d'un reportage télévisé que j'avais vu après l'assassinat de Rabin, des discours de ses proches aux funérailles. Tout cela était bien triste, certes, mais je ne me sentais pas personnellement affecté. Pour moi, ce n'était qu'un mort de plus parmi les milliers déjà tombés des deux côtés en Israël. Les meurtres politiques ne me mettaient plus en émoi depuis très longtemps, même lorsqu'ils se produisaient plus près – en Irlande du Nord, essentiellement. Nous devions tous mourir un jour, et ceux qui frappent par l'épée... Vous connaissez la suite. Nous étions tous à égalité dans cette affaire.

---

1. Voir *Manipulation* du même auteur, chez le même éditeur.

Pour ce que j'en savais, Sarah pouvait être impliquée dans bien pire encore. Ses petits amis et elle étaient peut-être en train de projeter le meurtre de milliers de personnes. Peut-être la terreur panique qu'avaient les Américains de voir utiliser chez eux des armes chimiques ou biologiques était-elle en train de se concrétiser dans ce paisible lieu de détente et de loisirs de Caroline du Nord. De là, il serait tout à fait facile, par exemple, de contaminer toutes les réserves d'eau potable de Washington et de l'ensemble du District de Columbia. Et éliminer une personne peut souvent sauver la vie de beaucoup d'autres. C'était peut-être simpliste, mais, pour moi, un bon « T » aurait consisté à flanquer une balle dans la tête d'Hitler au printemps 1939.

Je ne me leurrais toutefois pas ; j'étais tout simplement en train d'essayer de juguler mes émotions véritables en donnant un tour logique au problème.

Peut-être les Américains avaient-ils été mis au courant de ce qui se passait et se préparaient-ils à intervenir. Auquel cas, il était normal qu'Elizabeth et Lynn ne tiennent pas à ce qu'ils trouvent Sarah sur place. D'où l'ordre de l'enlever et de l'éliminer sans que subsiste la moindre trace. Pourquoi pas ?

Je me forçai à couper court à ces conjectures ; elles ne m'avançaient à rien. La seule chose qui était certaine, c'était que ce travail était la dernière chose que j'aurais souhaitée.

Continuant à regarder la maison comme dans un rêve, à travers le fin rideau de la pluie, je m'efforçai de me reprendre ; si je me laissais aller, j'allais finir par me retrouver hurlant à la lune ou dansant entre les arbres. Je me contraignis à analyser la besogne qui m'attendait et à essayer d'envisager tous les facteurs pouvant venir l'affecter. C'était nécessaire si je voulais avoir une chance de m'en tirer après coup. Le vrai problème était là. Si je me mettais en tête de tuer le président des États-Unis, personne ne pourrait m'en empêcher – mais ce qui me serait vraiment difficile, ce serait de m'en tirer après.

Première question : qu'exigeait-on au juste de moi ? Cela se décomposait en deux parties. D'abord, j'avais à sortir Sarah de la maison avant cinq heures le lendemain matin.

La deuxième partie, le « T 104 », n'était pas l'important dans l'immédiat. De plus, je savais déjà comment j'allais procéder.

Je divisai cette première mission en cinq phases. Premièrement, approcher la maison. Deuxièmement, y pénétrer. Troisièmement, localiser Sarah. Quatrièmement, l'enlever et sortir de la maison. Cinquièmement, quitter les parages.

J'avais ensuite à envisager tout ce qui pourrait faire obstacle à l'exécution de ces cinq opérations. Le premier de ces obstacles était évidemment les hommes qui se trouvaient avec Sarah. J'en avais déjà vu beaucoup trop pour mon goût, et il pouvait fort bien s'en trouver d'autres à l'intérieur qui ne s'étaient pas encore montrés. D'autre part, quelles étaient leurs intentions exactes ? L'endroit semblait un point de rendez-vous. Par conséquent, tout ce petit monde allait bouger à un moment ou à un autre – et c'était peut-être pourquoi Sarah devait être enlevée avant cinq heures du matin.

Autres questions : comment étaient-ils entraînés, dirigés, encadrés et quel était leur moral ? Ils étaient très certainement bien dirigés ; soit Sarah avait personnellement le contrôle des opérations, soit celui qui l'avait était à la hauteur de sa tâche, sinon elle n'aurait pas accepté de faire partie de l'équipe. Quant à leur moral, il paraissait très bon. Ils montraient de l'assurance. Or, si dans quatre-vingt-dix pour cent des cas, l'assurance peut venir d'une stupidité totale et d'un manque de compréhension de la situation, dans les dix autres pour cent, elle provient d'un bon entraînement et d'une préparation satisfaisante. Et, là encore, Sarah n'aurait pas travaillé avec un groupe d'idiots et d'amateurs.

Comment, d'autre part, le groupe était-il équipé ? Avait-il des armes ? Je n'en avais aucune idée. Mais je connaissais Sarah en tant que personne et en tant que professionnelle. Je savais donc qu'elle était compétente, acharnée, sans faiblesse et capable de tuer. Quand j'entrerais dans la maison, elle m'enverrait certainement *ad patres* si elle me voyait la première. Elle ne se laisserait pas prendre sans combattre.

Assez curieusement, cela m'amenait à ne pas m'inquiéter à son sujet ; j'étais fixé sur elle. Mais ses compagnons me posaient un problème. Je ne savais pas s'ils se battraient, et avec quels moyens. Je devais supposer le pire ; il vaut toujours mieux partir du principe qu'on a affaire à plus forte partie que soi, et tout prévoir en conséquence.

J'entrepris de me repasser mentalement le film de tout ce que j'avais pu voir, tentant de retrouver quelque chose que j'aurais oublié. Le subconscient enregistre tout. Chaque image, même fugitive, chaque son, chaque fragment de perception est emmagasiné là, quelque part. Reste à le faire réapparaître. Par exemple, avais-je entrevu une arme sans me le formuler vraiment ? Rien ne me revint.

Je passai ensuite à l'examen du terrain. Ce qui me préoccupait, c'était l'étendue d'une quinzaine de mètres autour de la maison qui constituait, semblait-il, la zone de portée des détecteurs du système d'alarme. Comment approcher, puis entrer ?

J'examinai de ma cachette toutes les portes et les fenêtres. J'avais déjà pu constater à la jumelle que la serrure de la porte latérale était d'un modèle très ordinaire, qui ne me donnerait guère de fil à retordre. Le grand problème était de pouvoir m'en approcher sans que le système d'alarme entre en action.

Je me mis à étudier méthodiquement toutes les solutions possibles – avec, de préférence, des options de rechange au cas où la première ne marcherait pas. La précision et la perfection dans ce genre d'opérations n'existent qu'au cinéma. Dans la vie, les accidents de parcours sont fréquents, et le seul critère de votre qualité est votre capacité de faire face à l'imprévu avec la rapidité nécessaire. Sur le terrain, vous devez vous montrer flexible comme un caoutchouc, et c'est le soin avec lequel vous avez prévu et préparé votre coup qui vous aide à avoir cette flexibilité. Il ne faut jamais oublier la vieille formule : « Si votre adversaire n'a que deux options possibles, vous pouvez être sûr qu'il prendra la troisième. »

Finalement, je mis au point un plan praticable. Ou, du moins, un plan que je pensais praticable. Je n'allais pas tarder à être fixé à ce sujet. Je regardai ma montre : 17 heures 32. Cela me laissait un peu plus d'onze heures pour pénétrer dans la maison et enlever Sarah. Mais c'était là une arithmétique un peu vaine ; ce qui importait, c'était la lumière – ou l'absence de lumière. Je ne pouvais bouger que sous le couvert de l'obscurité.

Londres exigeait que l'enlèvement ait lieu à cinq heures au plus tard. Je savais que les premières lumières de l'aube étaient à cinq heures trente, mais il me faudrait un peu plus qu'une demi-heure pour gagner la forêt. Il me fallait m'emparer de Sarah et me replier avec elle vers trois heures ; cela me laisserait encore deux heures d'obscurité pour évacuer le secteur. La nuit commençait à tomber juste après 19 heures, mais il se passerait une bonne heure, ensuite, avant que je puisse profiter d'une obscurité complète. Cela me donnait apparemment sept heures pour travailler, mais apparemment seulement, car je ne pouvais tenter mon entrée dans la maison quand ses occupants étaient encore éveillés. Qu'allais-je faire s'ils étaient toujours debout à deux heures du matin ?

À ce moment, les personnages en question étaient, pour moi, complètement déshumanisés. Ils étaient devenus de simples cibles, comme la maison elle-même. Je ne pensais plus à eux comme à des êtres humains ; autrement, je n'aurais pu faire mon travail. Sarah m'avait interrogé un jour à ce sujet. Je lui avais dit que je ne tenais pas à m'analyser trop moi-même, car je n'étais pas sûr que j'aimerais ce que je découvrirais ainsi. Je savais fort bien que j'avais fait des choses parfaitement épouvantables, alors que je ne pensais pas être quelqu'un d'affreux. Je savais que j'aurais quelques explications à fournir en arrivant devant saint Pierre, mais qui n'était pas dans ce cas ?

Le vent était tombé, et la pluie s'était ralentie. Des lumières s'allumèrent dans la maison, au premier étage, comme la veille au soir. Il était maintenant près de 19 heures. Je tendis l'oreille, mais aucun bruit ne me parvint, pas même celui d'une radio ou d'une télévision.

Je continuais à tout observer attentivement ; on peut toujours améliorer un plan d'action. Que ferais-je si j'arrivais à la porte au moment précis où les occupants de la maison en sortaient avec leurs bagages ? Foncerais-je pour tuer directement Sarah ou tenterais-je quand même l'enlèvement ? Les yeux et les oreilles braqués sur la maison, je passai de nouveau en revue toutes les données, me demandant s'il y avait quelque chose que j'avais oublié. C'était sûrement le cas, mais j'étais payé pour cela – pour improviser.

Rien ne comptait plus pour moi que d'atteindre l'objectif – et de rester en vie. Kelly et moi avions encore la Tour de Londres à visiter.

12

Les lumières, au premier étage de la maison, se décidèrent à s'éteindre. Il était un peu moins de 23 heures 30, et il avait bien dû tomber quelques centaines de litres d'eau depuis la dernière fois où j'avais regardé ma montre, une demi-heure plus tôt.

Je sortis de ma cache en rampant à reculons sur les coudes et les genoux, tirant derrière moi mon sac à dos et mon arc. La pluie n'avait pas cessé, mais, au moins, le vent ne soufflait pratiquement plus. À genoux, je sortis des poches de mon jean les deux cartes magnétiques, et, utilisant l'un des outils de mon Leatherman à lames multiples, je les tordis et les entaillai de façon à les rendre inutilisables, avant de les placer, avec le 3C, dans des poches séparées de mon sac.

Je me mis lentement sur pied et m'étirai, me sentant raide comme un vieillard – et un vieillard tout mouillé, qui plus est. Je tendis l'oreille. Aucun son ne provenait de la maison. Je n'entendais que le bruit de la pluie venant frapper le feuillage et la toile de ma tenue camouflée. Malheureusement pour moi, le plan que j'avais mis au point me commandait de retirer celle-ci.

Grelottant à mesure que je me découvrais, j'ôtai d'abord la veste, que j'étendis sur le sol, puis le pantalon que je plaçai à côté. Je retirai ensuite tous mes autres vêtements, sauf mon caleçon, et les entassai sur la veste camouflée. Je découpai avec mon couteau les deux manches de ma chemise, que je glissai dans l'une des poches de mon jean, et fis un paquet de l'ensemble en l'enveloppant dans la veste. Je coupai une bonne longueur de filin pour attacher le tout. Toujours frissonnant, je faisais face au lac, au-delà duquel je pouvais distinguer deux ou trois lumières clignotant à travers la pluie.

Rien de ce que je laissais dans ma cache n'était de nature à permettre une identification, à l'exception d'un échantillon de mes excréments sous plastique transparent. Mais si l'affaire tournait à l'aigre, je serais hors du pays avant toute analyse pouvant déterminer un ADN – et le Service veillerait à ce que tout élément d'identification de cette nature disparaisse des dossiers.

Mon passeport, mon téléphone portable et mes cartes de crédit se trouvaient bien rangés sous plastique dans ma veste. J'avais décidé de les conserver avec moi en attaquant la maison. Si je me faisais prendre, tout portait à croire que je serais mort de toute façon, et, d'autre part, Sarah savait qui j'étais.

J'avais glissé et calé l'arc dans l'armature du sac à dos, avec les six flèches dans le carquois. Je pris une autre longueur de filin, en attachai l'une des extrémités au sac et l'autre à moi-même, en enroulant deux fois la cordelette autour de mon poignet. Ainsi, en cas d'ennui, je pourrais m'en libérer immédiatement.

Ayant effacé toutes traces autour de mon ancienne cache, je gagnai silencieusement l'extrême bord du lac, m'arrêtai, observai, écoutai et, très lentement, entrai dans l'eau. La pente était douce, tout d'abord, mais elle ne tardait pas à s'accentuer, et, au bout de cinq ou six pas, je me retrouvai avec de l'eau jusqu'aux genoux. J'étais gelé. Je devais lutter pour oublier le froid en me répétant obstinément qu'il ne serait que passager.

Je posai le sac sur l'eau, juste devant moi, et il se mit à flotter avec l'arc juste au-dessus de la surface. Il y a toujours assez d'air emprisonné dans un sac à dos, même plein, pour lui donner une certaine capacité de flottaison. Cela faisait des années que je n'avais pas joué à ce petit jeu, qui me rappelait les exercices de franchissement de rivières au SAS.

Je continuai à avancer, l'eau m'arrivant à la taille, puis au cou. La pluie rebondissait à la surface du lac, revenant me frapper au visage. Le froid me coupait maintenant le souffle, mais je savais qu'il ne me faudrait qu'une minute ou deux pour m'y habituer.

Je tirai l'une des cartes magnétiques d'une poche du sac et la laissai tomber dans le lac en vérifiant qu'elle coulait bien. Puis, poussant le sac devant moi, je me mis à avancer vers la maison selon une ligne parallèle à la rive, en prenant tout mon temps afin d'éviter de faire du bruit ou de créer des remous à la surface de l'eau. De nuit et à cette distance, le sac, même si on l'apercevait, pouvait passer pour un morceau de bois à la dérive. De toute manière, c'était la seule façon pour moi d'approcher mon objectif en échappant aux dispositifs d'alarme.

Après une douzaine de pas, je fis halte, me repérai de nouveau par rapport à la maison et abandonnai dans l'eau la deuxième carte magnétique. Puis je repris ma progression. J'étais toujours contraint d'avancer très lentement, et, en même temps, j'avais vraiment hâte d'arriver pour échapper au froid qui m'étreignait. Sous mes pieds, le sol était rocailleux, et je trébuchai à une ou deux reprises.

Le moment était venu de me débarrasser également du 3C. Je n'en aurais, en principe, plus besoin, car, si tout se passait conformément au plan prévu, je n'aurais plus à entrer en contact avec Elizabeth Bamber qu'après mon retour en Angleterre. Et, d'autre part, si j'échouais et me faisais capturer, Sarah serait capable d'utiliser l'engin à son profit.

Je finis par arriver au niveau de la maison, et me tournai pour lui faire face. Tous les rideaux étaient fermés et on ne distinguait aucune lumière. Ma montre m'apprit qu'il était juste un peu plus de minuit. Immobile, je me mis à grelotter encore plus. Il était grand temps que je sorte de l'eau et puisse endosser quelques vêtements.

Poussant toujours le sac devant moi, je me dirigeai vers la rampe sur laquelle était posé le bateau, l'avant tourné vers moi.

J'avançais très lentement, les yeux rivés sur l'objectif,

pliant les genoux pour me faire le plus petit possible, le moins repérable. Arrivé à quelques mètres de l'extrémité de la rampe, je dus carrément me coucher dans l'eau et progresser en m'aidant des mains et des genoux.

À un mètre de la rampe, le sac s'immobilisa. Je m'arrêtai, observai et écoutai. Le bruit de la pluie frappant la fibre de verre du bateau l'emportait sur celui que faisaient les gouttes à la surface de l'eau du lac.

Là survenait la partie délicate. Il me fallait me découvrir pour arriver jusqu'au bateau et m'abriter sous sa coque. Idéalement, j'aurais dû consacrer près d'une heure à franchir les cinq mètres à découvert qu'il me fallait traverser, mais je n'avais pas ce temps devant moi.

Je déroulai le filin attaché à mon poignet, et, me soulevant sur les coudes et la pointe des orteils, je me mis à avancer en rampant, dix centimètres par dix centimètres, en m'efforçant de contrôler ma respiration et d'empêcher mes dents de claquer. Mon corps raclait les cailloux à mesure que je progressais ainsi, et la douleur me faisait oublier le froid. Je parvins ainsi à la rampe en béton, sur laquelle je poussai doucement le sac. Puis je m'immobilisai derrière celui-ci et tendis l'oreille. Rien ne s'étant manifesté, je répétai le mouvement, et, centimètre par centimètre, cette fois, m'approchai du bateau en m'appliquant à bien rester dans son axe. Si je restais bien aplati et me déplaçais très lentement, je ne pouvais être repéré par le détecteur de mouvement de la maison, et, dès que j'allais me trouver sous le bateau, je serais complètement en sécurité. J'y parvins une quinzaine de minutes plus tard. La pluie tambourinait sur la fibre de verre de telle façon que j'avais l'impression de me retrouver dans une serre au milieu d'un orage.

Les portes du garage n'étaient toujours qu'à demi closes. D'où j'étais, je pouvais distinguer l'arrière de l'Explorer, mais, au-delà, c'était l'obscurité totale.

J'étais en train de préparer mentalement mes mouvements suivants lorsqu'une lumière apparut sur la droite, venant du fond du garage. Mon cœur stoppa net, puis repartit à pleine vitesse. Si j'avais été repéré, il n'y avait pas grand-chose que je puisse faire. Je m'efforçai de reprendre le contrôle de moi-même. « Calme-toi et regarde », me répétai-je silencieusement.

Presque immédiatement, une autre lumière apparut, de l'autre côté du garage, cette fois, et, par l'entrebâillement des portes, je pus voir ce qui se passait. Quelqu'un venait de soulever le couvercle d'un congélateur en forme de coffre. La lumière intérieure du congélateur éclairait le visage de l'homme comme un masque d'Halloween. Je ne pouvais déterminer de quel occupant de la maison il s'agissait, mais, à tout le moins, ce n'était pas Sarah. Il examina un moment le contenu du congélateur, puis il y préleva quelques boîtes de surgelés et s'éloigna, les bras chargés. Je ne pouvais distinguer clairement que la partie inférieure de son corps. Il portait des baskets et un short à carreaux lui arrivant aux genoux.

Je m'efforçai de compter les cartons de surgelés qu'il emportait ainsi. Il semblait y en avoir cinq. Cela voulait-il dire qu'il y avait encore cinq personnes éveillées et sur le point de se mettre à table, ou s'agissait-il d'un confortable en-cas pour un seul homme au robuste appétit ?

J'entendis une porte se refermer, et la lumière disparut.

J'attendis, quelques minutes, que tout – à commencer par moi – se calme un peu, puis je me mis à ramper le long du bateau, dont j'atteignis ainsi l'arrière. Je levai alors la tête et constatai que, comme je l'avais espéré, j'échappais au détecteur.

Les portes du garage se trouvaient à moins de cinquante centimètres de moi. J'avançai très doucement vers la droite. Ce qu'il me fallait, avant tout, c'était enfiler quelques vêtements et me réchauffer un peu, mais ce en faisant le moins de bruit possible.

J'ouvris, avec d'infinies précautions, mon sac et en sortis le ballot que j'avais constitué avec la tenue camouflée. Puis je retirai mon caleçon trempé et revêtis lentement – et avec une sorte de volupté – mes vêtements secs.

Je vérifiai que le Tazer à décharge électrique était toujours dans la poche droite de la veste camouflée et que tout le reste était bien en place. Puis je sortis mes gants de caoutchouc jaunes et les enfilai. Je risquais toujours de me faire pincer en tentant de quitter le pays, et je ne voulais certes pas que la police puisse établir ma présence sur les lieux d'un crime éventuel grâce à quelque chose d'aussi élémentaire et stupide que des empreintes digitales. Enfin, je passai mes mains dans mes cheveux pour en expulser le plus d'eau possible et essayer, ainsi, d'éviter qu'une goutte intempestive vienne brouiller ma vision au moment crucial.

Après quoi je ramassai le sac et l'arc et gagnai la double porte du garage en m'assurant rapidement du regard que leur demi-ouverture n'avait pas été piégée à l'aide d'un fil. Tel n'était pas le cas.

À l'intérieur, l'obscurité était totale.

13

Je dus rentrer l'estomac pour passer entre l'arrière de l'Explorer et la porte du garage, après avoir poussé devant moi le sac et l'arc. À l'intérieur, le martèlement de la pluie, que j'avais entendu quand je me trouvais sous le bateau, était remplacé par une sorte de bourdonnement que, m'arrêtant pour écouter, la bouche ouverte afin de mieux capter les sons, je mis un instant à identifier. Mon impression ne tarda pas à être confirmée par un cri, un bruit de fusillade et un peu de musique : mes clients étaient en train de regarder la télévision.

Je restai sur place en continuant à écouter. Il y eut un bruit distinct, suivi d'un ronflement sourd, lorsque le moteur du congélateur se remit en marche. Puis, au-dessus de moi et un peu à droite, une lame de parquet se mit à craquer. Peut-être quelqu'un s'était-il levé de son siège. Aucun bruit de pas ne suivit ; le sujet devait s'être rassis.

Ma montre indiquait une heure trente et une. Ce n'était pas brillant ; il ne me restait qu'une heure et demie pour réaliser tout ce que j'avais à faire. Je sortis de la poche de ma veste ma mini-torche Maglite que je pris dans la main gauche et allumai, en en filtrant le faisceau lumineux avec mes doigts. Je pus constater ainsi que l'Explorer était le seul véhicule se trouvant dans le garage. S'il n'avait pu complètement y entrer, c'est que l'endroit était déjà fort encombré. En plus du congélateur et d'une machine à laver, des outils de jardinage, des canoës renversés et des bicyclettes sur leurs râteliers occupaient tout le fond du garage.

Enjambant mon sac, je fis le tour de l'Explorer. Toutes les vitres étaient fermées et il n'y avait pas de clé de contact au tableau de bord. Je tentai d'ouvrir la porte du côté du conducteur, mais elle était verrouillée. Il n'était pas question d'utiliser ce véhicule en cas d'urgence.

Promenant autour de moi le faisceau de ma torche, je vis la porte latérale que j'avais observée de l'extérieur, et, presque immédiatement, à angle droit, une autre porte, d'où un escalier montait vers l'étage supérieur. L'escalier était entièrement cloisonné.

Je continuais à percevoir, au-dessus de moi, le bruit de la télévision et quelques craquements de plancher m'indiquant que les spectateurs bougeaient dans leurs sièges, mais rien pour me dire qu'ils étaient en alerte ou soupçonnaient une présence étrangère dans la maison.

Je pris mon sac à deux mains pour éviter les heurts et donc le bruit, et, tenant la torche dans ma bouche, avançai vers l'escalier. Sous celui-ci s'empilait une incroyable collection d'emballages de surgelés vides. Les occupants de la maison se gardaient bien d'évacuer leurs ordures ; ils les cachaient. Ils ne prenaient décidément aucun risque. Moi non plus. Je décrochai l'arc de mon sac et le tins prêt à servir.

J'arrivai à la cage d'escalier et examinai la serrure de la porte qui la fermait. Elle était du modèle le plus simple, et, poussant sans bruit le panneau de la porte, je m'assurai qu'il n'y avait pas, en plus, un verrou. Il ne semblait pas y en avoir. Retenant ma respiration, je manœuvrai lentement le loquet pour le cas où, tout simplement, la porte ne serait pas fermée à clé. Il peut arriver qu'on s'acharne des heures à crocheter ou forcer une serrure pour s'apercevoir ensuite qu'il n'en était nul besoin ; mieux vaut donc prendre un instant pour vérifier. Malheureusement, cette fois, la porte était bel et bien fermée à clé. Je fouillai ensuite tous les emplacements où une clé aurait pu être laissée, les étagères au-dessus de la machine à laver, le linteau au-dessus de la porte et même le dessous de vieux pots de peinture traînant sur le sol. J'allais donc devoir travailler la serrure.

Me mettant à genoux, je tentai d'abord de regarder par le

trou de la serrure. Celui-ci était obstrué. Je l'éclairai avec ma torche et distinguai un reflet métallique. On avait tout simplement laissé la clé dans la serrure de l'autre côté.

Ma montre m'indiqua qu'il était maintenant près de deux heures. Je décidai de laisser encore une demi-heure aux amateurs de télévision de l'étage supérieur ; ils allaient peut-être se décider, pendant ce temps, à aller enfin se coucher. Mais je savais qu'à 2 heures 30 je devrais passer à l'action coûte que coûte.

À 2 heures 20, rien ne s'était passé et la télévision se faisait entendre de plus belle. À 2 heures 25, la torche électrique dans la bouche, je me mis au travail sur la serrure avec l'un des outils du Leatherman. Ayant réussi à saisir l'extrémité de la clé et à m'assurer une bonne prise sur celle-ci, je réussis à la faire tourner dans la serrure.

J'éteignis alors ma torche et entrouvris la porte de quelques centimètres. J'entendais maintenant de façon très nette la télévision, qui devait, par chance, diffuser un feuilleton ou un film policier, avec coups de feu et hurlements de sirènes à foison. Je ne distinguais pas de lumière directe, mais un reflet diffus dans l'escalier. Je ramassai mon arc de la main gauche, avec une flèche en position, et je posai la main droite sur le loquet, prêt à faire mon entrée. Mon intention était de rester à couvert le plus longtemps possible et de ne faire de bruit que si les occupants de la maison en faisaient eux-mêmes. En fait de plan d'action, cela n'allait évidemment pas très loin, mais cela suffisait pour le moment ; si l'on cherche trop la petite bête, on ne se met jamais en route. Dès le moment où l'on a résolu de foncer, la moitié de la bataille est gagnée. Il reste seulement à espérer que l'expérience, la compétence et l'entraînement feront le reste.

Je vérifiai une dernière fois que rien n'allait tomber de mes poches et tirai doucement la porte vers moi, prêt à stopper le mouvement au moindre craquement, retenant ma respiration pour mieux entendre. Aucun autre son que celui de la télévision ne venait de l'étage, le programme devait être palpitant.

J'avais devant moi une volée de marches en bois, assez

usées et veuves de tout tapis, qui montaient directement à l'étage. L'escalier était fermé des deux côtés, sur la gauche par le mur extérieur de la maison, et sur la droite par une cloison qui le séparait du garage. Une rampe apparaissait sur la droite à l'endroit où les marches atteignaient l'étage. Juste en face, sur le palier, un mur, et, un peu plus loin à droite, une porte fermée. Tout ce que je pouvais distinguer en dehors de cela, c'était les reflets lumineux provenant du téléviseur et venant jouer sur le mur en face et sur la porte close. C'était une chance pour moi ; l'emplacement du téléviseur m'indiquait que mes clients tourneraient le dos pendant que je gravirais les marches.

L'odeur était différente de celle qui régnait dans le garage. Celle de la cigarette venait se mêler à celle de la cire à parquet – avec avantage très net à la cigarette. Les occupants de la maison étaient, de toute évidence, des acharnés de la nicotine.

L'arc à demi bandé et prêt à tirer, je posai délicatement mon pied gauche sur la marche inférieure. Puis mon pied droit vint le rejoindre, et je m'arrêtai pour écouter.

Je levai de nouveau le pied gauche, et, l'oreille toujours aux aguets, je le posai sur la marche suivante, en m'efforçant de contrôler mon poids pour éviter tout craquement intempestif.

Je m'apprêtais à répéter la manœuvre lorsque la musique et les bruits de poursuites infernales s'arrêtèrent brusquement. Je restai donc comme j'étais, un pied en l'air et l'arc brandi. Je devais ressembler vaguement à la statue d'Éros.

À ce moment, une voix américaine aux accents virils annonça, après une pause publicitaire, le retour *« d'un film pour les hommes qui aiment les films d'hommes »*. Suivit une publicité pour un programme de musculation devant changer nos vies en quatorze jours et autant de leçons.

J'ignorais toujours combien il y avait de personnes devant la télévision, mais j'étais bien convaincu que Sarah n'était pas du nombre ; ni le petit écran ni les *« films pour les hommes qui aiment les films d'hommes »* n'étaient sa tasse de thé.

J'entendis quelques paroles confuses en provenance de la pièce, et, de nouveau, un pas fit craquer les lames du parquet. J'espérais que l'homme qui se déplaçait ainsi n'allait pas avoir l'idée saugrenue de descendre chercher quelque chose dans le congélateur. À tout hasard, je bandai presque complètement mon arc et j'attendis, immobile.

Je vis une ombre sur le palier, puis distinguai un dos. Je reconnus celui que j'avais appelé le Costaud. Il ne se retourna pas pour descendre l'escalier dans ma direction mais gagna directement la porte située à droite, au sommet des marches, et l'ouvrit. Un éclairage fluorescent s'alluma, révélant des placards de cuisine et des tasses à café aux couleurs brillantes pendues à des crochets.

Tandis que, de la cuisine, venaient des bruits de vaisselle remuée, les autres, devant la télévision, bavardaient d'un ton joyeux. Je n'entendis pas la voix de Sarah, ce qui me confirma dans ma première impression. Pendant tout ce temps, je maintenais l'arc bandé à pleine extension, et je commençais à me sentir les bras endoloris. La sueur ruisselait de part et d'autre de mon visage, et je sentais qu'elle n'allait pas tarder à me couler dans les yeux.

Venant du salon de télévision, j'entendis le bruit caractéristique d'une boîte qu'on ouvrait, puis d'une autre. J'espérais qu'il s'agissait de boîtes de bière, car s'ils s'en étaient imbibés en regardant leur film, leurs réflexes en seraient sans doute quelque peu ralentis. En tout cas, deux boîtes ouvertes dans le salon et un homme dans la cuisine, cela m'indiquait que mes clients étaient probablement au nombre de trois.

La voix aux accents virils annonça la reprise des « *films pour les hommes qui aiment les films d'hommes* ». Le Costaud émergea alors de la cuisine, tenant, lui aussi, une boîte de bière à la main, et rejoignit les autres.

Je laissai la corde de mon arc se détendre, et essuyai la sueur de mon visage.

À la télévision, la fusillade avait repris le plus belle. Je ne pouvais pas attendre plus longtemps. Il fallait que je trouve Sarah à toutes forces, et cet escalier était ma seule voie d'accès. Je vérifiai de nouveau mon équipement, des flèches dans leur carquois à la torche électrique, et, gardant l'arc dans la main gauche, sa flèche toujours en place, je respirai profondément et commençai à monter.

14

Quand je me retrouvai presque en haut de l'escalier, les yeux au niveau de l'étage supérieur, je commençai à observer ce qui se passait à travers les barreaux soutenant la rampe. La fumée de tabac était si épaisse que je faillis suffoquer.

Je pus voir aussitôt que le téléviseur était dans un coin à l'autre extrémité du salon, me faisant face. Sur l'écran, un glorieux blessé se faisait soigner avec une grimace stoïque. Toujours les mêmes balivernes. Il y avait trois spectateurs dans la pièce. Deux étaient installés sur un divan, me tournant le dos, et le troisième, le Costaud, se trouvait dans un fauteuil, à un tel angle qu'il faisait presque face à la porte de la cuisine. Il avait toujours son chapelet coranique dans la main droite et l'égrenait comme machinalement, tout en regardant le film. La pièce avait toutes les allures d'un hammam, à ceci près que la fumée y remplaçait la vapeur. Il régnait également une forte odeur de pizza et de bière. Sur le plancher, à côté du divan, gisait un carton ouvert de 24 boîtes de Budweiser.

J'étudiai les possibilités d'accès à l'étage supérieur. Elles n'étaient pas brillantes ; l'escalier y menant était à l'autre extrémité, face à moi. J'allais avoir six mètres environ à traverser à découvert.

Comme je baissais la tête, j'entendis le déclic signalant l'ouverture d'une nouvelle boîte de bière. Je n'avais pas d'illusions à me faire ; mes gaillards étaient encore là pour un moment. Il n'était pas question d'attendre. D'un autre côté, si je fonçais dans la pièce et tentais de les tenir en respect, il ne leur faudrait pas longtemps pour se rendre compte que je pouvais à la rigueur m'accommoder de l'un d'entre eux, mais que les deux autres auraient tout le loisir de s'occuper de moi avant que j'aie eu le temps de recharger – si c'était bien ainsi qu'on disait, s'agissant d'un arc.

La seule chose que je pouvais faire était de tenter de traverser sans être vu. Si je l'étais, je devrais « faire face à la situation selon la façon dont elle se développe sur le terrain », comme on dit au Service pour bien vous signifier que vous n'avez qu'à vous débrouiller, et que si les choses tournent mal, ce sera de toute façon votre faute.

Je me remis debout dans l'escalier en m'aidant de la main, vérifiai pour la centième fois la position de mon arc, et montai la dernière marche. J'étais de plain-pied dans le salon.

Me collant le plus possible le dos au mur, j'entrepris d'avancer latéralement vers la volée de marches menant au deuxième étage, bougeant très lentement une jambe après l'autre, les yeux rivés sur les trois hommes fascinés par la télévision. Pour le moment, ils n'avaient d'yeux que pour Robert De Niro, que je remerciai mentalement. Le Costaud était toujours dans son fauteuil, tirant sur une cigarette tout en continuant à égrener son chapelet. Sur le divan se trouvaient le Malingre et le plus jeune des deux hommes arrivés dans la journée.

Mais soudain, catastrophe ! Il y eut un blanc d'une seconde sur l'écran et l'annonce d'une nouvelle séquence publicitaire. Je sentis mon estomac se convulser. J'étais presque arrivé à la porte de la cuisine, où je pouvais entendre le ronronnement d'un four à micro-ondes, mais, à cinq ou six mètres de moi, devant l'écran de télévision, l'attention s'était brusquement relâchée.

Le Malingre dit quelque chose à ses deux compagnons et tourna la tête vers la droite – un peu trop vers la droite.

Il avait dû alors me voir, mais ces choses-là mettent un petit moment à pénétrer quand on ne s'y attend pas, et surtout lorsqu'on vient de se concentrer assez intensément sur un autre spectacle. Mais sa vision périphérique avait enregistré un mouvement, et je savais ce qui allait se passer. Il lui faudrait peut-être deux secondes, pas plus, pour se rendre compte que quelque chose n'allait pas. Et, ensuite, le corps peut avoir deux réactions : le combat ou la fuite. Le sang vous afflue aux bras pour combattre ou aux jambes pour fuir. Je n'avais que deux secondes d'avance sur lui. Tout allait donc se régler très vite, d'une façon ou d'une autre.

Pour moi, tout semblait se passer au ralenti. Comme je levai mon arc, le Malingre tourna brusquement la tête encore plus à droite, et me regarda carrément. Ses yeux s'écarquillèrent. Je tenais alors l'arc braqué, la corde complètement tendue.

Il hurla quelque chose que je ne compris pas. Tout se referme dans une situation de ce genre. Et, tandis que je pliais automatiquement les genoux pour me faire le plus petit possible, tout ce que j'entendais au fond de moi-même était ma propre voix, qui criait : « Merde, merde, merde ! »

Le Malingre sortit de mon champ de visée en se jetant de côté et se glissant presque sous le divan. Ce fut le Costaud qui m'apparut comme la menace la plus immédiate, et, en même temps, la cible la plus facile. Il était sur pied et se tournait déjà vers moi, s'efforçant d'absorber et d'interpréter le flot d'informations nouvelles qui lui parvenait. Gardant le regard fixé sur le sien, je levai l'arc et, dès que je pensai avoir une visée correcte, je libérai la corde en espérant qu'on ne m'avait pas menti en me vantant les qualités de l'engin. Je visais le centre de la masse que formait le corps de mon adversaire à la lueur diffuse qui provenait du téléviseur. La flèche fit un bruit sourd en venant le frapper, et il s'effondra.

Je ne me préoccupai pas de regarder plus précisément où il avait été atteint car je m'affairais déjà à installer une nouvelle flèche, en regrettant de ne pas avoir passé à tirer à l'arc une partie du temps considérable que j'avais consacré au tir aux armes de poing. J'étendis le bras gauche devant moi tout en tirant la corde en arrière avec la main droite et en m'efforçant de mettre en place la pointe de la flèche au-dessus de ma main gauche. Cela fait, je contrôlai la flèche des doigts et m'appliquai à reprendre une visée.

N'arrivant toujours pas à retrouver le Malingre dans mon champ de vision, je visai le troisième personnage, qui, revenu de sa stupeur, se décidait à faire le tour du divan pour foncer vers moi avant que je puisse tirer. Il était en fait si près que je n'eus pas le temps de vraiment viser, mais seulement de pointer vaguement la flèche vers lui.

Il y eut un sifflement et un claquement quand la corde de l'arc se libéra, et de nouveau un bruit sourd quand la flèche pénétra en lui. Il n'émit pas un seul son. Je ne pris pas le temps de me demander s'il était mort ou non ; il m'en restait un à neutraliser.

M'approchant du divan, je pus constater que le Malingre était resté de l'autre côté de celui-ci. Je ne savais pas ce qu'il y faisait – et je n'en avais cure. Tout ce qu'il fallait, c'était que je me débarrasse de lui. Je n'avais pas le temps de regarnir mon arc. Je tirai une flèche du carquois et me lançai sur lui.

Il était penché sur l'une des caisses d'aluminium que j'avais vu décharger de la Ford Explorer. Je fis passer la flèche de ma main gauche à la droite, la saisissant fermement comme un poignard.

Comme je tombais sur lui, mon poids le fit s'effondrer sur la caisse métallique. Nous laissâmes tous deux échapper un grognement sourd. Tout en m'efforçant de le bâillonner au creux de mon bras gauche, je tentai, de la main droite, de lui plonger la flèche dans le cou. Je ne réussis que partiellement dans cette double opération. J'avais effectivement réussi à lui couvrir la bouche pour l'empêcher de crier, mais je sentis que ma flèche se heurtait immédiatement à un os. Je n'étais parvenu qu'à entamer la peau, et je le sentais faire des efforts désespérés pour hurler malgré la pression de mon bras sur sa bouche.

Je levai de nouveau la flèche et l'abattis de toutes mes forces. Elle heurta encore l'os, mais, cette fois, glissa sur lui et s'enfonça plus profondément dans son cou. Je le sentis se raidir, tous ses muscles se crispant pour éviter la pénétration. Je poussai plus fort encore, tout en tordant la flèche pour infliger le maximum de dégâts. J'espérais entamer ainsi la carotide ou atteindre la moelle épinière, mais je finis par sectionner la trachée-artère. Je n'avais plus qu'à le maintenir en place jusqu'au moment où il serait bel et bien asphyxié. Je pesai de tout mon poids sur lui pour éviter que des mouvements trop désordonnés deviennent bruyants. Tout en le tenant ainsi sur le rebord de la caisse, je regardais autour de moi pour m'assurer que personne n'arrivait.

Il finit par s'épuiser peu à peu, et, bientôt, son agitation se réduisit à des mouvements spasmodiques des jambes tandis que la vie le quittait, et que son sang presque noir s'écoulait lentement sur le sol. Quand j'écartai mon bras de sa bouche, il n'émit aucun son.

Je me retournai alors et constatai qu'avec le Costaud, la chance était venue, pour moi, corriger la maladresse. J'avais visé le centre du corps, et la flèche l'avait frappé à la tête, au-dessus de l'œil gauche, pénétrant si profondément qu'une bonne dizaine de centimètres ressortaient à l'arrière. Son chapelet gisait à ses pieds.

Pour le troisième, je ne cherchai même pas à comprendre ce qui s'était passé. Il était effondré à plat ventre sur le sol, son sang imprégnant le tapis.

Je me mis soudain à trembler. Je n'avais encore jamais eu aussi peur de ma vie, et jamais, non plus, je ne m'étais senti aussi soulagé qu'un épisode soit terminé. Leçon apprise, et bien apprise : toujours se procurer un pistolet, quoi qu'il en coûte.

D'autant que lorsque je vis ce qu'il y avait dans la caisse en aluminium que le Malingre avait désespérément tenté d'ouvrir, je me félicitai de la rapidité et de la brutalité de mon intervention. Bien rangés à l'intérieur se trouvaient trois pistolets-mitrailleurs Heckler et Koch 53 à crosse repliable, presque la même arme que le MP 5 utilisé par le SAS, mais tirant une munition de 5,56 mm par chargeurs de 30 coups. Avec cela, le Malingre aurait largement pu me faire sauter la tête en gardant encore des cartouches de réserve.

Soulevant l'une des armes, je vis qu'il y avait aussi, au fond de la caisse, trois pistolets à silencieux incorporés, avec, eux aussi, leurs chargeurs de réserve.

Je sortis une cartouche de l'un des chargeurs de Heckler

et Koch 53 et poussai sur les autres pour vérifier que le ressort était en bon état et présentait bien l'élasticité nécessaire. L'homme que j'avais atteint en deuxième et qui était tombé sur le ventre n'était pas mort. Malgré le bruit de la télévision, sur l'écran de laquelle se déroulait le générique d'un nouveau film d'action, je l'entendais râler en s'efforçant de respirer. La tête tournée de côté, il me regardait. Je réfléchis un court instant. Pourquoi prendre le 53 ? Si j'avais à m'en servir, j'allais alerter les occupants de la maison voisine et peut-être tous les gens campant au-delà du lac.

Je saisis l'un des pistolets pour l'examiner. Je ne connaissais aucunement ce modèle. Tout ce que je pouvais constater, c'était qu'à en juger par les inscriptions, il avait été fabriqué en Chine. J'inspectai le chargeur. Il contenait neuf cartouches de 9 mm.

Je remis le chargeur dans l'arme, et en glissai cinq autres de rechange dans les poches de mon jean. Ce pistolet chinois semblait fort bien conçu. Si un silence total était requis, un cran maintenait en place toutes les pièces mobiles lorsqu'on tirait. Il fallait évidemment, alors, réalimenter à la main à chaque fois. Mais on pouvait aussi tirer presque silencieusement en semi-automatique ; il suffisait d'ôter le cran. Le silencieux du canon continuait à étouffer la détonation, et seul le mouvement des pièces mobiles, libérées par le cran, se faisait alors entendre.

Ayant glissé le pistolet dans ma ceinture, je saisis l'agonisant par les bras et m'efforçai de le mettre en position à demi assise contre le divan. La flèche l'avait atteint à l'estomac, et, lorsqu'il était tombé en avant, elle s'était plus profondément enfoncée, remontant à l'intérieur de la cage thoracique. Je lui plaçai un coussin derrière la tête, pris un pas de recul et lui expédiai une balle dans le crâne. Le bruit du pistolet fut comparable à celui qu'aurait fait quelqu'un frappant du doigt le rebord d'une table, et le coussin et le divan absorbèrent le projectile lorsqu'il ressortit, à l'arrière de la tête. L'homme resta là, les yeux encore ouverts, le sang luisant sous les reflets provenant du téléviseur.

Je n'ai jamais vraiment tenté d'analyser les sentiments que faisaient naître en moi des choses de ce genre. L'homme m'aurait tué s'il en avait eu l'occasion, et je venais juste d'abréger ses souffrances. Manœuvrant le cran de contrôle du pistolet, j'éjectai l'étui vide, fis monter une cartouche neuve dans la chambre et remis le cran afin de verrouiller de nouveau les parties mobiles.

Tout en gardant l'oreille aux aguets, je regardai autour de moi, dans la pièce. Il y avait maintenant sur le sol quelques assiettes sales, deux ou trois cendriers pleins, d'innombrables boîtes de bière écrasées et trois cadavres.

Comme je commençais à retraverser la pièce en m'éloignant du poste de télévision, un « ping » sonore et soudain me fit brusquement remonter l'estomac jusque dans la gorge. Je pivotai en moins d'un quart de seconde, les yeux grands ouverts et le pistolet braqué. Pour me retrouver en train de viser le four à micro-ondes, dans la cuisine voisine.

Il me fallut une bonne minute pour me calmer et envisager la suite. Je décidai de remettre le pistolet en position de tir semi-automatique. Il était temps que je bouge. Il restait à ma connaissance, en plus de Sarah, l'Américain et l'Arabe aux allures de patron, et j'avais encore deux étages à explorer.

Je n'avais plus besoin de l'arc. Je le posai donc sur le sol et entrepris de me mouvoir lentement, en faisant le moins de bruit possible, le pistolet braqué. La lumière provenant de l'écran de télévision était derrière moi, projetant mon ombre sur le mur. J'allai jusqu'au bas de l'escalier menant à l'étage supérieur et levai les yeux. Tout était sombre. Le regard et l'arme braqués vers le haut, je commençai mon ascension.

Je ne connaissais que trop bien les impressions qui m'envahissaient. J'avais le cœur qui battait si fort que j'avais l'impression qu'il venait cogner contre ma cage thoracique. J'avais la gorge si sèche qu'il me semblait que j'allais me mettre à râler à tout moment. La sueur me dégoulinait dans les yeux et dans les replis de la nuque, de sorte que je devais secouer la tête pour essayer de m'en débarrasser.

Monter un escalier de cette façon est physiquement très exigeant. Chaque mouvement doit être si lent et si étudié qu'on a tous les muscles crispés. Le corps ayant un besoin accru d'oxygène, les poumons tendent à travailler beaucoup plus dur, mais on essaie, en même temps, de les contrôler pour éviter un bruit excessif. Et, pour compléter le tableau, on sait qu'à tout moment, quelqu'un peut essayer de vous tuer.

Quand j'arrivai au palier supérieur, je constatai que les fumées de tabac avaient presque disparu et que c'étaient maintenant des odeurs de cire, de vernis et de propreté qui dominaient. Il y avait un mur sur ma gauche, avec une porte faisant face au corridor qui partait sur la droite. Ce devait être la porte d'une salle de bains, celle d'où j'avais entendu actionner une chasse d'eau la veille au soir.

Le corridor s'étendait visiblement sur toute la longueur de la maison, avec, juste en son centre, un étroit tapis permettant d'assourdir le bruit des pas. La porte de la salle de bains était entrebâillée et la pièce éclairée d'une veilleuse, sans doute pour le cas où quelqu'un serait pris d'un besoin nocturne urgent, mais aucune des portes donnant sur le couloir ne laissait filtrer la moindre lumière. Rien pour me guider. Il allait pourtant falloir que je me décide à bouger. Je ne pouvais camper toute la nuit à la porte des toilettes pour attendre que Sarah se décide à en user.

Les genoux pliés, les épaules rentrées, les bras projetés devant moi, suivant des yeux l'épais canon de mon pistolet à silencieux, je commençai à avancer dans le couloir sans quitter le tapis central. J'atteignis la première porte sur la droite et me penchai de côté pour mieux écouter. Malgré les bruits de la télévision et de la pluie, qui me parvenaient encore en fond sonore, je distinguai, provenant de l'intérieur de la chambre, un ronflement. Sarah ne ronflait jamais. Mais il y avait toujours la possibilité qu'elle dorme avec quelqu'un qui, lui, n'était pas dans ce cas.

En attendant, je poursuivis mon exploration, et allai écouter à la porte suivante. Aucun bruit n'en provenait. Je continuai et remarquai, sur ma gauche, une issue d'incendie que je n'avais pas vue de prime abord. Elle était fermée par une serrure à loquet au centre et des verrous en bas et en haut. J'eus soin d'ouvrir le tout.

Je passai encore deux portes sans distinguer le moindre son. Que je le veuille ou non, il allait bien falloir que je revienne sur mes pas pour tenter ma chance avec le ronfleur de la première porte. Il n'y avait pas d'autre solution, et le temps pressait.

Gardant le pistolet dans la main, je vérifiai de la gauche que tout mon petit matériel était bien place. Le Tazer, prêt à fonctionner, se trouvait dans la poche droite de mon blouson. Je sortis la torche et en vérifiai le bon fonctionnement en plaçant le verre contre le mur et actionnant très brièvement le commutateur. Puis je l'éteignis et la pris à l'intérieur de ma main gauche, le pouce et l'index prêts. Dans le même temps, du pouce droit, je libérai le cran de sûreté de mon pistolet.

De la main gauche, j'actionnai le loquet de la porte, poussai celle-ci de quelques centimètres, puis levai la main et actionnai la torche, tout en poussant le battant avec mon corps pour pouvoir entrer.

Ce faisant, je me portai sur la droite pour éviter que ma silhouette se dessine dans l'embrasure. Ensuite, de l'épaule, je refermai la porte aux trois quarts, et la lueur de la torche vint se porter sur des vêtements d'homme en tas sur le sol. J'aperçus aussi une montre et un verre d'eau sur une table de chevet, ainsi qu'une forme dans le lit. Je sus immédiatement qu'il ne s'agissait pas de Sarah. La forme s'agita, peut-être en réaction au changement de pression atmosphérique lors de l'ouverture de la porte, ou peut-être parce que la torche l'éclairait directement.

Quand l'homme se retourna, je vis qu'il était chauve et basané et qu'il portait une moustache. C'était celui que j'avais mentalement surnommé le Patron. Ses yeux s'ouvrirent complètement. Il ne pouvait pas me voir, mais simplement le faisceau de la torche.

Je bougeai à toute vitesse, le chevauchant, un genou appuyé d'un côté et l'autre du côté opposé, et le repoussant dans son lit. Prisonnier du drap qui lui enserrait la poitrine, il émit un bref grognement de protestation.

Je laissai tomber la torche sur le lit. Je ne voulais pas qu'il puisse voir mon visage, et, de toute manière, je n'avais pas besoin de lumière pour ce que je m'apprêtais à faire.

Je poussai le canon du pistolet contre ses dents serrées, et il tenta de résister en grognant sourdement. Je saisis alors de la main gauche l'arrière de sa tête, tout en poussant plus fort l'arme. Le métal du silencieux racla ses dents avec un affreux crissement, et il se décida finalement à desserrer les mâchoires. Je poussai le canon du pistolet presque jusqu'au fond de sa gorge, le silencieux lui emplissant pratiquement la bouche.

Il lutta un moment, ne cherchant pas à s'échapper, essayant simplement de déterminer ce qui se passait – et de respirer. Il renâclait comme un cheval. Sa poitrine se soulevait et s'abaissait, et, à califourchon sur lui, je suivais le mouvement. À la fin, il abandonna et se laissa retomber. Personne n'a beaucoup de résistance avec un pistolet dans la bouche.

Je me penchai vers son oreille gauche et lui murmurai, avec mon faux accent américain :

— Si tu parles anglais, tu hoches lentement la tête.

Il obtempéra. Je sentis le pistolet se mouvoir du haut vers le bas. Il émettait en même temps des bruits significatifs ; il n'arrivait plus à avaler sa salive.

— Tu as le choix, poursuivis-je à voix basse. Si tu ne m'aides pas, tu meurs. Si tu m'aides, tu vis. Tu comprends ?

Dans ces cas-là, il vaut mieux prendre tout son temps et bien faire passer le message. Sentant encore un flottement, je répétai :

— Tu comprends ?

Je soulignai la question d'une brusque poussée du pistolet. Je ne tardai pas à sentir celui-ci se mouvoir de nouveau du haut vers le bas.

Son corps fleurait bon le savon et le shampooing. Il était seulement dommage qu'il ne se soit pas lavé les dents. Son haleine était épouvantable.

Constatant qu'il comprenait les choses de la vie, je lui murmurai :

— Vous avez une femme dans la maison. Oui ?

Un soulagement manifeste vint l'envahir. Je sentis son corps se détendre ; ce n'était pas à lui que j'en voulais. Il hocha la tête affirmativement.

— Une seule femme ?

Il hocha de nouveau la tête.

— Elle est à cet étage ?

Il secoua la tête, promenant le pistolet latéralement.

— Elle est à l'étage au-dessus ?

Hochement de tête.

— Sais-tu dans quelle chambre elle est ?

Il secoua la tête lentement, mais il avait eu juste une seconde d'hésitation en trop. Je poussai un soupir las et lui dis :

— Donc, tu ne me sers à rien, et je vais te tuer. Je pense que tu mens.

Pas de réponse.

— Une dernière chance, lui annonçai-je. Sais-tu dans quelle chambre elle est ?

Je commençai à me lever lentement. Il saisit le message et hocha la tête. Je me remis dans la position première et lui soufflai à l'oreille :

— Bien. Maintenant réfléchis. Est-elle du côté gauche du couloir quand on arrive à l'étage ?

Je supposais que la configuration était la même qu'à celui où je me trouvais. Après un instant de réflexion, il hocha la tête.

— Bien. Est-ce la première porte sur la gauche ?

Il secoua la tête. Ses lèvres se contractaient maintenant de façon spasmodique. La salive sortait de sa bouche et coulait sur son menton. Je pouvais sentir son torse se soulever et s'abaisser de plus en plus rapidement. Il luttait pour y expédier de l'oxygène et rencontrait trop d'obstacles.

— Elle est à la deuxième porte sur la gauche ?

Il hocha la tête.

— Bien. Si tu mens, je reviens et je te tue.

Il hocha la tête pour m'indiquer qu'il avait compris, étouffant un peu plus encore, car j'avais poussé le canon du pistolet bien au fond de sa gorge. Au même moment, je saisis le Tazer de la main gauche, en libérai le cran de sûreté et le gratifiai d'une décharge dans le muscle pectoral. Je comptai cinq secondes. Si je me rappelais bien les indications, c'était suffisant pour le laisser hébété pendant quelques minutes. Il eut un sursaut et prit un air effectivement hébété.

Je me levai et, ma torche électrique dans la bouche, me mis à chercher ses chaussettes parmi les vêtements épars sur le plancher. J'en trouvai une et la lui enfonçai dans la bouche, en tirant sur son menton pour le forcer à tout absorber. Le bruit vient de la gorge et de l'arrière-gorge, non de la bouche. Aussi, pour bâillonner quelqu'un de façon véritablement efficace, vous devez enfoncer ce qui sert de bâillon le plus profondément possible, de façon à ce que, si la personne tente de hurler, le son ne puisse s'amplifier dans la bouche. Un morceau de sparadrap sur le visage n'est pas suffisant. Une chaussette bien enfoncée dans la bouche calme les esprits, car le sujet se préoccupe plus de ne pas étouffer que de donner l'alarme.

Quelques tentatives de grognement m'ayant averti que mon homme commençait à revenir à lui, je le gratifiai d'une deuxième décharge de trois secondes. Cela le calma de nouveau et me donna le temps de finir d'enfoncer la chaussette dans sa bouche. Cela fait, je ramassai sa chemise sur le sol et en enroulai une manche autour de son visage pour maintenir la chaussette. Je lui laissai le nez libre de respirer, mais nouai la manche aussi fermement que je le pus sur ses lèvres.

Je prélevai sur son pantalon une ceinture de cuir de quelque trois centimètres de large avec une boucle en cuivre et arrachai les cordons des rideaux. J'utilisai l'un de ces cordons pour lier ensemble les genoux de mon homme. Si on peut bouger les genoux, on peut aussi ramper et manœuvrer, alors que, dans le cas inverse, on ne jouit pas d'une très grande liberté de mouvement.

Avec l'autre cordon de rideaux, je lui attachai les chevilles. Il était à demi conscient, respirant comme il pouvait et gémissant sourdement du fond de la gorge. Je le retournai sur le lit et lui liai les poignets dans le dos avec la ceinture de cuir. Cela allait lui faire mal et il allait sans doute avoir, dans la matinée, les mains gonflées comme des ballons, mais rien de tout cela ne le tuerait.

J'avais maintenant le souffle presque aussi court que le sien. Le bouger ainsi supposait un effort physique d'autant plus pénible qu'il devait s'accomplir rapidement et sans bruit.

Je le fis glisser en deux mouvements jusque sur le plancher, puis saisis ses chevilles liées et les amenai à la hauteur de ses poignets également attachés. Puis je bouclai autour des liens de ses chevilles les extrémités de la ceinture liant ses poignets, le laissant troussé comme un poulet prêt à être mis au four.

Il se réveillait de nouveau. Je posai le Tazer sur sa cuisse et lui infligeai une décharge de cinq secondes. Il tenta de crier, mais la chaussette remplit son office. Quand je retirai le Tazer, j'avais toujours le doigt posé sur le bouton, et un petit arc électrique se formait entre les deux pôles terminaux. Cette petite lueur, s'ajoutant à celle de la torche, me permit de distinguer, dans la penderie ouverte, un complet gris d'homme d'affaires avec, sur le même cintre, une chemise blanche et une cravate déjà nouée. Peut-être le « Patron » était-il vraiment un patron ?

J'allai à la porte, vérifiai que la voie était libre et gagnai l'escalier. Pour arriver à l'étage supérieur, celui-ci était différent, les marches tournant sur elles-mêmes. À mesure que je montais, le murmure de la télévision se faisait plus lointain, progressivement remplacé par le bruit de la pluie tambourinant régulièrement sur le toit. C'était presque apaisant.

Cette fois, dans le couloir, il n'y avait pas de lumière pour me guider. Rien ne filtrait sous les portes. J'allumai la Maglite et me dirigeai directement vers la deuxième porte à gauche. Lentement, car, à cet étage, il n'y avait pas de tapis pour amortir les pas.

La porte avait un loquet exactement semblable à celui que j'avais rencontré à l'étage inférieur. J'y posai la main et écoutai quelques secondes, pour le cas où Sarah m'attendrait en chargeant son 53. Puis j'abaissai le loquet et entrai.

Il y avait une forme dans le lit, et je sus immédiatement qu'il s'agissait de Sarah. Je pouvais sentir l'odeur familière de son déodorant. J'allai vers elle.

Son jean était sur le sol, en tas comme si elle l'avait simplement retiré et laissé sur place en allant se coucher. Près du lit, il y avait une table de chevet avec une lampe éteinte, un verre d'eau et quelques comprimés d'aspirine.

Il me fallait maintenant passer à l'action avec toute l'agressivité dont j'étais capable. Lui tomber dessus comme si j'étais tout un commando à moi tout seul. La surprendre, l'épouvanter, la neutraliser très vite, car je savais que, si je ne le faisais pas, elle était plus que capable de me tuer.

15

Je m'avançai vers elle, le Tazer à la main gauche, le pistolet à la droite et la torche dans la bouche, en orientant ma tête de façon que le rayon lumineux pointe vers sa figure. Le bruit de la pluie frappant les vitres couvrait celui de mes pas.

Elle commença à se retourner, et ses yeux se mirent à réagir à la lumière au moment précis où j'arrivais sur elle, et, laissant tomber le pistolet sur le lit, lui plaquais ma main droite bien ouverte sur le visage. Mon gant de ménage ensanglanté étouffa son cri, mais elle se mit à lutter énergiquement. La torche que je tenais dans ma bouche s'en trouva bousculée, me raclant les dents. J'entendis le pistolet tomber du lit et rebondir sur le sol. Je pressai alors le bouton du Tazer, et les yeux de Sarah s'écarquillèrent lorsqu'elle vit les filaments s'allumer, à quelques centimètres de son nez. Elle commença à s'agiter et à se convulser si frénétiquement qu'on aurait pu la croire en proie à une crise d'épilepsie.

Elle reçut la décharge sous l'aisselle. Les 100 000 volts firent leur plein effet. Elle eut un tel sursaut de tout le corps que j'eus du mal à maintenir ma main sur sa bouche. Le bruit fait par les ressorts du lit évoqua un instant le coït le plus déchaîné. Mais, cinq secondes plus tard, elle retombait sur le lit comme une poupée de chiffon, avec un simple petit grognement. Je n'avais toutefois pas d'illusions à me faire ; cela n'allait pas durer longtemps.

En attendant, il me fallait le pistolet. Je sortis la torche électrique de ma bouche, récupérai l'arme sous le lit et la glissai dans la ceinture de mon jean. Immédiatement après, une faible toux m'avertit que Sarah commençait à reprendre ses sens. Je sortis de mes poches les deux manches que j'avais coupées à ma chemise. Sarah toussa de nouveau et je la regardai. Ses draps et couvertures avaient été rejetés pendant notre lutte, et elle gisait, bras et jambes en croix, sur le matelas, seulement vêtue d'un T-shirt et d'une petite culotte blanche. Au-dehors, le vent s'était remis à souffler en rafales, et la pluie venait battre les vitres avec plus de violence encore.

Ayant remis ma torche dans la bouche, j'ouvris de force les mâchoires de Sarah et entrepris de lui enfoncer entre les dents la première de mes manches de chemise. Elle était juste assez consciente pour se rendre compte de ce qui arrivait, et elle fit de son mieux pour résister. Je dus la traiter de nouveau au Tazer pendant deux ou trois secondes, et eus juste le temps de retirer mes doigts de sa bouche lorsqu'elle referma convulsivement les mâchoires.

Quand elle se fut détendue, je lui enfonçai la manche jusqu'au milieu de la gorge. Puis je pris la deuxième manche, que je plaçai sur sa bouche comme un bâillon conventionnel, en attachant les deux extrémités derrière sa nuque avec un double nœud. J'étais maintenant sûr qu'elle n'émettrait aucun bruit.

Je retirai sa ceinture des passants de son jean et m'en servis pour lui attacher les mains. Elle était maintenant prête à partir, et je l'étais aussi – presque. Tout ce qu'il me restait à faire était de récupérer tout ce qui pouvait éventuellement servir à l'identifier – tout ce que j'arriverais à trouver, du moins. Une opération « T 104 » implique de ne pas laisser de traces du sujet, et, dans le cas présent, cela n'allait pas être facile ; je ne savais pas où se trouvaient toutes ses affaires. Tout ce que je pouvais espérer était qu'il n'y ait rien de déterminant dans ce que je laisserais éventuellement derrière. Avec un peu de chance, il se pourrait qu'elle utilise des pièces d'identité forgée après avoir rencontré quelque lesbienne dans un bar australien…

Je trouvai son sac sur le plancher, au pied du lit, un petit sac en nylon noir avec une bretelle. Il contenait une bourse également en nylon, un passeport et quelques billets. J'examinai rapidement le reste de la pièce à la lueur de ma torche. Un sac de sport vert gisait ouvert sur le sol, avec des vêtements répandus tout autour. Une lueur de métal accrocha mon regard. Braquant ma torche dans cette direction, j'aperçus le cache-flamme et le canon d'un HK 53, dont le bronzage semblait avoir été usé par les ans. Je vis aussi quatre chargeurs, collés deux à deux avec du sparadrap.

Sarah commença à gémir et renâcler, tentant d'expulser de sa bouche ce qui l'obstruait. Elle ne savait toujours pas qui l'avait attaquée. Il faisait trop sombre, et, même si elle avait été en possession de tous ses moyens, elle aurait été aveuglée par le faisceau lumineux que je continuais à lui braquer dans les yeux tout en faisant passer sur ma tête la bretelle de son sac pour prendre celui-ci en bandoulière.

Le moment était venu de m'assurer d'elle et de vider les lieux avant tout ce qui risquait d'arriver à cinq heures du matin. Je revins vers elle, éteignis la torche et la glissai dans mon jean. Puis, de la main gauche, je saisis Sarah à l'endroit où l'arrière de son crâne rejoignait sa nuque et je plaquai brutalement l'arête de ma main droite juste sous son nez. Je la sentis tressaillir à ce moment. Pliant les genoux, je la tirai alors vers le haut des deux mains, en m'assurant bien que la pression s'exerçait sur ses narines. Elle souleva les mains, puis les laissa retomber. Elle ne pouvait résister. Il fallait qu'elle suive le mouvement. Ses gémissements de douleur se firent plus nets.

Je la mis ainsi en position assise et lui pris le cou dans le creux de mon bras gauche, la plaquant étroitement contre moi, le visage toujours projeté vers le haut. Sans lâcher mon pistolet, je plaçai mon avant-bras droit derrière sa nuque, afin de compléter la prise de tête, et me levai. Luttant pour respirer, elle ne pouvait, une fois de plus, que suivre le mouvement.

Je me mis en mouvement, et elle n'apprécia visiblement pas la chose. Son dos s'arqua dès que ses jambes touchèrent le sol, tandis qu'elle tentait de dégager son cou de l'étau qui l'enserrait. La douleur la faisait récupérer plus vite qu'auparavant, mais je la tenais totalement en mon pouvoir. Si elle se débattait par trop, j'allais devoir la gratifier d'une nouvelle décharge de Tazer, mais je ne le ferais qu'en dernier ressort. Je voulais pouvoir me mouvoir rapidement, et non traîner ce qui reviendrait à un poids mort.

Je réussis à traverser ainsi la pièce, et, après avoir vérifié du pouce droit que le cran de sûreté de mon pistolet était bien libéré, j'ouvris la porte. Le couloir était toujours obscur et silencieux. J'assurai ma prise sur Sarah en pliant de nouveau les genoux et serrant encore son cou. Elle s'accrochait à mon bras gauche pour essayer de réduire comme elle le pouvait la pression, ayant sans doute trop peur d'être asphyxiée pour résister.

Sa tête toujours bloquée contre ma poitrine, je m'engageai dans le couloir. Le reste de son corps suivit. Mais, dès que nous arrivâmes à la hauteur d'une table installée au milieu du corridor, elle commença à se cabrer et à s'agiter, lançant les pieds de tous côtés. Elle réussit ainsi à faire voltiger la table de côté, projetant au sol une lampe dont l'abat-jour en verre émaillé s'écrasa avec fracas sur les lames nues du parquet.

Après cela, le temps des précautions sonores était passé. Je me mis à foncer vers l'escalier en tirant Sarah. Elle continua tout d'abord à s'agiter en tous sens, frappant des pieds le plancher, puis elle dut se rendre compte que si elle ne se tenait pas le dos arqué et les jambes immobiles, elle risquait tout simplement de se briser la nuque.

Nous atteignîmes ainsi l'escalier, et je m'apprêtais à virer à droite pour descendre quand j'entendis sur ma gauche le bruit d'un loquet qu'on actionnait.

Comme je me retournais, la porte s'ouvrit et de la lumière jaillit d'une chambre. Sarah, une fois de plus, avait suivi le mouvement qui lui arracha un cri de douleur étouffé par son bâillon.

C'était l'Américain, et sa réaction fut prompte. Il avait déjà claqué la porte lorsque je tirai, et ma balle n'atteignit que le bois. Je réassurai ma prise sur Sarah et commençai à dévaler les marches sans attendre la suite.

Rentré dans sa chambre, l'Américain martelait de toutes ses forces le plancher en hurlant :

— Alerte ! Debout ! Alerte ! Tout le monde debout !

Pendant ce temps, Sarah souffrait. Rebondissant sur les marches en bois, ses talons et ses mollets étaient à rude épreuve. Elle tentait de hurler sous son bâillon et je sentais son corps entièrement tendu. À nous deux, de toute façon, nous devions faire autant de bruit qu'un troupeau de buffles au galop.

Je ne regardais pas derrière moi. Je me contentais de foncer. J'avais décidé de ne pas essayer l'issue d'incendie du deuxième étage, comme je l'avais d'abord envisagé. Il y avait trop de chambres de part et d'autre, le long du corridor, et il pouvait fort bien se trouver là des gens que je n'avais pas repérés. Avec la veine que j'avais depuis quelques instants, tout était à redouter. Mon projet était maintenant de descendre jusqu'au garage et de battre ainsi en retraite par un itinéraire déjà reconnu.

Je virai de nouveau à droite pour emprunter la volée de marches suivante, et je vis à ce moment que le corridor du deuxième étage était illuminé comme pour un match en nocturne.

Au-dessus de moi, l'Américain hurlait maintenant :

— Sarah ! L'un d'eux a pris Sarah ! Ils ont Sarah !

D'au-dessous, une voix s'éleva, dominant le bruit de la télévision, toujours en marche :

— Où cela ? Où sont-ils ? Tout le monde avec moi !

Je me figeai sur place, à moins de deux mètres du bas des marches. Si ces deux-là arrivaient à coordonner leurs efforts, j'étais mort. J'avais besoin de cinq secondes pour reprendre mon sang-froid et réfléchir.

Une silhouette s'approcha, venant de la gauche, dans le couloir au-dessous. Il s'avéra que c'était le Patron, maintenant vêtu d'un jean et armé d'un HK 53. Je jurai intérieurement. Comment avait-il réussi à se libérer si vite ? Je l'observai un instant, l'arme braquée, en maintenant bien Sarah en place pour l'empêcher de compromettre ma visée.

Il se retourna et regarda vers le haut. Je lâchai alors trois balles qui, silencieusement, l'expédièrent au sol. Il n'était pas mort, mais se tordait en hurlant sur le plancher. Le HK 53 dévala à grand bruit les marches.

Au-dessus de moi, l'Américain se mit à hurler :

— Qu'est-ce qui se passe ? Parlez ! Parlez-moi !

Je descendis quelques marches, m'arrêtai net avant d'arriver au niveau du couloir, et, tenant toujours fermement Sarah de mon bras gauche, je vidai le reste de mon chargeur à l'aveuglette dans l'escalier. Avec le silencieux, les coups de feu faisaient beaucoup moins d'impression que d'authentiques détonations, mais, des éclats de bois volant sur les marches, ils avaient quand même un effet assez dissuasif. Je souhaitais également, dans le même esprit, que le Patron continue à hurler. En tout cas, nul ne riposta dans l'immédiat.

J'éjectai de mon arme le chargeur épuisé, qui rebondit sur une marche et s'en alla terminer sa course sur le dos du Patron, étendu, face contre terre, et répandant son sang sur le bois verni. Puis, me retournant vers le haut de l'escalier, attendant l'Américain, je glissai un nouveau chargeur dans la crosse du pistolet et fis monter une cartouche dans la chambre. Ce faisant, je me retrouvai pour la première fois, nez à nez avec Sarah. Elle me reconnut avec un effarement évident. Ses yeux s'écarquillèrent de surprise et d'incrédulité. Quant à moi, je détournai aussitôt le regard ; j'avais d'autres problèmes immédiats.

Je fonçai tout droit, en prenant garde à ne pas trébucher sur le corps du Patron, dont les cris se faisaient plus faibles, et dévalai la dernière volée de marches, tirant toujours derrière moi Sarah, dont les pieds continuaient à rebondir, sans doute douloureusement, sur le bois.

Au moment précis où j'atteignais le bas des marches et m'apprêtais à entrer dans le garage, j'entendis des hurlements au-dessus de moi, accompagnés de cinq ou six détonations.

Je me demandai un instant sur quoi pouvait bien tirer l'Américain, puis je compris : il avait dû se ruer en bas de l'escalier, apercevoir, dans la demi-obscurité du salon, des silhouettes devant le poste de télévision – celles du Malingre et de ses amis – et tirer d'instinct. Dans son cas, un brin de nervosité était compréhensible. Dans le mien aussi.

Je fermai la porte derrière moi pour ajouter encore à la confusion. Ainsi, ne sachant pas ce qu'il y avait de l'autre côté, l'Américain n'oserait sûrement pas foncer directement dans le garage. Comme nous contournions l'Explorer, j'entendis de nouveau sa voix au-dessus de ma tête. Je ne pouvais distinguer ce qu'il disait, mais il ne semblait pas extrêmement satisfait de la soirée qu'il était en train de passer.

Nous sortîmes, et la pluie vint me cingler douloureusement le visage. Ce fut alors que je me rappelai mon sac à dos, mais il était trop tard. Il ne me restait qu'à faire une croix dessus. Je tournai sur la gauche, en direction de l'autre maison. Je n'avais guère fait plus de trois enjambées lorsque les lumières de proximité s'allumèrent. Je baissai la tête et tentai de forcer l'allure, mais je me trouvais ralenti par le poids que je traînais.

J'avais peut-être couvert quinze à vingt mètres lorsque la première rafale d'HK 53 partit de l'un des étages supérieurs. Le canon court de l'arme et la puissance de sa munition l'amènent à émettre une flamme effrayante – comme un pistolet-mitrailleur de cinéma. C'est d'ailleurs excellent en combat rapproché, car cela tend à terroriser l'adversaire. Quant à moi, je continuai à courir. Il me suffisait maintenant de quelques enjambées pour sortir du champ lumineux.

Dès que nous nous retrouvâmes sous le couvert de l'obscurité, je me retournai pour regarder. Toutes les lumières étaient allumées dans la maison. De la fumée sortait des fenêtres du deuxième étage. On eût dit la maison classique des films d'horreur, enveloppée de pluie et de brume. À ceci près qu'il ne s'agissait pas de brume mais du nuage de cordite dû aux tirs d'HK 53.

Dans la maison voisine, on distinguait une ou deux lumières aux étages supérieurs. Mon nouveau projet consistait à y pénétrer, menacer les occupants de mon impressionnant pistolet, m'emparer de leur 4x4 et prendre la fuite à son bord. Mais avant même que j'aie eu le temps d'atteindre la maison, un puissant projecteur, installé, précisément, sur l'aile du 4x4, s'alluma subitement et son faisceau vint fouiller l'obscurité dans notre direction. Une voix d'homme nous hurla :

— N'approchez pas ! Je suis armé et j'ai appelé la police !

Pour bonne mesure, l'homme accompagna ces fortes paroles de deux coups d'une carabine de fort calibre. L'une des balles vint s'enfoncer dans le sol beaucoup trop près de moi pour mon goût.

Soit l'homme était un tireur expérimenté, capable d'ajuster parfaitement un coup de semonce, soit il tentait vraiment de nous atteindre, et, cette fois, nous avions eu de la chance. Mais je ne tenais pas à m'attarder pour obtenir une réponse à cette intéressante question. Je virai à gauche et remontai entre les deux maisons en direction du chemin de terre. J'avais de nouveau changé de plan : nous allions tenter de gagner à pied ma voiture.

Il y eut un autre coup de carabine, qui nous manqua complètement, puis une rafale d'HK 53 qui se perdit elle aussi dans la nature.

Je parvins au chemin de terre, le traversai et m'arrêtai pour essayer d'analyser la situation. Nous étions, cette fois, dans l'obscurité complète et en position de surplomb. Des coups de feu continuaient à retentir, venant des deux maisons à la fois. Le bon citoyen propriétaire du 4x4 semblait tirer sur tout ce qui bougeait, tout en promenant de droite à gauche le faisceau lumineux de son projecteur.

Mais je pouvais maintenant distinguer d'autres lumières. Des gyrophares rouges et bleus de voitures de police étaient nettement visibles malgré la pluie de l'autre côté du lac. Je compris brusquement que j'avais sans doute plus de chances d'être frappé par la foudre en plein soleil que de regagner ma voiture, et je changeai encore de plan sous la pression des circonstances. Nous allions bel et bien sortir du secteur à pied. Je restai un moment immobile, les genoux pliés, attendant de reprendre mon souffle. Il faisait encore plus froid qu'auparavant, et le vent et la pluie agitaient bruyamment les arbres autour de nous.

Enfin, la tête baissée, je me remis en marche à travers bois en continuant à monter la pente.

16

Tenant toujours fermement Sarah dans mon étreinte, je plongeais de plus en plus profondément dans la forêt, glissant sur la mousse détrempée, trébuchant sur les pierres et sur les branches tombées au sol, oscillant pour tenter de conserver mon équilibre. Sarah s'efforçait de hurler autant qu'elle le pouvait sous son bâillon, en partie parce que les branches fouettaient douloureusement son corps presque nu et que ses jambes se meurtrissaient en raclant les aspérités du sol, et en partie pour continuer à faire fonctionner ses conduits d'aération. Ainsi, je savais au moins qu'elle respirait encore.

Je trébuchai une fois de trop, et, cette fois, allai au sol. La douleur fut telle lorsque mes genoux vinrent heurter le rocher que j'eus l'impression d'avoir été brûlé au fer rouge. Sarah accusa également le coup et dut contracter tout le corps pour éviter de se retrouver étranglée dans ma chute. Je restai un moment à genoux, grimaçant et me crispant en attendant que la douleur s'apaise un peu. C'était tout ce que je pouvais faire. J'espérais seulement que je ne m'étais pas fracassé une rotule dans l'affaire. Ma poitrine se soulevait et s'abaissait à un rythme accéléré tandis que je m'efforçais de reprendre mon souffle. Sarah renonça à ses efforts désespérés pour maintenir son corps à l'écart du sol. Elle se laissa tomber dans la boue à côté de moi. Sa tête, que je maintenais toujours dans la prise initiale, reposait sur mon ventre et bougeait au rythme haletant de ma respiration.

Derrière nous, la fusillade continuait, ponctuée de hurlements. Nous nous trouvions à 150 mètres environ au-dessus des deux maisons. Nous n'étions pas encore sortis de la zone dangereuse, et le jour n'allait pas tarder à se lever. Il fallait prendre du champ.

Au moment où je me remettais sur pied, tirant Sarah avec moi, et recommençais à bouger, j'entendis un bruit de rotor dans le ciel, derrière nous. Quelques instants plus tard, un aveuglant projecteur vint percer l'obscurité et commença à balayer les alentours des deux maisons. L'hélicoptère restait toutefois au-dessus du lac et ne s'aventurait pas directement sur l'objectif, de crainte, sans doute, d'un coup de feu malheureux.

La fusillade se poursuivait et s'intensifiait même, ponctuée par les rafales d'HK 53. Continuant ma route, je me retournais constamment pour évaluer la situation. Je voyais les lumières des maisons disparaître lentement derrière un rideau de pluie. Nous n'allions pas tarder à nous retrouver en terrain un peu plus sûr. Le projecteur vint illuminer brièvement les parages, tandis que l'hélicoptère s'efforçait de conserver une position à peu près stable au-dessus du lac malgré les rafales de vent. Les campeurs et vacanciers étaient sans nul doute au spectacle.

D'autres gyrophares firent leur apparition entre les arbres, mais, cette fois-ci, de mon côté du lac, venant de la gauche et empruntant le chemin de terre. Et d'autres véhicules de police arrivaient en même temps en face, vers le parc de stationnement. Toutes ces interventions avaient été un peu trop rapides. Ma supposition initiale avait sans doute été juste. Mon rapport devait avoir apporté à Elizabeth et à Lynn confirmation de leurs craintes quant à ce qui se passait, et ils avaient tenu à ce que Sarah soit évacuée du terrain avant l'intervention de la cavalerie des États-Unis. Il semblait qu'à cet égard, j'aie un peu raté mon coup ; le secteur n'allait pas tarder, en effet, à grouiller de policiers et de membres du FBI tentant d'arrêter la Troisième Guerre mondiale.

L'homme au 4x4 et à la carabine n'allait pas manquer de devenir un héros national. Peut-être allait-on lui donner une émission de télévision pour lui tout seul. Mais les policiers, eux, avaient des enfants et des hypothèques en cours ; tant qu'il ferait noir, ils n'allaient rien faire de plus que constituer un cordon sanitaire autour du secteur. Toutefois, ils allaient entrer en action dès les premières lueurs de l'aube, fût-ce avec l'Armée et la Garde nationale en réserve.

Je passai une crête et, comme je redescendais l'autre versant, je cessai d'entendre le vacarme derrière moi. Ce que je voulais avant tout, c'était mettre le plus de distance possible entre la zone d'action et moi avant le lever du jour.

Tout en avançant, je sentais Sarah trembler et grelotter contre moi. Si la situation était douloureuse pour moi, ce devait être l'enfer pour elle.

Je franchis une autre crête, commençai à redescendre de l'autre côté mais dérapai dans la boue et perdis pied. Tandis que je basculais, Sarah se mit à lutter pour se libérer. J'avais une fraction de seconde pour décider si je devais la maintenir à tout prix ou la laisser aller.

Le sort se chargea de prendre la décision. Notre glissade s'arrêta net contre un tronc d'arbre. J'atterris sur le dos, avec Sarah au-dessus de moi, ses cheveux humides me balayant le visage, soufflant par le nez comme un cheval de course. Mon pistolet, que j'avais glissé dans la ceinture de mon jean, avait disparu.

Je lâchai Sarah ; elle n'irait pas bien loin de toute façon, et l'arme représentait la priorité. Après la soirée que je venais de passer, je m'étais juré de ne jamais me retrouver les mains vides. La Maglite à la main, les doigts recouvrant l'ampoule pour réduire la lumière au maximum, je me mis à ramper sur les mains et les genoux en remuant la boue et les feuilles comme un enfant recherchant un jouet perdu.

Mon genou heurta soudain un objet dur. Je ramassai le pistolet, vérifiai le cran de sûreté, essayai l'arme autant que je le pus et la remis dans mon jean. Retournant en rampant auprès de Sarah, je m'aperçus qu'elle respirait beaucoup plus librement. Quelque chose n'allait pas. Puis je l'entendis murmurer d'une voix rauque :

— Qu'est-ce que tu crois que tu fais, imbécile ? Retire-moi cette ceinture ! Tout de suite !

Elle avait réussi, d'une façon ou d'une autre, à se débarrasser de son bâillon et elle toussait en tentant de parler.

— Allez !

Elle leva ses mains liées.

— Putain de merde, retire-moi cette connerie de ceinture !

J'eus du mal à ne pas rire. Les gens ayant des accents aussi snobinards que le sien ne devraient pas employer certains mots. Cela leur va comme un tablier à un hanneton, et ils sont tout simplement ridicules. D'autre part, elle était pratiquement nue et couverte de boue, et elle continuait à essayer de donner des ordres.

— Allez, détache-moi, Nick. Vite. Il faut sortir d'ici.

On n'entendait plus de coups de feu, mais un haut-parleur, sans doute utilisé pour faire les sommations aux occupants éventuels de la maison.

Le vent et la pluie m'empêchaient d'entendre ce qui se disait. En tout cas, l'hélicoptère était toujours là, quelque part ; on distinguait le bruit de ses rotors.

Pendant ce temps, Sarah insistait toujours :

— Ne sois pas ridicule, détache-moi ! En vitesse !

De nouveau, elle tendit ses bras liés.

— Sors-moi d'ici avant que cela ne devienne encore plus la merde...

Le bruit de l'hélicoptère se rapprochant nous fit taire l'un et l'autre. Il était difficile de voir d'où il venait. Je m'y efforçais, mais l'obscurité était totale.

Sarah se remit à essayer de me convaincre :

— Allez ! Retire-moi cette ceinture et donne-moi ta veste !

Elle tenta de se servir de ses dents pour se libérer, mais cela ne marcha pas. L'humidité avait encore resserré le cuir de la ceinture, et elle tremblait trop pour agir efficacement.

L'hélicoptère passa au-dessus de nos têtes avec un grand rugissement. J'aperçus ses feux de navigation à travers les branches. Au moins, il ne tentait pas de rester à point fixe pour observation ou d'entreprendre une recherche systématique, mais cela n'allait certainement pas tarder. Je pouvais déjà distinguer les premières lueurs de l'aube à l'horizon.

Sarah ne désarmait pas :

— Nick, retire-moi cela et donne-moi la veste. Je t'en prie !

Ses bras étaient toujours tendus vers moi. Je saisis la ceinture et entrepris de la tirer derrière moi. Un peu de jour commençait à pénétrer dans le sous-bois, et la pluie se modérait. Je me sentis soudain déprimé ; j'étais trempé, gelé et je me posais des questions. Pire encore, je voyais que nous laissions, Sarah et moi, des traces aisément reconnaissables dans la boue recouvrant le sol.

Voyant que je n'étais manifestement pas d'humeur à discuter, Sarah se taisait. Nous arrivâmes ainsi à une autre crête. De là, nous pouvions découvrir au-dessous de nous, à cent ou deux cents mètres de distance, une rivière d'une trentaine de mètres de largeur. Manifestement grossies par les pluies, ses eaux ourlées d'écume s'écoulaient à toute allure.

Comme nous descendions la pente raide y menant, Sarah, qui ne cessait de perdre pied, se mit à me crier :

— Moins vite, moins vite !

Mais je ne lui accordais aucune attention. J'étais trop occupé à réfléchir. Il nous fallait à toutes forces trouver moyen de traverser. Avec un peu de chance, cette rivière pouvait représenter une frontière psychologique pour nos poursuivants. Ceux-ci, partis de la maison, s'arrêteraient peut-être à ce cours d'eau déchaîné en se disant que personne ne serait assez fou pour essayer de le traverser.

À ce moment précis, j'étais sans doute la seule personne au monde à me féliciter des perturbations occasionnées par « El Niño ». En théorie, le temps aurait dû être plaisant et ensoleillé dans les Caroline, à cette époque de l'année. Les intempéries que nous connaissions ne pouvaient que retarder les recherches, et si les choses s'aggravaient encore, l'hélicoptère risquait de ne plus pouvoir opérer.

À mesure que nous nous rapprochions de l'eau, la protection offerte par les arbres se faisait plus mince. Le jour était pratiquement levé, maintenant – un jour gris et misérable. Il avait cessé de pleuvoir, mais nous étions déjà, de toute manière, trempés jusqu'aux os.

Les cheveux de Sarah avaient été aplatis sur sa tête par la pluie, et elle avait du sang séché autour des narines ; je ne l'avais décidément pas ménagée lorsque, de prime abord, je lui avais plaqué la main sur la figure. Elle saignait également de plusieurs coupures aux jambes et avait une chair de poule indiquant nettement un début d'hypothermie. En des circonstances normales, elle aurait dû se retrouver à l'hôpital. Couverte de boue, de sable, de morceaux de feuilles et de brindilles, elle tremblait de façon incontrôlable dans son T-shirt et sa petite culotte trempés et maintenant transparents.

Je lâchai la ceinture et m'en allai étudier de plus près la rivière, tentant de trouver un point de passage un peu sûr. C'était peine perdue. Si j'avais pu avoir le moindre doute sur la force du courant, je n'avais qu'à regarder les troncs d'arbres déracinés qui surgissaient à pleine vitesse au fil de l'eau et venaient s'écraser sur les rochers. Quel que soit l'endroit que je choisisse, nous allions nous retrouver en plein drame.

Sarah savait fort bien à quoi je pensais. Blottie en position fœtale contre un rocher, les bras entourant tant bien que mal ses jambes pour essayer de conserver un peu de chaleur, elle regarda la rivière, puis me regarda.

— Non, Nick ! dit-elle. Tu es fou ? Moi, je n'y vais pas. Pas ici. Pourquoi ne pas…

Je ne lui laissai pas finir sa phrase. Je saisis de nouveau la ceinture et la traînai en arrière, sous le couvert des arbres. Je ne lui dis rien ; je retournais trop de choses dans ma tête en ce moment précis. J'entrepris simplement de sortir les pans de ma chemise de mon pantalon, puis le bas de mon jean de mes bottes. Après quoi, je déboutonnai les manchettes de mon blouson, laissant flotter tous mes vêtements de façon à ce que l'eau puisse circuler sans obstacles autour de moi. Si vous nagez avec votre chemise insérée dans votre pantalon, elle récolte et retient une eau dont le poids peut vous ralentir – et finalement vous noyer. Dans la tenue où elle se trouvait, Sarah n'avait pas ce souci, mais moi, je devais y prendre garde. Je retirai également les gants de caoutchouc que j'avais conservés jusque-là. Je glissai dans l'un d'eux tous mes papiers et ceux de Sarah, puis insérai les deux gants l'un dans l'autre avant de les placer dans une poche de mon blouson. Quant au sac, il allait falloir que je le prenne avec moi. Je voulais laisser le moins de traces possible.

Le vent s'était remis à souffler en tempête, et je voyais, sur la rive opposée de la rivière, les cimes des arbres osciller et se courber sous les rafales.

J'observais attentivement cette autre rive, tentant de trouver un endroit où nous pourrions éventuellement prendre pied. Le rivage était à un peu moins d'un mètre au-dessus de l'eau, avec quantité de prises offertes par les buissons ou des racines d'arbres dénudées par le courant. Mon champ de vision dans le sens du flot s'arrêtait à 250 mètres plus bas environ, après quoi la rivière tournait brutalement sur la droite et disparaissait. En supposant le pire, à savoir qu'il y avait une meurtrière chute d'eau après le tournant, nous disposions donc de 250 mètres pour traverser et sortir de l'eau.

Il ne gelait pas mais il faisait réellement froid. Sur terre, nous ne risquions rien si nous restions en mouvement, mais dans l'eau, ce serait une autre affaire. Sarah me vit regarder la rivière, puis la regarder, elle. Elle mit sa tête entre ses bras, d'un geste résigné.

L'hélicoptère était quelque part derrière nous, explorant le secteur compris entre la rivière et les maisons. Je n'aurais pu dire exactement où il se trouvait, mais, à en juger par la façon dont me parvenait le bruit de ses pales, il ne devait pas être très loin.

J'allai vers Sarah, saisis la ceinture qui lui liait toujours les mains et la remis sur pied. Elle me regarda alors droit dans les yeux.

— Nick, me dit-elle, pourquoi ne pas me retirer ce truc ? Je t'en prie ! Je ne vais sûrement pas m'échapper, non ?

Je l'ignorai. Tenant la ceinture de la main gauche, je descendis jusqu'au bord de l'eau tout en continuant à scruter le ciel à la recherche de l'hélicoptère.

Un bloc de rochers avançant d'environ cinq mètres au milieu du courant pouvait nous fournir une sorte de plate-forme de départ pour notre traversée. Il était régulièrement balayé par l'eau, et il était impossible de dire quelle était la profondeur de part et d'autre. J'espérais que Sarah savait nager. Sinon, elle était mal partie ; elle aurait dû prévenir. Je la regardai dans les yeux, et lus brusquement la peur dans son regard. Je reportai le mien vers la rivière et aboutis soudain à une conclusion : je ne pouvais pas ne pas retirer la ceinture qui la liait. Il fallait que je la garde en vie pour le moment. Sa mort ne devait se produire qu'au moment et au lieu de mon choix.

Comme je détachais la ceinture, elle me dit très doucement :

— Merci.

Je tentai un instant de déchiffrer son regard, puis, mettant la ceinture dans le sac que j'avais toujours à l'épaule, je lui fis un petit signe de tête et avançai vers l'eau. Elle fit, quant à elle, quelques pas hésitants sur les cailloux de la rive.

— Allez, viens ! lui lançai-je.

— J'essaie, répondit-elle, la tête baissée, surveillant ses pas. Mais je me blesse les pieds...

Puis, comme nous commencions à patauger, elle eut une soudaine exclamation :

— Oh, merde, que c'est froid !

Elle n'avait pas tort ; la température de l'eau devait être proche de zéro. Je m'efforçais, quant à moi, de ne pas y penser.

Je luttai contre le courant jusqu'au moment où j'eus de l'eau jusqu'à la taille, tirant derrière moi Sarah qui s'accrochait à la courroie de son propre sac, suspendu à mon épaule. Puis, alors que je levais la jambe pour faire le pas suivant, le flot faillit me faire perdre l'équilibre. Je saisis la main de Sarah – pour l'aider ou pour m'aider moi-même, je n'aurais pu le dire. Mais, dès que j'eus bougé l'autre jambe, le poids de l'eau me fit basculer et le courant m'emporta. Je tenais toujours la main de Sarah et nous nous démenions de toutes nos forces pour rester à la surface et avancer un peu vers la rive opposée, mais nous n'étions pas de taille à lutter contre les tonnes de liquide dévalant sur nous.

Je me retrouvai la tête sous l'eau et avalai une pleine gorgée de rivière glacée. Je poussai violemment des pieds pour remonter à la surface, en me forçant à respirer par le nez – avec pour seul résultat d'étouffer en inhalant un peu d'eau supplémentaire. Je lâchai alors Sarah. Il nous fallait maintenant nous battre chacun de notre côté. Quand elle se rendit compte de ce que je venais de faire, elle me regarda, les yeux écarquillés, horrifiés. Mais ce n'était pas mon problème pour le moment. Le problème ne se poserait, en fait, que si je n'arrivais pas à retrouver son corps avant que d'autres ne le fassent. Il fallait toujours qu'elle disparaisse sans laisser de traces.

La vision brouillée par l'eau, je l'aperçus, qui tentait de maintenir sa tête à la surface, nageant et se débattant de toutes ses forces. Puis elle me sembla sombrer, avalée par le courant. Je n'arrivais pas, quant à moi, à savoir exactement où je me trouvais, combien de rivière j'avais réussi à franchir. L'eau ne cessait de m'aspirer, et je me souciais plus, dans l'immédiat, de continuer à respirer que d'arriver sur l'autre rive. Je ne voyais plus du tout Sarah, mais je ne pouvais rien y faire. J'étais trop occupé à essayer de rester en vie.

Comme je réapparaissais à la surface et avalais une pleine lampée d'air, j'entendis un cri :

— Oh, mon Dieu ! Mon Dieu !

Je regardai de tous côtés, mais ne vis rien à la surface. Je fus de nouveau entraîné vers le fond et inhalai encore un peu plus de rivière. Luttant pour remonter à la surface, je m'aperçus que, cette fois, j'étais presque de l'autre côté. Le courant ne faiblissait pas pour autant, car la rivière s'incurvait vers la droite et je me trouvais précisément sur le côté extérieur de la boucle, là où la violence des eaux était la plus grande. Ce fut finalement le courant qui me projeta contre la rive. J'étendis en toute hâte les mains, tentant de m'accrocher à une branche, à une racine, à tout ce qui pourrait se présenter.

J'essayai d'appeler Sarah mais ne réussis qu'à avaler une nouvelle lampée de rivière. Je me mis à tousser et tentai de garder les yeux ouverts, mais la douleur était trop forte. Projetée à l'aveuglette, ma main gauche heurta quelque chose de solide. Je l'agrippai, mais la chose céda. Puis, soudain, je me retrouvai avec le bras droit accroché à une grosse racine. Le courant me poussa alors contre la rive et mes pieds entrèrent en contact avec la terre ferme. Je me cramponnai à ma racine et me mis à respirer profondément pour essayer de retrouver mon calme. Me retournant, je ne vis rien au fil de l'eau, si ce n'est des branches et des troncs.

Luttant contre la pression de l'eau, je finis par saisir de ma main libre une autre racine, un peu plus haut. Je me hissai péniblement hors de l'eau et me retrouvai finalement allongé sur la rive, tentant de reprendre mon souffle. Je n'avais jamais connu un tel soulagement. Je restai ainsi étendu pendant plus d'une minute, vomissant de l'eau et sentant quelque force revenir lentement dans mes membres.

En reprenant mes esprits, je me rendis compte que mes problèmes étaient loin d'être résolus. Il me fallait maintenant trouver Sarah, et le courant pouvait l'avoir emportée n'importe où en aval. En allant à sa recherche, j'étais obligé de m'exposer à la vue de n'importe quel poursuivant, et si l'hélicoptère s'en mêlait, je serais immédiatement repéré.

Il n'y avait pourtant rien d'autre à faire. Freiné par mes vêtements trempés, je commençai à redescendre la rive en titubant, me penchant de temps à autre pour vérifier que Sarah ne se trouvait pas blottie sous un rocher ou dans une anfractuosité.

Tout en marchant ainsi, je cherchais des yeux un endroit où je pourrais cacher son corps si je la retrouvais morte. Ce n'était certes pas la solution idéale, mais c'était la seule chose que je puisse envisager. Je pourrais toujours revenir un mois ou deux plus tard pour finir le travail. Il me fallait, pour cela, un endroit que je sois en mesure d'identifier ultérieurement, et peut-être à une saison différente. Un endroit, aussi, qui ne se trouve pas près d'un itinéraire touristique.

Après la boucle faite par la rivière, le bruit de l'eau devenait presque assourdissant. Et – je n'en crus pas mes yeux – il y avait, trois cents mètres plus bas, un petit pont de bois. Haut de deux mètres environ et probablement fait d'anciennes traverses de chemin de fer, il était soutenu par trois épais piliers de bois de chaque côté, plantés directement dans le lit de la rivière. Il figurait sans aucun doute sur toutes les cartes et risquait fort de figurer en priorité au programme de nos poursuivants. Peut-être y avait-il déjà une équipe en embuscade à proximité.

J'envisageai un instant de contourner l'obstacle en m'enfonçant plus profondément dans la forêt, mais renonçai à cette idée ; il me fallait fouiller toute la rive, sans en omettre une seule portion. Je m'arrêtai et observai.

Tout d'abord, je crus qu'il s'agissait d'un effet du courant sur l'une des piles du pont, mais tel n'était pas le cas. C'était bel et bien Sarah, accrochée au pilier et tentant désespérément de franchir les deux mètres qui la séparaient du salut. Régulièrement, elle tendait un bras pour trouver une prise un peu plus haut, et régulièrement le courant la contraignait à battre en retraite. Pendant une fraction de seconde, je me pris à espérer qu'elle serait balayée et emportée par le flot ; je pourrais alors m'employer à sauver ma propre peau, quitte à affronter tous les reproches possibles et imaginables à Londres. Puis la réalité m'apparut. Il y avait encore une chance que je puisse la tirer de l'eau et accomplir correctement ma mission.

Je me repliai sous le couvert des arbres et m'approchai du pont. À une vingtaine de mètres de lui, je m'arrêtai pour une ultime observation. Sarah n'émettait pas un seul son. Peut-être par volonté, peut-être par terreur pure et simple. Quant à la police, je n'avais aucun moyen de savoir si elle n'était pas déjà là, à l'affût. Le moment de la décision était arrivé ; je pouvais sortir Sarah de l'eau et finir ma besogne ou je pouvais la laisser se noyer. Il m'apparut alors qu'il y avait une troisième possibilité : elle pouvait être balayée par les flots et survivre, et cela, je ne pouvais le laisser faire.

Il me fallait donc intervenir. J'allai jusqu'à la rive, puis m'arrêtai pour retirer mes bottes puis mon jean. Je plaçai mon pistolet et le contenu des poches du jean dans le sac, que je repris à l'épaule. Sur quoi, ayant remis mes bottes, mais tenant mon jean et mon blouson à la main, je quittai le sous-bois et courus vers le pont. Je devais, ainsi, offrir un spectacle assez cocasse.

Comme j'arrivais sur les traverses du pont, Sarah m'aperçut.

— Nick ! cria-t-elle. Nick, je suis là !

Comme si je ne m'en étais pas aperçu ! Je me penchai sur la balustrade du pont et lui criai à mon tour :

— La ferme !

Toujours penché sur la balustrade, j'entrepris de faire glisser vers elle l'extrémité d'une jambe de jean, avec un nœud destiné à lui faciliter la prise. Si je savais le nom de ce nœud, je me serais engagé dans la marine au lieu d'aller dans l'Armée. L'autre jambe du jean était nouée à l'une des manches de mon blouson. J'avais fait un autre nœud à l'autre manche pour mieux la garder en main.

— Attrape ! criai-je à Sarah. Et maintenant, écoute-moi. D'accord ?

Elle leva les yeux vers moi. Ils étaient écarquillés de terreur. Quand le jean arriva au contact de son visage, elle y mordit et tourna la tête pour amener l'étoffe vers ses mains. Je pouvais voir à l'expression de son visage qu'elle n'allait pas se laisser aller, qu'elle allait vraiment essayer de s'en sortir.

— Sarah, lui dis-je, regarde-moi.

Je voulais qu'elle comprenne exactement ce qu'elle avait à faire. Quand les gens ont peur, ils tendent à dire oui à tout sans vraiment savoir ce qu'on leur demande.

— Quand je crierai, je veux que tu lâches tout et t'accroches uniquement au jean. Compris ?

— Oui. Dépêche-toi !

— On y va.

Elle s'accrocha. J'étais crispé contre la balustrade, tendu devant l'effort. Je ne la voyais plus.

— Maintenant, Sarah, maintenant ! Un petit effort !

Elle ne se le fit pas dire deux fois. La combinaison de ses efforts et des miens l'attira vers la rive comme un poisson pêché. Je fis faire deux tours supplémentaires à ma corde de jean et, quelques pas plus loin, à l'extrémité du pont, la recueillis dans mes bras. Je remerciai silencieusement l'ange gardien qui veillait sur moi ce jour-là.

Sarah toussait et s'efforçait de reprendre sa respiration. Elle n'allait pas être en état de se mouvoir pendant un moment, et il nous fallait vider les lieux. Je me remis sur pied, me courbai et la hissai sur mes épaules en une prise de pompier. Ramassant dans le même mouvement mon jean et mon blouson, je gagnai en trébuchant sous le poids le couvert des arbres.

Les yeux fixés droit devant moi, tentant de ne pas gaspiller mon souffle, je gravis une pente assez raide. Sa tête pendait sur mon épaule, tout près de mon visage, et elle me murmura :

— Merci, Nick.

Je m'efforçai de penser à autre chose. Cela faisait un drôle d'effet d'être ainsi remercié dans les circonstances présentes.

Sous les arbres, je m'arrêtai et la déposai à terre. Puis je me détournai et, m'appuyant contre un tronc, je m'appliquai à reprendre mon souffle.

— Est-ce que tu peux te débrouiller toute seule ? demandai-je en haletant

À ma grande surprise, elle répondit aussitôt. Je sentis sa main se poser sur mon épaule et elle me dit :

— Pas de problème. Allons-y.

Nous nous enfonçâmes dans la forêt, fouettés par les branches et aspergés par l'eau ruisselant de la ramure. La meilleure cachette que je pus trouver fut un pin massif, à une centaine de mètres de la rivière, dont les branches tombaient jusqu'au sol. Nous nous blottîmes contre son tronc, frissonnant et tremblant l'un et l'autre. L'adrénaline nous avait fait avancer coûte que coûte tant que nous bougions, mais, maintenant, ses effets se dissipaient. Tout ce que j'aurais voulu faire, c'était me coucher par terre et me laisser aller, mais je savais qu'il ne le fallait pas. Je me forçai à défaire, avec les mains et avec les dents, les nœuds de mon jean et de mon blouson, que je tordis ensuite pour essayer d'en extraire l'essentiel de l'eau.

Sarah me regardait avec une expression de chien battu, continuant à frissonner de tous ses membres. Je lui lançai mon blouson. J'avais maintenant deux raisons pour essayer qu'elle reste en vie : d'abord, je ne tenais pas à avoir un poids mort à traîner en quittant le secteur, et, aussi, je voulais qu'elle réponde à quelques questions.

Elle mit le blouson sur ses épaules, et, repliant les jambes, tenta de s'en envelopper le plus possible.

Je retirai ma chemise et mon T-shirt, que j'entrepris de tordre également. Je tremblais si fort que j'en avais les muscles douloureux, mais il fallait à toutes forces que j'expulse l'eau des fibres de coton pour permettre à ma chaleur corporelle de faire de nouveau son office.

Je remis la chemise et le T-shirt, délaçai mes bottes, les doigts encore tremblants, et, finalement, ôtai mon jean et le tordis à son tour. Pendant tout ce numéro de strip-tease forcé, j'avais eu soin de garder mon pistolet hors de la portée de Sarah.

Enfin rhabillé, je resserrai et boutonnai mes vêtements le plus étroitement possible afin d'offrir moins de voies d'accès au vent, toujours aussi âpre. Je glissai ensuite mon pistolet à l'arrière de mon jean, vers la base de ma colonne vertébrale. Puis j'allai m'asseoir contre Sarah, au pied de notre arbre. Il est toujours bon, lorsqu'on est deux à se trouver dans ces circonstances, de partager autant que possible la chaleur corporelle, et deux personnes de sexe opposé blotties l'une contre l'autre dégagent cinq pour cent de plus de chaleur animale que deux personnes du même sexe. Je fis donc signe à Sarah de venir se loger entre mes bras. Elle obtempéra, tout en reniflant, ses cheveux trempés plaqués sur le visage.

Très haut au-dessus de nous, une violente rafale de vent vint faire osciller la cime de l'arbre. J'allongeai les jambes, et Sarah vint s'installer sur moi, la partie gauche de son corps collée à ma poitrine. Je relevai alors les jambes pour qu'elle se trouve serrée plus encore contre mon thorax, le corps isolé du sol et une grande partie de sa peau adhérant à la mienne. Je sentis ses cheveux mouillés caresser mon épaule. Nous n'arrivions ni l'un ni l'autre à contrôler nos tremblements. Elle se serra un peu plus encore contre moi, la tête posée contre ma poitrine, et je perçus presque immédiatement les bénéfices de cette étreinte. Il y eut un moment de silence au cours duquel nous nous efforçâmes simplement de nous réchauffer. J'avais une vue plongeante sur le haut de sa tête, sur ses cheveux trempés et boueux auxquels restaient accrochés des aiguilles de pin et des fragments d'écorce.

Je fus presque pris par surprise lorsqu'elle se décida à parler.

— Je suppose, fit-elle, qu'on t'a dit que j'avais déserté, que j'étais une transfuge ?

Elle avait toujours le corps qui tremblait, mais je sus, rien qu'à son ton de voix, que le temps de la résignation était révolu.

— Quelque chose comme cela, répondis-je.

Je penchai légèrement la tête pour mieux l'écouter et levai les genoux pour l'amener encore plus près de moi.

— Et je suppose que tu les as crus ? reprit-elle. Dieu du Ciel, j'ai passé quatre ans à monter cette opération, Nick ! Et maintenant, tout est fichu en l'air par un crétin qu'on envoie me liquider !

Le terme « crétin » ne me causa qu'un plaisir très modéré. Et je demandai :

— Quatre ans pour faire quoi ? Quelle opération ? De quoi diable parles-tu, Sarah ?

Elle se mit à me parler très lentement, comme une institutrice s'efforçant de ne pas perdre patience devant le cancre le plus stupide de la classe. Mais le fait qu'elle continuait à trembler de façon incontrôlable ne lui facilitait pas les choses.

— Quatre ans pour les infiltrer assez profondément pour connaître les structures de leur réseau aux États-Unis et en Europe... Voilà de quoi je veux parler.

— Infiltrer qui ? demandai-je. Infiltrer quoi ? Et comment se fait-il que Londres ne savait rien ?

— Londres...

Elle marqua une pause, puis reprit :

— La raison pour laquelle Londres ne sait rien est que, moi-même, je ne sais pas à qui je puis me confier. Je ne connais pas encore tout le réseau, mais plus j'en apprends, plus je sais que je ne puis faire confiance à personne.

Il y eut une autre pause. Elle voulait sans doute me laisser le temps d'assimiler ses paroles, mais moi, j'attendais toujours ses explications. Resserrant autour de son visage le col de mon blouson, elle me dit alors :

— Je suppose qu'ils t'ont envoyé pour me tuer ?

— Non. Simplement pour te ramener en Angleterre afin d'y répondre à certaines questions. Il semble que tu sois devenue un problème.

Elle s'esclaffa en entendant ma réponse.

— Ah, Londres…

Son rire de dérision fut interrompu par un violent accès de toux. Elle leva la tête vers moi et poursuivit :

— Écoute-moi, Nick. Londres se fourre le doigt dans l'œil. Ce n'est pas moi, le problème. Et il ne s'agit pas de « problème », mais bel et bien d'assassinat. Et d'assassinat au sommet…

Je ne dus pas avoir l'air suffisamment captivé par ses propos, car elle reprit son ton d'institutrice.

— L'équipe dans la maison, fit-elle. Elle préparait un attentat contre Netanyahu.

Pour être tout à fait honnête, le sort de Netanyahu n'était pas la première de mes préoccupations, et je ne pus m'empêcher de sourire.

— L'affaire est dans les choux, dis-je. Ils sont tous morts, sauf un.

Sarah secoua la tête comme un jouet mécanique.

— Non, fit-elle. Tu te trompes. Il y a encore deux autres membres dans la cellule. Ils devaient nous rejoindre aujourd'hui à la maison. Tu ne comprends pas, Nick. Pour eux, ce n'est pas un simple travail, c'est une croisade – une mission sacrée. Ils continueront. Et, crois-moi, s'ils réussissent à tuer Netanyahu, tu vas vite voir les conséquences. Cela changera la façon dont tu vis, Nick. En admettant, bien sûr, que tu restes en vie…

Je détestais ce genre de concert d'allusions. J'avais l'impression de me retrouver de nouveau au milieu d'une conversation avec Lynn et Elizabeth.

— Et toi, Sarah, lui demandai-je, qu'est-ce que tu fais au juste dans cette histoire ?

Elle parut réfléchir un instant, puis s'enfouit de nouveau la tête dans le blouson. Nous entendîmes, à ce moment, le bruit des pales de l'hélicoptère, mais il s'éloigna presque aussitôt.

— Non, fit-elle. Pas encore. Je vais garder cela pour moi à titre d'assurance. Je veux être sûre que tu me sortiras d'ici. Tu vois, Nick, je ne crois pas que tu sois là pour me ramener à Londres. Il doit y avoir plus important, sans quoi ils ne t'auraient pas envoyé.

Elle avait raison, bien sûr. Et j'aurais fait exactement la même chose si j'avais été à sa place.

— Nick, reprit-elle, écoute-moi, je t'en prie. Laisse-moi en vie et sors-moi d'ici, et je te dirai tout. Ne les laisse pas t'utiliser. Donne-moi le temps de faire mes preuves.

Cela ne me plaisait guère. Je voulais en savoir plus et avoir le contrôle de la situation. Je ne répondis pas. Il fallait que je réfléchisse. Et j'avais bien l'intention de la sortir de là de toute manière, que cela lui plaise ou non.

Elle continuait à me fixer du regard. Elle venait d'ouvrir la bouche pour reprendre la parole lorsque nous entendîmes le bruit caractéristique de quelqu'un progressant au milieu des fourrés.

L'intrus, quel qu'il fût, perdit pied et s'effondra avec un énorme juron.

— Meeerde !

C'était une voix d'homme.

17

Je n'eus rien besoin de dire à Sarah. Elle s'écarta de moi spontanément, me laissant liberté de manœuvre, et ma main se posa sur mon pistolet.

L'homme devait s'être relevé pour retomber aussitôt, et nous l'entendîmes de nouveau jurer.

Sur les mains et les genoux, je m'avançai jusqu'à l'extrémité des ramures nous protégeant des regards et jetai un coup d'œil à travers les branches. C'était l'Américain de la maison, pataugeant dans la boue, les vêtements trempés et la moustache en berne. Il se dirigeait dans notre direction, en observant le sol, visiblement à la recherche de traces.

Je revins en rampant vers Sarah et lui soufflai à l'oreille :

— C'est ton Américain. Fais-le venir par ici.

Elle secoua la tête.

— Cela ne marchera pas, affirma-t-elle.

— Fais-le venir.

— Il ne marchera pas.

— C'est toi qui as besoin de ses vêtements. Pas moi.

Cela la fit réfléchir. Elle me fit un signe de tête affirmatif, respira profondément et appela :

— Lance ! Par ici ! Lance !

Je reculai jusque derrière l'arbre, pour le cas où Sarah aurait soudain décidé de redevenir la meilleure amie de Lance, me mis à plat ventre pistolet en main, et pris ma visée.

Je les entendis se rapprocher. Sarah lui parlait. En arabe et très rapidement. Cela ne me plut guère ; pourquoi l'arabe, alors qu'il parlait fort bien anglais ?

Les premières choses que je vis apparaître de lui sous le couvert de l'arbre furent ses mains. Elles étaient anormalement velues et semblaient beaucoup trop grandes pour ses poignets. Sa tête et ses épaules suivirent, comme il entrait en rampant sous la ramure. Il opinait du bonnet, semblant approuver ce que Sarah lui disait.

Il ne leva les yeux que lorsqu'il fut à couvert, et me vit alors m'avancer vers lui en rampant moi aussi. Ses yeux s'écarquillèrent quand il aperçut mon arme, et il se retourna vers Sarah, cherchant visiblement quelque explication. Il regarda de nouveau le pistolet, puis encore Sarah. Au bout de deux secondes, il laissa échapper un profond soupir et secoua lentement la tête.

Sarah était maintenant arrivée à sa hauteur, et elle lui fit impérativement signe de ramper encore un peu. Il s'exécuta, et elle plongea les mains sous son blouson. Je l'observais attentivement, prêt à réagir si elle tentait de saisir son arme pour la braquer sur moi.

Elle me regarda et secoua la tête.

Je fis signe à Lance de gagner, toujours sur les mains et les genoux, la partie gauche de notre cachette. Je l'arrêtai avant qu'il se trouve assez près de moi pour avoir des idées malsaines. Le blouson noir qu'il portait avait un emblème Harley-Davidson au côté gauche et semblait chaud et confortable. Je fis un geste avec mon pistolet.

— Tes vêtements, ordonnai-je.

Toujours à genoux, il commença à se dépouiller de son blouson. Son regard allait de Sarah à moi. Il ne disait pas un mot, essayant visiblement de comprendre ce qui se passait. Sarah était maintenant assise, le dos appuyé à l'arbre, les genoux relevés contre sa poitrine.

Je saisis le blouson et dis :

— Maintenant, le reste. D'une seule main, s'il te plaît.

Il s'appuya sur sa main gauche, posée à plat sur le sol, et, de l'autre, entreprit de défaire la boucle de sa ceinture. Sarah, que le froid devait rendre impatiente, lui jappa quelques mots, toujours en arabe.

Lance portait des souliers de sport Nike, et Sarah décida de l'aider à les retirer. Son jean vint ensuite, dont elle s'empara dès qu'il l'eut ôté, s'arc-boutant sur le sol et levant le derrière pour l'enfiler. Il était en train de faire passer son T-shirt par-dessus sa tête quand j'entendis revenir l'hélicoptère. Saisissant Lance par la nuque, je lui plaquai le visage dans la boue, le canon de mon pistolet enfoncé au creux de son cou.

L'hélicoptère resta un moment stationnaire au-dessus de nous, mais nous étions bien à couvert. Il s'éloigna d'une cinquantaine de mètres, resta de nouveau stationnaire quelques secondes puis poursuivit sa route. Le bruit de ses rotors ne tarda pas à disparaître complètement. Je libérai Lance et lui ordonnai de reprendre son strip-tease. Il finit de retirer son T-shirt, que Sarah saisit immédiatement. Elle ôta le blouson qu'elle portait, enfila le T-shirt et remit le blouson. C'était au tour de Lance, qui se retrouvait en caleçon et en chaussettes, de frissonner, les poils de son dos plaqués à la peau par la pluie.

Je lus dans son regard qu'il était déjà ailleurs. Devant penser qu'il allait être tué, il avait commencé à marmonner une sorte de prière. Son attitude n'était pas de révolte, mais plutôt de résignation.

— Ça va, Lance, lui dis-je. Tu n'as pas encore besoin d'Allah. Tu ne vas pas mourir. Alors, ferme-la un peu !

Mais il continuait à psalmodier, penché en avant, les avant-bras au sol et les mains jointes. Sarah, quant à elle, était prête à bouger, semblant presque à l'aise dans ses vêtements ridiculement trop grands. Elle me regarda.

— Qu'est-ce qu'on fait de lui ? me demanda-t-elle.

— Nous allons profiter de ce que l'hélico est parti pour faire mouvement, lui dis-je. Lui, je vais l'attacher à l'arbre avec la ceinture. Il va être mal en point, mais il survivra.

Elle secoua la tête d'un air désapprobateur.

— Non, fis-je. Tu le laisses. Et prépare-toi ; il faut dégager d'ici.

Elle poussa un soupir. Je pris la ceinture dans le sac, propulsai Lance vers l'arbre et entrepris de l'y attacher. Normalement, il lui faudrait une heure ou deux pour se libérer. S'il n'y arrivait pas, c'était que, de toute façon, il ne méritait pas de rester en vie. Il continuait à marmonner, et, au moment où je resserrais la ceinture, il lança à Sarah quelque insulte compliquée en arabe. Elle l'ignora. J'aurais presque eu envie de dire au pauvre type combien je le comprenais.

Après m'être rapidement assuré que nous n'avions rien oublié sur place, je rampai hors du couvert. Sarah me suivit – ou, du moins, le croyais-je.

J'étais encore sur les mains et sur les genoux, la tête émergeant à peine de la ramure, lorsque j'entendis une forte détonation. L'instinct me fit me plaquer au sol. Puis je me rendis compte que ce n'était pas sur moi qu'on avait tiré.

Ma première pensée fut que Lance avait, d'une façon ou d'une autre, abattu Sarah. Je sautai sur mes pieds et fis le tour de l'arbre, de façon à le prendre à revers. Puis je recommençai à ramper, l'arme au poing. Alors, je le vis. Il était toujours attaché à l'arbre, mais son corps inerte ressemblait à celui d'un condamné à mort venant d'être fusillé. Une chose était sûre : même en caleçon et chaussettes, Lance ne souffrait plus du froid. Sarah venait de lui expédier une balle dans la tête. À genoux, elle remettait l'arme, un semi-automatique, dans la poche de son blouson.

Je commençais à me demander ce que cette femme avait dans la tête ; chaque fois qu'on la laissait seule avec un homme, elle finissait par le tuer.

— Donne-moi ce pistolet, Sarah, lui dis-je. Allez, en vitesse !

Elle leva les yeux au ciel comme si j'étais décidément le dernier des raseurs, tira l'arme de sa poche et me la lança. Je me repliai en l'attrapant. Plus n'était besoin, maintenant, de chuchoter ; la moitié de l'État de Caroline du Nord devait savoir que nous étions là.

— Qu'est-ce que tu as foutu là au juste ? demandai-je d'un ton cassant.

— Il n'en serait pas resté là, crois-moi, me répondit-elle. Il aurait essayé de rejoindre les deux autres ou de faire le travail lui-même. Je connais ces gens. Je connais Lance. Très bien. Dis-toi bien que les deux autres savent parfaitement où, comment et quand frapper. Ce que tu as fait ce matin ne les arrêtera pas.

Son visage avait pris une expression presque démente et elle ajouta :

— Je t'assure, Nick, je commence à regretter de ne pas avoir choisi de te tuer pour continuer le travail.

Mais l'heure n'était pas à la discussion. Maintenant, il était pratiquement sûr que notre présence était connue. Il nous fallait nous comporter en bêtes traquées et nous enfuir aussi vite que nous le pouvions – vers où, cela n'avait pas d'importance. Il fallait que nous sortions de toute urgence de la zone de danger immédiat. Ensuite, et ensuite seulement, quand nous serions à bonne distance, nous pourrions nous arrêter pour évaluer la situation.

À supposer que le coup de feu ait été entendu – ce qui était plus que probable –, il allait y avoir obligatoirement un moment de confusion au centre de contrôle. Mais les policiers n'allaient pas tarder à reprendre leurs esprits, déterminer le secteur d'où était venue la détonation et se lancer sur la piste, avec l'hélicoptère en appui.

Nous déguerpîmes donc. Nous pouvions maintenant avancer beaucoup plus vite qu'auparavant, même si Sarah n'était pas spécialement à l'aise dans ses Nike pointure 45. Je bouillais de rage contre elle, mais je m'efforçais de me contrôler. Si vous laissez la colère vous envahir, vous cessez de vous concentrer sur l'essentiel, et l'essentiel, en l'occurrence, était de prendre du champ le plus vite possible. Savoir si Sarah mentait ou non ne devait pas devenir mon problème immédiat. Mon problème immédiat était la fuite.

L'hélicoptère surgit soudain au-dessus de la cime des arbres. Nous nous arrêtâmes net et nous mîmes à couvert. Mais l'engin, qui volait maintenant très bas et à bonne vitesse, passa directement au-dessus de nos têtes, faisant se déverser sur nous l'eau dont les branchages étaient chargés, et s'éloigna.

Nous nous remîmes en route, toujours en ligne droite. Je voulais trouver une route ou quelque habitation. Une maison impliquait normalement une voiture.

Il faisait plein jour, maintenant, et notre allure plus rapide avait entraîné un réchauffement de nos corps. En fait, je commençais à transpirer, et Sarah semblait dans le même état que moi. Il n'était nul besoin de lui expliquer ce que j'entendais faire, et, loin d'être un poids mort, elle m'était devenue de quelque secours, car il est toujours meilleur de disposer de deux paires d'yeux et d'oreilles.

Après avoir péniblement couru trente minutes, nous parvînmes à une route. Elle n'avait pas plus de trois ou quatre mètres de largeur et était semée d'ornières. Nous nous mîmes à courir parallèlement à elle, à une dizaine de mètres environ sous les arbres. Peu de temps après, nous entendîmes arriver un véhicule. Nous nous arrêtâmes instantanément et allâmes au sol. Quant à moi, je me maintenais sur les coudes et les genoux pour rester à l'écart de la boue et conserver intacte ma chaleur corporelle.

Une voiture de police passa à pleine vitesse, le gyrophare en action. Les policiers étaient vraisemblablement en train d'encercler tout le secteur. Ensuite, ils attendraient que nous tentions d'en sortir ou amorceraient un ratissage en règle.

Dès le moment où la voiture se fut éloignée, nous nous relevâmes et nous remîmes en route. Le vent s'était fait plus violent, et je voyais des rafales de pluie arriver vers nous. Après avoir couru quelque vingt minutes en terrain boisé et fortement accidenté, nous arrivâmes dans une vaste clairière, un parfait carré de plus de deux hectares taillé dans la forêt et entouré d'une barrière blanche. Installé en plein milieu et relié à la route par une allée carrossable se trouvait une sorte de ranch à un étage, construit en bois avec un toit de tuiles grises. Il était prolongé par un vaste garage ouvert, où je distinguai une camionnette, deux voitures et un petit canot à moteur sur sa remorque. La maison et deux des trois véhicules semblaient avoir connu des jours meilleurs.

Il n'y avait aucun moyen de s'approcher du bâtiment sans se retrouver en terrain découvert, et je me doutais qu'il avait des fenêtres sur tous les côtés, afin de pouvoir profiter de la vue sur les bois environnants. Six ou sept chevaux se trouvaient en liberté dans le périmètre, mais rien n'indiquait la présence de chiens, et le calme le plus total semblait régner dans la maison. Peut-être tout le monde était-il encore au lit.

— Tu restes là, murmurai-je à Sarah. Je vais aller chercher un véhicule. Quand tu me verras démarrer, tu iras directement sur la route.

— Et pourquoi ne vais-je pas avec toi ? demanda-t-elle d'un ton soupçonneux.

Si elle pensait que j'allais prendre une voiture et la laisser en plan, elle se trompait lourdement. De toute manière, elle n'était pas en position de mettre en question mes décisions. Je lui répondis quand même :

— Premièrement, tout se passera mieux si j'y vais seul – je sais ce que je fais et pas toi. Deuxièmement, je ne tiens pas à ce que tu tues quelqu'un d'autre. Et troisièmement, tu n'as pas le choix. C'est moi qui ai tes papiers.

Je lui indiquai le sac accroché à mon épaule et ajoutai :

— Si tu veux que je t'aide, tu attends ici.

Le terrain s'étendant devant la maison était aussi plat et aussi vert qu'une table de billard. Je me mis à courir, en m'efforçant de me courber le plus possible, dans une herbe mouillée qui avait près d'une dizaine de centimètres de hauteur. J'y laissais une trace très visible, mais je ne pouvais faire autrement.

Tout en avançant, je continuais à surveiller les fenêtres, à l'affût du moindre mouvement. À l'étage, les rideaux étaient tirés. Je me demandai si les maîtres de maison n'étaient pas, en ce moment précis, assis dans leur lit à regarder un bulletin d'informations télévisé leur relatant les passionnants événements de la nuit. À l'heure qu'il était, les abords du lac foisonnaient certainement de journalistes.

Arrivant à la maison, je me courbai plus encore pour passer devant une fenêtre du rez-de-chaussée dont les rideaux étaient ouverts. Je me dis qu'à cette heure et par ce temps, s'il y avait eu du monde dans la pièce correspondante, il y aurait également eu de la lumière, mais je ne me hasardai pas à regarder. Je m'arrêtai simplement quelques secondes pour écouter. Rien. Puis, toujours courbé, j'allai jusqu'au garage. Il n'y avait pas de marques de pneus humides sur le sol de celui-ci, ni de traces de pluie sur les toits des véhicules. Rien n'avait donc bougé depuis la veille au soir au moins.

Après avoir vérifié qu'aucun véhicule ne semblait muni de système d'alarme, j'essayai les portes de la camionnette, une Nissan blanche couverte de boue, et des deux voitures – une petite Dodge rouillée et un vieux break vert olive avec des garnitures en faux bois. Toutes étaient fermées à clé. Je me mis alors à la recherche d'un instrument propre à remédier à cette situation.

Je finis par repérer, dans le fatras encombrant le fond du garage, une boîte à outils, et je me penchais sur elle en la fouillant lentement et prudemment pour éviter le bruit lorsqu'un hurlement me fit sursauter :

— On ne bouge plus ! Pas un geste, enfant de salaud !

Quel que soit l'homme, il avait dû passer une bonne partie de son existence à traquer le gibier dans les bois, car je n'avais rien entendu venir. Je restai scrupuleusement immobile.

— Tu te tiens tranquille ou je te fais sauter le cul ! reprit-il, avec un bel accent traînant du Sud profond.

Il semblait avoir tout son sang-froid et se tenait juste derrière moi. Je me tins tranquille. Je m'arrangeai aussi pour qu'il voie bien mes mains et soit assuré que je ne faisais pas de geste intempestif. J'avais un pistolet dans la ceinture de mon jean et un autre dans mon blouson, mais, pour le moment, ils restaient où ils étaient. Je ne savais pas ce que l'homme braquait sur moi ou même s'il braquait vraiment quelque chose sur moi, mais je n'allais pas prendre le risque d'essayer de le découvrir. Je restai penché sur la caisse à outils et gardai un silence total ; je ne voulais rien dire qui puisse l'énerver ou l'indisposer, surtout avec mon mauvais accent américain. J'entendais ses pieds racler le sol en ciment du garage, et j'écoutais intensément ; j'essayais d'estimer la distance à laquelle il se trouvait.

— Tu restes où tu es, fils de pute !

D'après la voix, il n'était pas jeune. Peut-être la soixantaine. Il vint vers moi en traînant les pieds. Je déplaçai mon regard de façon à pouvoir distinguer son reflet dans la vitre de la camionnette. J'aperçus assez clairement une main tendue tenant un revolver à canon court.

— Tu sais à qui est cette camionnette, salopard ? demanda-t-il.

Je secouai très lentement la tête.

— À mon fiston. Et mon fiston est dans la Police d'État. En ce moment, il est en train de te chercher, mon gars. Mais moi, je t'ai trouvé.

J'avais raison ; il avait dû regarder le bulletin d'informations du matin. À moins que son « fiston » ne lui ait téléphoné pour le mettre au courant des événements.

— Ils vont venir te prendre par la peau du cul, ordure, poursuivit-il. Merde, c'est la bagnole de mon fiston. Il a travaillé assez dur pour se l'acheter, enfant de salaud...

Je continuais à observer son reflet dans la vitre. Il fit deux autres pas vers moi, ce dont il aurait dû s'abstenir ; il ne faut jamais s'approcher trop près de quelqu'un qu'on menace d'une arme de poing. Un pistolet, c'est fait pour tuer à distance, et cela, il ne faut pas l'oublier.

Il fit un autre pas, et je pus voir exactement quelle était l'arme. C'était un revolver calibre 38 à canon de deux pouces, du même modèle que celui que le jeune Noir avait acheté devant moi à Fayetteville. Et, comme le vendeur le lui avait dit, avec cela, il n'y a même pas besoin de viser, c'est comme si on pointait son doigt. De plus, le chien était relevé, ce qui rendait la situation encore plus dangereuse pour moi. Les revolvers sont à double action ; c'est-à-dire que si le chien est baissé, on doit presser assez fort la queue de détente pour entraîner deux mouvements successifs. Le chien se relève en position arrière, puis il revient en avant pour entraîner la percussion et faire partir le coup. C'est ce qui sert de système de sécurité sur les armes à barillet, comme le cran de sûreté sur un semi-automatique. Mais là, mon homme avait déjà relevé le chien avec son pouce, mettant son arme en simple action ; il n'avait plus qu'à presser doucement la queue de détente – une pression légère, dont un jeune enfant était capable – pour faire partir le coup.

Je restais toujours immobile. Que pouvais-je faire ou dire ?

Puis il vint tout près de moi, et je sentis le froid de l'acier sur ma nuque. Il enfonça plus avant le canon de son arme en le faisant remuer sur mon cou. Sachant qu'il avait le doigt sur la queue de détente, je vis ma dernière heure arriver. Je fermai les yeux.

— Bande de fumiers ! marmonnait-il. Pourquoi vous ne bossez pas comme les autres ? Merde ! Au lieu de venir comme ça ! Merde !

Je rouvris les yeux et regardai dans la vitre. Il avait maintenant le bras complètement tendu et le canon de son revolver était toujours en contact avec ma nuque. Soit il allait me tuer par accident, lorsque la pression de son index se ferait un peu trop forte, soit j'allais voir débarquer « Fiston » et ses petits camarades de la Police d'État...

Je me dis que je n'avais plus rien à perdre. Si je me montrais assez rapide dans le mouvement initial, je disposerais d'une seconde, et c'était l'utilisation que j'en ferais qui déciderait de ma survie ou de mon trépas.

Je ne voulais pas qu'il me voie emplir mes poumons d'oxygène en préparation du mouvement. Mais il continuait à divaguer, content de lui :

— Mon fiston va te botter le cul, tu vas voir... Pourquoi vous venez vous entre-tuer ici, bande de salauds... Rentrez chez vous, ordures... Allez faire ça chez vous, bande de fumier...

Il éructait. Je pris une dernière inspiration et ouvris les yeux. Il fallait que j'y aille.

Avançant le pied droit et, en même temps, faisant pivoter l'autre, je levai le bras gauche en hurlant comme un possédé, de toute la puissance de mes poumons. J'espérais à la fois que cela le déconcerterait et que cela me mettrait en condition. Peu m'importait quelle partie de mon bras gauche allait heurter son bras armé dès le moment où le choc se produirait. Il eut lieu, et, soudain, ma nuque ne se trouva plus en contact avec le métal.

Il fallait maintenant que mon avant-bras gauche reste collé au bras tenant le pistolet tandis que j'achevais de pivoter sur moi-même, me retrouvant face à mon adversaire. Celui-ci était plus grand que je ne l'avais cru. Son visage non rasé avait l'apparence du vieux cuir racorni et se surmontait d'une masse de cheveux gris en désordre. Je saisis l'étoffe de sa manche, m'efforçant de faire pointer le 38 n'importe où sauf sur moi.

Un coup partit, et la détonation résonna dans tout le garage. Il ne s'était sans doute même pas rendu compte qu'il avait pressé la queue de détente.

Je poursuivis mon mouvement tournant et il se mit à hurler à son tour en appelant « Ruby ». Son visage n'était pas à plus de quinze centimètres du mien. Je pouvais respirer sa mauvaise haleine et voir sa bouche édentée, béante.

Comme je tournais, il se trouvait contraint de suivre le mouvement. Il ne semblait pas au comble de la joie. Quelques secondes plus tôt, il triomphait, tout allait bien pour lui, et maintenant, il se disait qu'il était sur le point de rencontrer son Créateur. Le mouvement tournant se poursuivant, il finit par me présenter son dos, et, de la main droite, je réussis à lui cogner la tête contre la vitre de la camionnette. Puis je le poussai de tout le poids de mon corps contre la carrosserie, lui faisant perdre le souffle. Du genou droit, je lui fis perdre l'équilibre, lui tenant la tête pour contrôler sa chute.

Je ne dis pas un mot. Il n'en était nul besoin. Il était à genoux, écartelé contre le véhicule, le visage collé à la portière. Je saisis son bras armé et le secouai. Le 38 s'en alla voltiger bruyamment sur le sol du garage.

Mais ce n'était pas fini. Le vieux dur ne désarmait pas. Bavant du sang, il m'invectivait encore :

— Enfant de salaud ! Merde...

Pour le moment, c'était sa femme qui m'inquiétait. Ruby était-elle au téléphone, appelant la police, ou en train de sortir le fusil de chasse du placard ? Je reculai d'un pas, tirai mon propre pistolet et expédiai deux coups de semonce pour persuader l'homme de se réfugier sous la camionnette. Et puis... Que croyez-vous ? Je m'enfuis à toutes jambes.

Sous la pluie qui avait recommencé à tomber dru, je courus dans l'herbe en m'efforçant de retrouver les traces que j'avais laissées en arrivant. J'entendis une femme crier, mais ne me retournai pas. Il n'y eut pas de coups de feu.

Je franchis la barrière en voltige et courus à travers bois jusqu'à l'endroit où se trouvait Sarah. Elle était là, adossée à un arbre. Je m'effondrai à côté d'elle, tentant de reprendre mon souffle. Je levai les yeux et nous nous regardâmes. Que pouvais-je dire ? J'avais raté mon coup. Il y eut un silence et ce fut elle qui le rompit :

— Et maintenant ? demanda-t-elle.

— Laisse-moi réfléchir, lui dis-je.

Je reportai mon regard sur la maison. On n'y voyait signe d'aucune agitation. Ruby était probablement dans le garage, en train de tirer son mari de sous la camionnette avant de se précipiter sur le téléphone.

J'essayais encore d'explorer toutes les possibilités qui s'offraient à nous quand les événements décidèrent à ma place. Je vis la masse bleue et blanche d'une voiture de police foncer sur la route, de l'autre côté de la maison, à travers un rideau de pluie. Pas de sirène ni de gyrophare, mais l'accélérateur à fond. Si c'était « Fiston » répondant à l'appel de ses parents, nous avions intérêt à vider les lieux au plus vite, surtout avec la trace que j'avais laissée dans l'herbe haute entourant la maison.

Je me levai et, Sarah me suivant, commençai à courir en revenant sur mes pas, puis bifurquai en direction de la route. À ce moment, j'entendis l'hélicoptère dans le ciel, et nous nous remîmes à couvert sous les arbres. Dès le moment où l'engin fut passé, je repartis à travers bois sans même me retourner pour voir où en était Sarah. Elle n'avait qu'à suivre.

Arrivé à l'extrémité du bois, près de la route, je me laissai tomber sur les mains et les genoux, observant et écoutant. Tout ce que j'entendais était le bruit haletant de ma propre respiration et celui de la pluie martelant les feuilles des arbres et le goudron de la route. Sarah vint s'effondrer à côté de moi.

18

Nous restâmes un moment étendus dans la boue, levant la tête pour observer les alentours. Je ne voyais rien, si ce n'est une véritable muraille de pluie.

Finalement, je fis un signe de tête à Sarah. Elle y répondit affirmativement. Je me levai alors et traversai la route en courant. Mais, au lieu de plonger sous les arbres de l'autre côté, je virai à gauche et continuai ma course sur le bord de la voie goudronnée.

— Nick ! me cria Sarah. Qu'est-ce que tu fais ? Mettons-nous à couvert !

Je me retournai, secouai la tête et lui fis signe de me suivre. Elle hésita un moment, puis elle comprit et se mit à courir derrière moi. Je restai sur la chaussée pendant une bonne trentaine de mètres, regardant de tous côtés pour capter le moindre mouvement. Puis je me hasardai une dizaine de mètres plus loin, sachant bien que, là, je tentais le Diable. Je plongeai alors au milieu des arbres.

La manœuvre n'avait pas été inutile ; même si on nous poursuivait avec des chiens, ce qui était plus que possible, il faudrait un moment pour retrouver notre piste. Notre odeur avait été effacée de la voie goudronnée par la pluie, et il faudrait que les poursuivants explorent tous nos itinéraires possibles de part et d'autre de la route pour permettre aux chiens de retrouver notre odeur et donc notre piste.

Pendant la demi-heure qui suivit, nous avançâmes à travers une forêt très dense, au sol accidenté. La progression y était difficile, mais la couverture parfaite. Toutes les dix minutes environ, l'hélicoptère nous survolait. Il finit par passer un peu trop près et un peu trop bas. Nous nous arrêtâmes sous un arbre, saisissant cette occasion de reprendre notre souffle. Nous étions l'un et l'autre trempés, non seulement de pluie mais aussi de sueur. J'avais la gorge complètement desséchée et je ne pouvais m'arrêter de haleter, le seul point positif étant que cette dépense physique m'empêchait de ressentir le froid.

Me retournant pour regarder le terrain que nous avions parcouru, je vis que la trace que nous y avions laissée à travers la végétation serait évidente pour tout observateur à l'œil un peu entraîné, et que des chiens n'y auraient aucun mal à retrouver notre odeur. Nous pouvions, certes, espérer que nos survivants ne disposent pas immédiatement de traqueurs professionnels ni de chiens. Il n'y en avait certainement pas en alerte permanente dans tout le territoire, et il faudrait peut-être des heures pour les faire intervenir. Peut-être...

Au bout d'une dizaine de minutes, l'hélicoptère finit par s'éloigner et nous fîmes de même. Mais notre allure s'était singulièrement ralentie. Je me sentais épuisé, et mes enjambées se faisaient de plus en plus courtes. Je jetai un coup d'œil derrière moi. Sarah ressemblait à une morte vivante.

De plus, nous ne savions plus où nous allions. Je décidai qu'il nous fallait nous arrêter et attendre la tombée de la nuit. Après quoi, à la faveur de l'obscurité, nous rejoindrions notre seul point de repère, la route, et nous la longerions jusqu'au moment où je pourrais m'emparer d'une voiture.

Je continuai pendant une dizaine de minutes encore, avec Sarah maintenant à ma hauteur. Puis, à une soixantaine de mètres sur la droite, j'aperçus une couverture possible pour le reste de la journée : un arbre tombé sur un monticule, avec ses branchages encore intacts. Il allait pouvoir nous protéger des regards indiscrets, aériens comme terrestres, et, chose tout aussi importante, des éléments. Je ne voulais pas, si par chance la police nous ratait, que le climat se charge de nous régler notre compte.

— Qu'est-ce qu'on fait ? me demanda Sarah. Pourquoi t'es-tu arrêté ?

Je ne me donnai pas la peine de répondre. Je regardai le terrain que nous avions parcouru, puis, me retournant, celui qui s'étendait devant nous. Ils étaient identiques, accidentés et regorgeant d'obstacles naturels.

J'opérai un demi-tour à gauche et avançai en traînant bien les pieds, de façon à laisser une trace s'écartant nettement de la direction de l'arbre abattu. Sarah suivait comme elle pouvait, suant et soufflant, s'efforçant de conserver à ses pieds pointure 37 ses souliers Nike pointure 45.

Passée une petite crête, nous trouvâmes un ruisseau de deux mètres de largeur environ. Je m'y rendis directement et m'en allai patauger dans l'eau glacée. Puis je me retournai et regardai ; de là, on ne voyait pas l'arbre abattu.

Sarah s'était arrêtée au bord du ruisseau.

— Qu'est-ce que tu fais ? demanda-t-elle.

— Viens, lui dis-je.

L'eau m'arrivait maintenant au-dessus du genou. Je pivotai sur la gauche et commençai à descendre le cours du ruisseau, me retournant tous les dix ou douze pas pour m'assurer que je ne voyais pas l'arbre. J'avais ainsi parcouru une cinquantaine de mètres avec Sarah pataugeant derrière moi lorsque je décidai que nous étions assez loin. Je sortis de l'eau de l'autre côté du ruisseau et attendis. Sarah vint me rejoindre, visiblement heureuse de ce répit. Elle était trempée, épuisée et sale, avec des aiguilles de pin collées au visage et des brindilles dans les cheveux, mais elle tenait le coup. Elle avait, de toute évidence, entretenu sa forme physique entre deux réceptions à Washington.

— Prête ? lui demandai-je.

Elle hocha la tête et reprit son souffle. Nous parcourûmes encore quelque trois cents mètres en terrain accidenté, en nous éloignant du ruisseau. Puis je sentis que Sarah commençait à faiblir un peu et décidai que cela suffisait. Le moment était venu de brouiller une bonne fois les pistes. Je m'arrêtai près d'une excroissance rocheuse, et Sarah me rejoignit. Nous haletions tous deux, les mains plaquées aux genoux, comme si nous venions de finir une course de vitesse.

— Sarah, lui dis-je, enlève ta culotte.

Elle me regarda d'un air interloqué. Elle avait déjà entendu ces mots venant de moi, mais en des circonstances entièrement différentes.

— Comment ? fit-elle.

— Ta culotte, insistai-je. J'en ai besoin.

J'avais déjà, quant à moi, ôté mon blouson et je m'attaquais au T-shirt qui se trouvait en dessous.

— Sarah, lui dis-je, fais-moi confiance. Ils doivent avoir des chiens.

Elle ne demanda pas plus d'explications et, avec un petit grognement, commença à baisser son jean. Le spectacle eût été charmant en toute autre situation, mais c'est l'éternelle et douloureuse histoire de ma vie : le mauvais moment au mauvais endroit.

Je remis ma chemise et frissonnai lorsqu'elle toucha ma peau. Sarah, elle, était fort occupée à reboutonner son jean. Je pris sa petite culotte et la plaçai avec mon T-shirt entre le rocher et un buisson. Si nous étions poursuivis avec des chiens, ceux-ci allaient arriver à cet endroit. Mais il faut se rappeler que le chien, en ce cas, ne sait pas exactement ce qui se passe ni exactement ce qu'il cherche. Pour lui, c'est un jeu. Il peut confondre une pièce de vêtement avec le gibier lui-même et supposer alors la victoire acquise. Et il faudra du temps à son maître pour le convaincre de reprendre la chasse.

Les chiens recueillent les odeurs de deux sources différentes – de l'air et du contact que l'on a pu avoir avec le sol, les plantes et les objets. Les odeurs « aériennes » se dissipent rapidement sous l'effet du vent et des autres éléments. Mais les odeurs « terrestres » peuvent encore être perçues par un chien pendant près de quarante-huit heures. Et elles peuvent être identifiées par lui comme appartenant à tel ou tel individu bien précis. Tout comme des empreintes de pas apparaissent différentes à l'œil humain, telle ou telle combinaison d'odeurs est différente pour un odorat canin. Et un chien réellement bien entraîné peut même identifier, à l'odeur, un individu particulier au milieu d'un groupe.

Mais si un chien peut avoir meilleure oreille, meilleur nez et meilleures jambes que moi, je crois encore pouvoir le battre sur le plan de l'astuce. C'est ce que j'expliquai à une Sarah qui conservait un air un peu renfrogné.

— L'odeur la plus forte, lui dis-je, provient des glandes sudoripares. Mais, pour le moment, je pense que ta culotte sentira plus que ton T-shirt. Sans vouloir te vexer, bien sûr.

Elle réfléchit une seconde et me gratifia d'un hochement de tête affirmatif.

— Bien, fis-je. Maintenant, tu me suis. Pas à pas. Ne touche rien, même pas pour t'y appuyer.

Sur quoi je me mis en marche en m'appliquant à rester sur les rochers les plus élevés, évitant les endroits où nos odeurs corporelles pourraient subsister.

Puis, alors que nous étions arrivés à quelque soixante-dix mètres du ruisseau et en vue de l'arbre abattu, l'hélicoptère réapparut, venu de nulle part.

Nous nous précipitâmes sous les arbres, les étreignant comme s'ils étaient des êtres chers. J'entendais le bruit des rotors, très bas au-dessus des cimes et j'en ressentais même le souffle. Je compris soudain ce que faisait l'équipage de l'engin. Il suivait tout simplement le ruisseau comme il explorait toute zone découverte. Il suffisait d'être patient. L'hélicoptère s'éloigna et, après un temps, nous fîmes de même.

L'arbre abattu tenait ses promesses. Ses branches nous couvraient et il y avait même assez de place pour nous abriter sous le tronc. Sarah était à genoux, tentant de reprendre sa respiration, je lui fis signe d'aller se placer sous l'arbre. Je l'y suivis. L'air y était aussi humide et froid qu'à l'extérieur, mais, au moins, nous étions cachés et nous avions une occasion de nous reposer, à condition de partager notre chaleur corporelle. Et même si rester là n'était pas une bonne décision, il était trop tard pour s'en inquiéter.

L'hélicoptère repassa au-dessus de nous, à pleine vitesse, cette fois, mais nous étions bien dissimulés. Sarah me regardait, attendant une explication.

— Nous allons attendre la tombée de la nuit, lui dis-je, puis nous retournerons vers la route.

Cette perspective ne semblait guère la réjouir, mais elle se résigna et vint, pour se réchauffer, se blottir contre mon dos, le corps collé au mien et les bras passés autour de mon torse. Je sentais sa chaleur se communiquer à moi, comme la mienne devait se communiquer à elle. Je m'efforçais de ne pas trop m'avouer combien j'aimais la sentir ainsi, contre moi et dépendant de moi. Tournant à demi la tête, je lui dis :

— Rester cachés est ce que nous pouvons faire de mieux pour le moment. Tu vas avoir très froid, et te dire très certainement que tu es sur le point de mourir, mais tu ne mourras pas. Tant que nous resterons l'un contre l'autre à partager notre chaleur, nous ne mourrons pas. Est-ce que tu comprends ?

Je la sentis hocher la tête, et elle se serra encore un peu plus contre moi. Même en ces circonstances, je devais admettre que je ne trouvais pas cela désagréable.

Mais, même avec Sarah ainsi collée à moi, mon corps commença à se refroidir à mesure que les minutes passaient. Le sol lui-même semblait se faire plus glacial et plus humide. Les parties de mon corps auxquelles adhérait celui de Sarah demeuraient relativement chaudes, mais tout le reste de ma personne gelait. Et chaque fois qu'elle s'agitait pour essayer de trouver une position plus confortable, je sentais le froid attaquer la petite zone de mon corps qu'elle venait ainsi de découvrir.

Elle bougea une nouvelle fois et me murmura :

— Désolée. Une crampe.

Elle tenta d'étendre la jambe et de remuer le pied pour la faire passer.

Quant à moi, j'écoutais le bruit de l'eau coulant dans le ruisseau, non loin de nous, celui du vent dans les arbres, de la pluie tombant sur les feuilles et sur le sol. Il y avait, à quelques dizaines de centimètres au-dessus de celui-ci une sorte de nappe de brume qui m'évoquait cette fumée qui sert à imiter le brouillard au théâtre. Cela pouvait jouer soit en notre faveur soit contre nous ; cela nous donnerait une relative couverture visuelle si nous étions contraints de fuir, mais cela risquait aussi de faciliter le travail des chiens en contribuant à maintenir notre odeur vers le sol.

Je regardai ma montre : 7 heures 46, soit encore une

douzaine d'heures avant la tombée du jour. Ces heures-là promettaient d'être longues.

S'étant installée comme elle pouvait, Sarah souhaitait parler.

— Nick ? demanda-t-elle.

— Pas maintenant.

Je voulais avoir le temps de réfléchir. De bien examiner ce qu'elle m'avait dit et ce qui était arrivé jusque-là. Disait-elle la vérité ou mentait-elle à propos de l'attentat contre Netanyahu ? Comment ses petits camarades comptaient-ils le tuer ? Et comment, le cas échéant, avait-elle projeté de les en empêcher ?

Je débordais de questions, mais ce n'était pas le moment de les poser. Nous devions émettre le moins possible de sons, et j'avais besoin de conserver toute ma concentration pour résoudre les problèmes immédiats. Il fallait que je me sorte de là vivant, et de préférence avec Sarah également vivante.

19

Une heure plus tard, Sarah et moi étions complètement gelés et grelottions lamentablement. Je tentai de combattre le froid en bandant tous mes muscles et les relâchant ensuite. Cela marcha pendant un moment, mais je me remis vite à trembler. Je ne savais comment Sarah faisait face à la situation, et, pour le moment, je n'en avais cure, car je me posais une multitude d'autres questions. Disait-elle la vérité ? Devrais-je appeler Londres si je me sortais de ce pétrin ? Devrais-je solliciter de l'aide aux États-Unis mêmes ? Peut-être par l'intermédiaire de Josh – mais non, il n'était certainement pas encore revenu d'Angleterre...

Puis j'entendis un bruit qui ne me plut pas du tout.

Je me mis à observer les alentours à travers le feuillage, la mâchoire ouverte pour améliorer en même temps mes facultés auditives. Je tournai la tête et mon regard rencontra celui de Sarah au moment même où elle allait me dire qu'elle avait entendu les chiens, elle aussi. Je ne parvenais pas encore à les voir, mais ils arrivaient. Ce n'était qu'une affaire de temps.

Sarah mit sa bouche contre mon oreille et me murmura :

— Allons-y, partons !

Je lui chuchotai de se taire. Nos poursuivants apparaissaient au sommet d'une crête. Il y avait tout un groupe. La première chose que je vis, ce fut les deux grands chiens qui, en tête, tiraient de toutes leurs forces sur leurs longues laisses en nylon, la vapeur s'échappant de leur pelage humide. Point positif : c'étaient des bergers allemands, des chiens de combat mais pas de véritables chiens de traque.

En revanche, je m'en aperçus très vite, l'un des six policiers constituant l'équipe avait en laisse un épagneul, qui, lui, avançait le nez bien collé au sol et semblait adorer ce petit jeu. Son maître était parfaitement bien équipé pour cette poursuite tout-terrain, mais ses cinq compagnons avaient une vêture beaucoup moins appropriée. Ils portaient leurs habituels blousons imperméables, et leurs pantalons marron à passepoil jaune étaient déjà couverts de boue. Deux d'entre eux avaient même des souliers bas.

Ils dépassèrent notre cachette en suivant nos traces vers la gauche, en direction du ruisseau. Je me tournai alors vers Sarah et lui dis :

— Maintenant, on y va.

Je sortis de sous le tronc d'arbre et me mis immédiatement à courir dans la direction opposée à celle du ruisseau. Il nous fallait prendre de vitesse nos poursuivants. Il n'était évidemment pas question de courir mieux que les chiens, mais ceux-ci étaient bien obligés de régler leur allure sur celle de leurs maîtres. Et ces derniers m'avaient paru passablement essoufflés déjà. Même en notre piteux état, nous devions être meilleurs qu'eux.

Après une trentaine de minutes de course à travers bois, je dus m'arrêter pour attendre Sarah, qui haletait, émettant un véritable nuage de vapeur, tant par la transpiration que par la respiration. Quand nous repartîmes, je jetai un coup d'œil à ma montre : il était 10 heures 39.

Nous poursuivîmes notre course pendant une bonne heure encore. Sarah peinait de plus en plus, mais je maintenais la cadence. Je savais qu'elle suivrait coûte que coûte. Quand nous nous entraînions ensemble, au Pakistan, elle ne renonçait jamais, même si nous étions censés courir pour le plaisir. Et à ce moment, il n'y avait pas que son orgueil en jeu. Cette fois, il y avait un peu plus que cela.

Nous étions maintenant en terrain à peu près plat, et je pouvais distinguer le ciel, à quelque deux cents mètres devant nous, à travers les troncs des arbres. J'entendis peu après le bruit d'un moteur. Nous arrivions à une route.

Je rampai jusqu'à la lisière du bois. Il s'agissait d'une petite route assez mal entretenue et certainement peu fréquentée. J'ignorais totalement où nous nous trouvions, mais, pour le moment, cela n'avait guère d'importance.

Je décidai d'aller vers la droite – cela aurait aussi bien pu être la gauche – en suivant la route. À un moment ou un autre, nous allions bien trouver un véhicule ou au moins déterminer notre position, et là il serait temps d'aviser quant à la suite.

— Prête ? demandai-je à Sarah.

Elle hocha la tête en reniflant et nous nous enfonçâmes de nouveau dans la forêt. Je me remis debout et elle accepta ma main pour se relever elle aussi. Nous nous mîmes à courir parallèlement à la route, mais en restant à l'abri des arbres. La pluie avait beaucoup perdu de sa violence et s'était muée en une sorte de bruine persistante. Au bout d'une minute ou deux, j'entendis arriver une voiture. Je me baissai le temps qu'elle nous dépasse, les phares en veilleuse et les vitres couvertes de buée, cahotant entre les ornières. Dès qu'elle eut disparu nous nous remîmes debout et reprîmes notre course.

Le véhicule suivant fut un camion chargé de bois. Ses roues s'enfoncèrent dans une vaste ornière et nous expédièrent une énorme vague d'eau qui nous manqua de peu. Toutes les cinq minutes environ, passait un véhicule quelconque. La plupart allaient dans la même direction que nous, ce qui me parut un bon signe.

Deux kilomètres plus loin, nous commençâmes à apercevoir des lumières devant nous, de l'autre côté de la route. En approchant, je constatai qu'il y avait là une station-service avec un petit magasin-cafétéria. Une enseigne au néon orange signalait que l'ensemble était ouvert. Il s'agissait d'un bâtiment en ciment, bas et au toit plat, avec trois pompes à essence sous un auvent que soutenaient bravement deux poutres d'acier. Il avait vraisemblablement été tout pimpant lors de son inauguration dans les années soixante ou soixante-dix, mais le temps avait exercé ses ravages. La peinture blanche était devenue grise et les jointures cédaient de toutes parts.

Dans la vitrine de la petite boutique des panneaux décolorés annonçaient café, maïs grillé, bière et cigarettes. Les pompes à essence elles-mêmes semblaient avoir fait leur temps. Des années plus tôt, peut-être, quand la route avait été inaugurée, l'endroit avait eu son heure de succès. Mais lorsqu'on avait ouvert les autoroutes desservant maintenant l'essentiel de la Caroline du Nord, la clientèle s'était éloignée et la décrépitude s'était installée.

À proximité de l'enseigne au néon, je m'arrêtai et me baissai. Sarah me rejoignit ; et je lui murmurai de m'attendre. J'avançai en rampant et jetai un regard prudent à travers la vitre de la boutique. J'y découvris, comme je m'y attendais, des alignements de paquets de biscuits et, dans des vitrines réfrigérées, des cartons de lait et des boîtes de Coca-Cola. Un grand pot en verre empli de café chauffait sur un réchaud auprès duquel s'alignaient des tasses en polystyrène de tous les formats, de la demi-pinte aux deux pintes.

Installée derrière le comptoir, apparemment seule, se trouvait une forte femme d'environ trente-cinq ans, avec des cheveux blonds décolorés sur lesquels elle devait verser, pour maintenir la coiffure « bouffante » qu'elle arborait, un plein conteneur de laque par jour. Je ne pouvais voir que la partie supérieure de sa personne, mais, à en juger par la façon dont il la moulait, le T-shirt qu'elle portait devait appartenir à sa fille de quinze ans. Elle réussissait à grignoter un épi de maïs et à fumer en même temps tout en lisant un magazine.

Je revins en rampant vers Sarah.

— Est-ce que nous pouvons prendre une voiture ? me demanda-t-elle.

— Pas encore, lui dis-je. Il n'y en a aucune à l'horizon.

Un peu au-delà de la station-service, une autre route coupait la première à angle droit. Je me dis qu'il devait y avoir là, logiquement, quelque panneau indicateur. Toujours en rampant, nous dépassâmes la station-service et sa boutique pour nous y rendre. J'avais fait signe à Sarah de rester là où elle était, mais, en même temps que son souffle, elle avait retrouvé ses instincts premiers ; elle détestait recevoir des ordres et, plus encore, y obéir. Elle vint avec moi.

Je finis par repérer un panneau métallique vert en haut d'un poteau également métallique. Vers la droite, il indiquait un endroit nommé Creedmore, dont je n'avais jamais entendu parler, mais il précisait qu'en continuant tout droit, nous nous dirigions vers Durham, endroit que je situais parfaitement. C'était juste à l'ouest de l'aéroport, et assez fréquenté pour que nous passions inaperçus.

Après la station-service, la route montait pendant quelques centaines de mètres, avec des fossés de drainage de part et d'autre, puis disparaissait derrière un rideau de pins. Restait à nous emparer d'un véhicule, mais, avant de faire quoi que ce soit, je devais m'assurer que la femme de la station-service ne pourrait appeler à l'aide. Je suivis des yeux les lignes téléphoniques allant de la station au croisement, parallèlement à la route. Je repérai un poteau, cinq mètres environ avant le croisement, et, après avoir bien vérifié des yeux que rien n'était en vue, j'y courus, suivi de Sarah.

J'entrepris d'ôter ma ceinture et demandai la sienne à Sarah. Cette fois, elle ne tenta pas de discuter. Elle suivit mon regard, qui se portait sur le sommet du poteau, et me demanda :

— Tu vas monter là-haut ?

— Je veux couper la ligne partant de la station-service, lui expliquai-je.

— Nous allons la dévaliser ?

Parfois, il était permis de douter de son sens des réalités. Je la regardai d'un air dubitatif et lui dis :

— Tu es sérieuse ?

Je me demandai, à ce moment précis, à quoi avaient bien pu servir toutes ces coûteuses années d'enseignement universitaire. Elle avait généralement assez de puissance cérébrale pour déplacer un verre sans même le toucher, mais il lui arrivait aussi d'avoir autant de sens commun qu'un canari en bas âge.

— Nous allons seulement, lui expliquai-je patiemment, piquer une bagnole et nous tirer à toute allure. Nous avons des visiteurs qui arrivent, tu te souviens ?

Je pris sa ceinture – en fait un gros ceinturon avec l'insigne Harley-Davidson et la devise *VIVRE POUR ROULER*,

ROULER POUR VIVRE – et l'attachai à la mienne de façon à former une seule grande boucle de cuir. Je la laissai tomber à la base du poteau, y engageai les deux pieds et, agrippant le gros mât à pleines mains, commençai à monter. J'avais appris cette technique après avoir vu un documentaire sur le Pacifique Sud, où des hommes l'utilisaient pour monter jusqu'en haut des cocotiers. En théorie, elle était simple, mais là, mon poteau téléphonique était si humide et glissant qu'il me fallut plusieurs tentatives pour démarrer. Mais j'avais toujours la consolation de me dire que si j'étais un jour naufragé en Polynésie, je ne mourrais pas de faim.

J'étais à peu près au tiers de la hauteur quand j'entendis des crissements de pneus et un bruit de moteur se rapprochant. Je sentis mon cœur se mettre à battre plus vite, mais la voiture tourna et prit la direction de Durham. Cela se produisit deux fois encore pendant ma pénible ascension. À chaque fois, je m'arrêtais et attendais que le véhicule se fût éloigné. À ce stade, au moins, les cimes des arbres jalonnant la route me donnaient quelque protection.

Il ne me restait qu'une cinquantaine de centimètres à franchir lorsque j'entendis arriver une quatrième voiture. Mais celle-là venait de la direction de Durham. Elle roulait lentement et se rapprochait inexorablement.

Je cherchai des yeux Sarah, mais celle-ci avait compris toute seule ; elle s'éloignait déjà de la base du poteau pour aller se mettre à couvert.

Le véhicule s'arrêta, une porte s'ouvrit et j'entendis des bruits de communications radio. Ce ne pouvait qu'être une voiture de police.

Je ne pouvais atteindre mon arme, car le simple fait de rester cramponné au poteau et de ne pas glisser le long de celui-ci mobilisait toutes mes forces. Je pensai un instant monter les cinquante centimètres qui restaient de façon à pouvoir m'appuyer sur une traverse, mais je me dis qu'avec la chance qui me caractérisait à ce moment, j'allais sans doute finir par lâcher prise et tomber directement sur la tête des policiers.

J'entendis des rires, en bas, et regardai de nouveau. Sarah n'était pas en vue, mais je pouvais contempler, juste au-dessous de moi, le sommet d'un chapeau d'uniforme à larges bords recouvert de plastique transparent pour le protéger de la pluie. Au-dessous du chapeau, un homme de la Police d'État, revêtu d'un imperméable réglementaire marron, s'enfonçait de quelques mètres dans le bois. Ces imperméables comportent des fermetures à glissière sur les côtés pour permettre aux policiers de dégainer plus facilement leurs pistolets, mais ce n'était pas cette fermeture-là dont s'occupait mon homme. Il ouvrit tout simplement sa braguette, et, les genoux légèrement pliés, se soulagea. Le jet d'urine vint, en soulevant un peu de vapeur, frapper le sol presque au pied de mon perchoir. Je m'efforçais, quant à moi, de ne pas émettre le moindre son. Je n'osais même plus avaler ma salive. Et, pire, mes doigts commençaient à perdre quelque peu leur prise sur le poteau humide.

Je cherchai du regard l'équipier du policier, mais je ne le vis pas ; il avait dû tout simplement rester dans la voiture, comme il était normal par ce temps. Son collègue finit d'uriner et couronna son exploit d'un pet retentissant.

Je me sentis soudain glisser. Je freinai en poussant la ceinture des pieds autant que je le pouvais et serrant plus fort encore le poteau. Je vis l'homme, au-dessous, secouer soigneusement sa verge pour en expulser les dernières gouttes, puis se rebraguetter, rajuster son imperméable et s'éloigner.

Toujours cramponné au poteau comme un homme en train de se noyer, j'entendis les deux policiers plaisanter. Puis, une portière claqua et la voiture s'éloigna. J'expulsai tout l'air que j'avais accumulé dans les poumons et réussis à remonter légèrement le long du poteau pour accroître mon champ de vision. La voiture de patrouille s'engageait dans l'aire de stationnement de la station-service. Pourquoi diable n'y était-elle pas allée directement ? Pour permettre à un galant policier de se soulager tranquillement avant d'aller faire la cour à la blonde décolorée au T-shirt trop généreux ?

J'atteignis enfin le sommet du poteau et m'accrochai du bras gauche à la traverse. Je respirai profondément à plusieurs reprises pour me calmer, puis je cherchai des yeux Sarah. Je la vis émerger d'un buisson où elle s'était cachée.

Je m'assurai une nouvelle fois que la ligne téléphonique était bien celle de la station-service, et, utilisant les pinces de mon Leatherman, la sectionnai tranquillement. Il ne me restait plus qu'à me laisser glisser jusqu'au bas du poteau assez doucement pour ne pas arriver au sol les jambes et les bras truffés d'échardes.

Sarah vint directement à moi.

— Nick, dit-elle, donne-moi une arme. Qu'est-ce qui se serait passé s'il t'avait vu ?

Le propos n'était pas idiot, mais il me mit mal à l'aise. Donner une arme à Sarah était un peu comme prêter un scalpel à Jack l'Éventreur. D'un autre côté, si le policier m'avait repéré quand j'étais accroché à mon poteau, elle aurait pu, étant armée, intervenir. Je n'étais évidemment pas sûr d'elle, mais je me dis finalement qu'elle avait trop besoin de moi pour me tirer dans le dos dans l'immédiat.

Je sortis de la poche de mon blouson le 9 mm de feu de Lance et le lui donnai.

— Merci, dit-elle d'un ton sincère, en repoussant la glissière pour s'assurer qu'il y avait une cartouche dans la chambre.

Au même moment, la voiture de police quittait l'aire de stationnement de la station-service et revenait dans notre direction. Nous nous jetâmes tous deux à terre, Sarah en profitant pour remettre sa ceinture. La voiture nous dépassa, se dirigeant vers Creedmore. Peut-être allait-elle renforcer un barrage routier un peu plus loin.

Je voulais que Sarah reste là où elle était pendant que je retournais à la station-service pour essayer de m'emparer d'un véhicule. Elle insistait pour venir avec moi.

— Écoute, lui expliquai-je. Un homme et une femme se présentant ensemble à une station-service pour voler une voiture – tu ne penses pas qu'on va immédiatement faire le rapprochement avec ce qui s'est passé au bord du lac ?

— Nick, répliqua-t-elle, je viens avec toi. Je ne vais pas risquer que nous soyons séparés et que tout parte en quenouille à cause de cela. Il faut que nous restions ensemble.

Elle avait raison. Sans s'en rendre compte, elle venait de

me rappeler ma mission. S'il y avait un affrontement tournant mal avec la police ou qui que ce soit, il faudrait que je la tue avant qu'on lui mette la main dessus. Ce ne serait pas la solution idéale, mais au moins elle serait morte. Je cédai donc.

Nous prîmes du champ pour traverser la route, puis nous nous postâmes à un point d'où nous pouvions voir clairement les pompes et la boutique. Une voiture, une conduite intérieure Nissan blanche, était déjà là, mais il y avait quatre personnes à bord – deux jeunes couples. Elle ne tarda pas à redémarrer en tournant sur la gauche. Nous restâmes immobiles sous la pluie.

Durant les dix minutes qui suivirent, deux fourgons de télévision avec antennes paraboliques passèrent à bonne vitesse sur la route, les phares allumés et les essuie-glaces en pleine action.

Puis une autre voiture arriva à la station-service. C'était une Toyota, une voiture familiale et bien banale, apparemment idéale. Je me levai à demi, prêt à foncer. Mais il y avait effectivement toute une famille dans le véhicule. Le père se précipita sous la pluie vers la boutique, remit quelques billets à la blonde décolorée et ressortit pour faire le plein. Pendant ce temps, la mère, retournée sur le siège avant, tentait de réfréner les ardeurs de deux gamins qui se battaient joyeusement à l'arrière. Je renonçai. Il y avait trop de monde en cause, et je ne me voyais pas sortant du véhicule deux gosses hurlant et trépignant.

Finalement, tout ce petit monde démarra et prit la route de Durham.

Sarah se tourna vers moi.

— Je croyais que nous étions pressés, fit-elle d'un ton aigre.

Une pancarte à gauche de l'entrée de la boutique annonçait une *SURVEILLANCE VIDÉO 24 HEURES SUR 24* et le fait que la caisse ne contenait jamais plus de cinquante dollars, le reste étant mis automatiquement dans le coffre de nuit, dont la caissière n'avait pas la combinaison.

Je me tournai vers Sarah et lui dis :

— Quand nous attaquerons notre voiture, je veux que tu

tires ton T-shirt jusque sur ton visage. Sans te couvrir les yeux, bien sûr, mais autant que tu le pourras en continuant à voir.

À ce moment, un autre véhicule apparut sur notre gauche et se dirigea vers les pompes. C'était une vieille fourgonnette grise, des années soixante-dix ou début quatre-vingt, à l'air fatigué. Les vitres étaient trop embuées pour qu'on puisse voir à l'intérieur, mais dès que le conducteur ouvrit la porte pour descendre, je sus qu'il s'agissait de mon client. Il quitta en effet son véhicule sans prendre la clé de contact avec lui et salua de la main la blonde décolorée derrière sa vitre. C'était manifestement un habitué puisqu'on lui faisait assez confiance pour le laisser faire le plein et payer ensuite.

Pendant l'opération, j'étudiai notre proie. Il paraissait une quarantaine d'années et portait une combinaison verte qui avait vu des jours meilleurs, avec des taches de cambouis et des accrocs aux genoux, ainsi qu'une casquette de base-ball qui avait dû autrefois être blanche. Il était maigre et de taille moyenne, avec une barbe de trois jours et une chevelure d'environ quatre ans, humide et sale.

Lorsqu'il eut rempli son réservoir, je murmurai à Sarah :

— Prête ?

Elle fit un signe affirmatif. L'homme se retourna et, fouillant les poches de sa combinaison à la recherche d'argent, il se dirigea en petites foulées vers la boutique. Je sautai sur mes pieds et me mis à courir en tirant mon T-shirt sur mon visage. Sarah fit de même. Elle devait gagner directement la porte du passager tandis que je faisais le tour du véhicule pour aller occuper la place du conducteur.

Les vitres des portes arrière de la fourgonnette avaient été cassées et remplacées par des feuilles de carton, et le véhicule tout entier ressemblait à un amas de rouille. Contournant l'arrière pour gagner la porte du conducteur, je glissai sur le sol couvert de cambouis et évitai de justesse la chute. Quand je saisis la poignée, usée et rouillée, elle me resta dans la main.

La vitre de l'autre portière était entièrement couverte de buée, et je ne pouvais voir ce que faisait Sarah. Tout ce que je savais, c'est qu'elle n'était pas montée. Elle devait, elle aussi, avoir un problème avec sa poignée de porte. La vitre du côté du conducteur était, elle, aux trois quarts baissée. Ce devait être comme cela que notre client montait dans sa fourgonnette, en passant la main au-dessus de la vitre pour ouvrir de l'intérieur. Je décidai de faire de même, et ce fut alors que le drame survint. Les aboiements furieux, provenant de l'arrière de la fourgonnette, me firent bondir comme sous l'effet d'une décharge de Tazer.

Je jetai un coup d'œil vers la boutique. L'homme me regardait, la bouche ouverte. Que quelqu'un puisse avoir l'idée d'essayer de voler sa fourgonnette devait être la dernière chose à laquelle il aurait pensé. Mais, pendant ce temps, la chose noire à l'intérieur du véhicule était devenue frénétique, bondissant en tous sens tout en continuant à aboyer. Il n'en fallait pas moins que je remette la main dans la fourgonnette ; maintenant, je ne pouvais plus reculer. Je m'exécutai, en criant à Sarah de se réveiller un peu.

Tandis que je continuais à essayer d'attraper la poignée à l'intérieur, l'animal s'excitait de plus en plus, et sur ma gauche, son maître sortait de la boutique en hurlant, avec un superbe accent local :

— Mon chien ! Mon chien !

Je me mis à hurler de mon côté :

— Sarah ! Fais quelque chose, bon Dieu !

Elle fit quelque chose. J'entendis coup sur coup deux violentes détonations provenant du 9 mm de Lance.

C'était de mieux en mieux ! Je sautai à terre et contournai en courant l'avant de la fourgonnette, criant :

— Sarah ! Arrête de tirer, sacré bon Dieu ! Arrête !

Puis je vis qu'elle ne tirait pas sur le propriétaire de la fourgonnette, comme je l'avais craint, mais sur les deux bergers allemands qui avaient jailli soudain de derrière les arbres et étaient maintenant à cinq mètres à peine de nous, tous crocs dehors.

Elle en eut un, qui roula sur le sol en gémissant. L'autre continuait. Sarah se retourna, mais le chien était alors trop près de moi pour qu'elle puisse tirer. Je tentai à mon tour d'atteindre mon pistolet, mais il était trop tard pour moi aussi.

Il est inutile d'essayer d'éviter un chien qui attaque quand il est déjà presque sur vous. Vous devez le laisser vous crocher avec ses dents et tout reprendre à partir de là. Je me détournai et lui présentai carrément mon avant-bras gauche, en cherchant toujours, de la main droite, à attraper mon pistolet.

Il n'allait certes pas rater cette occasion. Il se lança sur moi en grondant, les crocs dénudés. Je tentai de soutenir le choc, les pieds bien arrimés au sol. Je sentis sa salive me voler au visage quand il ouvrit plus grand encore la gueule.

Il se passait probablement beaucoup d'autres choses tout autour, mais elles furent perdues pour moi. Je n'entendais rien d'autre que le grognement continu de mon adversaire. Je ne sentais que son poids sur moi et ses mâchoires qui se refermaient sur mon bras. Ses dents traversèrent le tissu de mon blouson puis s'enfoncèrent dans ma peau. Je me mis à crier :

— Sarah ! Sarah !

Je voulais qu'elle intervienne et fusille ce satané chien.

— Sarah ! hurlai-je de nouveau.

Je me pliai en arrière sous le poids de la bête, qui suivit le mouvement. Je réussis à mettre la main sur la crosse de mon pistolet, sans m'assurer une bonne prise mais en parvenant quand même à tirer l'arme de mon jean. Le chien, collé à moi, faisait des bonds frénétiques, tentant de me renverser, poussant mes jambes et ma taille de ses pattes de derrière. Il atteignit ainsi ma main, et mon pistolet tomba à terre.

— Sarah ! appelai-je désespérément.

Lorsque les crocs du berger allemand me percèrent vraiment la peau, la douleur fut atroce. C'était comme si l'on m'avait fait soudain des injections multiples avec des aiguilles ayant la taille de crayons à bille. Et il fallait que je laisse faire. Il fallait que je laisse le chien croire qu'il avait déjà gagné, de façon à ce qu'il ne modifie pas sa prise et ne cherche pas à attaquer de nouveau sous un autre angle. Et réglons son compte au passage à la vieille légende selon laquelle il suffirait de saisir l'une des pattes avant du chien dans chaque main et d'écarter. Cela ne marche qu'avec les chihuahuas – et encore, je n'en suis pas sûr. Les chiens sont comme les singes, ils sont toujours beaucoup plus forts qu'ils ne le paraissent.

Je continuais à reculer, renversé en arrière, sous le poids du berger allemand, grondant, mordant et sautant sur place. Je pouvais sentir les relents de viande pourrie de son haleine. Il enfonça encore plus profondément ses crocs dans mon bras et j'appelai encore Sarah de toutes mes forces. Elle semblait avoir totalement disparu.

Comme je reculais en chancelant vers l'avant de la fourgonnette et la portière du conducteur, j'entendis plusieurs détonations. Je continuais à jouer les vaincus avec le chien. Je ne voulais pas me mettre à combattre cette satanée bête. Je voulais juste que Sarah arrive et lui expédie une bonne dose de plomb. Les policiers n'étaient sûrement pas loin derrière leurs chiens. Il fallait que nous bougions. Et vite.

Le grondement du berger allemand avait changé de tonalité et il secouait la tête à droite et à gauche comme un dément, essayant toujours de mordre plus encore. Ses pattes de derrière étaient maintenant au sol, et celles de devant sur ma poitrine. Il me suivait pas à pas, comme un chien de cirque exécutant un numéro de danse, en tentant de faire se rejoindre ses mâchoires, mais à travers mon bras. Il y eut de nouveaux coups de feu, mais mon bras ne se trouva pas soudain libéré comme par miracle. Et, selon toute vraisemblance, cela n'allait pas arriver. Je ne devais compter que sur moi-même.

Le chien se sentait maintenant plein d'assurance. Il avait conscience de m'avoir à sa merci. Je me courbai, et, de la main droite, saisis sa patte arrière gauche, que je commençai à tirer lentement vers moi. Le chien en fut désorienté et certainement vexé, mais il réagit d'abord en mordant de plus belle et continuant à agiter la tête en tous sens. Je lui tenais toujours la patte, malgré des soubresauts et entrechats dignes d'un danseur-étoile en pleine crise d'épilepsie. J'assurai plus encore ma prise sur l'arrière de la patte, et, ployant le bras droit, la tirai aussi fort que je pus vers ma poitrine tout en commençant à tourner sur moi-même. L'animal, du coup, laissa échapper un jappement de surprise, tandis que j'entreprenais de pirouetter en l'entraînant avec moi. Je fis ainsi trois, quatre puis cinq tours sur moi-même, et, emporté par la force centrifuge, le chien commença à décoller du sol, accroché par les crocs à mon bras et la patte fermement maintenue par moi.

Il lui fallait prendre une décision, et il la prit : il lâcha mon bras. Je ne lui lâchai pas pour autant la patte. Je le tenais maintenant des deux mains, et je le fis tourner ainsi avec autant de force que je le pus. Sans arrêter le mouvement, je réussis à faire deux pas vers l'un des piliers métalliques soutenant l'auvent de la station-service. À ma troisième enjambée, la tête du chien alla heurter à pleine force le pilier. Il y eut un bruit sourd, un faible jappement, et je laissai tomber l'animal inerte. Emporté par mon élan, je fis encore un tour et demi sur moi, puis je m'arrêtai, étourdi et presque chancelant.

Je me précipitai vers la fourgonnette. Sarah était assise sur le siège avant, tirant par la portière. Je lui criai :

— La porte ! La porte !

Elle se pencha et ouvrit. Je ramassai mon pistolet, tombé à terre près d'une des pompes et, restant courbé pour éviter d'être touché en route, je sautai dans le siège du conducteur, m'y effondrant à moitié, et claquai la porte derrière moi. La chose noire, à l'arrière, continuait à s'agiter comme une possédée et elle tenta même de sauter sur mon siège.

— Allons-y ! hurla Sarah. Vite ! Vite !

J'étais encore à demi courbé sur le volant quand les policiers se mirent à tirer sur nous.

Toutes les vitres étaient complètement embuées, ce qui nous protégeait au moins des caméras vidéos. Je mis le contact. Le moteur toussa mais ne se mit pas immédiatement en route. Nous ne démarrâmes qu'à la deuxième tentative. Sarah tira quelques coups de feu de plus en direction des arbres. Le chien, derrière moi, ne cherchait pas à me mordre, lui, mais il faisait plus de bruit que les détonations.

Les premières balles commencèrent à frapper les parois de la fourgonnette, et j'eus brusquement l'impression de me retrouver à bord d'un hélicoptère pris sous le feu ennemi ; il y a tant de bruit dans ces engins qu'on ne sait qu'on vous tire dessus qu'en voyant apparaître des trous dans la carlingue.

Je voyais, à l'intérieur de la boutique, le propriétaire de la fourgonnette agiter les bras, la bouche ouverte pour hurler, tandis que la blonde décolorée était au téléphone, glapissant visiblement dans un appareil hors d'usage.

Sarah hurlait, elle aussi. Presque aussi fort que le chien noir, à l'arrière.

— Vite ! Vite ! répétait-elle.

Je virai à gauche pour gagner la route. Un gobelet de café froid en équilibre sur le tableau de bord se renversa alors sur mes genoux, inondant mon jean. Comme si j'avais eu besoin de cela. Puis, de façon presque fantomatique, la radio se mit en marche de son propre chef. Sarah expédia quelques balles de plus en direction des arbres. On riposta.

Je regardai dans le rétroviseur. Les policiers étaient sur la route, en position de tir. J'écrasai l'accélérateur. Puis désignant le chien du pouce, je criai à Sarah :

— Neutralise-moi ce truc !

Je tournai de nouveau à gauche et commençai à gravir la pente. Je regardai derrière moi et vis Sarah essayer de frapper avec un journal le chien noir, qui continuait à sauter et à aboyer. Dès que nous eûmes passé le croisement, je freinai net et hurlai :

— Sors-moi ce machin d'ici !

— Et comment ?

— M'en fous ! Sors-le !

Elle ouvrit la porte, tenta de saisir le chien, mais il s'était déjà précipité de lui-même hors de la fourgonnette. Tout ce qu'il voulait sans doute, depuis le début, c'était retrouver son maître...

Sarah referma la porte et je redémarrai. J'avais remarqué des sacs entassés à l'arrière de la fourgonnette...

— Tu voudrais bien voir ce qu'il y a là-dedans ? dis-je à Sarah.

Elle y avait déjà pensé toute seule.

20

— Est-ce qu'il y a une carte ? demandai-je.

J'étais cramponné au volant, et mon bras me faisait terriblement souffrir. Les essuie-glaces de la fourgonnette ne fonctionnant qu'au ralenti, je devais, de plus, frotter régulièrement de ma manche le pare-brise. Ainsi, j'arrivais à peu près à voir où j'allais.

La route était presque droite, avec des arbres des deux côtés. Au-dessus, tout ce que je pouvais voir était un immense nuage gris. C'était tant mieux pour nous ; pire serait le temps et plus difficile ce serait pour l'hélicoptère d'opérer.

— Rien, seulement des saloperies, me dit Sarah en reprenant place dans son siège.

Elle baissa sa vitre et entreprit d'ajuster le rétroviseur latéral afin de pouvoir voir ce qui viendrait derrière nous. Je gardais le pied au plancher, mais la fourgonnette ne dépassait pas les 100 à l'heure avec vent arrière. L'usure des pneus n'arrangeait pas les choses. J'espérais seulement que les coussinets des freins étaient en meilleur état que le reste.

Sarah s'efforçait maintenant d'ouvrir la boîte à gants de son côté, ce qui n'avait sans doute pas été fait depuis des années. L'abattant finit par céder, et jaillirent en vrac de l'orifice des morceaux de filins, des briquets jetables usés, de vieux reçus de garages et autres objets divers, mais pas la moindre carte.

Sarah explosa :

— Merde ! Merde ! Merde !

Je gardai le silence, la laissant se défouler. Nous roulâmes environ cinq kilomètres sans échanger un mot, puis arrivâmes à un nouveau croisement en T. Il n'y avait pas de panneaux indicateurs. Suivant mon instinct, je tournai à droite.

Je me posais des questions sur la police, et les moyens de transmissions dont elle disposait. Criant pour dominer le bruit du vent qui s'engouffrait dans la fourgonnette, je demandai à Sarah :

— As-tu descendu des flics là-bas ?

Elle semblait s'être calmée un peu et essuyait le rétroviseur.

— Je ne sais pas, dit-elle. Je ne crois pas. Peut-être.

Cette incertitude ne contribua pas à me remonter le moral. Il fallait à toutes forces que nous sortions très vite du secteur.

Moins de deux minutes plus tard, une occasion apparut. Je vis des phares devant nous.

— Je vais tenter le coup sur cette bagnole, Sarah, fis-je. Tu ne dis pas un mot quoi qu'il arrive. C'est compris ?

Elle fit un signe affirmatif.

— Qu'est-ce que je fais ? demanda-t-elle.

— Tu pointes ton pistolet sur le ou les occupants de la voiture. Tu ne tires sur *personne*. Pas de doigt sur la détente, s'il te plaît.

Je ralentissais déjà. Descendant à 35 à l'heure environ, je fis virer la fourgonnette sur la gauche, de façon à bloquer la route, et l'arrêtai. La voiture venait toujours vers nous. Je n'arrivais pas à voir combien il y avait de personnes à bord, mais il s'agissait d'une conduite intérieure bleue à quatre portes.

Sarah attendait mes instructions.

— Sors de ce côté et suis-moi, lui dis-je. Nous sommes tombés en panne. Compris ?

La voiture ralentit. Il y avait une seule personne à bord, et, à en juger par l'abondante chevelure que j'apercevais derrière le pare-brise, ce devait être la sœur jumelle de la blonde décolorée de la station-service. Il fallait que j'intervienne rapidement au cas où elle tenterait de sortir une arme. Qui sait si je n'avais pas affaire à une fidèle de MM. Smith et Wesson ?

La Mazda se décida à s'arrêter. Je me précipitai vers la

vitre de la conductrice avec un grand sourire hypocrite. Elle ne baissa sa vitre que de cinq ou six centimètres, mais, au moins, elle ne fit aucun geste en direction de son sac ou de la boîte à gants.

Je me mis alors à hurler subitement.

— On ne bouge pas ! Pas un geste !

Elle avait une trentaine d'années et un maquillage de deux millimètres d'épaisseur qui se mit à couler lorsqu'elle éclata en sanglots, terrorisée.

— Dehors ! Dehors ! lui criai-je.

Sa porte était verrouillée. Je commençais à la frapper du pied comme un fou, afin de lui faire plus peur encore. Elle se décida à actionner le poussoir d'ouverture. Entendant le déclic, Sarah avança vers la voiture. De la main, je lui fis signe de prendre la place de la conductrice. Elle passa devant la femme, qui, maintenant debout au bord de la route, continuait à sangloter de toutes ses forces.

— J'ai des petits enfants, balbutiait-elle. Ne me tuez pas, je vous en prie. Prenez la voiture. Prenez la voiture. Prenez mon argent. Je vous en prie, ne me tuez pas.

J'aurais eu envie de lui dire la vérité : que tout cela n'était qu'une comédie. Que je n'étais pas fou. Que j'essayais, précisément, de lui faire peur, pour qu'elle ne résiste pas et que personne ne soit tué.

Sarah était installée et avait fermé sa porte. Je fis le tour de la voiture en courant et montai à côté d'elle. Elle opéra un demi-tour sur les chapeaux de roues. Je regardai alors sur quoi j'étais assis. C'était le sac à main de notre victime. Il était vraiment inutile que la malheureuse perde tout dans l'affaire. Je pris le sac et le lui jetai par la portière pendant que Sarah achevait sa manœuvre dans un horrible crissement de pneus.

— Appuie sur le champignon, lui dis-je.

Elle n'avait nullement besoin d'encouragement.

À l'intérieur, la voiture sentait le parfum à bon marché et le café. J'aperçus un grand gobelet en polystyrène avec un couvercle. Je le pris et le secouai. Il était à demi plein et son contenu était encore chaud. J'en bus deux gorgées et le tendis à Sarah. Je poussai le chauffage au maximum.

— Où va-t-on, Nick ? demanda Sarah.

Je ne le savais pas vraiment.

— Continue comme cela, lui dis-je, jusqu'au moment où nous verrons un panneau.

Dix minutes plus tard, nous arrivâmes à un panneau nous souhaitant la bienvenue sur la Route 98. Raleigh était sur la gauche et Durham sur la droite.

— À gauche, à gauche ! lançai-je à Sarah.

La route restait à voie unique, mais elle était déjà plus large, et des maisons faisaient leur apparition de part et d'autre. Nous ne tardâmes pas à rejoindre d'autres véhicules se dirigeant, comme chaque matin sans doute, vers Raleigh, puis nous nous retrouvâmes enfin à couvert dans le flot de la circulation.

— Tu as encore des cartouches dans ton arme ? demandai-je à Sarah.

Elle me tendit son pistolet, dont je regarnis le chargeur à l'aide de mes propres munitions de réserve. Après quoi je lui rendis l'arme. Elle la plaça sous sa cuisse droite en me remerciant.

Après avoir navigué quelque temps dans une circulation qui se faisait de plus en plus dense, nous atteignîmes la route périphérique, puis tournâmes à droite, avant les panneaux indiquant l'aéroport. La pluie était devenue une simple bruine. Sur mes indications, Sarah emprunta une bretelle et nous commençâmes à patrouiller, à la recherche d'un motel pouvant nous convenir.

Nous passâmes ainsi devant une Days Inn située bien à l'écart des bâtiments voisins. C'était une construction en forme de T, avec la réception dans la barre supérieure et trois étages de portes marron derrière. Elle avait connu des jours meilleurs, mais c'était exactement la catégorie qui nous convenait. Je laissai Sarah continuer à rouler un peu de façon à pouvoir inspecter les alentours et savoir de quel côté fuir en cas de problème.

— Tourne à gauche par ici, lui dis-je ensuite.

Elle gagna ainsi le parc de stationnement d'un magasin d'articles de sport voisin du motel. Il y avait quelque deux cents voitures déjà dans ce parc comportant environ quatre cents places. Elle alla se garer au milieu, dans la masse. Nous effaçâmes nos empreintes digitales à l'intérieur, puis à l'extérieur de la voiture. Ce n'était pas capital, car on trouverait de toute façon nos empreintes dans la fourgonnette abandonnée, mais cela pouvait quand même ralentir un peu les recherches.

En nous dirigeant vers le motel, nous nous efforçâmes de remettre un semblant d'ordre dans notre toilette, nous débarrassant d'une partie de la boue et des aiguilles de pin collant à nos vêtements. Nous eûmes droit à quelques regards curieux dans le parc de stationnement, mais sans plus ; les Américains ne semblent jamais très surpris de voir des étrangers débraillés.

Tout en sortant nos papiers des gants de caoutchouc où je les avais rangés, je donnai mes consignes à Sarah :

— Bon. Nous sommes des Anglais, en couple, revenant de la côte. Nous avons eu un pneu crevé en route. Nous nous sommes retrouvés sous la pluie pour changer le pneu, et tout ce que nous voulons maintenant, c'est faire un brin de toilette et nous reposer. Compris ?

— Compris.

Je rajustai comme je le pus la manche de mon blouson déchirée par les crocs du chien et m'efforçai de faire disparaître le sang séché sur ma main en frottant celle-ci contre mon jean. Puis nous fîmes notre entrée dans le motel.

Nous avions toujours l'air minable, mais l'endroit ne valait guère mieux. La moquette aurait dû être remplacée d'urgence et une couche de peinture fraîche sur les murs n'aurait pas été superflue. Sur notre gauche, un téléviseur hurlait à pleins poumons à côté d'une machine à café et de quelques distributeurs divers.

La réceptionniste nous gratifia d'un bonjour très automatique tout en continuant de regarder un registre devant elle. Elle avait environ dix-sept ou dix-huit ans et portait une jupe marron, un corsage blanc et un gilet en fibre synthétique avec un badge précisant son nom : Donna. C'était une Noire aux cheveux décrêpés coiffés avec une raie sur le côté, de grosses lunettes rondes, et, maintenant qu'elle daignait lever la tête, un grand sourire radieux. Le sourire était peut-être parfaitement factice, mais elle, au moins, n'essayait pas de nous tirer dessus immédiatement. J'en avais perdu l'habitude.

Factice ou non, le sourire s'évanouit lorsqu'elle remarqua notre apparence.

— Qu'est-ce qui vous est arrivé ? demanda-t-elle.

Je la gratifiai de mon plus beau numéro de touriste anglais demeuré.

— Nous avons crevé ce matin sur la route, lui dis-je, et, avec toute cette pluie, la voiture est sortie de la route. C'était un vrai cauchemar. Regardez-nous un peu ! Tout ce que nous voulons, c'est nous nettoyer et dormir.

Elle nous regarda mieux et compatit.

— Ouah ! fit-elle.

Elle se mit à tapoter sur son ordinateur.

— Voyons voir...

Elle ne semblait pas très optimiste.

— Il est tôt, souligna-t-elle, et je ne sais s'il va y avoir une chambre prête à cette heure.

Puis, soudain, elle sourit de nouveau, et je me dis que nous avions notre chance.

— Hé ! fit-elle. Vous savez quoi ? J'ai une chambre double...

Mais elle ajouta aussitôt :

— C'est une chambre « fumeurs ».

Au ton qu'elle employa, je compris que, dès qu'elle serait enceinte, tout individu allumant une cigarette à moins de dix kilomètres d'elle se trouverait en danger de mort. Elle nous regarda, attendant visiblement que nous manifestions une égale répugnance.

— Cela ira très bien, merci, lui dis-je.

L'expression de dégoût qu'elle afficha me fit ajouter précipitamment :

— Nous ne fumons pas, mais, en ce moment, n'importe quoi nous conviendra.

Et je lui fis un grand sourire. Le sien revint. Elle continua à pianoter sur son ordinateur.

— J'ai un tarif spécial en ce moment, fit-elle. 39 dollars 99 plus taxes.

Sa mine m'indiqua que le moment était venu de sauter de joie. Je n'y manquai pas.

— Formidable ! lui dis-je, en sortant mon portefeuille et lui tendant ma carte de crédit.

Elle aurait pu aussi bien me demander 139 dollars 99 plus toutes les taxes du monde.

— Merci, dit-elle.

Elle regarda la carte et ajouta :

— Merci, Mr. Snell.

Pendant qu'elle s'occupait de la carte, je remplis la fiche en inventant de toutes pièces un numéro minéralogique pour mon véhicule fictif. C'est une chose qu'on ne vérifie jamais, et même si, par le plus grand des hasards, on le faisait, mon numéro de touriste anglais ahuri, façon Hugh Grant, fonctionnerait toujours.

— Bien, fit la réceptionniste. Vous avez le 216. Où êtes-vous garé ?

Je lui désignai la gauche du bâtiment.

— Entendu, dit-elle. Vous faites le tour sur la gauche. Premier escalier, et ensuite à droite.

— Merci beaucoup.

— Pas de quoi et bon séjour.

Pour sortir de la réception, je passai ostensiblement mon bras autour de la taille de Sarah. Nous tournâmes à gauche comme prescrit, vers notre voiture fantôme, et gagnâmes notre chambre.

C'était une chambre typique de motel à bon marché, avec son grand lit recouvert d'un tissu à fleurs fané et ses meubles en contre-plaqué. Les rideaux étaient tirés et le conditionneur d'air avait été coupé pour économiser un peu d'électricité. À en juger par les traces de brûlures sur les tables de nuit, c'était effectivement une chambre « fumeurs ».

J'accrochai la pancarte *NE PAS DÉRANGER* à la poignée extérieure de la porte, et tâtonnai pour trouver les commutateurs. Puis, tout en laissant les rideaux fermés, je mis le conditionneur à la chaleur maximum.

Sarah était déjà assise sur le lit et retirait ses souliers. Je passai de l'autre côté et allai examiner la fenêtre. Elle était scellée, à double vitrage et donnait sur le palier. La seule issue praticable était la porte. Je m'appliquai à déterminer un éventuel itinéraire de fuite. Il y avait deux escaliers aboutissant au palier ; je pouvais soit descendre, soit monter vers le toit.

Je pris la télécommande de la télévision sur la table de chevet. Elle était attachée par une chaînette de façon à ce que les clients ne puissent pas l'emporter en partant. Je commençai à zapper d'une chaîne à l'autre pour essayer de trouver un bulletin d'informations. Le téléviseur devait bien avoir dix ans, et la plupart des feuilletons sur lesquels je tombai aussi.

Sarah alla vers le conditionneur d'air en retirant son blouson et disant :

— J'ai besoin d'une douche.

Puis elle entreprit de retirer tous ses autres vêtements ; les plaçant un à un sur l'appareil pour les faire sécher et les maintenant en place avec des cendriers et un annuaire téléphonique. L'air expulsé par l'appareil les agitait comme une rafale de vent sur une corde à linge.

Allongé sur le lit, je la regardais se déshabiller. Je ne pouvais m'empêcher de penser à ce qu'elle m'avait dit des plans qui se mijotaient dans la région du lac et à la chance que nous avions eue de nous en tirer. J'espérais simplement qu'elle n'avait tué aucun policier ; même si elle disait la vérité à propos du projet d'attentat, nous serions alors dans le pétrin jusqu'aux oreilles. Il faudrait, à ce moment, que Londres négocie dur avec les Américains.

C'était très consciemment que je l'avais laissée garder son pistolet ; si, par malheur, un flic avait été tué, c'était elle qui détenait l'arme ayant été utilisée – et ayant également servi dans le cas de Lance.

Je contemplai son corps nu quand elle passa devant moi, se dirigeant vers la salle de bains. Elle avait toujours eu une parfaite aisance dans la nudité, comme certains modèles de photographes ou de peintres. Elle avait un corps superbe, et toujours merveilleusement entretenu. Sa peau était habituellement parfaite, mais, avec les coupures et les meurtrissures qui marquaient ses jambes, elle n'allait sans doute pas se mettre en minijupe pendant un certain temps.

Alors que la douche commençait à couler, je me renversai en arrière sur le lit, et, ayant coupé le son de la télévision, je me remis à sauter d'une chaîne à l'autre à la recherche d'informations. Le menton posé sur la poitrine, je pouvais sentir de façon tout à fait flagrante que j'avais moi aussi besoin d'une douche. Un coup d'œil à un miroir installé à gauche du téléviseur vint confirmer cette impression ; j'avais l'air d'un épouvantail à moineaux ayant oublié de se raser depuis trois jours.

Je finis par tomber sur une chaîne d'informations permanentes montrant des images d'une forêt, puis d'un lac, que je reconnaissais. Je ne me donnai même pas la peine de rétablir le son. Je savais que la célébrité était là. On voyait des voitures de police et des ambulances aller et venir sur l'écran, ainsi que des hommes en imperméable très affairés. Puis un policier vint donner une interview. Je ne tenais pas à savoir ce qu'il racontait. S'il y avait eu des flics tués, leur image ne tarderait pas à apparaître.

Les informations cédèrent la place à une séquence publicitaire. J'étais dans un état parfaitement nébuleux, m'efforçant de ne pas céder au sommeil. Mes yeux étaient maintenant presque aussi douloureux que mon avant-bras. Sur celui-ci, au moins, des croûtes avaient commencé à se former sur les traces de morsure. Je m'en occuperais plus tard. Si j'avais attrapé le tétanos, je le saurais toujours assez tôt. Je ne pus m'empêcher de sourire à cette idée : je pourrais toujours réclamer des dommages et intérêts à la police. On était en Amérique, après tout...

Tout mon corps, en fait, me faisait mal. Je me contraignis à me lever, malgré mes membres raides, et à aller prendre l'annuaire téléphonique qui maintenait en place le jean de Sarah. Le jean tomba sur la moquette, mais je n'avais ni la volonté ni la force de le ramasser.

Je feuilletai l'annuaire, à la recherche d'une agence de location de voitures. J'appelai ensuite un numéro gratuit, et l'on m'informa que, pour un prix de 43 dollars par jour, plus taxes et assurance, un véhicule pourrait m'être livré avant une heure et demie.

21

Sarah sortit de la salle de bains au moment précis où je raccrochais. Elle s'était enveloppée d'une grande serviette et en avait une plus petite à la main. Elle sentait le savon, et le shampooing.

— Qui était-ce ? demanda-t-elle en jetant la serviette près du téléviseur et en se baissant pour ramasser son jean et le remettre à sécher.

— Je viens de louer une voiture, lui dis-je.

— Excellent. Quand partons-nous ?

Je me demandais pourquoi elle avait l'air si satisfait. Si elle avait connu sa vraie destination...

— *Nous ?* répétai-je. Il n'y a pas plus de *nous* que de beurre en broche ! Toutes les conneries dans lesquelles tu grenouilles sont *ton* problème, ma vieille, pas le mien. La seule chose pour laquelle on puisse dire *nous* dans cette histoire, Sarah, est que *nous* avons toutes les polices de Caroline du Nord, le FBI, les shérifs, les gardes champêtres et le chien des voisins aux fesses. Et que si tu as par malheur buté un flic et qu'ils nous rattrapent, nous serons dans le plus bel océan de merde que tu puisses imaginer. Crois-moi, il n'y aura pas de quartier ; s'ils nous coincent, ils nous descendront à vue. Alors, *nous* n'allons rien faire. Ce que *je* vais faire, moi, c'est d'abord de nous sortir de ce pétrin, et ensuite de nous faire revenir tous deux en Angleterre. Point final. Je me fous de ce qui peut arriver ailleurs, ou de ce que tu voudrais y faire. J'en ai assez sur les bretelles comme cela. Netanyahu, ce n'est pas mon problème.

Assise sur le lit, elle me regardait fixement. Je savais qu'elle allait y aller de sa chansonnette, mais j'étais bien décidé à ne pas me laisser avoir.

— Nick, fit-elle, il faut quand même que je te le dise. C'est important. J'ai besoin de ton aide...

Je l'interrompis aussitôt.

— Sarah, lui dis-je, tes histoires ne m'intéressent pas. Pas maintenant. Compris ?

Mais elle n'allait pas renoncer comme cela.

— Écoute, reprit-elle, je représente la liaison britannique dans un groupe de contact créé par la CIA. Cela s'appelle le Centre de contre-terrorisme, et le siège est à Langley[1]. Notre mission est de contrecarrer...

— Sarah, je t'ai déjà dit de la fermer !

Elle haussa, au contraire, la voix :

— ...de contrecarrer les opérations terroristes en général. La cellule à laquelle j'appartiens personnellement est chargée de coordonner une entreprise des Américains, conjointement avec certaines nations européennes et africaines, pour remonter les réseaux d'Osama Bin Laden.

— Bin Laden ? fis-je presque malgré moi. Que diable...

Elle me regarda, attendant que je poursuive. Je me tus, mais elle savait que je commençais à m'intéresser à son histoire. Elle reprit :

— Oui, Bin Laden. Il faisait cause commune avec nous pendant les combats en Afghanistan, c'est vrai. Mais les problèmes ont commencé après le retrait soviétique d'Afghanistan en 89 et son retour en Arabie saoudite. Pour lui, Nick, l'Afghanistan n'avait pas été détruit par les Russes, mais par les Afghans qui avaient tourné le dos à leur religion et à leur nation par soif d'argent et de pouvoir. Rentré chez lui, il vit la même corruption dans tous les pays arabes ayant

---

1. Siège central de la Central Intelligence Agency en Virginie, non loin de Washington. *(N.d.T.)*

adopté le genre de vie occidental – et avant tout en Arabie saoudite, le pays de deux plus grands lieux sacrés de l'Islam, La Mecque et Médine.

Je la regardais toujours sans rien dire. Elle poursuivit :

— Cette situation fut rendue pire encore par la guerre du Golfe. Pour Bin Laden, la présence de centaines de milliers de soldats américains et autres sur le sol saoudien représentait un sacrilège – le retour des Croisés infidèles et barbares venus souiller les lieux saints de l'Islam. Il se jura de combattre leur présence en Arabie, et de combattre aussi les dirigeants saoudiens qui avaient amené ces troupes dans le pays. À ses yeux, l'Arabie était devenue une colonie américaine. Il voulait frapper, en retour, l'Occident – en fait tous ceux qui se trouvaient en sol saoudien sans être musulmans.

Elle eut un petit sourire amer, puis continua :

— L'idée qu'un ancien moudjahid puisse un jour venir engager des opérations terroristes aux États-Unis n'effleura personne à l'époque. Il n'empêche que Bin Laden est devenu, au cours de ces quelques dernières années, le terroriste international posant la menace la plus grave aux intérêts occidentaux. Il dispose d'une infrastructure incroyablement efficace, et, bien sûr, il a une fortune qui lui permet de tout financer lui-même. Le groupe qui se trouvait dans la maison du lac, entre autres, était financé par lui. C'est pourquoi je me trouvais là.

Je haussai les épaules et lui dis :

— Écoute, si c'est vraiment grave, appelle Washington, Londres ou qui tu voudras. Laisse les autorités compétentes régler le problème. Le téléphone est là, appelle.

Elle regarda l'appareil, au chevet du lit, mais ne fit aucun geste pour le saisir. Ses yeux se reportèrent sur moi, comme si elle attendait que j'en dise plus.

Je me levai et me dirigeai vers la salle de bains. Il était temps que je nettoie un peu mon bras blessé. Si elle m'avait dit la vérité, tout ce qu'elle avait à faire était de décrocher le téléphone.

Devant le lavabo, je retirai mon blouson, relevai la manche de ma chemise et inspectai les dégâts : deux rangées de jolies petites morsures dont tout berger allemand se respectant aurait pu être fier. J'ouvris les robinets et entrepris de rincer mon bras pour en retirer la boue et le sang séché. Sarah gardait toujours le silence. Les marques de crocs étaient profondes, mais plus nettes que je ne l'avais craint.

— Nick, me demanda alors Sarah, tu imagines bien que j'y ai déjà pensé.

Je la voyais dans le miroir du lavabo, assise sur le lit. Elle reprit :

— Je ne peux prendre contact avec personne. Ce n'est pas une solution dans le cas précis.

Je nettoyai lentement et méticuleusement mes blessures avec du savon, ce qui me fit d'abord très mal. Sarah revint à la charge :

— Nick, comment crois-tu qu'allait faire l'équipe du lac pour arriver à sa cible, ici, aux États-Unis ? Simplement arriver et lui taper sur l'épaule ?

Je haussai de nouveau les épaules. J'attendais la suite.

— Nick, poursuivit Sarah, Bin Laden dispose d'une source d'information très haut placée – aussi haut peut-être, croyons-nous, que le Conseil national de sécurité [1]. Pense un peu à ce que cela implique : le groupe qui a fait sauter le Centre du commerce mondial... et les Tours de Khobar, en Arabie saoudite... Tu te souviens ? Dix-neuf militaires américains tués. Et l'attentat de 95, également en Arabie saoudite. Cinq Américains tués. Ces gens-là ont quelqu'un aux plus hauts échelons de l'administration. C'est pourquoi je ne puis pas simplement décrocher le téléphone et demander de l'aide. La « taupe » le saurait immédiatement, interviendrait, puis se mettrait en veilleuse et ne serait jamais découverte. Or, cet informateur est la clé de toute opération visant à neutraliser vraiment Bin Laden.

Je pus lire la passion, dans son regard comme elle continuait :

— Nick, leur informateur a accès à Intelink... Cela veut dire qu'en plus du fait qu'il serait au courant de ma prise de

1. Organisme suprême de décision concernant la sécurité nationale américaine, directement présidé par le président des États-Unis. *(N.d.T.)*

contact avant tout le monde, il peut communiquer toutes les informations qu'il veut à Bin Laden ou à tout autre « client » de son choix...

Si tout cela était vrai, le coup de téléphone était en effet hors de question. Intelink est un réseau ultra-secret par lequel les services de renseignements des États-Unis et de quelques pays alliés partagent leurs informations – leur Internet particulier, en quelque sorte. À l'intérieur, tous les divers services ont leurs propres réseaux cloisonnés, bien séparés du système principal. Il faut en principe présenter toutes les garanties de sécurité pour y accéder. La source dont parlait Sarah devait effectivement se situer au plus haut niveau.

Je réfléchissais, tout en faisant ma toilette. Si Sarah disait la vérité, si Netanyahu était tué et si la source existait bien, ce serait, à coup sûr, un drame. Mais quelle portée cela aurait-il sur mon existence personnelle ? Ou, à bien y réfléchir, sur l'existence de la plupart des gens ?

Regardant de nouveau Sarah dans le miroir, je lui dis :

— On tue un Premier ministre israélien, et il y en a un autre qui lui succède. Et alors ?

Curieusement, le propos parut l'amuser, car, brusquement, elle se mit à sourire en plissant le nez, comme elle le faisait autrefois.

— Ils ne vont pas tuer que Netanyahu, Nick, me dit-elle. La cible principale est Arafat. Bin Laden le hait. Il le hait encore plus que Netanyahu, car il le considère comme un traître à l'Islam, freinant Hamas et les autres groupes fondamentalistes et tentant de poursuivre le processus de paix.

Je souris à mon tour.

— Il ne paraît pas très avide de se faire des amis, ton petit copain, hein ? fis-je.

Cette fois, la plaisanterie parut peu appréciée. Ignorant mon propos, Sarah poursuivit le sien d'un ton presque pincé. J'aurais cru entendre Elizabeth Bamber.

— Pour Bin Laden, déclara-t-elle, l'important, dans cet attentat, est le message qu'il va faire parvenir au monde. Quand CNN, récemment, l'a interrogé sur ses projets, il a répondu : « *Vous les apprendrez par les médias, si Dieu le veut.* » Depuis, le groupe de la Djihad islamique a fait savoir qu'il allait bientôt adresser aux Américains *« un message dont nous espérons qu'ils en prendront bonne note, car nous l'écrirons, avec l'aide de Dieu, dans un langage qu'ils comprendront »*. Le message est que les citoyens des États-Unis et leurs amis ne sont plus en sécurité nulle part. C'est le prolongement logique des attentats contre les établissements américains outre-mer. L'endroit qui devrait être sûr, à savoir les États-Unis mêmes, ne l'est pas. Pense un peu à cela, Nick : deux dirigeants mondiaux tués alors qu'ils se trouvaient être les hôtes de la nation la plus puissante du monde. Une parfaite démonstration du fait que le vengeur d'Allah peut frapper partout où il veut et quand il le veut... Quel coup d'éclat ce serait pour les fondamentalistes ! Et la source est là, Nick, à chaque étape...

Elle se leva et vint vers moi. Je continuais à m'affairer sur mon bras blessé.

— Et, demandai-je, ce type que nous devions enlever en Syrie ? Qu'est-ce qu'il fait dans cette histoire ?

J'essayais de ne pas paraître trop intéressé.

— Et tu as modifié les renseignements rapportés, ajoutai-je. Londres m'a tout dit.

Elle était maintenant tout près de moi.

— Ah, Londres encore ! fit-elle. Je l'ai tué parce qu'il le fallait, Nick. Il connaissait les vraies données. Si je l'avais laissé venir en Angleterre, les renseignements trafiqués que j'avais remis n'auraient pas tenu une minute.

— Et pourquoi les changer, d'abord ?

Elle soupira et me dit :

— Pour essayer d'établir si la source existait vraiment et à quel niveau elle se situait dans la chaîne de commandement. C'était le début, Nick. Rien n'était encore confirmé. À ce moment, la source n'était encore qu'une sorte de mythe. Il fallait que je fasse ce que j'ai fait pour que la source – si elle existait – puisse, après examen des renseignements que j'avais rapportés, faire savoir à Bin Laden que tout allait bien, que rien n'avait été éventé. De cette façon, la taupe confirmait son existence – et il y avait peut-être aussi une chance de découvrir qui elle était. Les gens qui t'ont envoyé ici ne savent pas tout, Nick.

Il y eut ensuite un silence. Je savais qu'elle attendait d'autres questions de ma part. Je me retournai vers elle et, appuyé au lavabo, lui dis brusquement :

— Nous aurions dû être prévenus qu'il y avait changement de programme sur le terrain. Tes micmacs ont abouti à faire tuer Glen.

Elle me regarda avec un air d'incompréhension.

— Reg 3, tu te souviens ?

Son expression ne changea guère.

— Oui, bien sûr, affirma-t-elle néanmoins. Je suis désolée.

Je savais qu'en réalité, elle se moquait de Glen comme d'une guigne. Pour être tout à fait sincère, je ne pensais pas souvent à lui, moi non plus. Même au sein du SAS, il devait être oublié depuis longtemps, sauf par sa famille et par quelques proches copains le jour des Morts. Sa femme s'était probablement remariée avec un autre membre du Régiment et avait refait sa vie.

Je revins au présent.

— Alors, demandai-je, explique un peu pourquoi tu es dans cette merde si tout ce que tu as fait était dans le cadre du boulot ?

Elle me regarda avec son air de petite fille en détresse.

— C'est le problème, dit-elle. Les autres ne savaient pas. Je me suis dit que si personne n'était au courant, il n'y aurait pas de fuites. En fait, ç'a été un jeu de cache-cache du début à la fin. Les gens du FBI ont confirmé depuis un certain temps que la source existait bel et bien. Ils l'appellent Youssef, mais ils ne savent pas à quel niveau elle se trouve. J'ai décidé de ne rien leur dire de ce que je faisais. En réalité, ils ne savent même pas pourquoi je me trouvais dans la maison du lac.

Je retrouvais là une certaine logique ; cela ressemblait tout à fait à Sarah de foncer toute seule dans une opération, en espérant en récolter tout le prestige et gravir ainsi un échelon de plus dans la carrière.

— Et maintenant, fis-je, tu veux que je t'aide à sortir du merdier que tu as créé de toutes pièces ?

Je ne pouvais m'empêcher de sourire. En fait, je tirais satisfaction de la situation.

— Je ne pouvais en parler à personne, Nick, affirma-t-elle. Si je l'avais fait, toute l'opération aurait pu être compromise. Je ne voulais pas – je ne pouvais pas – en prendre le risque.

Le risque, elle le prenait avec moi. De cela aussi, je tirais une satisfaction intense. Mais cela ne faisait que me rendre les choses plus difficiles encore.

Elle alla se rasseoir sur le lit, saisit la télécommande pour arrêter la télévision, puis s'installa, les bras noués autour des genoux.

— Le problème est, Nick, reprit-elle, que je ne connais toujours pas l'identité de la source. Personne ne la connaît. Et c'est ce que j'ai essayé de faire par tous les moyens depuis quatre ans : trouver de qui il s'agit et faire exploser tout le réseau. Les deux hommes qui devaient arriver aujourd'hui à la maison du lac sont les seuls, ici, aux États-Unis, qui connaissent l'identité de l'informateur. Je ne les ai rencontrés qu'une seule fois. Je ne connais ni leurs noms ni leurs points de chute, rien. Mais mon plan était de jouer le jeu de l'attentat, d'accompagner le coup et, à un moment, de les faire pincer – je ne savais pas encore très bien comment. Mais le fait est qu'en épinglant ces deux-là, nous aurions eu aussi la source. Et si nous ne pouvons pas neutraliser le manipulateur, l'affaire ne s'arrêtera pas à Netanyahu et Arafat, crois-moi.

Elle me regardait en caressant ses cheveux encore mouillés. Le souffle court, j'essayais de réfléchir à toute vitesse.

— Nick, tu es le seul...

À ce moment, le téléphone se mit à sonner. Sarah bondit et commença à rassembler ses vêtements pour se rhabiller tant bien que mal. Elle ramassa aussi son pistolet et vérifia la chambre. Puis, son jean à demi remonté sur ses cuisses, elle alla à la fenêtre et écarta un peu le rideau pour regarder à l'extérieur. Elle secoua la tête. Je décrochai tandis qu'elle continuait à s'habiller.

C'était la réception. Nous échangeâmes quelques mots et je remis le combiné en place.

— C'est la voiture, dis-je à Sarah. Prends tes affaires et va attendre dans la salle de bains.

Je ne savais pas au juste quelles images ou quelles descriptions avaient pu être diffusées, et je ne tenais pas à prendre des risques inutiles. De même, je remis mon blouson pour éviter de montrer les marques que j'avais au bras. Puis je remis en marche la télévision en veillant à ne pas tomber sur une chaîne d'informations et haussai le son pour couvrir tout bruit que pourrait éventuellement faire Sarah.

On frappa à la porte. Je regardai à l'œilleton et vis qu'il s'agissait d'un jeune Noir en T-shirt bleu. Il tenait des formulaires d'une main et un sabot pour cartes de crédit de l'autre. Je lui ouvris et m'assis à côté de lui sur le lit pour remplir les formulaires. Il regarda avec une curiosité mal dissimulée mon permis de conduire britannique, ce petit chiffon de papier rose qui ne comportait même pas de photo. Je dus, comme d'habitude, lui indiquer où se trouvait le numéro.

Dès qu'il fut parti, Sarah sortit de la salle de bains en retirant de nouveau son jean pour le remettre à sécher.

Entre-temps, je continuais à réfléchir. Si elle disait la vérité, j'allais peut-être la ramener à Londres. Le problème était que, si je ne savais plus très bien à quoi m'en tenir sur Sarah, je savais parfaitement comment fonctionnaient Lynn et Elizabeth Bamber. C'étaient, bien sûr, des gens parfaitement bien élevés – gin-tonic à sept heures et dîner à huit –, mais si je n'exécutais pas – c'était le cas de le dire – la tâche qu'ils m'avaient confiée, je n'avais plus qu'à numéroter mes abattis ; ils étaient totalement capables de lancer un bon petit « T 104 » à mon endroit. Il fallait que, vaille que vaille, j'obtienne plus d'informations de Sarah. Le fait qu'elle ait tué l'Américain, Lance, me donnait une idée du côté duquel elle se trouvait, mais il me fallait des preuves plus concrètes encore. Je m'assis sur le lit tandis qu'elle finissait de se redéshabiller.

— Et pour quand l'attentat est-il prévu ? demandai-je.

Elle vint s'asseoir à côté de moi, me regarda fixement et me dit :

— Tu ne me crois toujours pas, hein, salaud ?

Elle me saisit le bras et reprit :

— Tu dois m'aider. Je suis la seule qui puisse identifier

les deux qui restent, et je les connais, Nick ; ils ne renonceront pas tant qu'ils n'auront pas terminé le travail.

Elle continuait à me regarder fixement. Je ne disais rien. Je savais qu'elle allait poursuivre. Elle le fit :

— Pourquoi sommes-nous ici, Nick ? Demande-le-toi un peu. Comment pourras-tu encore te regarder dans une glace si tu ne m'aides pas à arrêter ce coup ?

Sarah Bernhardt aurait pu être fière d'elle. Mais elle m'avait déjà roulé une fois dans la farine, et de belle façon. Et, de toute manière, me regarder dans la glace n'avait jamais figuré au premier rang de mes priorités personnelles.

Je me levai et me dirigeai vers la porte.

— Je m'en vais patrouiller un peu aux alentours, dis-je, et je vais voir si je peux nous trouver des vêtements. Quelle taille fais-tu ?

— Tu le sais parfaitement. Et pourquoi ne viendrais-je pas tout simplement avec toi ?

— C'est un couple qu'ils cherchent en ce moment. Ils ont peut-être même une bande vidéo de la station-service. Reste là, je vais revenir.

Arrivé dans le couloir, je refermai la porte derrière moi, mais ne m'éloignai pas immédiatement. Arrachant deux allumettes en carton d'une pochette que j'avais prise dans la chambre, j'en coinçai une à une trentaine de centimètres au-dessus de la serrure et l'autre à une trentaine de centimètres au-dessous. Me dirigeant vers l'escalier, j'entendis que Sarah tirait le verrou de l'intérieur.

Une pluie fine continuait à tomber avec une remarquable constance lorsque je montai dans la voiture de location, une Saturn rouge, et mis le contact. Le chauffage était au maximum, la radio hurlait et les essuie-glaces fonctionnaient à plein rendement. Un « bip-bip » pressant vint me rappeler de boucler ma ceinture. Puis je démarrai et pris la direction de la route.

Pour le cas où Sarah aurait été en train de m'épier par la fenêtre, je roulai un moment avant de tourner vers l'arrière de l'hôtel. J'allai me garer dans le parc de stationnement d'Arby's, une boutique de sandwiches, d'où je pouvais distinguer l'escalier et la sortie du motel. Si Sarah essayait de sortir à mon insu, je serais au moins fixé – et je reprendrais alors ma liberté de manœuvre. De plus, si la police survenait, je pourrais, de mon observatoire, la voir arriver. Je ne savais pas ce que, dans ce cas, ferait Sarah, et je n'attendrais pas sur place pour le découvrir. Si elle réagissait comme à son habitude, elle abattrait probablement un ou deux policiers et, avec un peu de chance, se ferait tuer elle-même. Je prenais un risque en la laissant seule, mais ce risque en valait la peine. De plus, j'avais à faire quelque chose qui ne nécessitait certes pas sa présence.

Tout en continuant à observer, je mis en marche le téléphone portable, tapai mon numéro d'identification personnelle, puis trois chiffres. Un opérateur répondit.

— Oui, s'il vous plaît, dis-je. L'agence immobilière Century 21, Skibo Road, Fayetteville.

Century 21 était une agence spécialisée dans la location d'appartements. J'avais eu recours à ses services quand j'étais au SAS et m'étais retrouvé à Fayetteville pour un stage de six semaines. Avec deux camarades, nous avions passé une semaine à l'hôtel militaire de la base, puis, compte tenu des indemnités de séjour qui nous étaient versées, nous avions décidé de nous offrir un appartement.

Le service des renseignements téléphoniques m'ayant communiqué le numéro de l'agence, je le composai. Une voix féminine au ton résolu me répondit :

— Century 21. Que puis-je pour vous ?

— Bonjour, je cherche un appartement à louer – quatre-pièces, peut-être.

Plus l'appartement était grand, plus il y avait de chances pour que sa cuisine ait l'équipement que je souhaitais. J'entendis le bruit de touches d'ordinateur frappées à grande vitesse, puis mon interlocutrice me dit :

— Je n'ai que des deux-pièces ou des trois-pièces disponibles en ce moment. Voulez-vous meublé ou non meublé ?

Elle semblait connaître son affaire sur le bout des doigts.

— Un trois-pièces meublé serait parfait, lui répondis-je.

— Entendu. Pour combien de temps voulez-vous louer ? Il me faut un jour de préavis pour une location à la semaine, et une semaine pour une location au mois.

— Deux semaines, lui dis-je. Mais pourrais-je avoir l'appartement dès aujourd'hui ?

Il y eut un silence. Je venais de bousculer les normes. Mais, en bonne professionnelle, mon interlocutrice reprit rapidement ses esprits.

— En ce moment précis, fit-elle, j'ai un trois-pièces disponible à cent soixante-quinze dollars par semaine à la semaine ou à cinq cent cinquante par mois au mois, plus l'électricité et les taxes. Si vous décidez de rester plus longtemps que prévu, le tarif mensuel ne commencera à s'appliquer que le deuxième mois.

Je n'écoutais tous ces détails que d'une oreille distraite.

— Entendu, dis-je enfin. Tout cela paraît formidable. Et la cuisine ? Elle comporte un congélateur ?

Je crus qu'elle allait me demander de quelle île déserte je débarquais.

— Bien sûr, déclara-t-elle. Tous nos appartements ont des cuisines entièrement équipées. Congélateur, lave-vaisselle, fourneau électrique...

Je l'interrompis avant qu'elle ait eu le temps de me réciter la liste complète.

— Et je peux vraiment l'avoir aujourd'hui ? demandai-je.

— Bien sûr.

Les touches d'ordinateur entrèrent de nouveau en jeu.

— Il faut, me dit-elle, que vous vous présentiez aujourd'hui avant 17 heures 30 au bureau de façon à ce que je puisse vous enregistrer. Il y aura un dépôt de 200 dollars en espèces, plus une semaine d'avance et les taxes d'avance, espèces ou carte de crédit seulement. Puis-je avoir votre nom ?

— Snell – Nick Snell.

— Entendu. Je m'appelle Velvet. Je vous verrai donc ici avant 17 heures 30.

J'avais un coup de téléphone à donner – très différent. Je regardai ma montre. Il n'était pas trop tôt. Je composai le numéro et entendis au bout du fil :

— Allô, bureau de l'école élémentaire.

— Allô, c'est Mr. Stone à l'appareil. Je suis désolé de vous appeler en dehors des heures prévues, mais serait-il possible de parler à Kelly ? Voyez-vous, je travaille et...

Avant même que j'aie eu le temps de finir, une voix très distinguée, qui semblait sortie d'un film noir et blanc des années cinquante, me déclara :

— C'est entendu, Mr. Stone. Ne vous inquiétez pas. Si vous pouviez patienter un moment.

Je fus alors gratifié d'une version électronique de *Greensleeves*. Je me dis que ce genre d'atrocités aurait dû être interdit depuis longtemps, mais n'importe...

Je savais parfaitement que je dérangeais tout ce petit monde. La secrétaire allait devoir extraire Kelly de l'étude ou de tout autre endroit où l'on devait se trouver à ce moment-là dans un pensionnat de jeunes filles bien tenu. C'était encore *lui*, bien sûr, qui téléphonait, à la mauvaise heure, sur une mauvaise ligne et avec un flot d'excuses. Mais il ne fallait pas oublier que c'était aussi *lui* qui payait les notes, et qui le faisait ponctuellement.

La dame à la voix distinguée revint en ligne.

— Pourriez-vous rappeler dans un petit quart d'heure ? me demanda-t-elle.

— Bien sûr.

— J'espère que ce ne sont pas de mauvaises nouvelles. Kelly était si contente, aujourd'hui ; on lui a souhaité, avec retard, un bon anniversaire à l'assemblée de fin de journée. Elle s'est sentie une vraie petite vedette.

Je coupai mon téléphone pendant une quinzaine de minutes, tout en continuant à observer le motel. J'étais vraiment heureux d'avoir tenu ma promesse d'appeler Kelly. Je fus arraché à ce type de pensées par un bulletin d'informations :

« ...cette fusillade mortelle à quelques minutes seulement de familles entières de vacanciers. Nos reporters sur place vous en diront plus après ces quelques messages publicitaires... »

Après une importante annonce concernant les soldes de la semaine au rayon des sports de Sears, un homme à la voix de circonstance revint sur les événements du lac. On avait trouvé, dans la maison, les cadavres d'hommes qu'on supposait originaires du Moyen-Orient. La police ne donnait pas d'autres détails pour le moment, mais des informations non confirmées laissaient penser qu'il pourrait s'agir de terroristes.

Le bulletin, au moins, ne faisait mention d'aucun policier tué, ce qui laissait espérer qu'il n'y avait pas, à ce moment même, une meute de flics assoiffés de sang cherchant à retrouver par tous les moyens les émules de Bonnie et Clyde ayant lâchement trucidé leurs meilleurs copains.

J'écoutai par acquit de conscience le reste du bulletin, puis regardai ma montre. Il était midi dix-sept. Je remis mon portable en marche et rappelai l'Angleterre, après avoir éteint la radio.

— Allô ?

C'était Kelly.

— Salut, comment vas-tu aujourd'hui ?

J'essayais de prendre un ton joyeux, afin de la mettre à l'aise. Nos conversations téléphoniques étaient toujours un peu empruntées, car elle se trouvait dans le bureau de l'école, avec d'autres personnes écoutant ce qu'elle disait.

— Bien. Où es-tu ?

— À Londres, toujours en train de travailler. Comment va l'école ?

— Bien.

— Et ton grand-père et ta grand-mère ? Ça s'est bien passé ?

— Très bien.

Puis, brusquement, son ton changea.

— Hé, Nick, fit-elle, c'est formidable ! Tu as appelé !

C'était bon de l'entendre ainsi.

— Je te l'avais promis, lui dis-je. Et, tu vois, c'était bien une vraie promesse. Une promesse de personne normale. Tu es impressionnée, hein ?

Elle commença à s'animer pour de bon.

— Oui, et tu sais quoi ? Toute l'école a chanté *« bon anniversaire »* pour moi, aujourd'hui, à l'assemblée… Enfin, pour Louise, Catherine et moi. Elles avaient aussi eu leur anniversaire pendant les vacances. Tu es impressionné, hein ?

Je me souvins juste à temps de mes devoirs de tuteur.

— On ne dit pas « hein », déclarai-je avec une parfaite mauvaise foi. Ce n'était pas embarrassant, tout cela ?

— Non ! Ma classe m'avait acheté un cadeau. Un livre de faits extraordinaires. Formidable, non ?

— Ouah ! fis-je avec toutes les apparences de l'enthousiasme. Et qu'as-tu fait d'autre aujourd'hui ?

— Hum ! Surtout de la géographie.

— C'est très bien, affirmai-je. J'adorais cela quand j'étais à l'école.

Logiquement, ce gros mensonge aurait dû me valoir d'être frappé par la foudre à l'instant même.

— Nous avons eu des averses toute la journée, poursuivit-elle. Il pleut à Londres ?

— Sans arrêt. Je me suis fait tremper jusqu'aux os.

Nous nous mîmes à rire et elle me demanda :

— Tu as eu des nouvelles de Josh ? Est-ce qu'ils sont rentrés chez eux ?

— Non, pas encore. Pas avant demain.

— Oh, OK, fit-elle avec autorité. Il faut que nous leur envoyions une carte pour les remercier d'être venus nous voir.

J'aurais cru que c'était plutôt à moi de prendre ce genre de décisions, mais tant mieux.

— Parfait, lui dis-je. Tu peux t'en charger ? Ce sera une gentille surprise pour eux.

— Je ferai cela pendant « l'heure du courrier ».

« L'heure du courrier » intervenait tous les samedis. Les pensionnaires devaient à ce moment écrire à leurs parents – ou, dans des cas comme celui de Kelly, à leurs tuteurs et à leurs grands-parents.

Un camion vint se garer entre le motel et moi, et je dus me déplacer sur mon siège pour conserver mes possibilités d'observation. Pendant ce temps, Kelly continuait à me parler.

— J'aurais bien voulu qu'on puisse rester avec eux, Nick. Est-ce qu'on pourra retourner sur le bateau ?

— Oui, pas de problème.

Je me rendais compte que je me sentais encore coupable à ce sujet. Elle aurait pu me demander n'importe quoi, j'aurais dit oui.

— Josh et les autres pourront venir ?

— Bien sûr. Dès qu'il y aura de longues vacances. Pense bien à en parler à Josh dans ta carte.

En fait, compte tenu de la dépense, il y avait peu de chances que Josh puisse retourner de sitôt en Angleterre avec ses enfants.

— Bien, dis-je. Il va falloir que j'y aille. Passe une bonne, une très bonne soirée d'anniversaire.

— OK. Tu me rappelleras bientôt ?

— Je l'espère. Je ne pourrai pas cette semaine, mais après le week-end, promis – promesse de personne normale. Tu vois Grand-père et Grand-mère ?

— Oui. J'irai samedi.

J'en fus heureux, car, autrement, elle aurait passé le week-end à l'école.

— C'est bien, lui dis-je. Passe une bonne soirée.

— Ce sera fait. Je t'adore.

Cela me faisait toujours de l'effet quand elle me le disait. J'attendais, en fait, ce moment, mais je la laissais toujours prendre l'initiative. Je ne voulais rien brusquer.

— Je t'adore aussi, lui dis-je. Je t'appelle bientôt, entendu ?

Le camion s'était, entre-temps, décidé à bouger. Je n'avais plus à jouer les contorsionnistes pour garder les yeux sur mon objectif. Sans quitter celui-ci du regard, je descendis de voiture, allai me chercher un Coca-Cola grand format, puis pénétrai dans l'une des quatre cabines téléphoniques qui s'alignaient près du Burger King. J'avais choisi celle qui se trouvait à l'extrémité de la rangée et je tirai autant que je le pus sur le fil du combiné pour pouvoir continuer à observer le motel. Je glissai quelques pièces dans l'appareil et demandai les renseignements.

— Washington D.C., l'ambassade de Grande-Bretagne, Massachusetts Avenue, s'il vous plaît.

Je hurlai littéralement dans l'appareil pour dominer le vacarme de la circulation. Je composai le numéro que l'on m'avait communiqué, et, par quelques intermédiaires, obtins finalement celui que je cherchais.

— Michael, lui dis-je, c'est Nick. J'ai besoin d'un peu d'aide, et comme vous m'avez aimablement offert…

— Eh bien, fit Mickey Métal, cela dépend de quoi il s'agit...

Je croyais voir, d'où j'étais, son sourire à la fois un peu inquiet et curieux.

— C'est juste quelques questions qui nécessitent une réponse, lui affirmai-je. Rien qui puisse vous valoir des ennuis.

Je continuais à hurler pour me faire entendre malgré la circulation.

— Bien, dit-il. Je tiens à rester un petit garçon bien sage.

Tu parles...

— Rien à craindre, camarade, lui dis-je. Avez-vous de quoi écrire sous la main ?

— J'y suis, fit-il après un moment de recherche.

— J'ai besoin de tout ce que vous pourrez trouver sur un nom de code : Youssef. Tout ce que vous pourrez dénicher.

Il parut surpris de m'entendre lui demander cela en clair au téléphone.

— Nick, répondit-il, c'est peut-être vous qui n'êtes pas très sage. Vous êtes censé être celui qui s'occupe de sécurité.

Il gloussa de rire comme un écolier – ou une écolière.

— Je sais, mon vieux, lui dis-je, mais c'est important, et je n'ai pas de temps à perdre. L'autre chose qu'il me faut savoir, c'est ce sur quoi Sarah a travaillé ces deux dernières années aux États-Unis – et, aussi, ce qu'elle a fait les deux années précédentes. Je sais que vous ne possédez pas ces renseignements en ce moment, mais je sais aussi que vous êtes assez grand garçon pour vous les procurer.

Il se mit à rire.

— Nick, fit-il, vil flatteur !

Il rit encore et me demanda :

— Mais ce n'est pas vous qui êtes censé être dans le secret des dieux ?

Je laissai échapper un profond soupir.

— Oui, je sais, vieux, lui dis-je, mais je me suis emmêlé les pinceaux. Je ne tiens pas spécialement à appeler Londres pour régler le problème. C'est la première fois que je fais ce boulot, et ça la ficherait plutôt mal.

Il eut un gloussement de plaisir à cette bonne nouvelle, et je m'efforçai de profiter de cette maligne bonne humeur.

— Et enfin, poursuivis-je, j'ai besoin de savoir ce que Netanyahu et Arafat font cette semaine. Leur emploi du temps, vous savez – heures, endroits et tout le reste.

— Entendu. Vous en avez plein les bras, on dirait ?

— Oh, une dernière chose. J'ai besoin de savoir aussi les noms et les pedigrees des quatre hommes tués hier soir dans un endroit appelé Little Lick Creek, en Caroline du Nord.

Il y eut un silence. J'imaginais ses petites cellules grises fonctionnant à pleine vitesse pour lui rappeler Sarah et ses petites vacances à la campagne. Je m'attendais à une fin de non-recevoir, mais, contre toute attente, il me demanda d'un ton nonchalant :

— Et pour quand avez-vous besoin de cela, Nick ?

— Dans le courant de l'après-midi, ce serait parfait. Vous pensez que c'est possible ?

— Moi, je ne puis rien pour vous, mais je connais quelqu'un qui peut. Je vais l'appeler.

— Merci pour tout, Michael. Merci de tout cœur. Vous me sauvez la vie. Mais j'aimerais que tout cela reste juste entre nous. Entendu ?

— Juste entre nous. Intéressant. Saluuut !

Je raccrochai. J'aurais, bien sûr, préféré parler à Josh, mais il n'était pas encore rentré. Je devais me contenter de Mickey Métal.

La pluie avait de nouveau détrempé mes cheveux et les épaules de mon blouson, et mon avant-bras recommençait à me faire souffrir sérieusement. Tout en revenant vers la voiture, je relevai ma manche pour inspecter la zone endommagée. Ce n'était pas brillant. Tout cela aurait eu besoin d'être nettoyé et pansé par quelqu'un connaissant vraiment son affaire.

Je repassai lentement en voiture devant le motel afin de m'assurer que je n'y voyais rien d'anormal – comme, par exemple, seize voitures de police et trente hommes brandissant des fusils à pompe. Rien ne se passait, apparemment. Je me garai et me rendis à la réception, où trônait toujours Donna. Près de la machine à café, il y avait un plein plateau de pâtisseries et un grand compotier rempli de grosses pommes rouges. L'odeur du café me rappela que j'avais faim. Allant à la machine, je pris des cafés, quatre pommes et quatre pâtisseries avant de revenir vers le comptoir où siégeait Donna.

— Nous avons décidé de repartir sans attendre, maintenant que nous avons une voiture de remplacement, lui dis-je, tout en mordant dans une pâtisserie.

— Bien sûr, fit-elle, pas de problème, mais j'ai bien peur de devoir vous compter le prix entier de la chambre.

Elle établit la note et je signai le récépissé de ma carte de crédit.

Je revins à la chambre. Mes deux allumettes étaient toujours en place. Je frappai à la porte, en m'assurant que Sarah ne pouvait me voir par l'œilleton pendant que j'ôtais les allumettes.

Dans la chambre, la chaleur était étouffante et l'humidité provenant des corps et des vêtements en train de sécher donnait une impression de bain turc. Toujours enveloppée dans une serviette, Sarah regardait la télévision, assise au bord du lit.

Elle prit sans même tourner la tête l'assiette et la tasse que je lui tendais, et me dit, les yeux rivés à l'écran :

— C'est le troisième bulletin que je regarde.

Un reporter était en train de parler, sur fond de voitures de police et de forêt. Il portait une veste imperméable bleue, toute neuve, avec capuche – vraisemblablement achetée sur place et sur note de frais – et essayait manifestement de conserver tout leur caractère dramatique à des événements survenus des heures plus tôt.

— Ils ont donné des détails ? demandai-je à Sarah.

— Oui, fit-elle d'un air excité. Ils ont dit qu'il s'agissait de deux hommes, à la station-service, mais il y a quand même des informations non confirmées laissant entendre que l'un d'eux pourrait être une femme. Le FBI est aux deux endroits, mais il n'a pas encore fait de déclaration officielle.

Elle mordit dans sa pâtisserie et ajouta :

— Cette fille, dans la Mazda bleue, devait être vraiment terrorisée pour ne pas s'être aperçue que j'étais une femme.

J'approuvai de la tête. Mais, en même temps, je me disais que les chiens avaient sans aucun doute trouvé la petite culotte de Sarah, dissipant ainsi de nombreux doutes.

Sarah avala un autre morceau de son gâteau et précisa :

— Il n'a pas été fait mention de Lance.

Cela ne voulait, en fait, rien dire. Nos poursuivants ne disaient à la presse que ce qu'ils voulaient bien lui dire. L'important était qu'il n'y ait pas eu de policiers tués.

Je me levai et allai jusqu'à la fenêtre. Ses vêtements étaient à peu près secs, maintenant.

— Il est temps de s'en aller, lui dis-je. Habille-toi et on y va.

Elle enfila son jean, qui devait encore lui coller à la peau, fit quelques petites flexions pour le rendre un peu plus souple et remit aussi son T-shirt. En enfilant ses souliers trop grands de nombreuses pointures, elle me demanda :

— Et où sont nos vêtements neufs ?

— J'ai oublié. Filons !

Nous montâmes en voiture et je pris le volant. Elle ne remarqua rien au début, étant très occupée à se restaurer et à boire son café, mais quand il devint évident que nous ne nous dirigions pas vers l'aéroport, elle fronça les sourcils.

— Où allons-nous ? demanda-t-elle.

— À Fayetteville.

Elle s'empara de la carte routière dont la compagnie de location nous avait munis.

— Mais cela nous éloigne encore de Washington, remarqua-t-elle. Pourquoi Fayetteville ?

— Parce que j'en ai décidé ainsi. Je veux sortir de ce coin, et me retrouver dans un secteur que je connais. Ensuite, on prendra les décisions.

Ses traits se décomposèrent légèrement.

— Tu vas m'aider, Nick, n'est-ce pas ?

Je ne répondis pas.

22

Respectant scrupuleusement la limite de vitesse afin de ne surtout pas attirer l'attention de la police, je pris la route se dirigeant vers le centre-ville. En passant le pont de Cape Fear, je remarquai, au-dessous, un parc de stationnement installé directement au bord de l'eau, à l'intention, sans doute, des pêcheurs, de leurs véhicules et de leurs bateaux. J'en pris mentalement bonne note.

Peu après, nous atteignîmes les faubourgs de Fayetteville, où s'alignaient en rangs serrés les vendeurs de hamburgers.

— Pourquoi Fayetteville, Nick ? demanda Sarah. Pourquoi venir ici ?

C'était un genre d'Amérique qu'elle n'avait jamais vue – et, à en juger par sa mine, ne tenait pas à voir.

— C'est le seul endroit que je connaisse vraiment en Caroline du Nord, lui expliquai-je. Je compte rester planqué là jusqu'au moment où Londres aura déterminé comment on va nous faire revenir, toi et moi, en Angleterre. Il va falloir qu'ils règlent ces problèmes de fusillade avec le Département d'État avant que nous n'allions où que ce soit, ou que nous ne fassions quoi que ce soit. Jusque-là, nous devrons nous planquer soigneusement de la police – et, en fait, de tout le monde.

Je la vis se raidir sur son siège. Je savais que tout cela la rendait perplexe, mais qu'elle ferait tout pour ne pas le montrer.

Nous passâmes dans Skibo Road et devant l'agence

Century 21. Celle-ci était bien telle que je me la rappelais : une fausse maison de trappeur au milieu des pins, avec un petit parc de stationnement et une enseigne au néon agressive. Mais je ne me sentais pas prêt à aller m'y présenter immédiatement ; j'avais besoin de mettre au point mon numéro et d'être au moins à demi présentable.

Un peu plus loin se trouvait un centre commercial, avec un Sears que les panneaux publicitaires proclamaient prêt à m'accueillir à tout moment. Je me garai au milieu d'une multitude d'autres voitures.

— Et maintenant ? demanda Sarah.

— Vêtements. Mais j'y vais seul. Quelle est ta taille ?

— Je t'ai déjà dit que tu la connaissais parfaitement. Qu'est-ce que ce numéro ?

Cette fois, elle souriait. Je fermai ma porte et me dirigeai vers le magasin spécialisé.

Une demi-heure plus tard, je revenais avec deux sacs de sport en nylon bien remplis. Nous allâmes nous changer dans les toilettes publiques. J'en profitai pour me laver le visage et tenter de panser mon bras, à l'aide de quelques torchons achetés en même temps que les vêtements. J'aurais dû, en fait, me mettre à la recherche d'une pharmacie, mais il me semblait qu'il y avait des choses plus urgentes à faire. En sortant des toilettes lavé et changé, j'allai acheter deux cartes de téléphone à 20 dollars, puis fis halte à un guichet automatique pour prendre un peu de liquide.

Sarah et moi étions la parfaite incarnation du couple sportif moyen, dans nos jeans et sweat-shirts assortis, avec chacun un joli blouson de nylon pour nous abriter de la pluie. Quant à moi, je me sentais certainement mieux que dans mes vieux vêtements sales et humides, mais la fatigue me piquait les yeux et je finissais par avoir du mal à fixer trop longtemps mon regard sur quelque chose. Nous revînmes à la voiture et jetâmes dans le coffre les deux sacs contenant notre ancien accoutrement.

— Tu conduis, dis-je à Sarah en lui lançant les clés. Je t'indiquerai le chemin.

Nous gagnâmes le siège de Century 21 et allâmes nous garer un peu plus loin, au milieu des pins. Je dis à Sarah de laisser le moteur tourner tandis que j'examinais les alentours. Sans vraiment me concentrer, je me préparais à la simple démarche que j'allais faire. L'important, en ces cas-là, est d'avoir l'air naturel, et avoir l'air naturel demande parfois du travail.

Sarah avait repris sa mine perplexe.

— Que faisons-nous là ? demanda-t-elle.

— Comme je te l'ai déjà dit, *nous* ne faisons rien, rétorquai-je. C'est *moi* qui vais faire quelque chose. *Je* vais nous assurer un gîte. Moins on nous voit ensemble, mieux cela vaut. Tu attends ici.

Je lui laissai les clés. Il n'y avait pas de danger qu'elle s'en aille ; elle voulait que je l'aide. De plus, elle savait que, si elle prenait la fuite, je serais obligé d'alerter le Service et elle ne tarderait pas à avoir tout le monde à ses trousses. J'entrai dans le bureau de Century 21 et reconnus immédiatement Velvet à sa voix. Elle était en train de prendre une communication téléphonique avec sa célérité habituelle. Elle avait des cheveux longs, lui tombant plus bas que les épaules, une teinture de blonde qui aurait eu fort besoin d'être un peu rafraîchie. Sa peau et son teint indiquaient qu'elle était encore loin de la trentaine, mais ses doigts étaient jaunes de nicotine et elle avait déjà des pattes d'oie à force de devoir plisser les yeux pour éviter la fumée de sa cigarette. L'enveloppe extérieure était fort mignonne, mais je n'aurais pas aimé voir une radiographie de ses poumons.

Elle finit par raccrocher et leva la tête vers moi.

— Salut, dit-elle. Que puis-je faire pour vous ?

— Salut. Je m'appelle Nick Snell. Je vous ai retenu un appartement par téléphone ce matin.

Avant même que j'aie eu fini ma phrase, elle s'était plongée dans ses dossiers, et, quelques instants plus tard, elle produisait une clé.

— Il faut que je vous fasse remplir ce formulaire, m'expliqua-t-elle. J'ai oublié de vous demander si vous avez des animaux avec vous. Si tel est le cas, ils ne doivent pas peser plus de neuf kilos chacun, et vous ne pouvez en avoir que deux. Comment payez-vous ?

— Je n'ai pas d'animaux, et je paie en espèces, lui précisai-je.

Peut-être fut-ce le mot « espèces » qui fit des miracles, mais deux minutes plus tard, tout était en règle et je retournais à la voiture.

Stewart's Creek, dans North Reilly Road, s'avéra être une « communauté » privée avec une seule route d'accès. Sur une étendue d'une quinzaine d'hectares se trouvaient répartis une vingtaine de petits bâtiments verts de trois étages. Nous fîmes notre entrée en respectant scrupuleusement la limitation de vitesse à 25 kilomètres-heure.

— C'est l'appartement 1712, dis-je à Sarah. Je pense donc qu'il faut chercher le bâtiment 17.

Elle hocha la tête et, circulant au milieu des flaques d'eau, nous passâmes devant la piscine et les courts de tennis communs, auprès desquels s'alignaient des cabines téléphoniques et des distributeurs de Coca-Cola et de journaux.

— Nous y voilà, fit Sarah en tournant dans l'aire de stationnement du bâtiment 17.

Nous montâmes un escalier de bois et entrâmes dans l'appartement. Notre première impression fut que tout y était marron. L'ensemble divan et fauteuils devant la télévision était marron, comme la moquette et les rideaux. Il y avait un faux feu de bûches dans la cheminée en fausses pierres. La cuisine se situait derrière un comptoir, à l'une des extrémités du living-room. À l'autre, des portes vitrées coulissantes avec un écran à moustiques donnaient sur un petit balcon.

L'endroit semblait propre et confortable. Dans les chambres à coucher, draps, couvertures et serviettes avaient été empilés, prêts à servir, et dans la cuisine, un paquet de café, avec du lait en poudre et du sucre, nous attendait.

Sarah se rendit aussitôt dans les chambres, fermant les rideaux. Je me glissai dans la cuisine et mis en marche le congélateur en le réglant sur « Accéléré ». Pour m'efforcer d'en couvrir le bruit, je fis également fonctionner le réfrigérateur.

Sarah revint alors que je mettais de l'eau à chauffer.

— Et maintenant ? demanda-t-elle, après avoir également fermé les rideaux du living-room.

— Et maintenant, rien, lui dis-je. Tu restes ici. Moi, je vais aller chercher quelques provisions. Je crève de faim. J'ai branché la bouilloire électrique. Pourquoi ne pas faire du thé ou du café ?

Je me rendis en voiture au magasin le plus proche, qui faisait partie d'une station-service, et y achetai deux hamburgers, des paquets de chips, des boissons en boîtes et des objets de toilette. Puis j'utilisai l'une des deux cartes dont j'avais fait acquisition plus tôt pour essayer d'appeler, d'une cabine, Mickey Métal. Son poste, à l'ambassade, ne répondait pas, et la standardiste ne prenait pas les messages. Ma montre m'apprit qu'il était 18 heures 36. Mickey devait avoir fini sa journée. Je tentai de me rappeler son numéro personnel, mais n'y parvins pas. Je m'en étais débarrassé avec le 3C.

Je regagnai l'appartement. Sarah était étendue sur le divan, à moitié endormie, la télévision branchée. Elle n'avait pas fait de café. Je lui donnai un hamburger et un paquet de chips, et j'allai à la cuisine, remettre de l'eau à chauffer. La lumière jaune du congélateur m'apprit qu'il fonctionnait toujours à pleine force.

Ce qui me tracassait, c'est que tout ce qu'elle avait dit semblait se tenir. Et elle n'avait rien fait indiquant qu'elle mentait. Pourquoi, après tout, devrait-elle faire confiance à qui que ce soit à Londres ? Je savais d'expérience combien les méthodes du Service pouvaient être tortueuses.

Je me retournai vers elle en plaçant les tasses de café sur le comptoir. Elle était couchée sur le dos, avec la boîte de son hamburger posée sur la poitrine. Elle en avait à peine pris une bouchée, puis elle avait fermé les yeux. Je la comprenais. J'étais moi-même exténué et j'avais la tête qui commençait à tourner. J'avais désespérément besoin de dormir. Je vérifiai que la porte d'entrée était bien verrouillée, puis j'allai dans une chambre, m'effondrer sur l'un des lits à deux places, sur les piles de draps, de couvertures et de serviettes.

⋆

Il faisait toujours sombre quand je me réveillai. Je me tournai et sentis un autre corps près du mien. Je ne l'avais ni vu ni entendu entrer dans la chambre.

Mes yeux s'adaptant à la lumière diffuse venant des réverbères à travers les rideaux, je commençai à distinguer ses contours. Elle me faisait face, roulée en boule, les mains nouées autour de sa tête. On aurait dit qu'elle faisait un cauchemar. Elle marmonnait et frottait parfois la tête sur la couverture pliée qui lui tenait lieu d'oreiller. Elle ne m'était jamais apparue plus vulnérable. Je restai immobile à la regarder.

Sa peau luisait glorieusement, mais elle avait le front douloureusement plissé. Elle semblait presque souffrir physiquement. J'étendis la main pour la toucher. À ce moment, elle laissa échapper un petit gémissement, sursauta, se retourna de nouveau, puis parut s'apaiser. Je sentais l'odeur de shampooing aux fruits de ses cheveux.

Elle se remit à marmonner et vint se blottir contre moi. Je ne savais comment faire face aux sentiments qui m'assaillaient. La catastrophe. Cela m'épouvantait.

J'ai toujours eu tendance à fuir en cette sorte de cas – et en bien d'autres. À fuir en essayant de ne penser ni à ce dont je m'éloignais ni à ce qui pouvait m'attendre au bout de la course.

J'entendais la télévision qui continuait à jacasser dans la pièce voisine. Une voix féminine s'efforçait de nous convaincre des mérites exceptionnels d'un nouveau modèle de barbecue. Je roulai sur moi-même, m'assis et écartai un coin du rideau. Il ne pleuvait pas, mais je voyais aux ruisselets d'eau subsistant sur les vitres que nous avions eu droit à une autre averse au cours des heures précédentes. Ma montre indiquait 2 heures 54.

Je me levai doucement, en m'efforçant de ne pas déranger Sarah, et gagnai la cuisine. Passant devant un miroir, je pus constater que j'avais encore la mine d'un échappé de l'Enfer. Dans l'immédiat, je ne pensais qu'à me faire un café.

Sarah devait m'avoir entendu m'affairer dans la cuisine. J'entendis sa voix derrière moi :

— J'en aimerais bien un aussi, s'il te plaît.

Elle éteignit la télévision au passage et s'assit sur le divan, regardant la moquette d'un air piteux, les mains entre les cuisses, comme si elle avait honte de s'être montrée un peu humaine, en fin de compte.

— Je suis désolée, Nick, me dit-elle. Je me sentais si seule et si apeurée. J'avais besoin d'être près de toi.

Elle leva la tête vers moi. Son regard exprimait du chagrin et quelque chose d'autre que je n'arrivais pas à identifier clairement, mais que je me pris à espérer être du regret.

— Tu as beaucoup compté pour moi, Nick, reprit-elle. Je... je ne savais pas vraiment qu'y faire, à l'époque. Je suis désolée pour la façon dont je me suis conduite alors – et je suis désolée de me montrer si stupide maintenant.

Elle s'interrompit, cherchant à déchiffrer mon expression, puis elle me dit :

— Je ne le ferai plus, je le promets.

Je retournai à mon café en m'efforçant de prendre un air détaché.

— Tout va bien, fis-je. Pas de problème.

Ce que j'aurais voulu faire, en réalité, ç'aurait été la saisir, la serrer très fort contre moi et imaginer, même pour un moment, que j'avais le pouvoir de tout changer. Mais j'étais figé sur place, pris entre le souvenir de ce qu'elle m'avait fait dans le passé et la conscience de la nature de mes ordres à son égard pour l'avenir.

Je branchai de nouveau la bouilloire électrique, l'esprit en plein tumulte. Je dus me contraindre à revenir à l'instant présent.

— J'ai besoin du numéro de téléphone personnel de Michael Warner, dis-je à Sarah.

Elle parut tout d'abord ne pas saisir ce que je lui disais.

— Qui ? fit-elle.

— Michael Warner. Je veux son numéro personnel.

Elle comprit alors que j'étais passé par Washington avant de me rendre en Caroline du Nord.

— Qu'est-ce que tu leur as dit ? me demanda-t-elle.

Je ne lui avais jamais vu un air aussi misérable.

— Que je procédais à la vérification de routine. De toute façon, je n'ai parlé qu'à Mickey Métal.

Contre toute attente, elle se mit à rire.

— Mickey Métal, répéta-t-elle. Pas mal trouvé…

Puis elle redevint sérieuse. Très sérieuse.

— Pourquoi veux-tu son numéro ?

Je lui apportai une tasse de café frais et la posai sur la table basse, devant le divan.

— Je lui ai demandé de faire quelques recherches pour moi, dis-je. Il pourrait trouver étrange que je ne vienne pas aux résultats.

Elle avala une gorgée de café d'un air pensif, puis me récita le numéro de mémoire. Je n'avais ni crayon ni stylo, mais je griffonnai le numéro avec mes clés de voiture sur la couverture de l'annuaire, arrachant le fragment pour le mettre dans ma poche.

— Je reviens dans une minute, dis-je à Sarah.

Elle posa sa tasse et se leva.

— Tu ne crois pas qu'il est un peu tôt ? me fit-elle remarquer.

Elle n'avait pas tort, mais il y avait des choses que je voulais savoir tout de suite.

— Hé, merde ! fis-je. Il est payé pour être opérationnel vingt-quatre heures sur vingt-quatre, non ?

Les cabines téléphoniques, près de la piscine et des tennis, n'étaient qu'à une cinquantaine de mètres. Il y avait, à côté, deux distributeurs de journaux, l'un proposant *USA Today* et l'autre le *Fayetteville Observer-Times*. Celui-ci arborait en première page la photo d'un paysage de forêt que je connaissais bien. Je ne me souciais pas de savoir ce qui était raconté en marge.

Il avait dû pleuvoir abondamment pendant que nous dormions, à en juger par la dimension des flaques d'eau. Il faisait chaud et humide, et mon sweat-shirt commençait à me coller à la peau. Je sortis de ma poche mon morceau d'annuaire téléphonique et ma carte.

— Allô ? fit un Mickey Métal très ensommeillé.

— C'est moi, Nick. Désolé d'appeler à cette heure, mais je n'ai pu trouver de téléphone avant. Vous avez des choses à me dire ?

J'entendis des froissements de draps tandis qu'il

s'efforçait d'adopter une position plus confortable dans son lit.

— Oh ! Mmmoui ! Laissez-moi trouver mes yeux, et je suis tout à vous...

Il y eut un silence pendant qu'il cherchait ses lunettes. Je ne tenais pas à passer toute la nuit avec lui au téléphone.

— Les deux amis dont nous avons parlé, lui demandai-je. Que font-ils le reste de la semaine ?

Je me retournai pour m'assurer que personne ne m'observait. Encore qu'il n'y eût rien d'extraordinaire à être dehors en train de téléphoner à cette heure de la nuit, car les appartements n'étaient pas livrés avec un téléphone en état de marche. Si vous en vouliez un, il vous fallait le faire brancher vous-même.

— Eh bien, dit Mickey Métal, ils ont fini leur travail et vont passer mercredi et une partie de jeudi à serrer des paluches, se faire prendre en photo et montrer combien ils sont gentils et à quel point les choses se sont bien passées durant leur visite. Ce n'est pas mignon, cela ?

— Bien sûr que ça l'est, approuvai-je. Mais où ? Où tout cela va-t-il se passer ?

— Sais pas vraiment. Dans tous les parages, je suppose.

— D'accord, camarade, fis-je. Et maintenant, quoi sur notre ami américain ?

— Ah ! Là, je pense qu'il faut que nous nous rencontrions, Nick. Je ne tiens vraiment pas à en parler au téléphone sur une ligne normale, et il y a un tas de paperasses que j'ai récupérées, et qu'à mon avis, vous devriez lire. J'ai aussi les renseignements que vous souhaitiez sur votre autre ami.

— Très bien, camarade, lui dis-je. Même endroit que la dernière fois, à 12 heures 30 aujourd'hui. Et c'est vous qui payez.

— Parfait. À bientôt, donc.

Il y eut un silence, puis il demanda :

— Mais... les autres ?

— Quels autres ?

— Vos quatre amis, vous savez. Ceux qui vont en vacances vers les lacs...

— Oh, ces amis-là ? J'avais oublié. J'en ai tant !

— Je vois tout à fait ce que vous voulez dire, Nick. C'est si difficile de ne pas se perdre de vue !

Il y eut de nouveau une pause. J'allais devoir insister.

— Alors, sur ceux-là ? dus-je demander.

— Je ne peux pas en parler ! Du moins pas au téléphone, Nick. Je crois qu'il faut que vous lisiez ce que j'ai pour vous. C'est comme un immense puzzle. C'est si excitant ! On se voit...

— Salut ! coupai-je.

— Saluuut !

Je raccrochai et me retournai pour regagner l'appartement. Je vis alors, à mi-chemin dans le parc de stationnement, Sarah qui fonçait vers moi. Je restai sur place et l'attendis.

Elle tremblait de rage.

— Tu allais me tuer, n'est-ce pas ? me lança-t-elle.

— Ne sois pas stupide, lui dis-je. Pourquoi t'aurais-je traînée jusqu'ici, dans ce cas ?

— J'ai vu la lumière du congélateur, Nick. Ne me mens pas. Tu allais me tuer, hein ?

— Comment ? La lumière du congélateur ? Elle a dû s'allumer quand j'ai mis le frigo en marche.

— Tu parles ! Les deux sont branchés sur des prises séparées. Tu me prends pour une idiote ? Tu me mens, Nick !

Je regardai autour de moi pour m'assurer que personne ne nous observait et ne nous écoutait. Dans un endroit aussi tranquille, des vociférations nocturnes ne pouvaient manquer d'attirer des patrouilles de police ou des gardes de sécurité. Je mis un doigt sur mes lèvres. Sarah baissa la voix mais n'en continua pas moins :

— Pourquoi ne veux-tu pas me croire, pour l'amour du Ciel ? Pourquoi ne crois-tu pas ce que j'essaie de te dire ?

Sa voix s'étrangla et des larmes emplirent soudain ses yeux. C'était la première fois que je la voyais pleurer.

— Je n'arrive pas à croire, reprit-elle, que tu veuilles me faire cela. Je croyais que je représentais quelque chose pour toi...

Je me rendis compte que je me sentais coupable, profondément coupable.

— Et qu'est-ce que tu feras après m'avoir congelée, Nick ? demanda-t-elle. Ce sera le broyeur à bois, comme pour ces deux garçons en Afghanistan ? Ou tu me mettras simplement dans un sac pour me jeter aux poissons dans la rivière ? Ils ont ordonné un « T 104 », n'est-ce pas ? *Oui ou non ?*

Je secouai lentement la tête.

— Tu te trompes, Sarah, tu te...

Elle ne m'écoutait pas.

— Tu allais me faire la même chose qu'aux deux Afghans, hein ? N'est-ce pas, Nick ?

Je la saisis par les épaules.

— Tu racontes des conneries, lui affirmai-je. Le congélateur devait être déjà en route quand nous sommes arrivés. Écoute-moi : je te crois, vraiment, mais cela ne change rien. Je vais quand même te ramener à Londres.

— Mais, Nick, si tu me crois, tu dois m'aider. Tu es la seule personne à laquelle je puisse faire confiance...

Elle secoua la tête, puis me tourna le dos en disant :

— Quelle foutue ironie !

— Sarah, écoute un peu... Je me fous de ce qui peut arriver à Washington. La seule chose qui m'importe est que nous sortions d'ici vivants, *tous deux.*

Elle se tourna de nouveau vers moi, les larmes ruisselant sur ses joues. Elle passa les deux bras autour de ma taille et pressa la tête contre ma poitrine. Elle se mit à sangloter plus encore. J'aurais voulu faire quelque chose, mais je ne savais quoi. Je levai le visage vers le ciel en attendant que la crise passe.

Les larmes firent soudain place à la colère et elle me repoussa brutalement.

— Tu tenais à moi, autrefois, Nick, fit-elle. Mais rien ne t'arrête, non ? Je n'arrive pas à croire que tu allais me tuer – que tu aies même pu l'envisager.

— Non, Sarah, non... Tu te trompes...

Des sanglots convulsifs la secouaient maintenant tout entière. Elle semblait au bord de la crise de nerfs.

— J'ai tout bousillé, Nick, tout bousillé... Je croyais que j'avais tout mis au point... que je contrôlais les choses... Je t'ai même fait confiance. Comment ai-je pu être aussi bête ?

Je lui caressai la joue sans rien dire, puis lui passai la main dans les cheveux.

— Tu avais raison, fit-elle. Tu avais raison. Je voulais être la vedette, je voulais tout faire moi-même… Je le voulais si fort que je me suis mise dans l'engrenage. Une fois que le mécanisme était engagé, je ne pouvais demander d'aide à personne. Il me fallait continuer seule.

Elle me serra encore plus fort en continuant à sangloter.

— Qu'est-ce que je vais faire, Nick ? Mais peut-être que tu t'en fiches…

C'était la dernière chose à me dire. J'étais encore en train de ruminer mon sentiment de culpabilité. J'étais allé jusqu'à mettre en route le congélateur. Comment avais-je pu faire cela avec elle ? Peut-être n'avais-je vraiment aucune des barrières morales que connaissent les gens normaux.

Quant à Sarah, elle continuait à soliloquer, faisant son propre examen de conscience :

— Au début, j'aurais pu y remédier, faire quelque chose, mais non – je voulais tout le crédit pour moi seule. Je suis désolée, si désolée… Oh, qu'est-ce que j'ai fait, Nick ?

Je l'entourai de mes bras. J'aurais voulu lui donner toute l'aide dont elle avait besoin, mais je n'en avais pas les moyens.

— Je ne sais pas quoi faire, Sarah, lui murmurai-je.

— Serre-moi, Nick. Serre-moi simplement contre toi.

Je la serrai plus fort encore. Je me sentais étrangement bien. Nous restâmes ainsi plusieurs minutes, oscillant doucement dans les bras l'un de l'autre, ses sanglots s'apaisant lentement.

Elle s'essuya le visage sur ma chemise. Je lui pris le menton et tentai de le lever, mais elle résista.

— Je suis désolée, Nick. Je suis vraiment désolée…

Elle s'éloigna de moi et s'essuya les yeux de ses deux paumes.

— Sarah, lui demandai-je alors, où l'attentat va-t-il avoir lieu ?

— À la Maison-Blanche, demain.

23

— Et comment ? insistai-je. Comment vont-ils s'y prendre ?

J'avais besoin de le savoir avant de pouvoir appeler Londres. Ce serait ma justification pour la ramener vivante. Elle était dans le pétrin le plus noir, certes, mais je ne pouvais l'aider que si je disposais de quelques éléments pour l'enquête qui allait obligatoirement suivre.

Elle renifla et me dit :

— Il y a une photo prévue sur la pelouse de la Maison-Blanche, avec Clinton, Arafat et Netanyahu. Ils vont tenir une conférence de presse, puis il y aura une cérémonie, avec des colombes, des gosses chantant des chansons pour la paix et toutes sortes d'autres simagrées pour les caméras. Je n'en sais pas plus. C'étaient les deux devant arriver hier de Washington qui avaient tous les détails. Leur équipe travaillait exactement comme nous le faisons, nous – pas de détails jusqu'à la dernière minute. Tout ce que nous savions, c'est que nous étions déjà accrédités pour entrer à la Maison-Blanche au titre d'équipe de presse.

— C'est pourquoi le gros moustachu avait un complet correct avec lui ? demandai-je.

Elle fit un signe affirmatif de la tête.

— Nous devions être sur Monica Beach, précisa-t-elle. Oh, merde, Nick ! Comment ai-je pu croire une minute que je pourrais venir à bout de cela toute seule ?

Monica Beach était le surnom donné par les journalistes de Washington depuis l'affaire Monica Lewinsky à la pelouse de la Maison-Blanche réservée aux rencontres télévisées avec la presse.

— Cela ne marchera pas, dis-je alors. Ils ne s'en sortiront jamais.

Sarah se remit soudain à pleurer.

— Nick, fit-elle, ces gens-là s'en fichent. Leur survie n'est pas un problème pour eux. Regarde qui les inspire : l'un des hommes les plus riches et les plus fanatiques du monde. Bin Laden a consacré sa vie à chasser les Russes d'Afghanistan, et il la consacre maintenant à chasser les Américains d'Arabie saoudite. Il finance et inspire à la fois tous ces gens : Pakistanais, Palestiniens et même Américains. Mourir ne pose pas de problème à ces hommes, tu le sais bien.

Je ne pus qu'approuver, en me traitant intérieurement d'imbécile.

— Merde, Sarah ! dis-je. Explique-moi en détail tout ce que tu sais : les gosses qui chantent, les colombes et tout le reste.

Elle s'essuya le nez et fronça les sourcils en fouillant sa mémoire.

— Après la conférence de presse, dit-elle, il va y avoir une cérémonie avec deux cents gosses environ. Ils vont présenter aux trois hommes d'État, sur la pelouse de la Maison-Blanche, face au Portique Nord, une sorte de couvre-pieds en patchwork, avec des morceaux cousus aux États-Unis, en Israël et en Palestine Les gosses chanteront des chants en faveur de la paix et l'on libérera des colombes blanches tandis que Clinton, Arafat et Netanyahu présenteront la couverture aux caméras.

Brusquement, je compris ce qui m'avait sournoisement alerté depuis le début. Mon cœur se mit à battre violemment, et j'eus presque envie de vomir.

— Merde ! fis-je. Les gosses d'un de mes amis seront là.

Une expression d'horreur se peignit sur le visage de Sarah.

— Nick, dit-elle, l'une des solutions envisagées était une bombe... Ce n'était pas leur favorite, mais maintenant, qui sait ? Sans les pistolets-mitrailleurs, ce serait le plus facile.

Elle se remit à pleurer. Je la saisis de nouveau aux épaules et la forçai à me regarder en face. Ses paupières étaient gonflées, ses joues rouges et humides.

— Sarah, lui dis-je, il faut que je donne un coup de fil.

— Non, Nick, supplia-t-elle. Cela ne résoudra rien. Les enfants de ton ami seront peut-être sauvés, mais les autres mourront quand même.

Je plaquai ma main sur sa bouche. Est-ce que je me souciais des autres gosses ? Oui, bien sûr – mais pas autant que de ceux de Josh.

— Il faut que j'appelle quelqu'un pour avoir son numéro, dis-je à Sarah.

Je revins aux cabines, sortis l'une des cartes de ma poche et appelai. La dame distinguée du pensionnat répondit.

— Allô, fis-je. C'est de nouveau Nick Stone. Je suis tout à fait désolé de vous déranger, mais serait-il possible de parler à Kelly ? Je rappellerai dans quinze minutes si ce n'est pas trop demander.

Je l'entendis presque soupirer.

— Oui, bien sûr, répondit-elle. Mais, s'il vous plaît, essayez de ne pas faire cela trop souvent, Mr. Stone. Cela perturbe les habitudes de Kelly. Pour les appels téléphoniques, on peut organiser les choses d'avance avec nous, en choisissant des heures plus pratiques pour tout le monde.

— Merci de m'en informer. Je ne le savais pas. Je vous promets d'en tenir compte à l'avenir. Mais pourriez-vous demander à Kelly de venir à l'appareil avec son carnet d'adresses ?

— Oui, bien sûr. Je pense qu'elle est en train de se brosser les dents. Elle vient juste de prendre son petit déjeuner.

— Merci.

Sarah me regarda, le sourcil levé.

— Qui est Kelly ? demanda-t-elle.

— T'occupe.

Elle avait visiblement envie d'ajouter quelque chose, mais elle me connaissait assez pour voir que je n'étais pas d'humeur à lui répondre.

Je me dis alors qu'il n'était pas nécessaire de faire le pied de grue devant les cabines ; je pouvais aussi bien rappeler

Kelly sur le portable. Nous regagnâmes l'appartement en silence, le bras de Sarah toujours passé autour de ma taille.

Je refermai la porte derrière nous. Sarah alla se laver le visage tandis que je me rendais dans la cuisine pour brancher la bouilloire électrique. Je repensai à ce que Sarah venait de me révéler. Je ne me rappelle pas habituellement tous les morts que j'ai contemplés tout au long de ma carrière, mais je pouvais revoir le cadavre de la petite sœur de Kelly comme s'il se trouvait encore devant moi. Quoi qu'il arrive, il ne fallait pas que les gosses de Josh se retrouvent ainsi. Mais si je le prévenais, il allait sans doute faire son devoir et alerter le Service Secret. Je le ferais, à sa place, mais cela changerait-il quelque chose ? La cérémonie aurait-elle lieu quand même ? Bien sûr. Mais la fameuse « source », Youssef ? Son intervention éventuelle amènerait-elle un changement de programme pour l'attentat ?

Tout en continuant à réfléchir, je me penchai pour débrancher la prise du congélateur – mais je m'arrêtai net. La situation avait changé, mais le fait de débrancher maintenant indiquerait à Sarah qu'elle avait eu raison. Je résolus de laisser les choses telles qu'elles étaient.

Je contournai le comptoir de la cuisine et me dirigeai vers le divan. Que diable allais-je pouvoir faire ? Ma première réaction était de prévenir Josh en l'adjurant de ne rien dire à personne. Mais cela ne pouvait pas marcher ; même si, comme moi, il se contrefichait des politiciens de la Maison-Blanche, il se soucierait des gosses. Et il se retrouverait face au même dilemme que moi. Certains des gamins seraient les enfants d'amis à lui. Puis d'amis d'amis. Et ainsi de suite...

Sarah sortit de la chambre, les yeux encore rouges. Elle vit la vapeur s'échapper de la bouilloire et alla préparer le café. Je regardai ma montre.

Ce fut une voix féminine différente qui me répondit cette fois :

— Oh, oui ! Kelly arrive. Elle devrait être là d'un instant à l'autre.

— Merci.

Je m'attendais à un moment d'attente, mais, presque aussitôt, j'entendis :

— Salut ! Tu m'appelles encore. Qu'est-ce qu'il se passe ?

— Rien, lui dis-je. Je voulais seulement vérifier que tu t'étais bien lavé les dents.

Cela la fit rire.

— As-tu ton carnet d'adresses avec toi ?

— Pour sûr.

— Très bien. Je cherche de toute urgence le numéro de Josh, car je pars pour l'aéroport dans une minute. Tu sais quoi ? Je vais à Washington et peut-être pourrai-je le voir.

— Veinard !

— Je sais, mais j'ai besoin de son numéro et j'ai laissé mon carnet à la maison.

— Oh, OK !

Je l'entendis feuilleter son carnet, et elle me donna le numéro, que je griffonnai sur la couverture de l'annuaire. Puis elle me demanda :

— Nick, pourquoi vas-tu en Amérique ?

— J'y vais avec une amie. Elle s'appelle Sarah.

Je lançai un regard à celle-ci. Elle me regardait d'un air interrogateur. Elle avait assurément compris que je parlais à une enfant.

— Mon amie Sarah, dis-je, a un travail à faire à Washington et je l'accompagne. Tu aimerais lui parler.

— OK.

Il y avait une ombre de réticence dans sa voix. Peut-être avait-elle le sentiment d'une complication. Sarah arrivait vers le divan avec deux tasses de café. Je lui passai l'appareil en lui disant :

— Sarah, c'est Kelly. Elle veut te dire bonjour.

Les yeux toujours fixés sur moi, Sarah fit :

— Allô ?

Puis, un instant plus tard :

— Oui, c'est cela, Sarah… Oui, je vais à Washington. Ce que je fais ? Je suis avocate. Oui, c'est pour mon travail. quelques jours, et Nick vient avec moi.

De toute évidence, elle subissait un interrogatoire en règle.

— Oh, oui ! continuait-elle. Depuis longtemps, mais je ne l'avais pas vu depuis des années… Oui, je vous le repasse. Ravie de vous avoir parlé, Kelly, au revoir.

Je repris l'appareil.

— Tu m'appelleras quand même la semaine prochaine ? demanda Kelly.

— C'est promis. Ne t'inquiète pas. À bientôt.

Et cette fois, ce fut moi qui pris l'initiative de lui dire :

— Je t'adore.

Elle parut un peu surprise d'avoir été prise de vitesse, mais heureuse quand même.

— Je t'adore aussi, dit-elle.

— Au revoir.

J'abandonnai à regret le téléphone.

— Quel âge a-t-elle ? demanda Sarah.

— Elle a eu neuf ans la semaine dernière.

— Tu as été très discret à ce sujet, je dois dire.

— C'est la fille d'un ami.

— Mais bien sûr !

— Non, il se trouve que c'est vrai.

Je fus sur le point de lui parler de Kev et de Marsha, mais je me ravisai.

Elle s'assit à côté de moi sur le divan, serrant entre ses mains sa tasse de café.

— Ça va ? lui demandai-je.

Elle fit un signe affirmatif, tentant de reprendre contenance.

Tandis que nous buvions notre café, je lui exposai mes projets. Nous allions nous rendre à Washington et j'examinerais ce que Mickey Métal avait à me montrer. Puis, selon ce que j'aurais découvert, je déciderais si je devais appeler Josh ou si nous devions essayer de foncer tout seuls.

*

Tout serait dorénavant commandé et payé par Sarah, sous son nom de rechange de Sarah Darnley, extrait de sa panoplie de sécurité. Aucun mouvement ne devait être détecté sur ma carte de crédit ou mon téléphone portable. Nous retournâmes donc aux cabines téléphoniques et prîmes des places sur l'avion décollant de Raleigh pour Washington à 8 heures 50.

Après une rapide toilette, nous prîmes la route dès l'aube, nous arrêtant seulement à une station-service pour acheter des cafés et une casquette de base-ball bleue pour Sarah. J'avais une main sur le volant et tenais de l'autre mon gobelet de café quand Sarah, regardant dans le rétroviseur latéral, éteignit la radio et me dit :

— Nick, nous avons un problème.

Derrière nous et sur la droite, se trouvait une voiture de police bleue et blanche de Fayetteville. Comme je m'arrêtais à un feu rouge, Sarah tira son pistolet et le plaça sous sa cuisse droite. Compte tenu de ses états de service, ce spectacle eut le don d'accélérer sérieusement mes battements de cœur.

— Sarah, lui dis-je, tu me laisses faire.

Elle ne répondit pas. La voiture de police arriva à notre hauteur. J'avais le cœur qui battait de plus en plus vite. Les deux policiers se trouvant à l'intérieur, l'un noir, l'autre hispanique, portaient des chemises noires à manches courtes et, malgré l'heure plus que matinale, des lunettes de soleil. Leur carrure était considérablement accrue par les gilets pare-balles qu'ils avaient sous leurs chemises. Je leur adressai mon plus beau sourire idiot. Qu'étais-je censé faire alors qu'on ne me donnait aucune consigne ?

Ce fut Sarah qui engagea le dialogue. Elle abaissa sa vitre, et le policier noir fit de même. Il avait des moustaches en croc et des traces d'acné sur les deux joues. Ses lunettes de soleil m'empêchaient de distinguer son regard, mais son attitude m'indiquait clairement que je n'étais pas en odeur de sainteté auprès de lui.

— Bonjour, monsieur l'agent, fit Sarah. Il y a quelque chose qui ne va pas ?

Son ton de voix était proprement caricatural. Le policier auquel elle s'adressait devait avoir entendu cette phrase un bon millier de fois, mais pas avec ce superbe accent de Cambridge.

— Oui, ma'ame, dit-il avec, quant à lui, l'accent local. Le conducteur de ce véhicule se trouve en violation du Code routier fédéral en consommant une boisson alors qu'il se trouve au volant d'une voiture en mouvement.

Sarah prit son air le plus affolé.

— Je suis désolée, monsieur l'agent, haleta-t-elle. Nous ne nous rendions pas compte. Nous sommes en vacances, venant d'Angleterre, et nous...

Le policier noir se tourna vers son partenaire, qui, pendant ce temps, relevait notre numéro minéralogique. Le partenaire hocha la tête ; nous avions passé l'examen. Le Noir se tourna alors vers moi, le menton en avant.

— Monsieur ?

Le feu était passé au vert, mais personne ne klaxonnait. Je souris, comme le touriste idiot dont j'étais décidé à assumer le rôle.

— Oui ?

— Monsieur, veuillez ne plus consommer aucun breuvage en route. C'est un délit.

— Je suis désolé, monsieur l'agent. Cela ne se reproduira plus.

Sur quoi, essayant vainement de réprimer un sourire satisfait, il nous souhaita une bonne journée et nous quitta.

*

À l'aéroport, j'abandonnai la voiture dans un parc de stationnement de longue durée. Rendre les véhicules de location à leur légitime compagnie n'a jamais été au premier plan de mes préoccupations.

J'attendis devant l'aérogare pendant que Sarah allait chercher nos billets. J'appelai le numéro de Josh, espérant pouvoir laisser un message. Une voix féminine très nettement hispanique me répondit :

— Bonjour, fis-je. Je suis bien chez Josh ?

— Jish, oui.

— Puis-je laisser un message pour lui ?

— Pas Jish.

— Puis-je laisser un message ?

— Jish pas là.

— Je sais. Je veux laisser message.

— Je dis Jish. Au revoir.

Sur quoi, elle raccrocha. Je refaisais le numéro au moment

où Sarah sortit de l'aérogare. Elle me vit, me remit mon billet au passage et poursuivit sa route. Nous voyagions séparément et étions censés ne pas nous connaître.

— Hillô ! Hillô ! fit la voix hispanique.

J'entendais un aspirateur fonctionner en bruit de fond.

— Voulez-vous dire Jish Nick arrive Washington aujourd'hui ?

— OK, Nick.

On y venait.

— Quel moment lui maison ?

— Pas maison.

On n'y venait peut-être pas tant que cela.

— *Muy bien, muchas gracias, señorita,* fis-je.

Sur ces ultimes politesses, j'allai me faire enregistrer. Au moment où je passais devant la librairie, les « unes » des journaux locaux me sautèrent à la figure. Elles arboraient une photo un peu floue provenant visiblement d'une caméra vidéo de surveillance, nous montrant, Sarah et moi, volant la fourgonnette à la station-service. Sarah avait le visage couvert par son T-shirt, mais j'étais de profil, sans masque. Ce devrait être au moment où je m'apprêtais à affronter le chien.

Je n'achetai pas les journaux et pressai le pas vers l'aire d'embarquement.

24

Notre avion atterrit avec retard à l'aéroport Ronald Reagan, sur la rive ouest du Potomac, non loin du Pentagone. On pouvait déjà voir, pendant la descente, les encombrements autour de Capitol Hill.

Je débarquai derrière Sarah et la suivis, dans la foule, jusqu'à l'aire de réception des bagages. Nous avions tous deux mis nos armes dans nos sacs ; sur un vol intérieur, il n'y avait pas grand risque. Je repris possession de mon bien sur le carrousel et me dirigeai vers les téléphones. Il était 10 heures 27.

Mon amie mexicaine répondit très promptement.

— Pas Jish, dit-elle. *Mas tarde.* Deux heures.

Puis elle raccrocha.

Aller où que ce soit en taxi dans Washington à cette heure est une vue de l'esprit. La meilleure solution est le métro. Je me dirigeai vers la station, et Sarah ne tarda pas à me rejoindre, la tête baissée et sa casquette de base-ball enfoncée jusqu'aux oreilles.

Arrivé devant les distributeurs de tickets, j'examinai le plan et préparai mes deux dollars.

— Rendez-vous ici à deux heures ? murmurai-je à Sarah.

Elle secoua la tête.

— Non, pas ici, fit-elle. Je te rencontrerai quelque part en ville. Il y a moins de chances que je me fasse repérer qu'ici.

Il était évident, à voir la façon dont elle lisait les instructions placardées devant elle, que, malgré tout le temps qu'elle avait passé à Washington, elle n'avait jamais pris le métro.

— Il faut que je fasse attention, expliqua-t-elle. Je vais rester à l'écart du centre. Entendu ?

— Entendu. Tu connais Barnes et Noble, dans M, à Georgetown ?

Les yeux fixés sur le plan, elle fit un signe affirmatif.

— Deux heures.

Nous avançâmes et je lui indiquai son quai.

— À deux heures, hein ? fis-je.

Je vis la visière de sa casquette accuser réception du message en se dirigeant vers les escaliers mécaniques.

★

Pain et Chocolat grouillait de jeunes cadres déjeunant d'un sandwich et d'un café dans l'espoir de gravir plus vite les échelons de la profession. Je venais de traverser M et me trouvais juste en face. Mickey Métal ne m'inspirait qu'à demi confiance, et je ne tenais pas à me faire coincer bêtement devant un *cappuccino* et une pâtisserie. Il n'y avait aucune raison, *a priori*, pour que le rendez-vous tourne mal, mais la prudence est toujours de rigueur en pareil cas. Ses communications téléphoniques pouvaient très bien avoir été écoutées ou il pouvait lui-même avoir pris peur et prévenu autrui.

Je passai comme en flânant devant la vitrine, jetant un coup d'œil à l'intérieur sans avoir l'air d'insister – et sans rien remarquer de particulier. Pas de personnages non plus dans les voitures en stationnement, mais cela ne voulait pas dire qu'une opération de surveillance n'était pas en cours.

Je remarquai, sur ma droite, une cafétéria faisant partie d'un magasin à grande surface et également pleine de consommateurs. J'allai jusqu'au carrefour et tournai à gauche dans N. Je parcourus ainsi une trentaine de mètres et parvins à peu près à la hauteur de l'immeuble de Sarah. Si j'avais été repéré dans les parages de *Pain et Chocolat*, j'étais maintenant filé, et mes suiveurs penseraient que je me dirigeais vers l'appartement.

Deux séduisantes jeunes femmes noires arrivaient vers

moi, cafés et bretzels à la main, venant de la direction opposée. C'était, pour moi, l'occasion de jeter un rapide coup d'œil sur mes arrières, après que nous nous fûmes croisés, je me retournai comme pour lancer à mes deux beautés noires le regard admiratif de rigueur.

Cela me permit d'identifier, en quelques secondes, trois candidats possibles : un homme et une femme d'âge moyen, circulant en couple et n'ayant apparemment d'yeux que l'un pour l'autre – mais tous les bons spécialistes sont capables de jouer cette comédie de façon convaincante – et, plus loin, du même côté de la rue que l'appartement de Sarah, un homme portant un jean et une chemisette vert sombre flottant sur le pantalon – et pouvant dissimuler ainsi une arme ou une radio.

Je franchis les vingt derniers mètres me séparant du coin du pâté de maisons et tournai à gauche. Je me trouvais maintenant dans la 24e Rue, parallèlement à la 23e. C'était la deuxième fois que je tournais ainsi, et s'il y avait surveillance, il devait sûrement y avoir une équipe de relais attendant le signal pour entrer en action. Je ne vis rien de tel, mais seulement une circulation particulièrement dense et des gens formant des files d'attente pour acheter des boissons, des bretzels et des sandwiches à trois éventaires qui s'alignaient le long du trottoir.

Le couple d'amoureux vétérans était toujours là. Était-il intéressé par les sandwiches ou par moi, je n'en savais rien. M'arrêtant au dernier des éventaires, j'achetai une boîte de Coca-Cola et en profitai pour me retourner et examiner discrètement les alentours. Les amoureux avaient fait halte à l'éventaire du milieu. Je repartis, gagnai M, puis tournai à gauche, me dirigeant de nouveau vers la 23e Rue et le lieu de rendez-vous. Je m'arrêtai, m'installai sous un porche d'immeuble et ouvris ma boîte de Coca-Cola. J'avais maintenant tourné trois coins de rue en suivant un itinéraire circulaire, ce qui n'était en aucun cas une progression normale. Si le couple passait à côté de moi en suivant la même route, je renoncerais au rendez-vous.

Rien ne se passa durant les cinq minutes où je restai là à siroter mon Coca-Cola. J'en profitai, en faisant mine de chercher un plan, pour extraire très discrètement de mon sac le pistolet chinois que je glissai dans mon jean en couvrant la crosse de mon blouson. Je m'étais assuré que le poussoir était sur semi-automatique.

Puis, me remettant en route, je redébouchai dans la 23e et me rendis à la cafétéria que j'avais repérée à mon premier passage. Je fis emplette d'une pâtisserie, d'un journal et du plus grand café disponible et allai m'asseoir à une table avec vue sur le lieu de rendez-vous. J'avais encore vingt-cinq minutes devant moi.

J'observais soigneusement les gens circulant dans les deux directions, des deux côtés de la rue, afin de déceler toute manifestation de curiosité malsaine. Ce n'était pas de la paranoïa ; c'était simplement le souci du détail, assommant mais nécessaire en ce genre de situations. Et le fait que je n'observe rien de suspect ne signifiait pas qu'il n'y avait rien. J'avais peut-être affaire à d'excellents professionnels.

Voitures, camions et taxis passaient devant moi de droite à gauche. Comme la circulation était arrêtée par un feu rouge, au coin de M, j'aperçus Mickey Métal assis à l'arrière d'un taxi, bien enfoncé dans son siège et la nuque collée à l'appui-tête. Je ne pouvais voir ses yeux, mais j'espérais bien qu'il prenait, lui aussi, le soin de surveiller le parcours. Il n'était peut-être pas aussi nigaud qu'il voulait bien en avoir l'air. Le taxi redémarra, et Mickey disparut de mon champ de vision.

S'il y avait une chose que je détestais plus encore que la procédure de sécurité avant un rendez-vous, c'était le moment du rendez-vous lui-même. C'était en de simples occasions de ce genre qu'on risquait de se faire tuer, tout comme un agent de la circulation arrêtant une voiture pour avoir grillé un feu rouge peut se faire abattre par le conducteur.

Mickey fit son apparition à l'heure exacte du rendez-vous, venant, non de la direction où je l'attendais, mais de la droite. Il arborait le même complet voyant qu'à notre première rencontre. Peut-être avait-il craint que j'aie du mal à l'identifier. Il portait en bandoulière, la courroie sur l'épaule droite, un ordinateur portable dans son étui. Cet imbécile avait-il mis sur disquette la documentation qu'il me destinait ? Peut-être n'était-il pas si futé, après tout.

J'avais remarqué, la première fois que je l'avais vu, qu'il était droitier. Or, il avait l'épaule droite bloquée et son veston était boutonné. Il y avait donc peu de chances qu'il soit armé. Ayant bien fait sa petite reconnaissance, il entra sans hésitation aucune dans la pâtisserie.

Quant à moi, j'attendis encore cinq minutes en face, à observer. Si je n'allais pas le rejoindre, il attendrait encore vingt-cinq minutes avant de lever le camp, puis il essaierait de nouveau le lendemain à la même heure. Mais rien de ce que je pouvais voir ne semblait indiquer que le rendez-vous soit compromis. Je me levai de mon tabouret en prenant bien garde à ce que mon pistolet n'aille pas valser sur le sol. Je détestais le porter sans un étui convenable ; je l'avais déjà perdu deux fois pour cette raison. Je sortis de la cafétéria et regardai encore autour de moi en traversant la rue. Toujours rien.

Poussant la porte de *Pain et Chocolat*, je le vis de dos, faisant queue devant le comptoir. L'endroit était toujours bondé. Je le dépassai et jouai la surprise :

— Bonjour ! Qu'est-ce que vous faites là ?

Il se retourna, et, tout souriant, embraya :

— Vous ici ! Extraordinaire ! Cela fait des siècles ! Vous prendrez bien un café et une petite gourmandise avec moi ?

Je regardai autour de moi. Tous les sièges étaient occupés.

— Je vais vous dire, fis-je alors. La cafétéria de l'autre côté de la rue est beaucoup moins pleine. Allons-y donc.

Son sourire s'élargit encore, il me tapa sur l'épaule et proclama :

— Je suis si heureux que vous ayez dit cela ! C'est pareil tous les jours à l'heure du déjeuner, vous savez. Je ne sais pas pourquoi je me donne la peine de venir.

Mais, à ma surprise, lorsque nous nous retrouvâmes sur le trottoir, il ne fit même pas mine de traverser la rue, mais se dirigea vers N. Je l'accompagnai en lui lançant un regard interrogateur. Il passa son bras par-dessus mon épaule et me dit :

— Nous allons chez Sarah. C'est un peu plus privé.

Il tapota la sacoche censée contenir l'ordinateur portable.

— J'ai même, fit-il, apporté un peu de lait pour accompagner l'Earl Grey. Savez-vous qu'il y a une boutique à Georgetown qui le fait venir directement ?

Il semblait très content de lui ; peut-être espérait-il que je mentionnerais la chose dans mon rapport.

Sur le ton de la conversation amicale, comme nous remontions la 23e, il me dit :

— Je vous laisse le soin de surveiller les alentours, maintenant. Vous savez certainement le faire mieux que moi.

Je hochai la tête en riant ostensiblement, de façon à faire croire que je venais d'entendre une bonne plaisanterie.

— Mais à propos, reprit-il en souriant, l'homme qui est assis au coin est là pratiquement en permanence. Il travaille dans l'immeuble de Sarah. Je suis sûr que vous l'aviez à l'œil.

Je me retournai et vis l'homme à la chemisette verte en train de fumer, assis sur un mur à côté de l'immeuble de Sarah.

Dans le hall de l'immeuble, Wayne était à son poste, à demi allongé dans son fauteuil, derrière le bureau de réception, et lisant un journal. Il échangea avec Mickey Métal les salutations américaines rituelles, puis se tourna vers moi.

— Comment allez-vous ? demanda-t-il. Vous avez toujours besoin de cette place de parking ? Parce que, si vous la voulez, elle est à vous.

— J'y penserai, lui dis-je. Merci.

Il leva une main cordiale.

— Hé ! fit-il. Pas de problème !

Sur ce, Mickey changea de registre et de sujet.

— Wayne, lui dit-il, je parie que, si vous regardiez dans le tiroir du courrier par porteur, vous y trouveriez une grande enveloppe adressée à Sarah.

Wayne regarda. Et, comme par hasard, trouva. Nous formulâmes de nouveaux remerciements et de nouvelles salutations et gagnâmes l'ascenseur. Me voyant contempler l'enveloppe qu'il tenait à la main, Mickey me dit en levant un sourcil :

— Vous ne croyiez quand même pas, Mr. Snell, que j'allais transporter les documents sur moi...

L'appartement de Sarah était exactement comme je l'avais laissé. Il y avait même encore une légère odeur de brûlé en suspension dans l'air. Mickey Métal plissa le nez.

— J'ai fait un peu de cuisine, l'autre soir, expliquai-je.
— Oh ! C'est cela !
Il plissa de nouveau le nez.
— Je ne vous demanderai pas la recette, dit-il.
Il jeta l'enveloppe sur le divan, déboucla sa sacoche et, se dirigeant vers la cuisine, annonça :
— Je vais faire un peu de thé.
Je l'entendis remplir la bouilloire tandis que j'entreprenais de desceller l'enveloppe. Mickey reparut à la porte du salon.
— Ce sont des sorties d'ordinateur, fit-il, et elles sont maintenant sous votre responsabilité.
Il ne pouvait s'empêcher d'avoir l'air content de lui.
— Comment avez-vous eu tout cela ? lui demandai-je.
Il eut un sourire coquin.
— Ne posez pas de questions et on ne vous répondra pas de mensonges, comme disait toujours ma chère mère...
Il vint néanmoins s'asseoir auprès de moi et expliqua :
— J'ai un ami (ses doigts tracèrent dans l'air des guillemets) qui a accès à Intelink.
Il avait l'air de plus en plus content de lui, mais il y avait de quoi.
Depuis sa création en 1994, Intelink servait de centrale d'information aux trente-sept organismes de renseignements et de sécurité reconnus aux États-Unis, de la CIA à la FINCEN (*Financial Crimes Enforcement Network*). Une cinquantaine de milliers de personnes devaient y avoir accès à des niveaux très différents. Et, quand j'examinai le premier document du paquet fourni par Mickey, je pus voir qu'il était classé « Intelink-P », autrement dit CIA-Ultra secret, à mettre seulement à la disposition des décideurs politiques.
Mickey revint avec le thé. Je venais juste de parcourir le reste des en-têtes. Cela paraissait très bon. Il y avait un autre « Intelink-P » et un « Intelink-TS » – classé secret et accessible à un tiers seulement des personnes généralement autorisées. J'allais apparemment avoir de la lecture. Mickey me proposa un morceau de sucre sur une cuiller, je secouai la tête et lui demandai :
— Comment diable votre ami se procure-t-il ces trucs ?

Il s'assit et mit carrément, quant à lui, quatre morceaux de sucre dans sa tasse.

— Eh bien, fit-il, le système de sécurité est nouveau, et il a encore ses dysfonctionnements. De temps à autre, on peut un peu rudoyer les codes d'accès. Tout système a besoin de se roder et des personnes compétentes peuvent, au moins pendant un certain temps, profiter de ses défaillances.

Il but un peu de son thé, où il devait y avoir plus de sucre que de thé, et eut de nouveau son sourire coquin.

— Le seul niveau auquel on ne puisse accéder pour le moment, précisa-t-il, est un nouveau, le quatrième. On n'a même pas de nom pour lui. Peut-être est-il réservé au Président et à quelques-uns de ses meilleurs copains, qui sait ?

Je n'avais pas encore touché ma tasse. Je me bornais à feuilleter la liasse de documents, à la recherche de choses que je comprenais.

— Il y a là-dedans, poursuivit Mickey, des tas de choses qui ne vous serviront à rien. Mon ami s'est borné à sortir tout document contenant des informations pouvant concerner vos sujets d'intérêt. C'est un si gentil garçon !... Buvez votre thé, Nick, il va être froid.

Je hochai la tête sans dire un mot. Il saisit l'allusion. Il posa sa tasse et sa soucoupe, se rendit dans la cuisine et revint avec sa sacoche.

— Nick, dit-il, j'espère que vous trouverez cette lecture intéressante. Je vous ai laissé du lait et du thé.

Je levai la tête.

— Merci, camarade, fis-je.

— Bien sûr, vous détruirez les documents avant de partir.

— Bien sûr.

Il alla jusqu'à la porte d'entrée, se retourna, les clés aux doigts, et me dit :

— À propos, dites bien toute mon affection à Sarah. Dites-lui que si elle a besoin de ces clés, je les laisserai à Wayne.

Je le regardai, jouant la surprise.

— Comment ?

Il se mit à rire, les yeux pétillants.

— Oh ! fit-il. Vous êtes si transparent, Nick ! Une vérification de sécurité, vraiment ? L'amour, toujours l'amour... Je ne suis pas fou à ce point-là, vous savez. Je parie qu'on vous a dit que je l'étais, non ? Eh bien, c'est parfait qu'on le pense. Ma pension, c'est ce qu'il y a d'important – ma jolie petite pension d'invalidité.

— Michael, lui dis-je simplement, remerciez votre ami pour son aide.

Il gloussa.

— C'est déjà fait, précisa-t-il. Mais, vous, dites un bonjour tout spécial à Sarah pour moi. Saluuut !

La porte se referma derrière lui. Je me levai et allai tourner le verrou. Si quelqu'un décidait de jouer les importuns, j'aurais au moins le temps d'évacuer les documents par les toilettes.

Je regardai ma montre. Encore une heure avant le rendez-vous avec Sarah. Je tirai du lot les papiers portant l'en-tête « Intelink-P ». Le premier document de cette catégorie était intitulé « Ordre exécutif 12958 ». J'en tournai les pages, mais rien n'y retint mon attention. Il s'agissait d'une série de directives sur la sécurité des documents. Peut-être l'ami de Mickey Métal avait-il le sens de l'humour.

Venaient ensuite l'Ordre exécutif 12863 sur le PFIAB (*President's Foreign Intelligence Advisory Board*) et l'Ordre exécutif 12968. Accès aux informations classées secrètes. Je feuilletai quelques pages pleines d'abréviations et de sigles sans rien comprendre *a priori*.

Puis, soudain, je vis la raison pour laquelle on m'avait remis ce document. L'un des sous-paragraphes était intitulé « Youssef ». Je sentis monter une bouffée d'adrénaline et me mis à lire lentement, en m'assurant bien que j'assimilais chaque mot.

Depuis 1995, plusieurs hautes personnalités officielles de l'administration Clinton avaient été mises sous surveillance par le FBI. Les Fédéraux avaient d'abord supposé que l'une de ces personnalités espionnait pour le compte du gouvernement saoudien, mais ils s'étaient avisés ensuite que c'était en direction de Bin Laden que les fuites se produisaient. Selon le rapport, l'éventail des recherches s'était rétréci et il avait été établi que « Youssef » était un membre du Conseil national de sécurité.

Je saisis ma tasse, mais mon thé était presque froid. Il allait falloir que j'en prépare d'autre. Je me rendis à la cuisine avec les documents. Tout n'y avait pas d'intérêt, mais il apparaissait que l'enquête pour identifier Youssef avait vraiment commencé après l'interception d'un message entre Washington et la résidence de Bin Laden au Soudan signalant qu'un agent était en mesure d'obtenir copie d'une lettre secrète signée du Secrétaire d'État américain Warren Christopher et précisant les engagements pris par les États-Unis envers les Palestiniens dans le cadre du processus de paix au Moyen-Orient.

Ce à quoi le destinataire au Soudan avait répondu : « Ce n'est pas à ce genre de fins que nous utilisons Youssef. »

Les auteurs du rapport estimaient qu'il y avait peu de chances de découvrir l'identité de Youssef après l'interception, car celui-ci avait sans doute été l'un des premiers à l'apprendre par Intelink et avait, tout aussi vraisemblablement, pris ses dispositions en conséquence. Je ne pus m'empêcher de rire dans ma barbe. C'était peut-être pour cela, après tout, qu'on avait créé ce quatrième niveau d'Intelink – pour essayer de contourner des gens comme Youssef.

Il y avait des références à d'autres documents concernant cette super-taupe ; mais l'ami de Mickey ne les avait pas joints au lot. Je pris l'autre dossier « Intelink-P ». L'en-tête indiquait qu'il s'agissait d'un document de la CIA simplement intitulé « Centre de contre-terrorisme ». Il n'y avait pas la totalité du document, seulement l'introduction, mais celle-ci comprenait quinze pages. Il me fallait vraiment refaire du thé.

Quand l'administration Clinton avait approuvé l'idée d'unités spécialisées pour infiltrer les réseaux terroristes et saboter leurs opérations, la CIA avait créé, sous ce nom de « Centre de contre-terrorisme », une sorte d'organisme de tri et de compilation de renseignements. Son objet était *« d'offrir au Président plus d'options pour des actions contre les terroristes étrangers, afin de prévenir, contrecarrer et vaincre le terrorisme international »*. Au nombre de ces options figuraient des opérations secrètes visant à prévenir des actes de terrorisme ou à exercer des représailles à la suite d'attentats contre des Américains. De nouveaux opérateurs clandestins de la CIA furent expédiés outre-mer, et des équipes furent chargées d'évaluer et de prévoir les menaces pouvant peser sur le personnel militaire américain à l'étranger.

Une partie de cette stratégie reposait sur un nouveau type de coopération entre la CIA et son rival traditionnel, le FBI. De longues et fructueuses rencontres eurent lieu entre les représentants à l'étranger des deux organismes – la première à l'ambassade des États-Unis à Rome et la deuxième à l'ambassade des États-Unis à Londres – pour mettre au point une coopération active contre les terroristes et autres criminels internationaux. Ces réunions eussent été impensables deux ans plus tôt, à l'époque où les deux organismes se prenaient à la gorge à propos de l'affaire Aldrich Ames.

La bouilloire électrique ayant, entre-temps, fait son office, je posai le dossier, mis un sachet de thé dans la tasse et versai l'eau chaude. La page suivante traitait du groupe auquel Sarah m'avait dit appartenir. Cette unité avait apparemment remporté plusieurs succès. La police britannique avait perquisitionné au domicile londonien d'un Algérien nommé Rachid Ramda et établi ses liens avec l'organisation ayant perpétré sept attentats en France en 1997, tuant sept personnes et en blessant cent quatre-vingts. Les policiers avaient également trouvé trace de transferts de fonds et avaient pu ainsi remonter jusqu'au quartier général de Bin Laden au Soudan.

En Égypte, on avait découvert un complot de la Djihad islamique pour assassiner le président Hosni Moubarak. Il semblait que le groupe de Sarah enquêtait sur des informations selon lesquelles Bin Laden avait contribué au financement de l'affaire. D'autres informations établissaient que le même Bin Laden était le principal soutien logistique d'un camp appelé Kunar, en Afghanistan, qui avait assuré l'entraînement de recrues de la Djihad islamique et du Groupe islamique armé, en plus de trois autres centres d'instruction de terroristes dans le nord du Soudan recueillant des extrémistes égyptiens, algériens et tunisiens.

Je retirai le sachet de thé de ma tasse, le jetai dans l'évier, pris du lait et retournai jusqu'au divan pour poursuivre ma lecture. Les explications que m'avait données Sarah devenaient de plus en plus convaincantes à mesure que les minutes passaient. Toutes les ressources de la NSA[1] avaient apparemment été mobilisées pour surveiller scientifiquement les activités de Bin Laden, et il apparaissait qu'en janvier, celui-ci avait tenu une importante réunion avec les principaux cadres de son organisation pour préparer une nouvelle vague de terrorisme. Peu après, il avait lancé un ordre de guerre sainte à l'encontre des Américains.

Dans le principe, il est interdit, par ordre exécutif, aux membres des services officiels américains, d'avoir recours à l'assassinat politique. Mais après l'ordre de guerre sainte, Bin Laden avait été explicitement nommé, ainsi qu'il a été déjà expliqué, dans un ordre sur l'action anti-terroriste signé par Bill Clinton et autorisant les organismes de sécurité des États-Unis à préparer et entreprendre des opérations secrètes pouvant entraîner mort d'homme. Le rapport que j'avais sous les yeux justifiait cette décision pour deux raisons essentielles :

« 1. Nous pensons que Bin Laden prépare de nouveaux actes de terrorisme contre les intérêts américains.

« 2. Nous estimons que la question qui se pose n'est pas de savoir si Bin Laden va de nouveau frapper, mais quand il le fera. »

Je vidai ma tasse de thé et consultai ma montre ; il me restait trente minutes avant le rendez-vous.

Je retournai dans la cuisine, mis en route le fourneau électrique et plaçai ma tasse et les deux dossiers dont j'avais déjà pris connaissance sur le plan de travail.

Puis je m'attaquai au troisième dossier. Celui-ci provenait d'un organisme dont je ne reconnus pas le sigle, DOSFAN. Il traitait de l'identification et de l'arrestation de plusieurs des terroristes manipulés par Bin Laden dans le monde entier. J'avais déjà connaissance des premières affaires ainsi évoquées.

La plaque chauffante du fourneau électrique était mainte-

1. *National Security Agency*, Organisme américain de contre-espionnage scientifique, chargé, entre beaucoup d'autres choses, de la gestion des renseignements recueillis par satellite, ainsi que des opérations de surveillance électronique.

nant portée au rouge. Ayant repéré un détecteur de fumée au plafond, j'eus soin d'en retirer les piles. Puis je posai sur la plaque chauffante l'un des papiers que j'avais déjà lus. Il prit feu, et, quand il fut en flammes, je le déposai dans l'évier et commençai à entasser sur lui les pages dont j'avais pris connaissance au fur et à mesure, mais en prenant garde de ne pas en mettre trop à la fois.

Au milieu de la troisième page, je découvris ce que voulait dire DOSFAN : *Department of State Foreign Affairs Network.* Le rapport faisait mention, dans sa dernière partie, d'une cellule terroriste sous surveillance, et les noms mentionnés correspondaient à ceux que Sarah m'avait donnés.

Ma lecture achevée et la dernière page brûlée, j'ouvris le robinet et déclenchai le broyeur. En regardant disparaître les cendres noires, je me dis que Sarah avait eu raison sur un autre point : il n'y avait personne vers qui se tourner en cette affaire. Et je ne pouvais en aucun cas être sûr que Josh, prévenu, n'alerterait pas un de ses supérieurs. En même temps, la pensée des enfants sur la pelouse de la Maison-Blanche – les siens et ceux des autres – me taraudait.

Je n'avais plus que cinq minutes pour gagner le lieu de rendez-vous. J'allais être en retard, mais Sarah serait bien forcée de m'attendre.

Le vrai problème était que j'allais devoir la faire entrer à la Maison-Blanche sans que Josh sache ce que nous avions derrière la tête. Je ne savais pas comment j'allais faire.

*

Barnes et Noble, à Georgetown, est une librairie se prolongeant à l'arrière par une cafétéria. Sarah était à l'une des tables, devant un grand café au lait. Elle était vêtue de façon beaucoup plus élégante que lorsque je l'avais quittée. La casquette de base-ball avait disparu, et jean et blouson avaient été remplacés par un ensemble-pantalon gris et des mocassins capables d'expédier dans le rouge un compte en banque de cadre supérieur. Son apparence faciale était également modifiée par une paire de lunettes rectangulaires à grosse monture.

Comme je m'approchais, elle me sourit et m'offrit le numéro classique du « heureux hasard ». Je pris moi aussi un air surpris et heureux – sans avoir trop à me forcer – et elle se leva pour m'embrasser sur les deux joues.

— Comment vas-tu ? demanda-t-elle. Quel plaisir de te voir !

Nous nous assîmes et je posai mon modeste sac en nylon à côté d'un superbe sac à main en cuir et d'une serviette assortie. Elle me vit lever un sourcil et dit :

— Il fallait bien que je me mette dans la peau du rôle. Je suis avocate, tu te souviens ?

Je souris et elle me regarda pendant quelques secondes avant de demander :

— Alors ?

Je ne pus qu'incliner la tête.

— Bien, lui dis-je. On y va. Mais on fait cela à ma manière. C'est bien compris ?

Elle hocha la tête à son tour, et son sourire s'élargit. Elle ne put dissimuler son air victorieux.

— J'avais raison, n'est-ce pas ? fit-elle.

Nous quittâmes la cafétéria et commençâmes à marcher. Chemin faisant, je lui dis tout, des propos de Lynn et d'Elizabeth Bamber à l'attaque de la maison. Je laissai simplement de côté le « T 104 » pour m'en tenir à la version du retour forcé en Angleterre. Elle ne posa pas de questions trop précises à ce sujet. Je lui parlai également de Kelly, des événements qui m'avaient amené à devenir son tuteur et du rôle que jouait Josh dans cette affaire. C'était nécessaire avant qu'elle le rencontre.

J'en vins ensuite à expliquer comment, à mon avis, nous pourrions amener Josh à nous faire entrer tous deux à la Maison-Blanche, et ce qu'il nous faudrait faire s'il s'y refusait. Restait à expliquer nos relations à Josh.

— Nous donnons, lui dis-je, la vraie date pour notre rencontre. Tout collera très bien. Tu travaillais pour nous comme secrétaire.

Elle inclina la tête.

— Nous n'avons pas continué à nous voir parce que tout était trop compliqué. Puis nous nous sommes de nouveau rencontrés... Nous nous sommes rencontrés il y un mois à Londres, dans le pub de Cambridge Street, et nous nous sommes plus ou moins remis ensemble. Nous sortons ensemble... Enfin, tu vois : rien d'extraordinaire. Et c'est notre premier voyage à deux. Nous sommes venus ici parce que j'aime Washington et toi, tu n'y étais jamais allée...

Elle m'interrompit :

— Mais j'ai dit à la gosse que j'étais avocate et que j'y allais pour mon travail.

Je fus heurté de l'entendre appeler Kelly « la gosse », mais je dus reconnaître que, pour le reste, elle avait raison.

— Entendu, lui dis-je. Tu es allée rencontrer un client à New York, et j'ai tenu à te montrer Washington. Pour le reste, tu peux broder.

— Parfait, fit-elle. Il n'y a qu'un seul problème, Nick.

— Lequel ?

— Quel est ton nom ?

— Nick Stone.

Elle se mit à rire.

— Tu veux dire que c'est ton vrai nom ?

— Oui, bien sûr.

Et il m'apparut à ce moment qu'après toutes ces années, je ne savais pas non plus son vrai nom. Je ne la connaissais que sous le nom de Greenwood.

— J'ai annoncé la couleur, lui dis-je. Maintenant, c'est à toi. Quel est ton véritable nom ?

Elle parut soudain un tout petit peu embarrassée.

— Sarah Jarvis-Cockley, déclara-t-elle enfin.

— Jarvis-Cockley ? répétai-je avec ébahissement.

J'avais du mal à ne pas rire. Je n'avais jamais rencontré un nom pareil ailleurs que dans les romans de P.G. Wodehouse.

— C'est un nom du Yorkshire, précisa-t-elle. Mon père était né à York.

D'une cabine téléphonique, je tentai d'appeler Josh. Ce n'était vraiment pas la peine d'aller sur-le-champ chez lui s'il n'était pas encore arrivé. Il l'était, et il parut tout excité à l'idée de nous voir tous deux. Nous prîmes un taxi.

*

J'avais été maintes fois chez Josh pendant que nous nous efforcions de régler l'avenir de Kelly. Sa maison se trouvait dans un faubourg nommé Belle View, immédiatement au sud d'Alexandria, et donnait sur un terrain de golf. Comme nous y arrivions et que je donnais les ultimes instructions au chauffeur de taxi, Sarah se rapprocha de moi sur la banquette et me murmura à l'oreille :

— Merci de me croire, Nick. Je suis heureuse que tu sois là.

Une Mexicaine d'âge moyen, en imperméable crème, émergea de la maison, sur laquelle était accroché un grand panneau *À VENDRE*, et descendit la dizaine de marches qui conduisaient à la rue. Elle nous regarda en passant devant nous et nous sourit.

— Ce doit être ma nouvelle copine, dis-je à Sarah.

Josh apparut à son tour à la porte, souriant largement, son crâne et ses lunettes brillant presque autant que ses dents. Il portait un sweat-shirt gris, un pantalon de treillis et des brodequins de marche. Il me serra la main et je me rappelai qu'il avait l'une des plus redoutables poignes que j'aie connues.

— C'est épatant de te voir, vieux, déclara-t-il. Je ne pensais pas que cela se produirait si tôt.

Puis il baissa la voix et demanda :

— Comment s'est passé ce boulot ?

— Pas trop mal, dis-je. Finalement, cela m'a pris un jour, pas plus.

Il se décida à me lâcher la main, et je la secouai pour essayer d'y rétablir la circulation.

Sarah surgit alors et je fis les présentations :

— Josh, Sarah.

— Salut, Sarah, fit-il et j'observai la réaction de la pauvre quand il lui serra la main.

— Ravie de vous rencontrer, Josh, répondit-elle. Nick m'a tellement parlé de vous !

Je me demandai dans quel livre elle était allée chercher cette phrase-cliché ; personne ne s'exprime comme cela dans la vie courante. Josh, lui, se borna à la gratifier de son plus grand sourire.

— Je ne sais pas ce qu'il a pu raconter, déclara-t-il, mais dès que nous serons entrés, je vous dirai la vérité.

La première chose que demanda Sarah fut la salle de bains. Josh lui désigna l'escalier.

— Première à gauche, dit-il.

Les valises étaient encore dans le vestibule.

— Où sont les gosses ? demandai-je.

— Oh, tu sais, fit-il, le *jet-lag*, cela n'existe pas pour les enfants. Il y a répétition à Washington, vieux. C'est demain le grand jour.

Je n'allais certainement pas enchaîner sur ce sujet ; je me faisais trop l'impression d'être le dernier des salauds. Et il était trop tôt pour essayer de révéler à Josh la véritable raison de ma présence.

La maison n'avait pas changé le moins du monde. L'ensemble canapé-fauteuils à fleurs était toujours là, de même que l'épaisse moquette verte. Les photos étaient toujours les mêmes – Josh soldat, Josh dans les Special Forces, Josh et les enfants, Josh et Geri, et aussi ces horribles clichés de groupe à l'école, avec les élèves en rangs d'oignons, arborant le sourire idiot de circonstance.

Josh referma la porte du salon et me demanda :

— Alors, mon ami, où en est-ce avec Sarah ? Que sait-elle au juste ?

Je m'approchai de lui et lui dis :

— Tout ce qu'elle sait, c'est que Kelly a eu sa famille tuée et que je suis maintenant son tuteur. Elle sait ce que faisait Kev et comment je l'avais connu. Tu es l'autre exécuteur testamentaire. C'est comme cela que nous sommes devenus amis. Elle pense que je travaille pour une société de sécurité privée. Nous ne sommes pas encore entrés dans les détails.

Il hocha la tête.

— Bon, fit-il. Maintenant, un ou deux points précis à régler, camarade… Est-ce que je dis à Maria de faire un lit ou deux ?

C'était une bonne question, et il fallait que je rende la réponse convaincante. Je souris.

— Un, bien sûr, dis-je.

— Parrrfait !

Un grand sourire complice vint illuminer son visage. Nous nous assîmes.

— Deuxième question importante, reprit-il. Comment va Kelly ? Et avec ses grands-parents, comment cela se passe ?

— Elle va bien. Je lui ai parlé aujourd'hui. Vous lui manquez, toi et les enfants. Je pense que vous n'allez pas tarder à recevoir une carte d'elle.

Compte tenu de la situation, cette conversation commençait à me tuer littéralement. Habituellement, j'y prenais plaisir ; cela me détendait. Mais là, je ne pouvais m'empêcher de penser que j'allais essayer de le rouler dans la farine – même si c'était pour la bonne cause.

La porte s'ouvrit, et Sarah reparut.

— Café ? proposa Josh.

— Oui, merci.

Il se leva et se dirigea vers la cuisine. Avant de quitter la pièce, il se retourna et nous dit :

— Les gosses vont bientôt rentrer de leur répétition, et cela va être le déchaînement. Ils vont être aux anges de vous trouver ici.

Sarah alla s'asseoir dans un fauteuil à quelque distance de moi. Je lui dis à voix basse :

— Nous dormons dans la même chambre ce soir.

Elle comprit immédiatement et vint s'installer près de moi.

— Et maintenant ? demanda-t-elle, également à voix basse.

— Je ne sais pas, répondis-je. Quoi que je dise, tu suis. C'est encore trop tôt pour savoir exactement.

Elle regarda la moquette à ses pieds et murmura :

— Je suis inquiète, Nick. Il faut que ça marche.

— Fais-moi confiance.

Puis mon regard se porta sur les livres bien rangés à droite de la cheminée.

— Deuxième rayon en partant du bas, lui dis-je.

Ce qui avait retenu mon attention, c'était le livre de Jacqueline Kennedy sur la restauration et la décoration de la Maison-Blanche.

Elle suivit mon regard et prit soudain une expression plus résolue. Lorsque Josh revint avec la cafetière, les tasses et des biscuits, elle feuilletait le livre, admirant les photos qui montraient l'intérieur de la Maison-Blanche telle que l'avait redécorée la future Mrs. Onassis.

— Elle avait de la classe, remarqua-t-elle en nous montrant la photo d'auteur qui figurait sur la jaquette de l'ouvrage.

— Oui, certainement, dit Josh. Geri l'admirait beaucoup. Je lui ai acheté ce livre pour son anniversaire, juste avant qu'elle s'en aille.

Sur ce, il entreprit d'ouvrir le paquet de biscuits.

— Je dois les cacher des enfants, fit-il. Autrement, il n'en resterait plus un seul... Vous savez, je ne me rendais pas compte de ce que c'était que de s'occuper seul de gosses. Les choses que j'ai dû apprendre !

— Comment cela ? demanda Sarah d'un ton surpris.

Josh me regarda.

— Tu ne lui as pas expliqué ?

— J'ai préféré te laisser ce soin, dis-je sur un ton que j'essayais de rendre plaisant. Oui, te laisser raconter, et ensuite rétablir la vérité.

Il se tourna vers Sarah.

— Geri, expliqua-t-il, s'occupait de plus en plus de choses et prenait de plus en plus de cours de toutes sortes.

Il tendit une tasse de café à Sarah, puis ajouta, avec une grimace de dérision :

— Pour s'améliorer, comme elle disait. L'une de ces choses était le yoga. Je suppose que j'étais trop pris par mon boulot pour voir ce qui se passait. Je n'ai même pas remarqué que les cours duraient de plus en plus longtemps à mesure que les mois passaient. En fait, elle en était venue à aimer tellement ces cours-là qu'elle ne voulait plus rentrer à la maison.

Je voyais qu'il guettait la réaction de Sarah. Il avait pris délibérément le ton de la plaisanterie, mais je savais bien que, tout au fond de lui-même, il était ravagé par le chagrin. Je me sentais terriblement coupable en voyant et en entendant Sarah lui jouer la comédie, mais je me rendais compte que c'était nécessaire.

Cependant, Sarah poursuivait son numéro. Désignant du menton les photos sur la cheminée, elle demanda :

— Et les enfants ? Ils sont si mignons ! Qu'est-ce qui a pu l'amener à les laisser comme cela ?

— Le professeur de yoga, fit Josh. Voilà ce qui l'a amenée.

Il eut un petit rire artificiel, mais je pus voir qu'il commençait à avoir vraiment mal.

— Elle appelle une fois par semaine, reprit-il après un silence. Elle manque vraiment aux gosses.

— Et cela s'est passé il y a combien de temps ? demanda Sarah.

— Cela doit faire dans les neuf mois, quelque chose comme cela.

Il me regarda, et je hochai la tête. De toute façon, il le savait très précisément ; j'aurais parié qu'il avait compté les jours un à un.

Il y eut un nouveau silence, puis Sarah lui posa, au sujet des enfants, deux ou trois questions dont elle connaissait déjà les réponses. C'était une comédienne efficace ; elle réussissait à créer ainsi un lien entre eux. Il appréciait qu'une femme écoute son histoire et paraisse comprendre son point de vue.

On entendit soudain un grand bruit de porte qui claquait, de galopade et d'imprécations à l'accent violemment hispanique. Maria revenait avec les enfants. Elle passa la tête à la porte du salon et nous dit :

— Holà !

Quelques secondes plus tard, les enfants la bousculaient pour aller voir leur père. Ils me repérèrent aussitôt.

— Nick ! Nick ! s'exclamèrent-ils en chœur. Est-ce que Kelly est là ?

Puis ils aperçurent quelqu'un qu'ils ne connaissaient pas, et se turent, intimidés.

— Salut ! lançai-je avec un grand sourire. Non, Kelly est à l'école. Vous vous êtes bien amusés à Londres ?

— Ouais, c'était canon ! Dommage que Kelly ne soit pas là.

Ils se précipitèrent vers leur père, qu'ils manquèrent étouffer. Il se dégagea et leur dit :

— Les enfants, c'est Sarah, une amie de Nick. Dites bonjour à Sarah.

Tous ensemble, de nouveau, ils clamèrent :

— Bonjour, Sarah !

— Bonjour, tout le monde, répondit-elle. Heureuse de vous voir.

Et elle entreprit de leur serrer la main à tous.

Les mondanités expédiées, la vie reprit ses droits, et Josh ne tarda pas à se retrouver accablé de requêtes diverses.

— Oui, oui, oui, dit-il. Mais plus tard. Maria va s'occuper de cela. Allez prendre votre goûter. Allez, allez, allez...

Le tourbillon humain s'éloigna vers la cuisine, où venait de se mettre en marche une radio diffusant de la musique latino-américaine. Puis nous entendîmes Maria s'efforcer, avec quelque succès, de glapir plus fort que les enfants.

*

Les enfants finalement couchés et Maria rentrée chez elle, la conversation s'était poursuivie entre adultes devant une pizza, des nachos et deux bouteilles de vin. Josh avait parlé à Sarah du grand événement du lendemain et de la participation de sa progéniture. Il ne parvenait pas à dissimuler sa fierté à ce sujet. Il allait assister à la chose avec plusieurs de ses collègues dont les enfants étaient également en piste.

Sarah avait été constamment parfaite. Peut-être n'était-ce même plus une comédie, car quelque chose me disait qu'elle appréciait sincèrement Josh. J'en étais fort heureux, car ils étaient les seuls adultes auxquels je me sentais véritablement attaché, et je tenais à les voir bien s'entendre. C'était important pour moi. Je me transportais déjà au-delà du travail à faire dans l'immédiat. Je savais qu'il était nécessaire, mais j'espérais que quelque chose de plus considérable interviendrait ensuite. Tout comme j'espérais que, la mission accomplie, Josh comprendrait nos raisons de l'avoir laissé dans l'ignorance.

À dix heures du soir, nous bavardions encore et j'entendis Josh demander à Sarah :

— Avez-vous fait la connaissance de Kelly ?

— Kelly ? fit Sarah. Non, pas encore. Vous connaissez Nick. Il garde beaucoup de choses pour lui. Mais j'ai parlé quand même à Kelly.

Elle s'arrangeait pour rester, dans le mensonge, le plus près possible de la vérité, ce qui est toujours la meilleure solution.

— C'est vraiment une bonne gosse, dit Josh, et vous allez beaucoup l'aimer. Si Geri était encore là, nous l'aurions peut-être prise avec nous et les enfants. Elle a vraiment passé de mauvais moments.

Sarah me regarda, attendant que j'intervienne. Je commençais à penser qu'elle aimait bien ce petit jeu, qui lui permettait de découvrir des choses nouvelles sur moi.

— Oui, fis-je, mais nous nous arrangeons bien ensemble, Kelly et moi.

Sarah me saisit la main.

— Ah ! dit alors Josh. Vous êtes sûrs, vous deux, que vous ne préféreriez pas être seuls ?

Nous nous mîmes tous à rire. Je regardai Josh et me souvins que j'avais un travail à faire, et que le moment était venu de passer à l'offensive.

— Dis donc, vieux, fis-je, je viens juste d'avoir une idée sensationnelle... Enfin, sensationnelle pour nous, mais peut-être un peu difficile à mettre en pratique pour toi.

Il prit une gorgée de vin et me regarda.

— Oui, dit-il. Et ce serait quoi ?

Il avait brusquement, me sembla-t-il, un accent un peu soupçonneux.

— Eh bien, poursuivis-je, s'il y avait l'occasion, pour nous, de visiter la Maison-Blanche – tu sais, comme le tour que tu m'as fait faire une fois ? Sarah m'en remercierait toute sa vie...

Elle reprit la balle au vol avec un remarquable talent. Elle rougit véritablement et ses yeux se mirent à briller.

— Oh, oui ! s'exclama-t-elle. Ce serait formidable ! Vous pouvez vraiment arranger cela, Josh ?

Celui-ci n'avait pas l'air trop sûr de lui.

— Eh bien...

Je décidai de foncer sur l'obstacle. Regardant Sarah, qui continuait à arborer son air ravi de petite fille devant l'arbre de Noël, je proclamai :

— Ce type est épatant ! Il m'a fait faire le tour de la Maison-Blanche l'an dernier. Et il dirigeait seulement l'équipe de protection du vice-président...

— Oh ! fit Sarah. J'adorerais ! Ce serait fantastique !

Sa performance continuait à être parfaite.

Quant à moi, je poursuivis :

— Il y a un bowling au sous-sol, pour que Bill Clinton puisse aller s'entraîner de temps en temps. Et on voit encore sur les pierres des traces de brûlures là où nous autres Anglais avons essayé de mettre le feu en dix-huit cent et quelque chose.

Sarah se tourna vers Josh.

— Il se fiche de moi, lui dit-elle.

Il secoua la tête et prit une autre gorgée de vin.

— Non, fit-il. Les Anglais sont venus à Washington et ont foutu le feu partout. C'était en 1814.

Je repartis à la charge comme en 1814, m'adressant directement à lui, cette fois :

— Allez, camarade ! Qu'est-ce que tu en dis ? J'irai même jusqu'à m'acheter une cravate à la con pour avoir l'air d'un gars du Service Secret, si tu y tiens. Qu'est-ce que tu en dis ?

La façon dont les membres des équipes de protection de la Maison-Blanche s'habillaient m'avait toujours fait rire. L'uniforme était soit un complet gris, soit un blazer bleu marine et un pantalon anthracite. Apparemment, la seule chose que nos gaillards avaient le droit de choisir librement, c'était leur cravate. Et là, ils prenaient leur revanche, tant dans la variété que dans la luxuriance de leur imagination. Je n'avais jamais vu autant de Donald et de Mickey, de moutons sautant des barrières et de Bugs Bunny mangeant des carottes. Et Josh lui-même avait une superbe collection. Comme je m'y attendais, il contre-attaqua :

— Tête de lard ! me dit-il. Tu auras beau te mettre en quatre, tu ne pourras jamais passer pour un type du Service Secret.

Sarah se leva. Elle avait compris qu'il était temps de nous laisser seuls.

— La conversation commence à me dépasser nettement, déclara-t-elle en souriant. Alors, je vais au petit coin, si cela ne vous dérange pas trop...

Josh se renversa dans sa chaise et éclata de rire alors qu'elle prenait la porte.

— Elle est formidable, vieux, me dit-il. Vraiment formidable.

Puis il cessa subitement de rire et parut regarder un instant dans le vide, l'air absent. J'étais sûr qu'il pensait soudain à Geri. Je le plaignais sincèrement, mais il n'était pas question que je le lâche.

— Qu'est-ce que tu en dis, vieux ? lui demandai-je. Il y a une chance qu'on puisse le faire ? Ce serait merveilleux pour elle, et en plus, cela ferait terriblement monter mes actions, si tu vois ce que je veux dire.

Il leva les bras en signe de reddition.

— *Calmos*, vieux, *calmos !* fit-il. J'ai pigé.

Il baissa les bras et redevint sérieux :

— Je vais essayer, mais je ne peux rien promettre. Je vais téléphoner demain matin. Quelle est ton heure limite ?

— Quinze heures au plus tard, lui répondis-je. Nous sommes sur un vol pour Newark à dix-huit heures et quelque.

Il leva de nouveau les bras.

— D'accord, d'accord, dit-il. Je vais voir ce que je peux faire. Demain est un grand jour là-bas, mais peut-être pourrait-on y aller dans la matinée. Rien ne commencera avant midi environ, et les gosses ne seront en piste que vers treize heures.

Il reposa son verre, le remplit et tendit la bouteille vers moi. Je fis un signe affirmatif et avançai mon verre. Il n'avait pas remarqué que je ne faisais que tremper mes lèvres tandis que lui buvait carrément.

— Cela me fait vraiment plaisir de te voir, déclara-t-il en levant son verre.

Je levai le mien et lui dis :

— À moi aussi, tête de lard !

Sarah revint alors dans la pièce. Elle avait sans doute écouté constamment à la porte. Elle s'assit et je lui adressai un grand sourire.

— Josh dit qu'il pourra peut-être nous arranger le coup demain, avant que nous ne retournions à New York, lui annonçai-je. Il va voir ce qu'il peut faire.

Elle lui adressa un regard qui aurait fait sortir Toutankhamon de ses bandelettes. Et, soudain, il s'illumina.

— Hé ! fit-il. Vous savez quoi ? Je viens d'avoir une idée formidable. Si je ne peux pas vous emmener moi-même, je pourrai sans doute vous faire admettre pour une visite guidée. Vous pourriez toujours revenir, et là, je vous organiserais une visite particulière avec moi.

Sarah continuait à arborer un air ravi, mais je savais qu'elle bouillait intérieurement.

Josh, cependant, continuait :

— Je pourrais obtenir des billets pour vous deux sans trop de problèmes. Bien sûr, vous ne verriez pas le bowling et la piscine, simplement les pièces de réception du bâtiment principal, mais...

Et là il dirigea son regard vers Sarah et enchaîna :

— L'important, c'est que vous verriez la salle à manger officielle. Et c'est la seule salle qui est restée exactement telle que Jackie Kennedy l'a meublée. C'est la pièce qui est représentée sur la photo que vous m'avez montrée.

Sarah lui toucha la main d'un air ému. Je savais, quant à moi, qu'elle se maudissait d'avoir eu la fichue idée de chanter les louanges de cette fichue bonne femme. Il est parfois mauvais d'être trop maligne.

— Merci, dit-elle néanmoins. Ce serait merveilleux. J'espère seulement que nous pourrons faire la visite avec vous. Ce serait tellement plus amusant.

Josh fondit.

— Oui, fit-il. Je comprends. Ce serait un plaisir pour moi aussi. Je vous promets de téléphoner dans la matinée. C'est vraiment tout ce que je peux faire, mais je le ferai.

— Et il le fera, crois-moi, dis-je à Sarah. Je lui ai dit que s'il ne le faisait pas, je parlerais à la Maison-Blanche du canard en caoutchouc.

— Du quoi ? demanda-t-elle.

— Il y a, expliquai-je, un petit canard en caoutchouc jaune que l'on se repasse dans toutes les sections du Service Secret – ainsi que dans l'Unité.

— L'Unité ?

Elle savait fort bien de quoi je voulais parler, mais elle savait aussi qu'aux yeux de Josh, elle ne devait pas avoir l'air au courant.

— La Delta Force, dis-je. Une sorte de SAS américain... Quoi qu'il en soit, le jeu consiste à se faire prendre en photo avec le canard dans les endroits les plus inattendus. C'est Josh qui a été chargé de la Maison-Blanche. Il a donc réussi à faire prendre le canard nageant dans les toilettes privées du Président – et même sur le bureau de celui-ci...

Josh bâilla et commença à se lever.

— Sur ces bonnes paroles...

Sarah mit le livre de Jacqueline Kennedy sous son bras et nous montâmes tous vers nos chambres. Arrivé sur le palier, Josh alla jeter un coup d'œil à ses enfants. Leurs portes étaient ouvertes. J'aperçus des jouets un peu partout et, faiblement éclairée par une veilleuse, une grande photo de leur mère.

*

Notre chambre à nous était sur la droite. C'était la chambre d'amis typique de ce genre de maisons : très propre et sentant le neuf, avec un grand lit en bois de pin ciré et un peu trop ouvragé, un dessus de lit à fleurs assorti aux rideaux. J'eus l'impression que la décoration avait plus été le fait de Geri que de Josh ; si à quelque chose malheur était bon, la maison suivante serait peut-être un peu plus sobrement meublée. Le lit était fait, avec un coin de la couette soigneusement replié, comme dans les hôtels. Maria avait fait un travail tellement professionnel que je m'attendais presque à trouver un chocolat posé sur mon oreiller.

Je refermai la porte derrière nous, et Sarah passa immédiatement dans la salle de bains attenante avec son sac à main. Par la porte entrouverte, je la vis sortir son pistolet et un chargeur du sac et approvisionner l'arme avec toutes les précautions d'usage. Je me mis à rire.

— Tu t'attends à une nuit agitée ? lui demandai-je.

Elle se retourna et sourit en mettant le cran de sûreté à son pistolet. Je la rejoignis dans la salle de bains. Elle s'installa devant le lavabo, ouvrit le robinet et entreprit de se brosser les dents. Je me penchai et lui dis à l'oreille :

— S'il n'arrive pas à nous faire entrer à la Maison-

Blanche, je ne veux en aucun cas qu'on lui fasse du mal. C'est compris ? Pas à lui ni à personne d'autre. Pigé ?

Elle fit un signe affirmatif tout en recrachant son dentifrice dans le lavabo.

— Nous sommes tous du même côté dans cette affaire, poursuivis-je. Si nous nous faisons coincer, nous ne nous battons pas. Personne ne doit être tué, et, d'ailleurs, nous ne prenons pas d'armes sur nous. Elles restent avec les bagages. Compris ? Avec le dispositif de sécurité qu'il va y avoir, nous ne pourrions en aucun cas les faire entrer. Et, de toute manière, nous n'en avons pas besoin.

Elle acheva de se laver les dents, se retourna en hochant de nouveau la tête et me proposa sa brosse à dents.

— Merci, lui dis-je.

Nos regards se rencontrèrent. Elle sourit et se rendit dans la chambre.

Tout en me brossant les dents à mon tour, je la regardai se déshabiller. Elle disposa méticuleusement ses vêtements sur une chaise, puis, quand elle fut complètement nue, elle entreprit de retirer les petites étiquettes de prix restées sur les sous-vêtements de dentelle qu'elle avait achetés le matin. Comme à son habitude, elle montrait son corps sans gêne aucune, mais j'eus le sentiment que cette exhibition-là était différente de celle du motel. La première était purement utilitaire, tandis que... Quoi qu'il en soit, je sentis mon pouls s'accélérer en la contemplant à la lueur diffuse de la lampe de chevet.

Elle me regarda, sourit et gagna de nouveau la salle de bains, tandis que je finissais de me brosser les dents. Je revins dans la chambre à coucher et nous nous croisâmes.

Tandis que la porte de la salle de bains se refermait, je m'assis sur le lit et commençai à me débarrasser moi aussi de mes vêtements en pensant à ce qui risquait de se passer le lendemain. J'entendais, à l'extérieur de la chambre, Josh aller et venir, effectuant sans doute les ultimes rangements et vérifications. J'entendis la chasse d'eau se déclencher, et, peu après, Sarah fit sa réapparition.

Elle écarta la couette et se glissa dans le lit à côté de moi. Je sentais le dentifrice dans son haleine et le savon sur sa peau. Sa jambe vint effleurer la mienne – accidentellement ou non, je l'ignorais. Sa peau était fraîche et lisse.

Nous restâmes un moment étendus l'un à côté de l'autre, pensifs. Je me demandais si ses réflexions étaient analogues aux miennes. Au bout d'un certain temps, elle se tourna vers moi et me demanda :

— Qu'est-ce que tu vas faire après cela, Nick ? Je veux dire quand tu auras quitté le Service ?

C'était une chose à laquelle je m'étais toujours efforcé de ne pas penser. Je haussai les épaules.

— Je ne sais pas, dis-je. Je n'essaie jamais de prévoir aussi loin. Je ne l'ai jamais fait. Demain soir est bien suffisant – et j'espère pouvoir célébrer le fait que nous serons encore en vie.

— Moi, fit-elle alors, je ne pense pas que je resterai. Je ferai probablement comme tout le monde – je me marierai, j'aurai des enfants et tout le reste. Parfois, je souhaiterais avoir eu un enfant déjà.

Elle se souleva sur un coude et me regarda dans les yeux.

— Est-ce que tu ne trouves pas cela dingue ?

Je secouai la tête.

— Pas depuis que j'ai eu Kelly, répondis-je.

— Tu as beaucoup de chance.

Elle approcha son visage, et je sentis son souffle sur moi.

— Peut-être écrirai-je mes mémoires, déclara-t-elle en passant sa main sur ma joue. Mais par quoi pourrais-je commencer ? Et que dirais-je de toi ?

— Mmm, fis-je en souriant. Pas facile.

Je sentais que, si elle continuait ainsi, j'allais me liquéfier sur place et lui dire que je l'aimais ou quelque autre imbécillité de ce genre. Je ne tenais plus.

Ses lèvres effleurèrent mon front, trop légèrement pour qu'on puisse appeler cela un baiser, puis descendirent jusqu'à ma joue. Je tournai la tête et ma bouche rencontra la sienne. Je fermai les yeux et je sentis son corps s'installer sur le mien, ses cheveux me caressant le visage.

Son baiser fut long et tendre, aimant. Puis, brusquement, plus passionné. Et son corps vint se presser très fort contre le mien.

25

Je fus réveillé par les hurlements de ce qui semblait être au moins deux cents enfants en pleine santé. Je me contraignis à garder les yeux fermés en écoutant le vacarme. Maria était arrivée et s'efforçait d'imposer le silence en faisant plus de bruit elle-même que toute la tribu réunie.

Puis la meute hurlante se déplaça en direction du rez-de-chaussée. J'ouvris les yeux et regardai ma montre. Il était 6 heures 58. Je bâillai, me retournai et vis Sarah assise dans le lit, qui feuilletait le livre de Jacqueline Kennedy. Je lui marmonnai :

— Qu'est-ce que tu disais la nuit dernière à propos d'avoir des enfants ?

Les yeux fixés sur une page, elle hocha la tête, n'écoutant visiblement pas ce que je lui disais. J'espérais que cela n'allait pas être l'un de ces horribles « matins d'après », où chacun souhaiterait être ailleurs et où aucun ne peut se résoudre à affronter le premier le regard de l'autre. J'espérais, plus exactement, que ce ne serait pas son sentiment, car ce n'était certes pas le mien.

— Le temps passé en reconnaissance est rarement perdu, Nick, me déclara-t-elle en souriant.

C'était mieux. Je m'assis à mon tour et examinai les traces de morsure sur mon bras. Elles semblaient commencer à se cicatriser, mais la peau restait noire et gonflée autour d'elles. Je m'approchai de Sarah et jetai un coup d'œil à son livre. La partie utile se trouvait dans les annexes : des plans du rez-de-chaussée de la Maison-Blanche. Il n'y avait aucun moyen de savoir si la disposition des pièces était toujours exactement la même, mais c'était tout ce dont nous disposions, en dehors de mes propres réminiscences de la visite guidée avec Josh.

Le regard de Sarah m'indiqua qu'elle entrait déjà par l'esprit dans la salle de presse de la présidence. Son cerveau était en plein travail.

Je rejetai la couette et me dirigeai vers la douche. Quand je revins, dix minutes plus tard, me séchant les cheveux avec une serviette, je trouvai Sarah déjà habillée, à l'exception de la veste et des souliers.

— Descendons voir ce qui se passe, me dit-elle. Je me doucherai plus tard.

C'était la panique dans la salle à manger. Les cuillers raclaient les bols à céréales et les chaises le plancher de bois, Maria vociférait et les enfants chantaient – ou, du moins, essayaient. Ils répétaient leurs chansons pour la paix, mais, musicalement parlant, c'était la guerre. Chacun avait sa propre tonalité et s'y tenait stoïquement, le résultat évoquant un troupeau de chattes en chaleur au clair de lune.

Me tournant le dos, Josh préparait les paniers-repas des chers petits avec la virtuosité et la célérité d'un prestidigitateur, enveloppant les sandwiches de papier transparent, lavant les pommes et répartissant les bananes. Il portait le pantalon d'un complet bleu marine et une chemise blanche fraîchement repassée, au travers de laquelle on distinguait les contours de son T-shirt. À la ceinture, juste derrière la hanche droite, il avait un étui à pistolet encore vide, et, à gauche, deux chargeurs. J'espérais seulement qu'il n'en viendrait pas à les vider sur nous. Je constatai que Sarah avait le regard braqué dans la même direction que moi.

Josh ne se retourna même pas à notre entrée, se bornant à nous lancer :

— Bonjour ! Le café est dans le percolateur, là-bas à gauche. Les brioches sont près du grille-pain. Peux pas m'occuper de vous pour le moment ; il faut que ceux-là soient prêts avant qu'on vienne les cueillir pour leur grand numéro.

Nous allâmes nous servir, et Sarah proposa un peu de

café à Josh. Il leva la tête une seconde, fit un signe affirmatif et sourit.

— Alors, Josh, demanda Sarah en versant le café, quelles sont nos chances ?

Il nous tournait de nouveau le dos, finissant de remplir les paniers-repas.

— J'allais appeler à l'heure pile, dit-il, juste après le changement d'équipe.

Il termina ce qu'il était en train de faire et regarda sa montre.

— Tiens, fit-il, voyons si je peux avoir mon type maintenant.

Il alla jusqu'au téléphone mural, décrocha, composa un numéro et attendit, le combiné calé entre son épaule et son menton. J'avais attendu avec impatience qu'il daigne se retourner pour voir sa cravate, mais je fus fortement déçu ; elle était bleu marine uni. Il surprit mon regard, comprit et sourit.

Il finit par obtenir une réponse.

— Salut, fit-il, c'est Josh.

Il y eut une pause, puis :

— Oui, très bien. De toute manière, je serai là aujourd'hui pour voir et entendre mes gosses. On se verra à ce moment-là.

Il y eut encore un brin de bavardage pour initiés. Je regardai Sarah. Assise sur une chaise, tendue, elle ressemblait à une étudiante attendant les résultats de ses examens.

Quant à moi, j'évitais soigneusement de regarder Josh. Je ne voulais pas que nos yeux se rencontrent, car je savais que c'est ainsi qu'on peut se trahir.

— Et qui est le coordinateur de l'équipe, aujourd'hui ? demanda-t-il. Ah, Davy ! Et il est arrivé ?

Il semblait content. Je traversai la pièce et allai m'asseoir à côté de Sarah. Elle tenait sa tasse à deux mains et, le visage baissé, semblait s'intéresser de très près à la structure moléculaire du café.

— J'ai, disait à ce moment Josh, deux très bons amis qui viennent d'Angleterre, et j'aimerais les amener pour une visite. Qu'en penses-tu, camarade ?

Il sourit à ce qui lui était répondu et enchaîna :

— Oui, aujourd'hui... Oui, je sais, mais c'est la seule occasion qu'ils aient, vieux... Oui, entendu.

Il regarda sa montre, coupa la communication et se retourna vers nous en disant :

— Il rappelle dans une demi-heure.

Nous réussîmes, Sarah et moi, à prendre un air ravi, mais le cœur n'y était pas. Nous avions un problème si les enfants partaient avant que nous ayons le feu vert pour la visite.

Je consultai de nouveau ma montre. Il était 7 heures 39. Josh souriait, content de lui, en s'asseyant à table avec son café. Sarah se leva en s'arrangeant pour avoir l'air excité.

— Je vais aller me préparer, dit-elle. À tout de suite.

Elle me serra l'épaule d'un geste qui pouvait passer pour amoureux et disparut.

— Quand donc partent les gosses, Josh ? demandai-je. Est-ce que ce n'est pas un peu tôt pour un truc qui commence à une heure de l'après-midi ?

— Vers huit heures, répondit-il. Il y a un car scolaire qui va passer les prendre pour les emmener là-bas. Répétition en costume, vieux. Je t'assure que je serai soulagé quand tout sera fini. J'ai l'impression que cette histoire de couvre-pieds m'a littéralement bouffé l'existence.

Je hochai la tête d'un air compréhensif et tentai de meubler le silence.

— Et pour les fringues ? demandai-je. Je ne voudrais quand même pas te faire honte.

Il se mit à rire.

— Hé, pas de problème, vieux ! fit-il. Moi, il faut simplement que je soigne les apparences. C'est mon boulot.

Je lui demandai quand même si je pouvais lui emprunter une cravate, même avec un Mickey dessus.

Il s'apprêtait à me faire un mauvais parti lorsqu'on l'appela dans la pièce voisine, où Maria semblait avoir du mal à maîtriser la situation.

Il se leva le sourire aux lèvres, mais moi, je ne souriais pas intérieurement. Je vérifiai une fois de plus l'heure : 7 heures 45. Quinze minutes avant le départ des enfants, mais environ vingt-cinq minutes avant que nous ayons le feu vert ou le feu rouge pour la Maison-Blanche. Or, il fallait que j'aie les enfants sous la main si, par malheur, je devais recourir au plan B. Il était temps que je m'agite un peu. Je reposai mon café et gagnai l'étage supérieur. Sarah avait mis la douche en marche, et, nue, s'apprêtait à se placer sous le jet. Je ne lui dis rien mais allai à mon sac, en tirai le 9 mm, vérifiai la chambre et remis le cran de sûreté.

Elle vint vers moi et, la bouche contre mon oreille, me demanda ce qui arrivait. Je glissai l'arme dans ma ceinture, laissai flotter ma chemise pour la couvrir et dis :

— Les gosses risquent de partir avant que Josh ait une réponse.

Elle alla vers la chaise où ses vêtements étaient posés et commença à se rhabiller en murmurant :

— Merde, merde, merde !

— Tu attends ici, lui dis-je. Si je dois intervenir, tu l'entendras. À ce moment-là, tu me rejoins, et en vitesse. Et souviens-toi, tu ne le tues pas. Très bien, tu te rappelles quoi faire ?

Elle fit un signe affirmatif, tout en enfonçant les pans de son chemisier dans son pantalon. Mais j'insistai ; cette fois, nous n'avions plus droit à l'erreur.

— Si la réponse est non, lui précisai-je, je les garde ici, et toi, tu devras y aller toute seule avec Josh. Tu en es capable ?

Elle hocha de nouveau la tête, sans me regarder.

— Bien, fis-je. Souviens-toi, il fera tout ce que tu voudras si ses gosses sont pris en otages. Tu lui rappelles bien la situation. Tu n'arrêtes pas de la lui rappeler. Vu ?

Elle interrompit un instant son rhabillage et me regarda.

— Bonne chance, lui dis-je doucement.

Elle sourit.

— À toi aussi, fit-elle.

Quand j'arrivai dans la cuisine, les enfants étaient encore en train de regarder la télévision dans la pièce voisine. Josh fit sa réapparition.

— Dis-moi un peu la situation, fit-il. C'est du sérieux ?

Il eut, en même temps, un mouvement de tête significatif en direction du premier étage.

— Je le pense, vieux, lui dis-je. Je l'espère.

Un grand sourire vint illuminer son visage.

— Elle est extraordinaire, camarade, proclama-t-il. Elle me fait tourner la tête.

Je m'assis pour finir mon café en jetant un regard discret à ma montre. Il était 7 heures 57. Dans trois minutes, en principe, les enfants allaient partir, et il restait encore une dizaine de minutes avant le coup de fil annoncé.

Dakota entra à ce moment dans la cuisine, très excitée.

— Bonjour, Nick ! dit-elle. Est-ce que Sarah et toi viennent nous entendre chanter avec Papa ? Ce serait canon !

Josh tenta de la calmer un peu.

— Oh ! fit-il. On arrête de s'exciter ! Nous ne savons pas encore, nous attendons un coup de téléphone. Tu ferais mieux quand même de dire au revoir à Nick, juste au cas où cela ne marcherait pas.

Dakota vint m'embrasser, ce qui me fit une curieuse impression. Je la tenais un peu à distance pour qu'elle ne puisse sentir le pistolet sous ma chemise.

— Si je ne te vois pas cet après-midi, lui dis-je, je vous appellerai tous très bientôt. Avec Kelly. Entendu ?

Les autres arrivaient, et Josh leur enjoignit de sa plus belle voix de commandement :

— Maintenant, vous montez tous là-haut dire au revoir à Sarah. Si elle est sous la douche, vous criez simplement à travers la porte.

Ils se précipitèrent, hurlèrent à travers la porte, et elle leur répondit de la même façon. Josh était sur le pas de la porte d'entrée avec Maria. Il semblait que celle-ci avait fini son travail pour le moment et s'apprêtait à partir. Tant mieux : cela faisait une de moins dont s'occuper.

Il était maintenant huit heures, et la situation devenait inquiétante. J'essayais de faire le vide à l'intérieur de moi-même, de me concentrer uniquement sur le but à atteindre. Au moins, l'étui à pistolet de Josh restait vide. Il ne portait jamais son arme quand les enfants étaient dans les parages. J'entendis des bruits de freins à l'extérieur.

— Le car est là, les enfants ! cria alors Josh. Il faut y aller.

Ils dévalèrent l'escalier, et, le cœur serré, je m'avançai dans le vestibule pour les intercepter, la main glissée sous ma chemise. Ils me virent et crièrent :

— Au revoir, Nick ! À cet après-midi !

À ce moment précis, le téléphone se mit à sonner et Josh passa à côté de moi pour gagner la cuisine, où se trouvait l'appareil le plus proche tout en vociférant :

— Allez, les enfants, on se dépêche ! Le car attend.

Par la porte ouverte de la cuisine, je le vis répondre au téléphone. J'étais toujours en position d'interception dans le vestibule, et j'avais maintenant la main sur la crosse de mon pistolet. Je savais que cela allait marcher ; les gens cèdent toujours quand leurs enfants sont en jeu. Mais c'était quand même le pire scénario qu'on puisse imaginer...

Sarah avait commencé à descendre silencieusement l'escalier, tenant son pistolet derrière son dos pour le cas où l'un des enfants lèverait la tête trop tôt.

Je m'efforçai d'arrêter la ruée des enfants en direction de la porte.

— Eh ! Eh ! fis-je. Ne partez pas encore ! Je crois que votre père veut vous voir tous dans la cuisine. Il va savoir tout de suite si Sarah et moi allons venir vous entendre chanter cet après-midi.

Je fis un signe à Sarah. Elle arrivait au bas de l'escalier et glissait son pistolet dans son pantalon.

— Rappelle-toi ce que je t'ai dit, lui chuchotai-je.

Elle hocha la tête et nous suivîmes les enfants dans la cuisine. Josh nous vit, et leva la tête vers nous avec un grand sourire :

— C'est d'accord ! clama-t-il. On nous attend à dix heures.

Les enfants applaudirent et Sarah et moi fîmes de même. Je m'étais rarement senti aussi soulagé.

— Bien joué ! dis-je à Josh. Merci infiniment, camarade, C'est formidable !

Il regarda les enfants et se souvint soudain du car.

— Qu'est-ce que vous fichez là ? cria-t-il. Allez, allez, du balai !

Et il les poussa en direction de la porte.

Nous entendîmes le car démarrer. Josh revint dans la cuisine et s'effondra sur une chaise avec un grand soupir. Il se versa un peu de café et fit un clin d'œil à Sarah.

— Oh ! s'exclama-t-il. Reviens, Geri, tout est pardonné.

Puis il me regarda et dit :

— Bonne nouvelle, hein ? Pour te dire la vérité, je suis ravi moi aussi d'y aller.

Sarah se mit à rire, sans doute plus de soulagement que d'autre chose.

— Au fait, demanda soudain Josh, vous avez un appareil photo ?

Nous n'en avions, bien sûr, pas.

— Pas de problème, fit-il. Nous pouvons en acheter un en route... Je suis si content d'aller là-bas ! Tu sais, je regrette le temps où je travaillais avec l'équipe. Le boulot que je fais actuellement me rend dingue. Il faut que je redevienne opérationnel.

Il vida sa tasse de café d'un trait et se leva.

— Je vais téléphoner pour demander une place de parking, dit-il. C'est l'enfer, là-bas.

Sarah se leva à son tour.

— Je vais finir de me préparer et faire nos petits bagages, annonça-t-elle.

Je la suivis jusqu'à l'escalier et lui glissai mon pistolet.

— Tu remets les armes dans les sacs, lui dis-je à voix basse.

Je revins dans la cuisine au moment où Josh raccrochait le téléphone. Je lui demandai s'il voulait encore du café, et il fit un signe affirmatif. Nous nous assîmes tous deux à la table.

— Il ne reste plus qu'à attendre qu'elle ait fini de se pomponner, fis-je.

Josh sourit et déploya le *Washington Post*. J'eus un coup au cœur, mais je me dis aussitôt que, trois jours après les événements, il y avait peu de chances que ceux-ci trouvent encore place dans un journal sérieux, surtout avec tout ce qui était en train de se passer à la Maison-Blanche.

— Quelque chose d'intéressant ? demandai-je à tout hasard.

— Non, rien. Le bla-bla habituel.

Il me montra la première page, avec des photos de Netanyahu et d'Arafat prises la veille. Je lui demandai :

— Tu penses que ça va marcher ? Tu sais, l'accord de paix...

Il entreprit de m'exposer ses vues personnelles sur la question. C'était exactement ce que je voulais. J'écoutais à peine, en fait, mais je tenais à le faire parler le plus possible, ce qui me permettait de me concentrer sur le travail à venir en me dispensant d'autre conversation qu'une interjection approbatrice de loin en loin. J'entendis Sarah descendre l'escalier, et elle fit son entrée dans la cuisine avec nos sacs et mon blouson. Elle n'avait peut-être pas eu le temps de prendre une douche, mais elle s'était maquillée avec soin.

Josh se leva, regardant sa montre et nous dit :

— OK. À cheval !

Tandis que je ramassais nos deux sacs, il se précipita au premier étage. Il ne nous dit pas pourquoi, mais nous savions tous deux qu'il allait chercher son arme.

26

Nous prîmes place tous trois sur le vaste siège avant de la voiture familiale de Josh, tout encombrée de jouets, de crayons de couleur et autres traces d'une occupation enfantine. Je mis nos sacs à l'arrière. Les armes s'y trouvaient et elles devaient y rester.

Le ciel était encore couvert, mais le soleil apparaissait entre les nuages, me faisant cligner des yeux. Des lunettes de soleil étaient suspendues par leur cordon au rétroviseur. Josh les posa sur son gros crâne dégarni et mit le contact. Le moteur se mit en route avec un sourd grondement et l'antenne radio commença à se dresser automatiquement tandis que le poste entrait en action.

Avec quelque surprise, j'entendis soudain une femme parler de la place de Jésus-Christ dans le monde d'aujourd'hui. Josh se tourna vers moi, pensant de toute évidence qu'une explication était requise.

— « Canal chrétien », dit-il d'un ton égal. Quelques copains m'ont convaincu d'écouter ça, et cela m'a aidé. J'ai même commencé à aller à deux ou trois réunions.

— C'est parfait, Josh, fis-je.

Je me demandai si, dans ses études religieuses, il en était arrivé à Judas. Car, dans sa vie personnelle et sans qu'il le sache, c'était malheureusement fait.

Nous prîmes la direction du nord, Josh nous redisant combien son travail à la Maison-Blanche lui manquait, mais changeant rapidement de sujet pour exprimer sa hargne à l'égard de la circulation à Washington.

Apercevant une station-service, Sarah lui rappela de s'arrêter pour qu'elle puisse acheter un appareil photo jetable. Vingt-cinq minutes après avoir quitté Belle View, nous nous retrouvions sur l'autoroute Jefferson Davis, approchant du Pentagone. Mais, au lieu de passer devant le célèbre bâtiment du secrétariat à la Défense, nous tournâmes à droite pour franchir le Potomac. Et là, Josh se transforma en guide touristique :

— À gauche, c'est le Jefferson Memorial, et un peu plus loin le Lincoln Memorial. Sarah, il faut que vous demandiez à Nick de vous emmener au bassin à la tombée du jour. C'est vraiment romantique, juste comme dans les films.

Nous avions tout le temps d'admirer la vue, car la circulation s'opérait de plus en plus au ralenti. Finalement, nous prîmes, dans la direction du nord, la 14e Rue, qui coupe le National Mall, cette longue étendue herbeuse allant du Capitole jusqu'au Lincoln Memorial, près du Potomac.

Nous finîmes par déboucher à côté de la Maison-Blanche, mais là, nous bifurquâmes, la laissant à notre gauche.

— Il faut faire le tour, nous expliqua Josh, à cause des sens uniques. Mais ce n'est pas plus mal ; comme cela, vous pouvez la voir sous tous les angles.

Nous arrivâmes finalement dans la 17e Rue. La façade de la Maison-Blanche était là, orientée au nord, et prise entre deux parcs, Lafayette Park qui faisait partie de l'ensemble piétonnier, Pennsylvania Avenue étant interdite à la circulation, et, à l'arrière, rejoignant le Mall, l'Ellipse, un vaste espace vert qui semblait être provisoirement devenu une gigantesque aire de stationnement pour les détenteurs de permis officiels. Parmi les rangées entières de voitures garées sur l'herbe, on remarquait une douzaine de cars scolaires jaunes.

Nous passâmes les portes donnant sur West Executive Avenue et nous arrêtâmes au coin de State Place. Josh baissa sa vitre et tendit la main à l'extérieur en disant :

— Salut !

Un homme portant un complet gris et une cravate à fond rouge alla vers nous.

— Davy, vieux ! s'exclama Josh. Cela fait un bail, non ?

— Salut, Josh ! Content de te voir, répondit l'autre.

Sarah et moi nous regardâmes pendant qu'ils se congratulaient. Nous nous posions la même question : ce type allait-il rester avec nous ?

— Tu as une place pour moi, Davy ? demanda Josh.

Davy s'approcha plus encore de la voiture. Je pouvais maintenant voir clairement sa cravate ; elle était semée de petits dalmatiens sur le fond rouge. Il n'y en avait peut-être pas cent un, mais le nombre était quand même impressionnant.

— Va tout simplement te garer au parking officiel de West Exec, dit-il à Josh, à l'intérieur du périmètre de sécurité.

Comme nous descendions de voiture, Josh prit Davy par les épaules et lui dit :

— Viens que je te présente à mes amis d'Angleterre. Elle, c'est Sarah. Et lui, c'est Nick.

Nous nous serrâmes la main. Davy était un garçon d'environ trente-cinq ans, à la mine ouverte et amicale. Il était également fort bel homme, grand et mince, avec des dents parfaites. S'il n'avait pas été au Service Secret, il aurait pu faire une carrière en or en posant pour des publicités. En tout cas, il avait tout organisé pour nous.

— Je vais vous emmener au poste de garde, nous dit-il, vous faire donner un laissez-passer à chacun et vous emmener à l'intérieur. Comme vous le savez, c'est un peu agité aujourd'hui, mais nous ferons ce que nous pouvons pour vous.

Nous le remerciâmes, Sarah et moi, abondamment.

— À tout à l'heure, les enfants, dit Josh en remontant dans sa voiture pour aller se garer.

— Il vous a fallu longtemps pour arriver ici ? nous demanda Davy.

Je regardai ma montre. Il était 10 heures 16.

— Non, pas vraiment, dis-je. Un peu plus d'une heure.

— Pas si mal. Mais je parie que Josh passait quand même son temps à rouspéter.

— Il n'a pas arrêté.

Davy se mit à rire. Il reconnaissait bien là son vieux camarade de travail.

Le poste de garde était à gauche des portes donnant sur West Executive Avenue, avec un tourniquet et un détecteur de métal semblable à ceux qu'on utilise dans les aéroports. De loin, il ressemblait un peu à une serre, en verre avec des montants blancs. Mais, en arrivant à proximité, on découvrait que la peinture blanche recouvrait de l'acier et que le verre était si épais qu'il était à peine transparent.

Des acclamations, suivies d'exclamations enfantines, retentirent sur ma droite, venant d'une immense tente érigée dans les jardins derrière la Maison-Blanche. Davy sourit.

— Il y en a au moins deux cents là-dedans, fit-il. Ils répètent depuis ce matin.

Puis, comme les acclamations se faisaient de nouveau entendre, il ajouta :

— Au moins, ils sont contents d'eux !

Josh, que j'avais vu se garer à une cinquantaine de mètres sur la gauche, nous rejoignit. L'un des deux gardes qui se trouvaient dans le poste le regarda arriver en souriant. C'était un Blanc, costaud d'une quarantaine d'années qui portait une chemise blanche superbement repassée, une cravate noire, un pantalon noir à passepoil jaune et une ceinture de cuir noir verni supportant un pistolet semi-automatique et ses chargeurs de rechange.

— On doit vraiment manquer de personnel si on t'a fait revenir, dit-il à Josh.

Ce devait être une plaisanterie traditionnelle entre eux, car Josh éclata de rire et lui répondit par un geste obscène du doigt.

— On m'a fait venir pour virer les bons à rien, rétorqua-t-il. Alors tu as intérêt à faire gaffe, gros-cul !

Ils continuèrent à plaisanter un moment entre eux, tandis qu'un jeune Noir montait la garde devant toute une batterie d'écrans de contrôle. Sarah et moi gardions un silence prudent, jouant les touristes très impressionnés de se trouver en ce lieu auguste. Davy entreprit de nous établir nos cartes.

— Nick, fit-il. Nom de famille, s'il vous plaît ?

— Stone.

Josh présent, je ne pouvais que répondre la vérité.

— Bien. S-t-o-n-e.

Il finit d'écrire et demanda :

— Sarah ?

— Darnley.

Il fronça les sourcils et elle épela le nom pour lui en essuyant ses lunettes toutes neuves avec un kleenex pris dans sa poche.

— Bien, dit Davy. Maintenant, voulez-vous signer ici et ici, s'il vous plaît.

La première signature était pour le laissez-passer lui-même et la seconde pour le registre. Josh signa lui aussi, puis le garde qu'il avait cavalièrement appelé Gros-Cul nous remit nos cartes. Il sourit à Sarah et lui dit, désignant Davy et Josh :

— Vous n'allez pas laisser ces deux ahuris vous faire visiter la baraque, quand même ?

— Je crois que je n'ai pas le choix, répondit Sarah sur le même ton.

— Le seul endroit que ces deux-là connaissent est la cantine. Ils vont vous faire boire du café et manger des beignets toute la journée. Et regardez un peu ce que cela m'a fait, à moi.

Il tapota sa bedaine. Nous rîmes tous poliment. Je me sentais, quant à moi, très soulagé que nous soyons arrivés jusque-là. Les cartes que nous avions accrochées à nos revers n'étaient évidemment pas celles du personnel de la Maison-Blanche, mais le « V » noir qui y figurait ne signifiait pas « visiteur » mais « volontaire ». Ça devait faire partie de l'arrangement pris entre Josh et Davy – comme il n'y avait, en principe, pas de visiteurs ce jour-là, nous étions devenus des « volontaires ». Ils s'étaient vraiment donné du mal pour nous. Cela ne faisait qu'attiser encore mes remords, mais j'y survivrais quand même. Du moins, je l'espérais.

Nous franchîmes le tourniquet et remontâmes West Executive Avenue. Nous n'étions pas encore dans les jardins mêmes de la Maison-Blanche, car une barrière métallique nous en séparait. Nous nous dirigions apparemment vers une entrée située à une cinquantaine de mètres et donnant directement sur la pelouse du palais présidentiel. Au fond des jardins, je voyais l'arrière du bâtiment principal et la tente où les enfants étaient passés.

Un membre de l'Emergency Response Team[1] se tenait sous un arbre, parlant dans sa radio tout en surveillant les alentours. Il était assez impressionnant en son genre – tout de noir vêtu, de la casquette de base-ball marquée ERT aux bottines, en passant par la combinaison et le gilet pare-balles. Un cordon passé autour de la cuisse maintenait en place son pistolet et un étui de nylon noir recouvrait son arme principale, sans doute un Heckler et Koch MP 5.

Tandis que nous marchions en direction de la porte, Davy entreprit de remplir son office de guide touristique :

— Contrairement à ce que pensent les gens, nous dit-il, cet endroit est avant tout un ensemble de bureaux. À gauche, vous avez les services du vice-président et également la Salle du Traité indien. C'est une chose à voir, et je tâcherai de vous y emmener tout à l'heure.

Nous voyions, se dirigeant résolument vers la même porte que nous, des hommes en complet sombre et des femmes en tailleur avec leurs badges d'identification. Des câbles serpentaient sur la chaussée rejoignant des camions de télévision garés du côté de Pennsylvania Avenue. Comme nous arrivions à une dizaine de mètres environ de la porte, j'aperçus, de l'autre côté de la barrière, Monica Beach. Je jetai un regard de côté à Sarah. Elle avait également remarqué. Des projecteurs et des parapluies destinés à protéger les caméras des reflets intempestifs étaient répartis partout sur la pelouse. Pour un peu, on se serait cru à Hollywood.

Devant la porte, où des hommes de l'ERT et du Service Secret vérifiaient les laissez-passer, Davy continuait son petit cours :

— La Maison-Blanche, nous disait-il, peut se décomposer en trois parties principales. Il y a d'abord l'aile est...

Il nous désigna la partie la plus éloignée de nous. Mais, quant à moi, j'étais beaucoup plus occupé à dévisager les gens des équipes de presse qui arrivaient, à la recherche des plus basanés, qu'à m'intéresser à la disposition des lieux.

Cependant, Davy continuait :

— Puis, au milieu, il y a la résidence présidentielle. C'est

1. Équipe de réaction rapide. *(N.d.T.)*

la partie que vous voyez toujours aux actualités télévisées. Et, comme vous pouvez le voir, juste au-dehors, sur la pelouse, voici l'emplacement où la cérémonie va se dérouler. Les gosses feront leur numéro devant la scène que vous voyez là.

Sur la scène en question se trouvaient deux rangées de chaises et deux pupitres portant le sceau présidentiel. Les drapeaux d'Israël, de la Palestine et des États-Unis flottaient à des mâts de pavillon.

Sarah regardait les hordes de touristes se pressant contre les grilles dans Pennsylvania Avenue avec leurs appareils photographiques et leurs caméscopes.

— Ce n'est pas dangereux qu'ils soient si près ? demanda-t-elle.

Davy secoua la tête.

— Non, fit-il. On ne va pas tarder à fermer Pennsylvania Avenue.

Puis il reprit son rôle de guide :

— Cela, c'est l'aile ouest, utilisée principalement pour les services administratifs et les conférences de presse – comme vous pouvez le constater. Le fameux Bureau ovale se trouve dans l'aile ouest et non dans la résidence présidentielle. C'est pourquoi tous ces braves gens qui se pressent dehors n'arrivent jamais à le voir. Ce n'est pas à l'endroit qu'ils imaginent. Le Bureau ovale, en fait, domine l'endroit où sont actuellement les gosses.

À ce moment, Sarah parut se rappeler soudain quelque chose.

— Oh, non ! s'exclama-t-elle. L'appareil photo. Je l'ai laissé dans la voiture !

Josh entendit et tourna la tête.

— Hé ! fit-il. On se calme ! Pas de problème. Je vais aller ouvrir la bagnole.

— Je ne veux pas vous embêter, lui dit alors Sarah. Je m'en charge.

Elle tendit la main et Josh lui remit les clés.

J'avais, moi aussi, oublié l'appareil. Et nous allions en avoir besoin si nous voulions jouer correctement notre rôle de touristes éperdus de bonheur. Josh se tourna vers moi, la mine railleuse.

— On sait maintenant qui de vous deux est le cerveau, me dit-il aimablement.

Nous attendîmes un moment Sarah, qui finit par revenir en courant, son appareil à la main.

— Venez, dit alors Davy, je veux vous montrer un endroit que vous voyez presque tous les jours aux actualités.

Suivant pratiquement les câbles, nous empruntâmes une allée allant de la porte à la façade de l'aile est. Chaque fois que nous croisions un groupe de gens avec des badges de presse, je regardais Sarah, à l'affût d'une réaction. Elle était la seule qui pouvait identifier véritablement les terroristes. Je ne pouvais que faire des suppositions.

Nous descendîmes quelques marches, en remontâmes d'autres et arrivâmes finalement devant une grande porte vitrée. Davy continuait à nous guider et nous finîmes par déboucher dans une salle que nous avions effectivement vue maintes fois à la télévision. Elle était beaucoup plus petite que je ne l'avais imaginé, mais il y avait là le pupitre avec le sceau présidentiel et, en face, des rangées de chaises en plastique sagement alignées, de part et d'autre d'une allée centrale. Cela ressemblait un peu à une salle paroissiale dans un village anglais moyen, si l'on faisait abstraction du matériel de télévision présent un peu partout. C'était là qu'avaient été faites la plupart des déclarations présidentielles importantes.

Josh nous regarda, Sarah et moi.

— Vous avez l'appareil ? demanda-t-il.

Je jouai volontairement les idiots.

— Pourquoi ?

Davy et lui éclatèrent de rire.

— T'occupe et grimpe là-dessus, dit Josh en désignant le pupitre présidentiel.

Nous nous regardâmes, Sarah et moi. Il fallait le faire. Le contraire eût paru bizarre. Josh prit des photos de l'un et l'autre au pupitre, puis de nous deux ensemble, puis de nous deux souriant, enlacés. Il me lança l'appareil au moment où nous redescendîmes.

— Quelque chose à montrer à tes petits-enfants, me dit-il.

Sarah et moi échangeâmes le timide sourire de rigueur.

Au moment où nous ressortions du bâtiment, je demandai à Davy :

— Dites-moi un peu, quand les journalistes arrivent, ils vont à un endroit précis pour avoir leurs instructions et le reste ?

Il me désigna la salle de presse que nous venions de quitter.

— Ils ont un *briefing* là-dedans à midi. Les types de la télé ne seront pas là avant. Pour le moment, ils n'envoient que leurs techniciens.

Je pris un air de grand intérêt.

— Est-ce qu'il serait possible d'assister au *briefing* ? demandai-je. Je suis une espèce de fana des médias. Je voudrais beaucoup voir comment ça se passe dans la réalité.

Davy me regarda avec toute la compassion qu'on réserve habituellement aux malades mentaux.

— Bien sûr, me dit-il. Pas de problème.

Je jetai de nouveau un regard de côté à Sarah. Elle savait ce que j'essayais de faire. Si nos clients devaient se montrer, ce serait à ce *briefing* de presse.

À ce moment, Josh demanda à Davy :

— Et maintenant ?

— Vous voulez voir le bowling ?

Nous longeâmes la résidence présidentielle en direction de l'aile est, empruntant une allée qui joignait, en demi-cercle, le poste de garde utilisé par la presse à un autre poste de contrôle analogue. Un homme de l'ERT se dirigeait vers une rangée de grosses Chevrolet noires aux vitres fumées et aux antennes de radio dressées. Cela me rappela qu'il devait y avoir, dans un rayon de deux cents mètres autour de nous, plus d'armes à feu que n'en avait vendues en un an l'armurerie de Fayetteville. Il nous allait falloir faire attention de ne pas récolter nous-mêmes du plomb égaré en cas d'accrochage avec les terroristes.

Un peu plus loin, nous descendîmes quelques marches, qui nous amenèrent au-dessous du niveau de la pelouse. Arrivé au bas de ces marches, Davy se retourna vers nous et, se mettant à marcher à reculons, il nous expliqua :

— C'est la partie que le public ne voit jamais. Nous sommes, en réalité, au rez-de-chaussée de la résidence présidentielle. Derrière ce mur, il y a quelques-unes des salles de travail : la salle de réception diplomatique, la salle de Chine et d'autres encore. Mais par là, c'est plus intéressant...

Il eut un geste vers le bas.

— C'est ce qui conduit au sous-sol, précisa-t-il. Il y a deux sous-sols, en fait. Un bowling, des salles de repos, des ateliers de réparation. Et il y a même, en bas, un abri antiatomique.

Nous parvînmes à une double porte vitrée d'aspect anodin. Davy la maintint ouverte pour Sarah et moi. Josh suivit le mouvement.

Nous nous trouvâmes directement sous l'escalier principal. Davy nous dirigea vers une porte à laquelle semblaient mener de nombreux câbles. Quand je la franchis, je fus immédiatement frappé par l'odeur qui régnait – cette odeur agressive où se mêlaient des relents de cantine scolaire et de produits d'entretien et qui m'avait toujours évoqué les réfectoires militaires et les vestibules de meublés à bon marché. Nous nous trouvions dans une sorte de passage de quatre mètres de large environ, au dallage ciré. Les murs de pierre avaient visiblement connu déjà d'innombrables couches de peinture crème sur lesquelles des tables roulantes maladroitement manœuvrées avaient parfois laissé leur trace. L'un de ces chariots, qui devaient servir à apporter café et collations, se trouvait garé dans un coin.

Suivant toujours les câbles et laissant à notre gauche un ascenseur et un escalier, nous passâmes une nouvelle porte. C'était comme si nous avions subitement pénétré dans un autre monde. Nous nous retrouvions entre de magnifiques murs de marbre, avec de grands lustres de verre suspendus à de superbes plafonds voûtés, très haut au-dessus de nos têtes. L'odeur de cantine avait totalement disparu. Deux grands écrans marron bloquaient notre vue sur la gauche. Davy et Josh saluèrent un ERT et deux agents du Service Secret qui stationnaient là. L'un avait une cravate bleue avec des joueurs de golf dans toutes les positions connues, et l'autre une cravate jaune avec de petits biplans.

— C'est le grand vestibule du rez-de-chaussée, nous expliqua Davy. Vous ne pourrez le voir aujourd'hui, car le Président va s'y trouver un peu plus tard.

Sarah voulait en savoir plus.

— Pourquoi ? demanda-t-elle. Qu'est-ce qui arrive ici ? Je croyais que tout allait se passer dehors ?

À ce moment, deux techniciens de télévision passèrent devant nous, escortés par un ERT. Josh continuait à bavarder avec les deux hommes du Service Secret.

— Vers onze heures, nous chuchota Davy, Arafat, Netanyahu et le Président se retrouveront dans la Salle de réception diplomatique pour prendre le café. Ces gars de la télé que vous voyez là préparent le matériel pour CNN, qui assurera le reportage en direct. Les trois resteront ici vingt à trente minutes, puis ils gagneront la salle à manger pour déjeuner de bonne heure.

Sarah essayait de déterminer où se trouvait exactement, par rapport à l'endroit où nous nous trouvions, la Salle de réception diplomatique.

— C'est cette salle ovale, sur la droite, au-delà des écrans, n'est-ce pas ? demanda-t-elle.

Davy fit un signe affirmatif.

— Oui, fit-il. Et, après le déjeuner, ils se transporteront dans le Salon bleu. Il a la même forme et se trouve directement au-dessus, au premier étage. Enfin, à une heure, ils sortiront sur la pelouse pour entendre le chœur céleste.

Une plaisante grimace accompagnait ces derniers mots.

Josh vint nous rejoindre.

— Dites donc, les enfants, nous dit-il. Je crois que nous ferions mieux de bouger un peu.

Nous saisîmes le message ; les hommes du Service Secret ne tenaient pas à nous voir traîner dans les parages si près de l'heure du café.

Nous prîmes un corridor sur la droite, au bout duquel se trouvait une nouvelle double porte blanche.

— Elle conduit à l'aile ouest, précisa Davy. Là où se tiennent les *briefings*.

Nous tournâmes sur la droite, et l'odeur de cantine revint. Sur notre gauche se trouvait un nouvel ascenseur.

— C'est le monte-charge de service de la Salle à manger d'apparat, fit Davy, qui prenait décidément son rôle de guide touristique au sérieux. Elle est directement au-dessus de nous, au premier étage.

À la droite du monte-charge, il y avait un escalier à vis.

— Et maintenant, annonça Davy avec un large sourire, je vais, Madame et Monsieur, avoir l'honneur de vous montrer les marques de brûlures faites par vous autres, *British*, la dernière fois que vous nous avez fait une visite impromptue.

Sur quoi nous commençâmes à descendre l'escalier à vis à la suite de notre guide, qui continuait son commentaire.

— Nous avons, précisait-il, deux autres ascenseurs, cent trente et une chambres et trente-trois salles de bains.

— Ainsi que sept escaliers, intervint Josh.

Je réussis à sourire en hochant la tête. À tout autre moment, c'eût été passionnant, mais là, j'avais vraiment d'autres idées en tête.

Au bas de l'escalier, se trouvaient des portes coupe-feu avec des panneaux de bois épais et deux vitres blindées et grillagées rectangulaires. Au-dessus, un gros arc-boutant de pierre supportait la voûte. Des marques noires de brûlures y étaient nettement visibles.

— Nous les avons conservées, plaisanta Davy, pour pouvoir nous rappeler ce qui arrive quand vous venez, vous autres, vous promener en ville. Ce n'est pas que vous soyez restés longtemps, remarquez, mais nous avions plus qu'assez de vous avant la fin.

Nous nous mîmes tous à rire. Je vis Sarah consulter discrètement sa montre.

— Vous savez, ajouta Davy, beaucoup de gens pensent que cet endroit s'est appelé la Maison-Blanche après cet incendie. Mais ce n'est pas le cas. Le nom n'a été donné qu'en 1901.

Il se tourna vers Josh pour le laisser apporter un complément d'information.

— Theodore Roosevelt, nous précisa Josh. Il a fait mettre cette adresse sur son papier à lettres, et le tour était joué... Hé ! Quand on travaille ici, il faut quand même un peu savoir où l'on est...

Nous restâmes là une petite minute, silencieux, puis Davy reprit :

— OK. Allons faire un peu de bowling.

27

Quand nous eûmes poussé la porte coupe-feu, je me retrouvai avec, devant moi, une trentaine de mètres d'un corridor aux murs peints en blanc, avec, de chaque côté, des portes de bois également blanches. L'endroit, qui avait un air purement fonctionnel, était éclairé par des rampes lumineuses. Il y avait un éclairage secondaire prévu pour le cas de panne ou d'incendie, sous la forme de lampes de secours régulièrement disposées. L'odeur de cantine régnait toujours. Le corridor était, à ce moment, complètement vide.

Nous passâmes devant des entassements de cartons vides et de sacs-poubelles pleins, et Davy nous dit :

— C'est comme dans toutes les maisons. Le rebut va à la cave.

Après avoir dépassé plusieurs portes blanches, nous arrivâmes devant un panneau en métal gris au-dessus duquel clignotait une ampoule rouge.

— Voyons qui est à l'intérieur, fit Davy en glissant sa carte d'identification dans une serrure magnétique. Bienvenue à *CRISIS FOUR*.

Il ouvrit la porte métallique et nous fit signe d'entrer. Je suivis Sarah dans une salle obscure qui contenait une batterie d'au moins vingt écrans de télévision interne, disposés contre le mur par rangées de trois. Chacun montrait une image en couleurs différente, avec indication de l'heure à la milliseconde en bas. On pouvait voir ainsi d'immenses pièces, richement décorées, et des centaines de mètres de couloirs et de colonnades. Sur une sorte d'immense comptoir s'alignaient des batteries entières de téléphones et de microphones.

J'entrai et m'effaçai pour laisser passer Josh. La température était plus fraîche, ici, grâce à l'air conditionné. Devant les écrans étaient disposés quatre fauteuils de bureau montés sur roulettes. Le seul occupant de la pièce, en tenue noire d'ERT, était installé dans l'un d'eux. Les reflets des écrans de télévision venaient illuminer la visière de sa casquette de base-ball. Il parlait à voix mi-basse dans l'un des appareils téléphoniques.

Je regardai Sarah. Ses yeux étaient littéralement rivés aux écrans. Le garde raccrocha le téléphone, et Josh l'interpella :

— Salut, TC ! Comment va ?

TC fit pivoter son fauteuil et leva les deux bras.

— Salut toi-même ! s'exclama-t-il. Dis donc, cela fait une paie !

TC était blanc, il avait quelque peu passé la trentaine et il arborait une très élégante moustache, très bien taillée. Ils se serrèrent la main, et Josh fit les présentations.

— Nick et Sarah, dit-il. Ils sont d'Angleterre. Des amis à moi... Lui, c'est TC.

Il se leva pour nous saluer. Son menton avait déjà des reflets sombres. Peut-être était-il de ces hommes qui ont besoin de se raser plusieurs fois par jour – ou peut-être avait-il été de service toute la nuit précédente. La fermeté de sa poigne contrastait avec la grande douceur de son accent du Sud.

— Qu'est-ce que vous avez vu jusqu'ici ? demanda-t-il.

— Josh nous a montré, lui dis-je en souriant, ce qui s'est passé la dernière fois que les Anglais ont débarqué.

Pendant ce temps, Sarah posait une question à Davy :

— Pensez-vous qu'il serait possible de voir la Salle à manger d'apparat ? Voyez-vous, je suis une grande admiratrice de Jackie O et j'aurais simplement voulu...

Davy regarda TC, qui secoua la tête avec l'air de s'excuser.

— Je suis désolé, les enfants, dit-il, mais personne ne peut monter là-bas aujourd'hui.

Devant les allures compatissantes que tous prenaient, nous nous lançâmes, Sarah et moi, dans des variations sur le thème :

— Pas de problème. C'est déjà formidable d'être ici. Nous n'oublierons jamais cela.

Sur quoi Davy eut une idée.

— Je vais vous dire, fit-il. D'ici, vous pouvez tout voir de toute manière.

Il désigna les écrans. Sarah et moi leur accordâmes aussitôt toute notre attention, particulièrement à celui qui montrait la salle de presse. Rien ne semblait s'y être passé, mais je gardai un œil sur elle.

Pendant ce temps, TC nous gratifiait d'un petit cours de son cru.

— *CRISIS FOUR*, précisait-il, est d'abord l'un des centres de surveillance et de contrôle de la Maison-Blanche. Mais *CRISIS FOUR* pourrait également être utilisé comme centre de recueil pour le Président et la Première Dame si quelque chose de grave arrivait là-haut. Il y a, à côté, une salle très confortable qui est en même temps un abri antiatomique.

Puis, à l'intention de Sarah, il désigna l'un des écrans et dit :

— Voilà la salle à manger. Il faut dire qu'elle a de l'allure.

Il ne semblait pas qu'un déjeuner y soit prévu dans l'immédiat. La longue table de chêne sombre restait nue, à l'exception des candélabres d'argent placés en son centre. Sarah regarda un moment, comme si elle s'efforçait d'enregistrer tous les détails. Je gardai, moi, le regard fixé sur la salle de presse.

— C'est la Salle de réception diplomatique ? demanda Sarah en désignant un écran à ma gauche.

— Exact, fit TC. D'un moment à l'autre, vous allez voir nos trois grands personnages apparaître et y entrer. Pour le moment, ils sont dans la bibliothèque, de l'autre côté du vestibule... Les voilà.

Quelques secondes plus tard, ils apparurent dans le champ de la caméra, marchant lentement pour permettre à Arafat de les suivre, et suivis d'un groupe de conseillers, classeurs sous le bras. Je regardai du côté de Sarah. Elle consultait une grosse pendule digitale sur le mur. Il était 10 heures 57. Nos grands hommes étaient à l'heure.

— Et voilà ! dit TC en se levant. Il faut que j'y aille !

Nous nous serrâmes de nouveau la main.

— J'espère que vous aurez une agréable visite, nous déclara TC. Essayez de demander gentiment à ces deux gorilles de vous emmener voir la Salle du Traité.

— C'est sur l'itinéraire prévu, dit Davy. Après le bowling.

Nous suivîmes TC hors de la pièce. Il s'assura de la fermeture de la porte et s'éloigna le long du corridor avec un petit salut joyeux de la main.

Deux femmes hispaniques surgirent, en tabliers blancs et souliers vernis, ressemblant à un compromis entre des femmes de ménage et des infirmières et parlant à 200 à l'heure dans leur langage natal. Elles s'arrêtèrent pour nous laisser passer, saluèrent en souriant et reprirent leur conversation en accéléré.

Josh eut soudain une idée.

— Je vais aller voir, dit-il, si je peux vous faire entrer dans la Salle du Traité et peut-être dans le bureau du vice-président.

— Ce serait merveilleux, fis-je. Et nous pourrions quand même voir la conférence de presse ?

Sarah vint en renfort.

— Oh, oui ! J'aimerais bien voir cela aussi...

Josh leva les mains en souriant, comme devant deux enfants par trop enthousiastes.

— Hé ! fit-il. Pas de problème. À tout de suite...

Il fit demi-tour et s'éloigna vers la porte coupe-feu. Sarah et moi échangeâmes un regard plein de soulagement. Nous suivîmes Davy le long du couloir et nous arrêtâmes deux portes plus loin.

— Et voici le meilleur endroit de toute la maison, annonça Davy avec un large sourire.

Nous débouchâmes sur un espace libre d'environ quatre mètres cinquante sur quatre mètres cinquante, avec des murs peints en blanc, un linoléum bien ciré et des chaises pliantes en plastique disposées le long des murs. Au-delà, dans l'ombre, on distinguait un bowling à une piste.

Contre l'un des murs, que décoraient quelques affiches d'équipes virtuoses, se trouvait une grande boîte en bois avec des compartiments recelant huit ou neuf paires de chaussures de bowling.

Davy mit en marche le système d'éclairage de la piste, revint vers nous en souriant et nous dit :

— J'ai une formidable histoire à vous raconter, les enfants.

Il semblait s'en amuser lui-même d'avance. Il nous désigna la boîte à chaussures et nous demanda :

— Vous voyez celles-là ? Celles qui sont tout au-dessus ?

Nous hochâmes tous deux la tête, et il se tourna pour aller cueillir les souliers en question. J'en profitai pour jeter un coup d'œil rapide à ma montre. Encore cinquante-cinq minutes avant la rencontre de presse.

— Ce sont les chaussures de bowling personnelles de Bill Clinton, nous dit Davy en revenant vers nous. Visez un peu la taille.

Cela ressemblait, vu d'où j'étais, à du quarante-huit.

— Il est grand, certes, poursuivit Davy, mais quand même... Vous savez ce qu'on dit toujours : grands pieds, grosse...

Il s'interrompit net en se souvenant de la présence de Sarah. Celle-ci sourit.

Les chaussures clintoniennes étaient blanches avec des raies rouges. Davy les retourna et nous montra, à l'arrière de chacune, une petite marque au crayon à bille. Sur la droite, il y avait la lettre « D », et sur la gauche la lettre « G ».

— Un jour, nous raconta Davy. Bill est arrivé avec ses conseillers les plus sérieux, pour jouer un peu tout en parlant des affaires internationales, et un petit malin lui avait fait cela, à lui, le président des États-Unis, l'homme le plus puissant du monde.

Ici, Davy fit une pause. Il avait manifestement raconté cette histoire de multiples fois, car il avait appris à ménager ses effets.

— Personne, reprit-il, ne savait comme il allait prendre cela. Tout le monde retenait son souffle pendant qu'il examinait ses chaussures. Puis, soudain, il a éclaté de rire et a déclaré : « Je vais vous dire, les enfants : c'est exactement ce dont j'avais besoin... Je perds toujours un temps fou à reconnaître le bon pied... »

Davy se mit à rire. J'aurais eu, quant à moi, quelque mal à déterminer si l'histoire était drôle ou non, mais je commençai, bien sûr, à rire très fort moi aussi. Et j'entendis que Sarah, qui se trouvait légèrement derrière moi, en faisait autant.

Davy se retourna et fit deux pas pour aller remettre les souliers à leur place. C'est alors que j'entendis la détonation assourdie d'une arme à silencieux.

Les chaussures de Bill Clinton s'échappèrent des mains de Davy. Il n'y eut pas de sang avant que son corps ne vienne heurter le linoléum, face contre terre, puis il se mit à jaillir de sa tête, épais et sombre. Je me retournai brusquement.

Sarah était en parfaite position de tir, braquant devant elle le pistolet silencieux chinois, les deux mains impeccablement disposées sur l'arme. Elle avait l'air si détendue qu'elle aurait pu se trouver au stand.

J'essayais de trouver quelque chose à dire. Autre que : « Qu'est-ce que tu fais ? » Je le voyais parfaitement, ce qu'elle faisait.

Je finis par exploser :

— Bon Dieu ! Nous étions bien d'accord – pas de tuerie. Qu'est-ce qui t'a pris de faire entrer ce truc ? Nous n'en avons pas besoin !

Mais elle semblait dans un monde différent. Calmement, elle remettait le pistolet dans la ceinture de son pantalon. J'étais dépassé. J'étais seulement conscient que nous nous trouvions dans un immense pétrin, mais je ne savais pas à quoi nous jouions. Tout ce que je comprenais, c'est qu'elle avait prémédité la chose, allant délibérément chercher l'arme dans la voiture de Josh en faisant mine d'avoir oublié son appareil photographique.

J'allai vers la porte.

— Qu'est-ce que tu fais ? demanda Sarah.

— Je boucle la porte. Qu'est-ce que tu penses que je devrais faire ? Inviter tout le monde ? Nous sommes dans la merde, Sarah ! Tu te rends compte de ce que tu as fait ? Cela n'empêchera rien. Cela rendra les choses pires encore. Tu es folle...

J'arrivai à la porte et la verrouillai. Il était inutile que j'aille m'occuper de Davy. Il n'émettait pas un seul son, et du sang noir, désoxygéné, s'échappait de sa bouche.

Je restai donc où j'étais, secouant la tête, incrédule.

— Nous contrôlions la situation, Sarah, bon Dieu ! lui dis-je. Midi – la rencontre de presse, tu te souviens ? Qu'est-ce que tu crois que tu fais ?

Elle se dirigeait vers la porte. Je m'interposai, les bras étendus.

— Oh ! fis-je. Ce n'est pas le moment. C'est le bordel complet. Il est temps d'arrêter les conneries, immédiatement, et de demander de l'aide. Tu ferais mieux d'imaginer une histoire qui tienne vraiment la route. Pour expliquer cela...

Je lui désignai Davy, gisant sur le sol. Pourquoi avait-elle fait cela ? Il me fallut deux secondes pour comprendre. Pour que tout, soudain, devienne évident. Elle m'avait tout simplement fait un enfant dans le dos.

— Foutue salope ! m'exclamai-je en commençant à me retourner vers elle.

Au même instant, je sentis la douleur m'exploser littéralement dans l'estomac. Des étincelles semblaient me voltiger dans la tête. Mes poumons se vidèrent brutalement tandis que je tombais à genoux. Toute la partie gauche de mon abdomen n'était plus que brûlure.

La partie gauche de mon front vint frapper le sol, puis mon nez. J'avais un goût de sang dans la gorge. Je n'arrivais plus à voir Sarah. Je m'étais mis en position fœtale pour essayer de contrôler la douleur.

Je commençai à émettre un long gémissement que je n'arrivais plus à arrêter. Lentement, lentement, je fis rouler ma tête de côté pour essayer d'apercevoir Sarah. Elle était penchée sur Davy. Elle lui avait déjà pris son badge d'identification qu'elle s'était mis autour du cou. Ainsi, à première vue, elle pourrait passer pour quelqu'un de la maison. Elle tournait autour du corps de Davy, évitant de mettre ses élégants mocassins dans le sang. Elle lui retira son pistolet de l'étui de ceinture, ainsi que les deux chargeurs de rechange.

Elle ne devait pas savoir que j'étais encore vivant. Je restai aussi immobile que je le pouvais, les yeux clos, cherchant à étouffer le gémissement qui me venait aux lèvres. Cela ne marcha pas.

Je la sentis soudain au-dessus de moi. J'ouvris les yeux.

Elle était trop loin pour que je l'atteigne, même si j'en avais été capable.

Elle regarda sa montre, puis elle me regarda. Son arme se leva, vint se mettre en position de visée, dans l'axe de son regard. Pour la première fois de ma vie, je me dis que quelqu'un allait me manquer, et je décidai que ma dernière pensée serait pour Kelly. Je regardai Sarah et attendis. Pas d'émotion, pas d'explication. Puis, soudain, elle dit :

— Tu as une enfant, maintenant. J'espère que tu vivras assez longtemps pour la revoir.

Elle abaissa son arme, se retourna et se dirigea vers la porte en consultant sa montre. Je tentai de hurler, mais rien ne se produisit. Le seul son que je pus émettre fut une sorte de :

— Je t'emmerde !

Du sang s'échappa de ma bouche. Elle me regarda, l'œil froid. Puis elle ouvrit la porte, regarda un instant au-dehors, et sortit en refermant derrière elle. La douleur s'intensifiait. Je cherchais frénétiquement des yeux un bouton d'alarme ou un téléphone pouvant être atteint, mais je ne voyais plus très bien. Tout devenait brumeux autour de moi... Les deux autres assassins encore en liberté ! Quelle sinistre blague ! C'était elle – elle depuis le début. Comment avais-je été assez bête pour ne pas le voir ?

Rester roulé en boule sur le linoléum n'allait arranger ni mes affaires ni celles des hommes qui allaient servir de cibles à Sarah. Il fallait que je fasse quelque chose, même si ce quelque chose ne marchait pas. En mourant, je saurais au moins que j'avais essayé de réparer le gâchis que j'avais fait.

Ma vision commençait à se brouiller. Je respirais par tout petits à-coups, et les muscles de mon estomac se contractaient d'eux-mêmes. Promenant la main sur mon abdomen, je trouvai le trou, de la taille d'une petite pièce de monnaie, et l'obturai avec mon pouce. Au moins, avec ce pistolet chinois silencieux, je n'avais pas à me préoccuper d'un trou de sortie ; la vitesse initiale n'était pas suffisante. La balle devait se promener quelque part dans mes intérieurs.

Je me traînai jusqu'à la porte, au milieu de la flaque formée par le sang de Davy. J'essayais de me redresser pour l'ouvrir, lorsque le battant bougea et vint me heurter le crâne. Je me convulsai de nouveau de douleur et revis des étincelles devant mes yeux. Je me rendais compte, toutefois, que mon corps bloquait la porte. Mais quiconque se trouvait derrière poussa jusqu'au moment où le passage fut dégagé.

C'était Sarah de nouveau. Elle ne dit rien, refermant simplement la porte derrière elle. Puis elle me saisit par les pieds, et, évitant le sang, entreprit de me traîner, face contre terre, à travers la pièce. L'effort la faisait grogner sourdement.

Au bout de quatre ou cinq mètres, elle laissa retomber mes pieds sur le sol. Je me roulai de nouveau en boule pour essayer de réduire la douleur, tandis qu'elle braquait son pistolet sur la porte.

Celle-ci s'ouvrit. Josh revenait avec de bonnes nouvelles.

— Dites donc, les enfants ! commença-t-il. On dirait bien qu'on a de la chance...

Je tentai de lancer un cri d'avertissement, mais aucun son ne sortit de ma bouche. Josh prit une expression de total ahurissement, ses yeux semblant s'écarquiller derrière ses lunettes. Sarah était debout devant lui, ayant repris une parfaite position de tir, l'arme braquée sur le centre de son corps. Il faut habituellement un peu de temps pour prendre conscience de ce genre de situation, surtout lorsqu'elle est totalement inattendue, mais Josh parut reprendre vite ses esprits.

Son regard alla rapidement d'elle à moi, se posa une fraction de seconde sur le corps inerte de Davy et se fixa finalement sur le pistolet, dont il devait se demander comment elle avait réussi à le faire entrer.

Sarah gardait son ton de voix très froide très bien contrôlé.

— Fermez la porte, Josh, dit-elle.

Si Josh avait peur, il ne le montrait pas. Il gardait à la fois le silence et son calme extérieur. Il s'exécuta, puis resta parfaitement immobile, gardant les mains en évidence.

— Vous allez maintenant vous retourner, commanda Sarah, et vous mettre les mains sur la tête.

Il savait pourquoi. Si vous tournez le dos à la personne qui pointe une arme sur vous, vous ne pouvez savoir ce qui arrive.

— Écartez-vous du sang et à genoux.

À genoux, on est très vulnérable.

— De la main gauche, sortez votre arme entre le pouce et l'index. Tout de suite.

J'étais impuissant, rien de plus qu'une loque roulée en boule. J'entendis des voix venant du corridor. Je reconnus celles des deux femmes hispaniques en tabliers blancs. Sarah regarda rapidement sa montre.

Devais-je essayer d'appeler ? Je n'en avais pas la force. Personne ne m'entendrait. Conservant toujours son calme, Josh sortit son pistolet de l'étui en le tenant entre le pouce et l'index.

— Bien, Josh, dit Sarah. Maintenant, posez-le sur le sol derrière vous.

Gardant la main droite posée sur sa tête, il fit glisser l'arme derrière lui sur le linoléum. Je pouvais voir la sueur couler de son crâne chauve sur son visage, ainsi que la marque de transpiration sous son aisselle lorsqu'il leva de nouveau le bras. La peur est une bonne chose, c'est une réaction naturelle. Le tout, c'est d'être capable de la contrôler. Josh n'était pas un débutant et il savait quoi faire.

Pendant un moment, j'eus l'étrange impression d'être un spectateur regardant des acteurs agir sur une scène. Je savais exactement ce qui se passait dans la tête de Josh. Il se demandait comment il allait se tirer de cela, et attendait simplement l'occasion de faire quelque chose – n'importe quoi.

Le sang, c'est comme le lait. Si vous laissez tomber un carton de lait sur le carrelage de la cuisine, vous avez l'impression qu'il y en a au moins trois qui se sont répandus. Le sang de Davy avait gagné du terrain et se mêlait au mien autour de mon visage. Je n'avais pas l'énergie de bouger, et me bornais donc à cracher de temps à autre, pour l'empêcher d'entrer dans ma bouche.

Sarah prit l'arme de Josh et la jeta tout au fond de la piste de bowling. Elle consulta une fois de plus sa montre.

— Très bien, Josh, dit-elle. Voici ce que nous allons faire. Vous m'écoutez ?

Il hocha la tête.

— Vous allez m'emmener jusqu'à la Salle de réception diplomatique. Vous serez mon homme d'escorte. Vous me comprenez ?

Ce fut très calmement qu'il répondit :

— Je ne peux pas faire cela.

Les Américains ont cette totale et merveilleuse confiance en eux-mêmes et en leur pays. Même lorsqu'ils se trouvent dans un océan de merde, ils gardent l'inébranlable conviction que tout ira bien, que l'Amérique est derrière eux et que le Septième de Cavalerie va arriver d'un moment à l'autre au sommet de la colline. Par exemple, les Américains faits prisonniers pendant la guerre du Golfe ne demandaient rien à ceux qui les avaient capturés – ils exigeaient. Ils étaient convaincus d'être du côté des anges et des vainqueurs. Au Régiment, on savait toujours que, si l'on était dans le pétrin, on ne vous laisserait pas tomber, et c'était parfois la seule chose qui vous aidait à tenir le coup, mais les Américains, eux, croient cela à l'échelon national. Je leur ai souvent envié cette belle confiance.

Sarah, elle, n'en croyait pas ses oreilles.

— Comment ? fit-elle.

— Je ne le ferai pas, répéta simplement Josh.

Il y eut un silence, et j'attendis la réaction de Sarah. Elle ne tarda pas trop.

— Josh, dit-elle, il faudrait que vous réfléchissiez un peu, et vous n'avez pas beaucoup de temps pour cela. Pensez à vos enfants. Ce n'est pas le moment d'infliger cela à votre famille, Josh. Emmenez-moi là-bas, ou vous allez mourir. Je n'ai rien à perdre. De toute manière, je vais mourir dans peu de temps.

Elle regarda encore sa montre. Si elle voulait arriver dans la Salle de réception diplomatique avant que ses occupants aient fini leur café, elle n'avait plus beaucoup de temps devant elle.

Elle revint à la charge :

— Ce sont des gosses merveilleux, Josh, et ils ont besoin de vous. Vous êtes tout ce qui leur reste. De plus, si vous restez en vie, vous pouvez même avoir une chance de me neutraliser. Si vous êtes mort, vous n'en avez aucune. Soit je vais avec vous, soit j'y vais toute seule après vous avoir tué. Dix secondes, Josh.

Je voyais la poitrine de Josh se soulever rythmiquement

alors qu'il inhalait un peu plus d'oxygène pour atténuer le choc qu'il venait d'éprouver. Et je me doutais qu'il ruminait ce que venait de lui dire Sarah – aurait-il une chance, même minuscule, de contrarier l'attentat et de mourir un peu plus tard ?

J'avais du sang plein la gorge, et ce fut d'une voix horriblement rauque que je lui dis :

— Accepte, Josh. Emmène-la là-bas. Fais-le.

Nos regards se croisèrent, et je lus clairement dans le sien que, pour lui, j'étais dorénavant le plus vil salopard que la terre ait jamais porté.

— C'est maintenant qu'on se décide, déclara alors Sarah.

Il regarda le mur, réfléchit encore une ou deux secondes et dit simplement :

— OK.

— Bien, fit Sarah. Mais si vous essayez de me rouler, Josh, sachez bien ceci : je vous tuerai avant que quiconque ait le temps de réagir. Je ne veux pas votre président. Je veux juste les deux autres. Mais si vous essayez… Vous m'avez bien compris ?

Il ferma les yeux et hocha la tête. Quand il rouvrit les yeux, son regard rencontra de nouveau le mien. J'espérais de tout cœur que mon expression lui disait ce que j'avais à lui dire : « Je ne savais pas que cela allait arriver, et je suis désolé, totalement désolé. »

De toute manière, son expression à lui m'indiquait clairement qu'à son avis, je pouvais garder mes regrets pour moi.

S'étant trouvé un homme d'escorte, Sarah retira le badge de Davy et le remplaça par le sien propre. C'était un détail, mais les détails comptent.

— On y va, dit-elle.

Elle s'écarta de la porte à l'approche de Josh et lui rappela :

— Mon arme est cachée, mais au moindre signe anormal, je ferai en sorte que vous y passiez le premier.

Il hocha de nouveau la tête, regarda dans ma direction, et sortit.

Elle suivit, sans me faire la grâce d'un dernier regard.

28

Je ne voyais plus clair et ma tête tournait. Je perdais trop de sang. À nous deux, Davy et moi avions réussi à couvrir une bonne partie du linoléum. Mais ce n'était pas le moment de s'en soucier. Il fallait que j'accepte l'idée que je m'étais fait plomber, et que je continue quand même.

Je luttai frénétiquement pour me mettre sur les mains et sur les genoux, inspirai profondément deux ou trois fois et commençai à ramper vers le badge d'identité abandonné. Chaque mouvement était un martyre. Chaque fois que je déplaçais un genou ou un bras, j'avais l'impression qu'on m'enfonçait un fer chaud dans l'estomac. Il me fallut ce qui me sembla être une éternité pour parcourir les trois mètres nécessaires. Je faillis perdre connaissance en m'efforçant de passer autour de mon cou la cordelette de nylon du badge, et, quand j'eus finalement réussi, je n'arrivai même plus, pendant un moment, à me rappeler pourquoi je l'avais fait.

J'entrepris ensuite de ramper vers la porte, toussant, crachant des filaments de sang coagulé, gémissant comme un clochard ivre dans un caniveau.

À genoux, je me battis avec le loquet de la porte comme un enfant affolé. Mes mains n'arrivaient pas à faire leur élémentaire travail. Peut-être mes doigts n'écoutaient-ils pas mon cerveau. Ou peut-être étaient-ils rendus trop glissants par le sang qui les imprégnait.

Je savais ce que j'essayais de faire, mais je n'arrivais tout simplement pas à le réaliser. Peut-être est-il vrai que, lorsque vous mourez, toute votre vie défile devant vos yeux. Je me revoyais soudain à six ans, alors que j'étais tombé à travers le toit vitré d'un garage. J'étais avec une bande de garçons plus âgés que moi, et cette course sur le toit du garage avait été une épreuve d'initiation. Je m'étais retrouvé sur le sol, avec des contusions et des plaies qui saignaient, et il m'avait fallu me battre avec ma barre qui fermait la porte de l'intérieur pour pouvoir m'échapper. J'étais si terrorisé que je n'y arrivais pas, que, si simple que fût le système, je ne parvenais plus à comprendre comment il fonctionnait. Mais, lorsque j'avais fini par en sortir, je m'étais bien gardé de raconter à mes petits – ou mes grands – camarades les affres que j'avais connues. Ils m'avaient permis de me joindre à leur bande.

En attendant, mes mains continuaient à trembler. Je n'y arrivais pas. Je savais que je n'allais pas tarder à mourir, mais je m'en contrefoutais. Je voulais simplement tenir assez longtemps pour essayer de neutraliser Sarah.

Je me forçai à me calmer, à respirer profondément et à me répéter ce que j'avais à faire, comme je l'avais fait dans le garage. Cela marcha. Il n'y avait personne dans le corridor.

— Au secours... Au secours ! essayai-je de crier, mais cela ne put se traduire que par un vague balbutiement.

Comme il fallait s'y attendre, personne ne réagit.

Je ne pouvais rester comme cela, étendu sur le seuil de la porte, à gémir. Me pressant contre le chambranle, luttant de toutes mes forces, je réussis à me mettre debout, et, la tête dans le vague, basculai à moitié dans le corridor. Je me pliai en deux, m'appuyant au mur pour me soutenir, la main gauche crispée sur mon estomac. Laissant des traces de sang sur la peinture blanche, je gagnai ainsi en titubant la porte de *Crisis Four*.

Mon espoir était de trouver TC. Mais, pour commencer, n'importe qui ferait l'affaire. Je regardai bien, en clignant des yeux. La lumière rouge n'était pas allumée au-dessus de la porte de *Crisis Four*. Je jurai intérieurement. Je commençai à chercher des yeux un avertisseur d'incendie, alors même que j'étais hors d'état d'en reconnaître un s'il se trouvait en face de moi.

Sentant mes réserves d'énergie me déserter, je réussis à

glisser ma carte d'identification dans la serrure magnétique et entrai en trébuchant dans la salle de contrôle. Il y avait des images sur tous les écrans, mais elles se brouillaient devant mes yeux. Je m'effondrai et recommençai à ramper.

Je ne sus pas comment j'étais parvenu jusqu'au fauteuil de TC, et encore moins comment j'étais arrivé à décoller du plancher pour m'y asseoir. Tout ce que je sus, sur le moment, c'est que j'étais parvenu à mobiliser assez d'énergie pour regarder les écrans. Et pour la voir.

Sarah et Josh sortaient juste du passage rejoignant les cuisines. Un ERT était là.

Après avoir craché le sang et le mucus qui m'obstruaient la gorge, j'actionnai le commutateur d'un microphone et lançai :

— Alerte ! Alerte ! Homme noir, femme blanche au premier étage. Alerte ! Alerte !

Je ne savais pas si c'était la bonne procédure, mais j'espérais que cela allait faire son effet.

Il n'y eut aucune réaction de l'homme de l'ERT. Puis leurs trois images disparurent et tout se brouilla. Je me forçai à fermer les yeux, puis à les ouvrir de nouveau, crachant en même temps sang et mucus.

Je réussis à concentrer de nouveau mon regard. Il n'y avait toujours pas de réaction, ni de l'ERT ni d'hommes en civil que je voyais au-delà des écrans verts, à l'extrémité de la salle de presse.

J'essayai de nouveau :

— Tous les postes ! Tous les postes...

Puis je m'arrêtai net, la tête reposant près de la base du micro. Il n'y avait pas de lumière rouge allumée.

Je me mis à presser tous les boutons que je pouvais atteindre, laissant du sang sur chacun d'eux et regrettant de n'avoir pas remarqué ceux sur lesquels TC avait appuyé quand il avait utilisé le micro. Une lumière finit par s'allumer.

— Alerte ! Alerte ! criai-je comme je le pus. Premier étage, premier étage. Alerte ! Alerte !

L'homme de l'ERT dut entendre, car il réagit immédiatement, marchant sur Sarah et sur Josh.

Sarah fut plus rapide. Elle avait dû lire sur son visage sa réaction au message qu'il recevait par son micro d'oreille. Elle tira son arme, visant aussitôt l'estomac. Josh plongea sur elle, mais trop tard. Elle avait déjà tiré.

L'homme de l'ERT s'effondra comme une masse. Puis, après un instant de lutte, ce fut le tour de Josh. Qu'avais-je fait ?

Sarah se détourna et se mit à courir, tandis que, derrière elle, le corridor s'emplissait de silhouettes en uniformes noirs ou en complets civils. Les écrans montraient maintenant un endroit après l'autre, comme on tentait, au centre de contrôle principal, de la localiser. Mais moi, je savais où elle allait.

Je fis pivoter le fauteuil, et, la main gauche pressée sur mon estomac, me contraignis à me lever. La porte oscillait devant mes yeux, comme à travers une brume de chaleur. J'arrivai en titubant dans le corridor. Je ne tentai pas de regarder autour de moi, je me contentai de tourner sur la droite, faisant face à la porte coupe-feu. Tout ce qu'il pouvait me rester d'adrénaline me faisait encore me mouvoir.

Elle allait bientôt être là. Elle savait que le Service Secret allait faire descendre à l'abri les hôtes privilégiés de la Maison-Blanche jusqu'à la fin de l'alerte, et elle entendait leur couper la route.

Je poussai la porte coupe-feu comme je le pus et levai les yeux au moment précis où Sarah descendait les dernières marches de l'escalier à vis. Elle fonçait tête baissée, à tout prix, le pistolet en main.

Je ne vis autre chose à faire que de me jeter sur elle pour la plaquer, comme au rugby. Peut-être que ç'aurait été mieux si j'avais déjà joué au rugby.

Je m'effondrai sur elle, encerclant sa taille de mes bras et, porté par son propre élan, roulant avec elle vers la porte coupe-feu.

Elle continuait à résister, me frappant sur le crâne avec son pistolet. Mais, à ce stade, je ne sentais plus rien. Mes bras réunis glissèrent le long de ses jambes, et elle me suivit dans ma chute. La double porte coupe-feu s'ouvrit sous le choc simultané de nos corps. Nous nous écroulâmes sur le sol. La double porte se referma, m'emprisonnant les jambes.

Elle était restée étendue sur le dos, mais avait encore son pistolet en main. Les tripes déchirées par la douleur, j'arrachai mes jambes à la double porte et jetai mon corps sur le sien, plaquant ma main sur son avant-bras pour l'empêcher d'utiliser son arme. Elle se débattait de toutes ses forces et de tous ses membres, comme un insecte cloué au sol et tentant de se remettre sur ses pattes.

J'eus conscience de hurlements et de bruits de pas précipités à quelque distance, mais peu m'importait. Tout ce qui m'importait, c'était sa main gauche, qui s'efforçait d'atteindre le pistolet de Davy puisqu'elle ne pouvait plus se servir du sien. Je le sentais, là, dans sa ceinture, et pesais sur elle pour l'empêcher de l'atteindre. Sa résistance se faisait plus fort. C'était un peu comme si elle avait une crise d'épilepsie, donnant de la tête et des membres de tous côtés.

Je m'efforçais de faire porter tout mon poids sur elle. Ce n'était pas difficile, tant j'étais épuisé. Sa main essayait de gagner son arme, entre nos deux corps. Je dus la frapper de la tête en plein visage. Il n'y avait pas d'autre moyen. Elle réagit bruyamment. À trois reprises, j'entendis sa tête rebondir sur le sol. Ce n'était peut-être pas élégant, mais cela modéra ses ardeurs.

Ma tête était maintenant aussi douloureuse que mon estomac. J'étais dans un état lamentable. Continuant à pousser mon front contre le sien, le sang dégoulinant de la bouche et du nez, je réussis à lui arracher le pistolet.

J'en enfonçai le canon contre sa trachée en la regardant, le front toujours collé au sien. Elle ne me rendit pas ce regard, mais ferma les yeux, le corps tendu, attendant la mort. Nos corps se levaient et s'abaissaient au rythme de sa respiration.

J'entendis, derrière moi, les portes s'ouvrirent et des cris retentir :

— Lâchez cette arme ! Lâchez cette arme ! Immédiatement !

J'avais environ deux secondes pour réfléchir. Ce fut elle qui me le dit. Son corps se détendit, elle ouvrit les yeux, me regarda. Et ce fut plus un ordre qu'une supplication :

— Fais-le… Je t'en prie.

*

Je dirigeai le canon de l'arme vers le haut. Il vint se loger sous son menton. Je penchai la tête de côté. Son regard me suivit comme je libérais la sûreté et pressais la queue de détente.

Du sang et des petits morceaux d'os vinrent jaillir sur un côté de mon visage.

J'avais fini le travail qu'on m'avait commandé de faire. C'était ce que j'essayais de me dire. Je sentis une onde de douleur me remonter dans le bras lorsque quelqu'un fit voler, d'un coup de pied, le pistolet de ma main. On me retourna brutalement sur le dos. Je levai les yeux et vis des uniformes noirs de l'ERT partout. Puis ce fut Josh qui vint au-dessus de moi, le visage en sang. J'avais déjà vu ce genre de regard, mais jamais dans les yeux de quelqu'un qui avait été mon ami. Les autres tentèrent de l'écarter pour l'empêcher de me donner des coups de pied, mais en vain.

Je me mis sur le côté et me roulai en boule pour me protéger. Dans le brouillard qui m'entourait, j'entendais des ordres lancés de tous côtés et je sentais le désordre général autour de moi.

Je perdais pied. Josh continuait à hurler et à tenter de me frapper à coups de pied. Cela n'avait plus d'importance. Je ne sentais plus rien. Ce que je voulais vraiment finit par arriver. Je sombrai dans l'inconscience.

JUIN 1998

ÉPILOGUE

JUIN 1998

Je sortis de l'appartement de Cambridge Street, vérifiai que j'avais bien mis la clé sur l'anneau de mon Leatherman et refermai la porte derrière moi. Cela me faisait une étrange impression de me retrouver pratiquement prisonnier ici, à Pimlico. J'y avais amené dans le passé nombre de gens à la mine inquiète, mais je n'avais jamais imaginé que je pourrais me retrouver moi-même dans leur situation.

Le *debriefing* n'en finissait pas. Le Service essayait de conclure un marché avec les Américains. Les deux parties voulaient balayer l'affaire sous le tapis, et elles n'étaient pas les seules dans ce cas. Cela faisait quatre semaines que j'étais sorti de l'hôpital, et, depuis, je m'étais retrouvé confiné dans le coin, en ce qui revenait à une assignation à domicile. J'étais payé, et au tarif opérationnel, mais je n'étais pas encore sorti d'affaire.

Aucune de mes blessures n'était très douloureuse, mais elles exigeaient encore des boisseaux d'antibiotiques. La plaie d'entrée de la balle s'était fort bien cicatrisée. Il ne me restait qu'une marque à l'estomac du même rose vif que les trous de mon bras. Et point n'était besoin de détenir une agrégation de médecine pour deviner l'origine de tout cela.

Arrivant sur le trottoir, je regardai, sur ma gauche, les gens profitant de la fin de leur semaine de travail à la terrasse d'un pub. Ce vendredi soir avait transformé la rue en un vrai parc de stationnement, et les vapeurs d'oxyde de carbone venaient voiler le soleil déjà un peu crépusculaire.

La chaleur était inhabituelle pour cette époque de l'année. On se serait plus cru à Los Angeles qu'à Londres.

Je me faufilai entre les véhicules stationnaires pour gagner la petite boutique du coin de la rue. L'Asiatique qui la tenait était habitué à moi, maintenant ; il me tendit mon exemplaire plié de l'*Evening Standard* dès qu'il me vit entrer. Je me sentais du quartier. Rebroussant chemin, je me rendis au pub. Il y avait autant de monde dedans que dehors, et, grâce à une sono poussée à fond, la voix de Robbie William dominait le brouhaha. Le bruit, la fumée et les odeurs de bière aplatie et de corps peu lavés me rappelèrent de ne plus revenir. Comme chaque soir.

Je gagnai comme je pus le fond de l'établissement, où je savais qu'il y aurait un peu moins de monde et où l'on servait à manger. Je commençais à reconnaître quelques-uns des habitués – tristes pingouins de mon espèce n'ayant pas d'autre endroit où aller, employés de bureau se détendant un moment ou vieux barbes fumant leurs cigarettes roulées à la main devant une pinte de bière chaude qui leur durait une bonne heure.

Je demandai mon habituelle bouteille de Pils, pris une poignée de cacahuètes et me dirigeai vers l'une des tables. L'une n'était occupée que par un vieil homme qui, à en juger par sa cravate et ses insignes, devait revenir d'une réunion de la British Legion [1].

— Il y a quelqu'un ici ? demandai-je en désignant un siège.

Il secoua la tête. Je m'assis lentement, en prenant bien garde à ce que le bas de mon jean ne se relève pas trop et ne dévoile pas l'espèce de bracelet qui entourait ma cheville droite. Avalant une gorgée de Pils, j'ouvris le journal.

Il n'y avait rien d'exceptionnel dans le contenu. Les forces éthiopiennes et érythréennes avaient institué une trêve des bombardements pour permettre l'évacuation des ressortissants étrangers dans la zone des combats. C'était le genre de travail que j'aimais ; la guerre, mais juste la guerre, pure et simple. On savait où on en était.

1. Organisation britannique d'anciens combattants. *(N.d.T.)*

Je parcourus le reste des rubriques d'information, mais il n'y avait toujours rien sur ce qui était arrivé à Washington. Toujours pas de mention des blessures de Josh et de l'homme de l'ERT – et je savais maintenant qu'il n'y en aurait jamais. Lynn m'avait, au cours de l'une de nos petites promenades nocturnes en ville, donné la thèse officielle américaine. Le communiqué de presse avait été aussi bref que pudique : un membre du personnel domestique surmené avait été pris d'une crise de démence temporaire dans les sous-sols de la Maison-Blanche. Cet incident mineur avait été réglé en quelques minutes. Les trois hommes d'État réunis ce jour-là n'avaient appris la chose que très ultérieurement. Le maximum qu'ait obtenu l'histoire avait été un entrefilet de deux centimètres dans le *Washington Post.*

J'étais heureux que l'homme de l'ERT n'ait pas été tué. Il s'en était tiré avec une blessure à la cuisse, quelque chose dont il pourrait parler à ses petits-enfants. Josh, lui, avait eu la figure terriblement esquintée. Lynn m'avait dit que la balle lui avait labouré toute la joue droite, donnant l'impression que sa bouche finissait au lobe de l'oreille. L'intervention chirurgicale faite ensuite avait, paraît-il, été un succès, mais son éventuelle carrière de modèle masculin semblait quand même compromise.

Mon seul espoir, en ce qui le concernait, était que ses convictions chrétiennes nouvellement acquises joueraient en ma faveur. J'avais entendu à la radio, dans l'appartement tout récemment, cette formule : « Si vous ne pouvez pardonner le péché, essayer au moins de pardonner au pécheur. » J'espérais que Josh avait la BBC Radio Quatre dans sa voiture. Je n'avais pas encore tenté de lui parler. J'attendais, pour lui donner le temps de se calmer – et aussi pour trouver ce que j'allais bien pouvoir lui dire.

Je n'avais pas vu Kelly depuis que les Américains m'avaient remis entre les mains du Service. Nous avions parlé au téléphone, et elle pensait que j'étais toujours au loin, en train de travailler. Elle m'avait dit que Josh avait appelé. Il ne lui avait, bien sûr, rien dit de ce qui s'était passé, seulement que Sarah et moi étions venus le voir.

Je n'avais toujours aucun regret d'avoir tué Sarah. La seule chose qui m'affligeait, c'était que, dans ma vie, chaque fois que j'avais laissé quelqu'un devenir vraiment très proche de moi, je m'étais fait trahir. Sauf, cela va sans dire, dans le cas de Kelly. Là, c'était plutôt moi qui la trahissais, à grands coups de promesses que je ne pouvais pas tenir.

Elle voulait toujours aller à la Tour de Londres, et elle voulait y aller avec moi. Trois fois j'avais arrangé la chose – pour annuler au dernier moment parce que le *debriefing* tirait en longueur. Au moins, ce week-end, elle allait chez ses grands-parents, et Carmen et Jimmy allaient la gâter autant qu'ils le pouvaient.

J'avalai une longue gorgée de Pils – au diable les antibiotiques : de toute manière, j'oubliais généralement de les prendre – et regardai ma montre. On allait commencer à servir des plats dans vingt minutes.

Il me semblait que le *debriefing* se déroulait bien, mais on ne sait jamais avec ces gens-là. On ne me menait pas la vie trop dure, en bonne partie parce que Lynn et Elizabeth Bamber étaient pratiquement autant dans la merde que moi, et prenaient toutes mesures pour se couvrir. Mais, même ainsi, le plus petit événement de ces fameux cinq jours était disséqué dans tous ses détails. Rien n'était noté, bien sûr. Comment aurait-ce été possible puisque rien de tout cela n'était arrivé ?

En fait, cela n'avait pas grand sens. Je mentais gaillardement à mes interrogateurs, en utilisant un scénario fourni par le bon colonel. J'avais rendez-vous avec celui-ci chaque soir, et son chauffeur serbe nous faisait faire le tour de Londres pour nous permettre de bavarder un peu. Comme Lynn me l'avait dit :

— Vous avez besoin d'être guidé, Nick, sur certains des points, disons les plus délicats, de l'opération.

Il fallait, bien évidemment, éviter le léger problème du « T 104 », puisque les interrogateurs eux-mêmes ignoraient ce genre de choses. Les seuls à être au courant étaient des brutes telles que Lynn, Elizabeth et moi-même. Pour les enquêteurs, je n'avais même pas de nom. J'étais mentionné comme « l'agent rétribué », ce qui me convenait parfaitement.

Lynn m'avait dit à l'origine que j'avais été mis sur ce travail parce que, si quelqu'un pouvait trouver Sarah, c'était moi. Mais je savais que ce n'était pas l'exacte vérité. Il était devenu parfaitement évident qu'Elizabeth et lui savaient depuis le début à quoi jouait Sarah, et qu'ils pensaient qu'en le découvrant, je serais si furieux contre elle que je l'expédierais *ad patres* sans la moindre arrière-pensée. Ils savaient même où elle se cachait, mais ils estimaient que le fait de la retrouver moi-même et de constater de mes propres yeux ses activités me mettrait encore plus dans l'ambiance.

Il y avait encore des choses qui m'échappaient, bien sûr. Je n'arrivais pas à déterminer, par exemple, si Mickey Métal faisait le jeu de Lynn. Lynn avait dit qu'il était loyal. Mais à qui ? Aucune importance ; qui s'en souciait, après tout ? Ce qui m'énervait, c'était qu'aucun de ces personnages n'arrivait jamais à dire les choses telles qu'elles étaient. Pourquoi prendre la peine de me raconter toutes ces balivernes ? J'aurais aussi bien fait le travail en sachant la vérité. Mieux, même, et avec moins de danger.

Naturellement, rien d'important n'avait été changé par la mort de Sarah. Bin Laden continuait ses manigances. Youssef s'était mis en veilleuse, mais il referait sans doute surface un ou deux ans plus tard. Et je n'allais toujours pas devenir cadre permanent ; on soutenait que je serais un élément de perturbation au sein de l'équipe. Lorsque j'avais fait remarquer qu'après tout, à la Maison-Blanche, j'avais empêché le Président de se faire tuer, on m'avait simplement ri au nez.

Je me demandais ce que j'allais faire après tout cela. J'avais besoin de gagner de l'argent, de l'argent en quantité respectable, pour pouvoir arrêter de travailler avec ces farceurs qui se payaient ma tête. Peut-être allais-je regarder d'un peu plus près la condition des chasseurs de primes aux États-Unis...

Ma bouteille de Pils était vide. Les gens se pressaient au bar sur trois rangées de profondeur, et il me fallut un siècle pour obtenir une autre bière. En rejoignant mon compagnon de table, j'eus de nouveau soin de ne pas exposer aux regards l'épaisse bande de plastique gris clair qui encerclait ma cheville, avec son boîtier électronique de cinq centimètres sur cinq. Je regardai une fois de plus ma montre ; il faudrait encore dix minutes pour que les bols de cacahuètes disparaissent du bar et qu'on y déploie les menus. Non que j'eusse besoin d'en prendre un ; je le connaissais par cœur.

Je repensai à Sarah. J'en avais plus appris d'elle au cours de mes promenades nocturnes avec Lynn que pendant tout le temps où je l'avais connue. J'avais toujours eu le sentiment qu'il y avait des choses qu'elle ne me livrait pas, mais, stupidement, j'avais décidé que c'était par crainte d'une trop grande intimité.

*

La soirée de l'avant-veille avait été chaude et humide. Lynn était venu me chercher comme à l'habitude, pour notre *debriefing* sur le *debriefing*, mais, cette fois, dans sa nouvelle Voyager. Il semblait que le budget du Service avait reçu un peu d'oxygène récemment. Le Serbe, comme toujours, gardait les yeux fixés sur la route.

— Comment a-t-on pu laisser cela arriver ? lui demandai-je. Comment ne l'avez-vous pas soupçonnée plus tôt ?

Regardant par la vitre, à l'extérieur, Lynn haussa les épaules.

— Elizabeth avait exprimé quelques inquiétudes, dit-il. Nous consultâmes quelques personnes, mais nous ne pouvions rien déterminer de précis. L'opération de Syrie a paru une bonne occasion de la mettre à l'épreuve.

Sur quoi Lynn me révéla que l'opération en question n'avait été montée que pour déterminer si Sarah travaillait ou non pour Bin Laden. C'était une idée d'Elizabeth. Sarah modifia les renseignements recueillis, tua l'informateur et s'appliqua à couvrir ses traces. Elle avait du talent pour cela. Je me souvenais de la façon dont elle avait liquidé son ami Lance dans la forêt. Mais, en Syrie, elle avait fait un faux pas. Sans le savoir, elle avait confirmé les soupçons qui pesaient sur elle. Il ne restait plus qu'à attendre qu'elle mène le Service jusqu'à Bin Laden. Le seul problème, pour Elizabeth, était qu'elle n'avait pas mis les Américains au courant quand Sarah avait été affectée à Washington.

— Les problèmes se sont déclenchés, poursuivit Lynn, quand Sarah s'est mise à jouer un rôle actif au sein de l'équipe terroriste. Que pouvions-nous dire à nos amis d'outre-Atlantique ? C'est là que vous êtes entré en jeu.

Mais une chose semblait rester mystérieuse : la raison du comportement de Sarah.

— Savez-vous ce qui l'a retournée ? demandai-je à Lynn – puisqu'il semblait au courant de tout le reste.

— On ne le saura jamais complètement, répondit-il. On est toujours en train de s'interroger sur T.E. Lawrence... Et qui sait réellement ce qui a amené Philby et les autres à faire ce qu'ils ont fait ?

Il y eut un silence, puis il reprit :

— Une équipe de chez nous est allée voir sa mère pour lui annoncer la tragique nouvelle. Elle était très triste, évidemment, mais très fière aussi que sa fille soit morte en servant son pays.

— Je croyais que ses parents étaient morts.

— Non, seulement son père. Il est mort quand elle avait dix-sept ans. Une équipe a étudié la famille depuis plusieurs semaines. Pour voir, vous savez, si l'on ne peut trouver des éléments d'information, des pistes...

On avait pu ainsi déterminer que le père de Sarah, ponte d'une compagnie pétrolière, était un homme autoritaire et un total hypocrite. Il avait passé toute sa vie professionnelle au Moyen-Orient sans parvenir à avoir la moindre affection pour les Arabes – à moins qu'ils ne soient de sang royal, richissimes, et de préférence les deux. Mais ces bons sentiments ne s'étendaient évidemment pas à sa propre domesticité et au fils de neuf ans du couple qu'il employait.

L'amitié qui s'était nouée entre le fils en question, Abed, et Sarah était, au dire de la mère de celle-ci, parfaitement innocente. En fait, enfant unique, prise entre un père lointain et dominateur et une mère sans grand caractère, Sarah se sentait terriblement seule. Les deux enfants devinrent donc inséparables.

Cela ne plut pas au père. Un jour, le père et la mère d'Abed ne vinrent pas travailler, et Abed lui-même ne vint pas jouer dans l'après-midi, comme l'habitude en avait été prise. Puis, quelques jours plus tard, Sarah fut expédiée en pension en Angleterre.

Ce ne fut qu'après la mort de son père que Sarah apprit ce qui s'était vraiment passé – à savoir que le père avait faussement accusé Abed de lui avoir volé une montre en or et en avait profité pour jeter toute la famille à la rue. Ayant entendu cette histoire de sa mère en larmes, Sarah avait quitté la maison sans un mot. Elle n'avait jamais revu sa mère.

— Bien sûr, ajouta Lynn, je ne suis pas d'accord avec ces âneries selon lesquelles les traumatismes de l'enfance expliqueraient ou justifieraient tout ce qu'on fait ensuite dans la vie. Mes parents m'ont traîné dans toute l'Asie du Sud-Est jusqu'à l'âge de sept ans. Puis je suis allé à Eton. Je n'en suis pas mort.

*

Les menus étaient arrivés. Je pris un pâté en croûte et une autre bière. Comme la veille au soir et le soir d'avant. Ma montre m'indiqua qu'il était 19 heures 48. J'avais une demi-heure avant mon rendez-vous.

La circulation était encore dense dans la rue lorsque je quittai le pub. Je tournai à gauche et pris à pied la direction de la gare de Victoria. Je regardai de nouveau ma montre : treize minutes avant qu'on vienne me chercher. Je tournai deux fois dans des rues différentes et vérifiai que personne ne me filait.

Traversant une cité locative, je m'arrêtai un moment pour regarder une demi-douzaine de gosses qui faisaient du skate-board.

Je pensai soudain à Kelly, et les mots de Sarah me revinrent en mémoire : « Tu as une enfant, maintenant... »

La Voyager allait maintenant arriver d'une minute à l'autre. Et, brusquement, je sus ce que j'avais à faire. Ce qu'il fallait que je fasse pour me montrer digne d'être le père-suppléant et l'ami de Kelly.

M'éloignant rapidement du lieu de rendez-vous, je sautai la barrière d'un jardin communal. Là, accroupi dans l'ombre, je sortis le Leatherman de ma poche, ouvris la grande lame et coupai le plastique enserrant ma cheville. Puis j'utilisai les pinces pour me débarrasser de la bande d'acier qui le renforçait.

Je savais que, dès le moment où le circuit serait rompu, l'alarme serait donnée. Ressautant la barrière, je me dirigeai vers Victoria d'un pas vif mais bien contrôlé.

Qu'allaient-ils faire, après tout ? Eh bien, pas mal de choses sans doute, mais je m'en préoccuperais le moment venu. Ce n'était pas comme si je m'enfuyais vraiment. Je serais de retour à l'appartement dimanche, pour raconter de nouveau ma vie à ces imbéciles. La seule différence serait que j'aurais ensuite deux gaillards à la nuque aussi épaisse que celle du Serbe pour veiller sur moi, vingt-quatre heures sur vingt-quatre afin que je ne sois pas tenté de reprendre un week-end de congé.

J'espérais aussi que certains de mes interrogateurs avaient des familles, et qu'ils comprendraient quand je leur expliquerais que tout ce que j'avais voulu faire, c'était emmener mon enfant à la Tour de Londres.

Après tout, je lui avais fait une promesse. Une promesse de personne normale.

Achevé d'imprimer sur presse Cameron
dans les ateliers de ***Bussière Camedan Imprimeries***
à Saint-Amand-Montrond (Cher)
en mai 2000